Genagelt

Leonhard F. Seidl ist nahe des oberbayerischen Isentals aufgewachsen. Etliche Jahre später war er im Knast, um für die Arbeit »Beschriebene Blätter – Kreatives Schreiben mit straffälligen Jugendlichen« zu recherchieren, für die er ausgezeichnet wurde. Heute lebt er mit seiner Frau und seinen zwei Kindern in Nürnberg. Genau wie sein Ermittler Freddie Deichsler erkundeten Seidl und sein Sohn in der Elternzeit das Isental. Seidls Texte wurden mehrfach gewürdigt, u. a. mit einem Stipendium für politisch aktive junge SchriftstellerInnen.

LEONHARD F. SEIDL

Genagelt

KRIMINALROMAN

emons:

Bibliografische Information der Deutschen Bibliothek
Die Deutsche Bibliothek verzeichnet diese Publikation
in der Deutschen Nationalbibliografie; detaillierte bibliografische
Daten sind im Internet über http://dnb.d-nb.de abrufbar.

FSC
www.fsc.org
MIX
Papier aus verantwortungsvollen Quellen
FSC® C083411

Umschlagmotiv: photocase.com/jessili
Umschlaggestaltung: Tobias Doetsch
Gestaltung Innenteil: César Satz & Grafik GmbH, Köln
Druck und Bindung: CPI – Clausen & Bosse, Leck
Printed in Germany 2014
ISBN 978-3-95451-303-1
Originalausgabe

Für Julie, Dschug und Mumi Banuni

Er behüte deine Fluren,
schirme deiner Städte Bau
und erhalte dir die Farben
Seines Himmels, Weiß und Blau!
Michael Öchsner, Bayernhymne

Heimat, ein Ort, der allen in die Kindheit scheint
und worin noch niemand war.
Frei nach Ernst Bloch

PROLOG

Noch bevor sich die Eiszeit über Bayern hermachte, entstand im Jahre 998.000 v. Chr. das Isental, weil bei Rosenheim das Schmelzwasser des Inns irgendwo hinmusste. Und zwar in eine Schmelzwasserrinne, die dann zu einem Tal wurde. Das Trockene wurde Erde genannt, und die Ansammlung des Wassers Isen. Wären die Menschen schon da gewesen, hätten sie gesehen, dass es gut war. Aber die kamen erst später. Aus der Erde sprossen Gras und Kraut und Bäume. Kraut, das Samen, und Bäume, die Früchte hervorbrachten. Im Wasser wimmelten Wesen, Vögel zogen über den Himmel. Es war sehr fruchtbar, und alle vermehrten sich freudig.

Da kamen ein Mann und eine Frau. Sie sahen den Baum mit den Früchten. Den ersten Apfel aßen sie, weil sie hungerten. Den zweiten, weil ihnen der erste so gut geschmeckt hatte. Und den dritten, weil sie nicht genug davon bekommen konnten.

1

Freddie Deichslers Spezln frotzelten gern, er hätte sich einen Bären aufbinden lassen. Aber auch wenn es sich manchmal so anhörte: Es war kein Bär, den er sich selbst aufgebunden hatte und der da seelenruhig vor sich hin brummte. Im Tragesystem steckte sein Sohn David. Zwei Stunden, von Nürnberg bis ins Isental, hatte er sich die Seele aus dem Leib gebrüllt. Es hatten kein Schnuller und kein Fläschchen, keine frische Windel und kein Bayern 4 Klassik geholfen. Erst als Freddie seinen Sohn nach der Ankunft im Isental aus dem Kindersitz genommen und sich im Schutze der Dunkelheit vor den Leib geschnallt hatte, war der kleine Mann zur Ruhe gekommen. Gäbe es die Autobahn durchs Isental schon, gegen die hier seit knapp vierzig Jahren gekämpft wurde, wären Deichsler ganze fünfzehn Minuten Gebrüll erspart geblieben. Und fünfzehn Minuten konnten verdammt lang sein. Allerdings hätte Deichsler auch schon früher darauf kommen können, eine Pause einzulegen und David in den Tragegurt zu packen. Vielleicht lag's an der schwülen Augustnacht, dass Deichsler nicht eher der rettende Einfall gekommen war, vielleicht aber auch einfach an der Tatsache, dass es fürs Vatersein eben keine Ausbildung gab.

Bis vor einem halben Jahr hatte Deichsler den Mamas im Park noch neidvoll hinterhergeblickt, wenn er beobachtete, wie sie den Nachwuchs gemächlich umherschoben, mit anderen frischgebackenen Müttern plauderten und hin und wieder den Schnuller zurechtrückten. Jetzt beneidete er Menschen, die duschen konnten, ohne wie ein wild gewordener Schimpanse herumhüpfen zu müssen, damit ihr Säugling nicht laut losbrüllte, wenn sie sich den Kopf einseiften. Denn auf Babys dieses Alters hatte ein eingeseifter Kopf eine unheimlich bedrohliche Wirkung. Und vor allem hatte er es satt, am Hauptbahnhof ständig von der Polizei wegen illegalen Drogenbesitzes kontrolliert zu werden, weil ihm die Augenringe bis zu den Knien hingen. Zwischenzeitlich wusste er, warum so wenig Väter die Elternzeit in Anspruch nahmen. Heute fragte er sich, wie seine Freundin Monika es geschafft hatte, ihn zu überreden. Von wegen, entspanntes Leben.

»Du verdienst doch fast nichts als Privatdetektiv«, hatte sie gebelfert, und er hatte ihr nicht einmal widersprechen können. »Genieß es, Zeit mit deinem Sohn zu verbringen. Zumindest mit deinem zweiten.« Womit sie seinen katholischen Schuldkomplex aus Kindheitstagen zielsicher aktiviert hatte.

Eigentlich kehrte er nur wenn unbedingt nötig in die Gegend zurück, in der er aufgewachsen war. Zu sehr schwebte das schlechte Gewissen über ihm, weil er Steffi und mit ihr seinen damals noch ungeborenen Sohn Paul dort zurückgelassen hatte. Und damit die Menschen, die sich deswegen das Maul über ihn zerrissen. Zu sehr brodelte nach wie vor die Wut auf seinen Vater in ihm, der immer noch nicht kapiert hatte, dass er mittlerweile erwachsen geworden war. »A Kind g'hört tauft«, waren seine letzten Worte gewesen.

Vielleicht würde Deichsler heute einiges anders machen. Oder um es mit einem Kalenderspruch seiner Mutter zu sagen: »Hätt der Hund ned g'schissn, dann hätt er einen Hasen erwischt.«

»Hatschi!« *Drecksheuschnupfen. Kaum bin ich auf dem Land, geht's los.*

Sein Sohn streckte sich kurz, schnorchelte dann aber friedlich weiter. Immerhin war Deichsler da, wo er hinwollte, auch wenn sein schrottiger Fiesta jetzt keinen Mucks mehr von sich gab: im Isental, über dem tranige Wolken hingen, bei Dorfen, östlich von München. Vor wenigen Tagen war das Isental eine Million Jahre alt geworden. Zahlreiche Autobahngegner wie die Biermösl Blosn hatten den runden Geburtstag einen großen Steinwurf von hier gefeiert, am Lindumer Kircherl. Käme die Autobahn, würde die Kapelle von einer riesigen Brücke überragt werden, was Deichsler im Moment aber ziemlich egal war. Im Moment sah alles danach aus, als würde sie kommen. Obwohl die Aktionsgemeinschaft gegen die A 94, die quer durch alle Bevölkerungsschichten und Parteien ging, kämpfte, seitdem er auf der Welt war. Mehrmals waren sie erfolgreich vor Gericht gezogen, zwei gewonnene Petitionsverfahren im Deutschen Bundestag zeichneten ihren Weg. Ein Urteil des Europäischen Gerichtshof bestätigte Teile des Isentals als Natur- und Landschaftsschutzgebiete. Aber nachdem das Bundesverwaltungsgericht in Leipzig den letzten Einspruch abgewiesen und die Umweltverträglichkeit der Autobahn bestätigt hatte, blies den Autobahngegnern nun ein kalter Wind ins Gesicht.

Kurbis gestriger Hilferuf hatte Deichsler überrascht. Achtzehn Jahre waren seit ihrem letzten Treffen vergangen. Gut, die erste Hostie hatte ihnen Pfarrer Rupert Mayer am selben Tag in den Mund geschoben. Zusammen waren sie Firmlinge mit vollen Geldbeuteln und eitrigen Wimmerln im Gesicht gewesen. Sogar das erste »offizielle« Weißbier war in der gleichen Wirtschaft, nämlich beim Holzwirt, nur ein paar Kilometer Luftlinie von hier, durch ihre stimmbruchgebeutelten Hälse gespült worden. Seitdem waren unzählige Weißbiere die Kehlen hinuntergeflossen.

Kurbis Anruf hatte Abwechslung von Kind und Küche versprochen. Deichslers Zukünftige weilte die nächste Woche auf Geschäftsreise in China und konnte sich somit nicht über seine Abwesenheit beschweren. Irgendetwas in der Stimme des Freundes hatte Deichsler aufhorchen lassen. Denn Kurbi war nie der Typ gewesen, der sofort um Hilfe geschrien hatte. Und jetzt klingelte er mitten in der Nacht bei einem alten Schulspezl an, mit dem er zuletzt vor einer Ewigkeit auf dem Dorfener Volksfest versumpft war.

Deichsler drückte sachte die Autotür zu und schloss den Wagen ab, auch wenn in dieser Gegend um diese Uhrzeit sicher keiner vorbeikam. Und wenn, dann nicht zu Fuß, sondern im Auto oder auf dem Mofa. Wahrscheinlicher war aber, einem aus dem Feld springenden Reh oder einem über die Straße zuckelnden Igel zu begegnen. Deichsler stellte sich vor, wie das Reh in seine Blechkiste einstieg und mit quietschenden Reifen davonbrauste. Da durchschlug der Schrei eines Waldkauzes die nächtliche Stille.

»Fred, du musst sofort kommen«, hatte Kurbi am Telefon gefleht. »Zum Schwammerl, um halbe viere in der Nacht.«

An wolkenlosen Tagen konnte man von hier aus weit in das breite Tal schauen, an das sich die Hänge schmiegten wie David an Deichslers Brust. Und durch das sich die Lappach schlängelte, von Bäumen beschützt, bis nach Oberdorfen, wo sie in die Isen mündete. Die wiederum weiter floss nach Dorfen mit seiner über alles emporragenden Pfarrkirche Maria, die man sogar von hier aus sehen konnte. Falls nicht, wie jetzt, die riesigen Maisstauden den Blick versperrten.

Er sog den vertrauten Geruch von frischem Mist und süßem Mais tief ein. Er erinnerte ihn an früher, auch wenn es das Früher eigentlich nicht mehr gab. Seine Beine waren schwer, also beschloss er, sich am Schwammerl auf der Bank unter dem rot-weiß bemalten Fliegenpilzdach aus Holz und Metall auszuruhen.

Deichsler erreichte den Stein des Widerstands. Autobahngegner hatten ihn als Mahnmal aufgestellt. Stumm stand er am Wegrand, ein Glühwürmchen schwebte vor ihm in der Luft. Deichsler gähnte. Da raschelte es im Maisfeld. Er blieb stehen, hielt die Hand schützend vor Davids Kopf und griff nach dem Pfefferspray in seiner Hosentasche, das er anstelle einer Waffe bei sich trug. Die Stauden wackelten, ein Reh sprang heraus. Deichsler grinste und ging weiter. Er sah den Schwammerl und erkannte die Umrisse einer Person.

Ist Kurbi schon da?

Der Mond schaute durch die Wolken.

Will mich der Kurbi verarschen? Und spielt, wie ich früher, den Jesus?

Je näher Deichsler kam, umso kälter wurde ihm. Nur die Nähe seines Sohnes milderte die emporkriechende Unruhe in seiner Brust. Der Kurbi hing am Schwammerl, die Haferlschuhe baumelten vor dem Holzbankerl. Seine kräftigen Wadln steckten in grobmaschigen graugrünen Kniestrümpfen, darüber die Lederhosen. Der Hut des Schwammerls verdeckte den Kopf.

Ist das … doch nicht der Kurbi?

Deichsler war nur noch wenige Meter von ihm entfernt und erkannte die Tracht des Dorfener Trachtenvereins. Der Mond, der gerade noch wie ein Filmscheinwerfer auf den Kurbi am

Schwammerl geleuchtet hatte, verschwand wieder hinter schwarzen Wolken. Die einsamen Autolichter, die wie herumirrende Taschenlampenkegel das Tal abtasteten, reichten nicht bis auf die Anhöhe. Es war stockdunkel.

Ein plötzlicher Rülpser, der die unheimliche Ruhe zerriss, ließ Deichsler zusammenfahren. David stieß einen spitzen Schrei aus, schlief dann aber weiter.

Kurbi, mein Gott, was machst du da … Vielleicht ist er nur besoffen und lebt noch?

Deichsler gab sich einen Ruck und näherte sich seinem alten Schulspezl bis auf wenige Zentimeter. Fledermäuse schreckten unter dem Schwammerlhut auf. Deichsler wurde schwindelig. Er fingerte sein Handy heraus, zitterte die Taschenlampe an und las: »Wer bei einem Vieh liegt, der soll des Todes sterben.« Kurbis Hände waren übereinandergelegt und über seinen Kopf an den Pfahl des Schwammerls genagelt worden. Ein großer Nagel steckte in den Handgelenken. Das geronnene Blut zeichnete spinnennetzartige Konturen auf die Haut. Sein Kopf hing seltsam leblos herunter, die Augen starrten Deichsler an, dessen Blick auf dem überstreckten Oberkörper nach unten wanderte. Aus dem Schlitz von Kurbis Lederhose hing sein Zipfel. Gerade wollte Deichsler seine Hand ausstrecken und ihn wieder in den Hosenstall schieben, wie andere die Augen der Toten schließen, blieb aber wie festgenagelt stehen. Starrte auf Kurbis Penis. Jetzt wurde es ihm endgültig zu viel. Er drehte sich um und rannte den Berg hinunter. Stolperte, schaffte es gerade noch, Davids Kopf mit der Hand zu stützen, fiel auf die Knie, zerriss sich die Hose, schürfte sich die Haut auf. David erwachte und fing zu brüllen an. Deichsler stand auf, rannte weiter und suchte den Autoschlüssel in der Hosentasche. Er kam am Auto an, bekam den Schlüssel nicht ins Schloss, stocherte darin herum. Öffnete die Tür. Schlug sie zu. Öffnete sie erneut, weil er David noch vor dem Bauch trug. Bekam die Schnalle auf dem Rücken nicht auf, schaffte es doch, irgendwie. Gefühlte Minuten später saß sein Sohn im Kindersitz; angeschnallt, schreiend. Deichsler auf dem Fahrersitz. Nicht angeschnallt und bleich wie der Mond.

Er wollte den Motor starten, aber der Wagen ruckelte nur.

Er drehte den Schlüssel noch einmal herum, wieder nur ein Ruckeln, schlug auf das Lenkrad ein. David schrie immer noch. Die Scheinwerfer eines vorbeizockelnden Autos blendeten ihn, der es ein drittes Mal versuchte. Der Wagen sprang an, und Deichsler keuchte auf.

2

Er raste die schmale Straße entlang, am Bagger vorbei, der dem Feld streifenweise die Haut abgezogen hatte. Ließ Pferdekoppel und Wohnhäuser mit Kinderschaukeln hinter sich.

Ich muss herausfinden, wer Kurbi umgebracht hat. Die Mama weiß sicher, was mit dem Kurbi los war. Vielleicht weiß sie sogar, was er von mir wollte.

In einer fiesen Kurve hoppelte ein Hase über die enge Landstraße. Deichsler wich aus und verlor kurz die Kontrolle über den Wagen, doch einen halben Meter vor dem Acker zog er ihn wieder in die Spur. Auf dem Bahnübergang hob es das Auto dann von der Straße, und er flog auf die Gegenfahrbahn. Davids Schreie ermahnten ihn, die immer noch aufsteigende Panik niederzukämpfen, statt das Gaspedal durchzutreten.

Nach dem Ortsschild von Dorfen bog er in die Zugspitzstraße ein. Er war in der Siedlung angekommen, in der er aufgewachsen war. Hier hießen die Straßen wie Berge und Gebirgszüge, die Rettungswache und Tempo dreißig sorgten für Sicherheit und Ordnung. Keine zehn Minuten waren vergangen, seitdem er den toten Kurbi allein am Schwammerl zurückgelassen hatte. Er parkte den Wagen vor dem Haus seiner Eltern und stieg aus. David schlummerte inzwischen wieder auf dem Rücksitz.

Was, wenn mich jemand am Schwammerl gesehen hat? Das Auto, das an mir vorbeigefahren ist …

Er stieg wieder ein und parkte den Wagen in der Parallelstraße. Nahm David samt Kindersitz heraus. Drückte sich, so gut es ging, an Thujenhecken und Betonmauern entlang, zum Haus seiner Eltern. Sein Mund war ausgetrocknet, sein Kopf vollgesogen mit dem Bild des toten Kurbi.

Seit achtzehn Jahren, seitdem er aus Dorfen abgehauen war, telefonierte er lediglich an den Geburtstagen mit den Alten, traf sie bei Familienfeiern oder Beerdigungen. Dort konnte er sich hinter Verwandten verstecken, mit denen er mehr Worte wechselte als mit seinem eigenen Vater. Der hielt ihn für einen Nestbeschmutzer, weil er Privatdetektiv geworden war. »Schnüffler« verachtete er zutiefst, weil sie dem altgedienten Kriminalhauptkommissar der Erdinger Kripo während seiner bald vierzigjährigen Dienstzeit manchmal in die Quere kamen. Das Gesetz sollte von der Staatsmacht geschützt und nicht von Laien in die Hand genommen werden, fand er.

Allerdings vergaß sein Vater, dass sein Sohn eine Ausbildung zum Privatdetektiv absolviert hatte und somit kein Amateur war. Deichsler hielt von Bürgerwehren, die Selbstjustiz übten und von ihnen so betitelte Kinderschänder jagten, genauso wenig wie sein alter Herr. Bloß entstand durch einen einzigen gemeinsamen Standpunkt noch keine konstruktive Diskussion oder gar eine intakte Vater-Sohn-Beziehung. Das Hauptargument gegen Deichsler als Privatdetektiv war für den Vater, dass er nicht einmal Verantwortung für Frau und Kind übernehmen konnte – wie sollte er es dann für seine Klienten können? Seine Mutter hingegen interessierte es immer, wie es ihm ging. Und das nicht nur, weil sie eine stadtbekannte Ratschkathl war. Manche nannten sie deswegen Infopoint. Vor allem die Jungen, weil viele Ältere der Meinung waren: »Warum muss denn immer alles auf Englisch sein?«

Deichsler zögerte, als er auf dem betonierten Vorplatz neben den zu Kugeln geschnittenen Buchsbäumchen stand.

Der Alte wird toben, wenn ich ihn wecke.

Plötzlich verwandelte sich Deichsler in den kleinen Fred. Mit zerrissener Hose, aufgeschürften blutenden Knien und dem demolierten neuen BMX-Rad. Er bemerkte nicht, wie seine Schultern nach vorn fielen, in Erwartung auf die Watschn seines Vaters. »Auf neue Sachen passt man auf!« Sein Vater scherte sich einen Scheißdreck darum, dass der kleine Fred selbst traurig wegen des kaputten Rades war, das er zum achten Geburtstag geschenkt bekommen hatte.

Der fünfunddreißigjährige Deichsler richtete sich auf und drückte den Klingelknopf. Fest steckte er die Hände in die Hosentaschen, wodurch es die Hose nach unten zog. Der Gürtel drückte auf die Hüfte. Er schloss die Augen.

Hoffentlich macht die Mama auf. Hoffentlich macht die Mama auf!

Das Flurlicht ging an. Er öffnete die Augen, sein Vater stand vor ihm. Dank der massigen Gestalt, die jetzt die Funzel verdeckte, drang so gut wie kein Licht nach außen zu Deichsler. Noch nie hatte er ihn mit so zerzausten Haaren gesehen, die er mittlerweile wohl nicht mehr schwarz tönte. Durch die grauen Haare wirkte sein Gesicht noch abgearbeiteter. Und obwohl der Schlaf noch auf seinem Gesicht lag, kroch der Zorn aus jeder Falte.

»Was willst du denn da?«

Ich freue mich auch, dich zu sehen. Selbst wenn ich in diesem Augenblick deine Hilfe brauche, werde ich dich nicht vollschleimen. Wahrscheinlich ist dir noch gar nicht aufgefallen, dass ich deinen Heidenenkel dabeihabe.

»Ich wollt einfach mal wieder vorbeischauen.«

Fred Deichsler senior starrte seinen Sohn an. »Mitten in der Nacht?« Und zischte dann: »Ich brauch mein' Schlaf. Geh doch zu deine Neger!«, und schlug die schwere Tür zu.

Haare und Hemd klebten auf Freddies Haut, das aufgeschlagene Knie und die Augen brannten. Er machte kehrt und ging durch das Holzgartentürl. Ein »Pssst!« hinderte ihn daran, es hinter sich zu schließen. Erst sah er nicht, woher die Stimme kam. Doch dann erkannte er im geöffneten Toilettenfenster ein Gesicht.

»Freddie, ich mach dir hinten auf«, flüsterte eine Stimme.

Auf die Mama ist eben Verlass.

Eine wohlige Wärme erfüllte ihn. Er schlich hinter das Haus auf die Terrasse und befürchtete schon, dass David aufwachen würde. Wie früher, wenn er angetrunken heimgekommen war, hoffte er, über nichts zu stolpern. Glücklicherweise hatte sich im Garten nichts verändert. Trotzdem blieb er an einem an die Hauswand gelehnten Rechen hängen, der lautstark zu Boden krachte und David nur um ein Haar verfehlte.

Hoffentlich habe ich den Alten jetzt nicht aufgescheucht.

Deichsler starrte nach oben. Aber es blieb dunkel. Am Treppengeländer entlang hangelte er sich bis zur Kellertür, ohne einen Mucks von sich zu geben.

Seine Mutter stand in der geöffneten Tür und wartete bereits auf ihn. Auch sie sah nicht gerade begeistert aus; die rot gefärbten schulterlangen Haare standen wirr vom Kopf ab. Nur der Bademantel strahlte ordentlich weiß wie immer.

Sie drückte ihn an sich. »Geh einer!« Da war er für einen kurzen Moment wieder zu Hause. Die wohlige Wärme, der vertraute Geruch seiner Kindheit. Hier war er sicher. Vielleicht hätte er sogar geweint, wenn er es nicht schon vor Jahren verlernt hätte.

»Aber der Papa?«

»Der schläft scho wieder.«

Da entdeckte sie David. Deichsler sah, wie ihre Augen feucht wurden. Sie bückte sich zu ihm, flüsterte: »Mein Wuzzerl«, und streichelte seinem Sohn über die Wange. »Jetzt lern ich dich endlich mal kennen.«

Im Hobbyraum, der einmal Deichslers Jugendzimmer gewesen war, stellte sie den Schalensitz, in dem David schlief, auf die alte Eckbank. Sie ließ ihren Enkelsohn keine Sekunde aus den Augen.

Deichsler sah sich um. Hier drin roch es nach den Äpfeln vom Apfelbaum, den sein Vater zu Deichslers Geburt gepflanzt hatte. Sie dürften gerade reif geworden sein. Seine Mutter erzählte ihm jedes Jahr, wie viele Früchte der Baum trug, wertete es als gutes oder schlechtes Omen für das kommende oder vergangene Jahr. Wies regelmäßig darauf hin, dass Jakobus der Patron der Arbeiter sei. Ob sie von der Apfelallergie ihres Buben wusste?

Wenn sie den Alten jetzt doch aufweckt? Und der mich an seine Kollegen verpfeift? Erst mal ist sie mit David beschäftigt.

Bevor er weiter darüber nachdenken konnte, was nun mit ihm und seinem Sohn passieren würde, stand sie auf und kam mit einem Stapel Anziehsachen zurück. »Da, zieh das an!«

Deichsler kannte die Sachen nur zu gut, es war Papas Arbeitskleidung. Die blaue Latzhose, eine Jacke in der gleichen Farbe und ein abgenutztes T-Shirt mit Lido-di-Jesolo-Aufdruck. »Socken brauch ich keine«, sagte er, ohne sie anzusehen, und begann sich die Klamotten vom Körper zu streifen.

Die Mutter verließ den Keller. Er konnte es an einer Hand abzählen, wie oft sie ihn seit der Pubertät nackt gesehen hatte. Es hatte immer etwas im Raum gestanden, wenn er unbekleidet gewesen war, etwas peinlich Berührtes. Da baute sich das Bild von

Kurbis Penis vor seinem inneren Auge auf. Unter der Dusche, nach dem Sport. Hastig zog Deichsler die Hose an – ohne Unterhose darunter. Glücklicherweise rochen die Anziehsachen nicht nach seinem Vater, sondern nach dem Heizungskeller, in dem sie aufbewahrt wurden; nach Öl und dem Holz der angrenzenden Werkstatt. Als er sich fertig angezogen hatte, kam seine Mutter mit einer dampfenden Tasse Tee, ein paar belegten Broten und einer Decke zurück. Es war schwarzer Tee mit Milch und viel Zucker, wie er ihn in Kenia immer getrunken hatte. Sie wickelte David vorsichtig in die Decke ein. »Damit du und der Kleine nicht krank werdet.«

»Und wenn der Papa aufwacht?«

»Lass mich das nur machen.«

Neben den Streichwurstbroten lagen Essiggurken. Allem Anschein nach hatte sie sich immer noch nicht gemerkt, dass er seit über zehn Jahren kein Fleisch mehr aß. Aber für seine Mutter war Wurst ja kein Fleisch, und Hunger hatte er glücklicherweise auch keinen. Mit zitternden Händen nippte er am süßen Tee und verbrannte sich den Mund.

»Pass auf! Heiß?«

»A weng«, antwortete Deichsler, woran er merkte, dass er schon lange in Franken lebte. Mittlerweile schämte er sich zwar nicht mehr dafür, wenn er mit seinen Eltern in der Öffentlichkeit oberbayerischen Dialekt sprach, aber er versuchte es doch zu vermeiden. Für ihn schwang dabei immer etwas Provinzielles mit. Vor allem die beschränkte Sichtweise mancher Menschen hier. Was sich auch in der Aktionsgemeinschaft gegen die A 94 zeigte. Die waren einfach gegen alles, was Veränderung bedeutete.

»Aber eins musst mir jetzt scho einmal erklärn. Warum lässt du dich Jahr und Tag nimmer bei uns blick'n und schneist dann zu so einer unchristlichen Zeit bei uns rein? Da kann ich scho versteh'n, dass der Vati nicht sonderlich begeistert ist.«

»Ja, ja, der Vati.« Aber bevor er etwas Dummes sagen konnte, biss sich Deichsler auf die Zunge. Er musste sich jetzt ganz genau überlegen, was er seiner Mutter erzählte. Früher oder später würde sein Vater erfahren, dass er hier gewesen war. Und auch, warum er die einstige Heimat besuchte. Wegen dem Kurbi. Der jetzt tot war. Und mit raushängendem Zipfel an den Schwammerl genagelt worden war.

Seine Mutter sah ihn gespannt aus ihren kleinen Augen an. Von der Holzwand hinter ihr glotzten die Hirschgeweihe, als warteten sie nur darauf, dass er gleich loslügen würde. Dann könnten sie es dem Jesus verpetzen, der zwischen ihnen am Kreuz hing. Und Deichsler müsste beichten gehen. Aber Deichsler wollte seiner Mutter nicht mehr zusetzen, als es die Situation erforderte. Und das Weglassen von Wahrheiten fiel ja genau genommen nicht unter Lügen.

»Jetzt sag scho«, drängte sie.

»Der Kurbi hat mich ang'rufn. Dass er mich mal wieder seh'n will.«

Deichslers Mutter richtete sich auf. »Hast *du* zum Kurbi noch Kontakt?« Das »du« zog sie seltsam in die Länge.

Er versuchte, ihren Gesichtsausdruck zu deuten. Weil ihr Mund und die Augen mit den vielen Krähenfüßen drum herum keinen Rückschluss darauf zuließen, was sie für eine Meinung über Kurbi hatte, entschied er sich, eine Gegenfrage zu stellen.

»Hast du ihn in der letzten Zeit irgendwo g'sehn?«

»In der Tankstelle halt, beim Opp. Aber der hat ihn ja erst letzte Woche rausg'schmissen, weil er wieder g'soffen hat. Und g'stohlen hat er auch.«

»Wer sagt des?«

Seine Mutter antwortete erwartungsgemäß: »D'Leut sagens, dass er ein Saufaus ist.«

Wenn sie bei anderen Fragen nur auch so berechenbar wäre.

Deichsler überlegte. »Hast du ihn auch mal b'soffn g'sehn? Oder der Vater?«

»Na, wieso? Die Frau vom Opp, d'Lisa, hat's mir beim Walken erzählt, wie es ihr noch besser g'gangen ist.«

Deichsler verdrängte das Bild seiner walkenden Mutter, wie sie die Skistöcke in den Waldboden bohrte und alle Viecher Reißaus nahmen, vor lauter Angst, aufgespießt zu werden. Und schon sauste das Bild vom an den Schwammerl genagelten Kurbi wieder durch seinen Kopf. Er nahm sich vor, gleich am nächsten Morgen zu Opp und Kurbis Mama, der Zenzi, zu fahren und sie zu fragen, ob es stimmte, was die Leute sich erzählen. Am besten noch, bevor die Polizei bei seinen Eltern vor der Tür stand, weil man sein Auto eben doch am Schwammerl gesehen hatte. Also musste er früh los. Und dafür musste er jetzt schlafen. Sonst war er morgen nicht fit. Es konnte zwar sein, dass ihn die Polizei hier bei seinen Eltern vermutete. Aber bis sie den Kurbi geborgen und herausgefunden hatten, dass er sich mit ihm verabredet hatte, würde noch ein wenig Zeit vergehen. Vor der Dämmerung war nicht damit zu rechnen.

»Du, Mama.« Er sah seine Mutter mit einem Blick an, von dem er hoffte, dass sie ihm damit keinen Wunsch abschlagen konnte. Dann deutete er auf David. »Dürfen wir heut Nacht dableib'n?«

Sie überlegte kurz, sah den winzigen Kopf mit dem spärlichen Haarwuchs an und knetete die Hände. »Freili«, sagte sie dann leise, »ich stell dir das Gästebett auf und hol dir Bettzeug. Aber bevor der Vati wach ist, seid ihr weg. Versproch'n?« Sie sah ihn durchdringend an, streichelte David noch einmal über die Wange und gab ihm ein Bussi. »Brauchst für den Kleinen auch noch was?«

Deichsler schüttelte den Kopf. Wenigstens blieben ihm weitere Fragen erspart.

Er fiel in einen traumlosen Schlaf. Doch die selige Ruhe währte nicht lange. Nach nicht einmal einer Stunde wurde er vom Telefonklingeln aus der Wohnung über ihm geweckt. Deichsler fuhr vom Gästebett hoch, das dank der ruckartigen Bewegung fast in der Mitte zusammengeklappt wäre. Sein Sohn schlummerte immer noch ruhig im Kindersitz. Deichsler schlich zur Tür, öffnete sie einen Spaltbreit, und lauschte in den Flur. Natürlich hob sein Vater ab.

»Deichsler, Grüß Gott«, sagte er in einem Ton, bei dem der Anrufer zwangsläufig die Hacken zusammenschlagen musste, selbst wenn er den Kriegsdienst verweigert hatte.

»Servus, Staack. Was willst du denn um die unchristliche Zeit von mir?«

Scheiße, jetzt haben sie mich.

Deichsler schlüpfte hastig in Jacke und Arbeitshose. Hörte gespannt, was als Nächstes kommen würde.

»Der Kurbi?«, röhrte sein Vater. »An den Schwammerl genagelt? In Tracht? Ja, wo gibt's denn so was? Und sein – was hängt aus der Hos'n?«

Deichsler konnte bis hier unten hören, wie sein Vater schluckte.

»Das gibt's doch nicht, wer macht denn so was?«

Wenn ich das wüsste …

»Ja, freilich kenn ich den Kurbi … äh, hab ich ihn kennt. Aber wer das gewesen sein könnte? Bei uns in Dorfen macht doch keiner so was.«

Ja, genau. Bei euch *schlägt auch keiner seine Frau. Deswegen gibt's auch ein Frauenhaus.*

»Gibt es Spuren am Tatort?«

Immer, wenn es sehr ernst wurde, wechselte sein Vater ins Hochdeutsche. Und Deichsler konnte sich denken, warum es jetzt ernst wurde.

Er hörte, wie seine Mutter vom Schlafzimmer im ersten Stock ins Erdgeschoss herunterkam. Hoffentlich verriet sie ihn nicht. Hatte sein Vater seine Mutter eigentlich schon mal geschlagen? Nicht, dass er wüsste.

»Aha. Fasern von einem Seil am Holz und am Hals … Ein Bulldog hat die Reifenspuren zerstört.«

Also hat der Mörder ein Seil über die Streben gelegt und Kurbi damit hochgezogen. Und um den …

»Der Zeitungsbote ist vorbeigefahren, hat aber nix gesehen. Schade. Ein Alki?«

David begann sich im Kindersitz zu rühren. Schhhh! Deichsler schaukelte ihn vorsichtig hin und her.

»Was?« Die Stimme seines Vaters überschlug sich. »Das kann nicht sein!« Er war wirklich am Tatort gesehen worden. Wahrscheinlich von dem Fahrer des Wagens, der vorbeigekrochen war. Aber vielleicht täuschte er sich auch, und Kommissar Staack bat nur um die Hilfe von seinem Kollegen, der sich hier in der Gegend wie in seiner Lederhosen auskannte?

»Bist du dir wirklich sicher, dass Fred am Tatort war?«

Da plärrte plötzlich Deichslers Mutter: »Hilfe, Hilfe, komm schnell!«, dass man meinen konnte, der tote Kurbi würde mit aus der Hose hängendem Zipfel vor ihr stehen.

Ihr Mann beendete das Telefonat umgehend. »Philomena, was hast denn?«

»Da war ein Geräusch hinterm Haus. Jetzt ist es aber wieder vorbei.«

Clever ist sie, das muss man ihr lassen.

»Mensch, hast du mich erschreckt. Ich hab scho g'meint, es wär was passiert.«

Wollte seine Mutter nicht, dass sein Vater ihn an Staack verriet? Oder war sie durch Kurbis Tod so eingeschüchtert, dass sie tatsächlich seinen Mörder im Garten vermutete?

»Was wollt er denn, der Staack, in aller Herrgottsfrüh?«

»Der Kurbi ist umgebracht worden. An den Schwammerl g'nagelt.«

»Das ist ja furchtbar!«

»Ja, das ist furchtbar. Aber was noch viel schlimmer ist: Der Fred ist am Tatort gesehen worden.«

»Das glaub ich nicht!«

»Der Staack lügt doch nicht. Der ist Kriminalhauptkommissar.«

»Ich glaub trotzdem nicht, dass es der Freddie war.«

»Aber der war doch auch mitten in der Nacht an der Tür. Das kann kein Zufall sein.«

»Im Zweifel für den Angeklagten, heißt's doch immer.«

»Vor Gericht scho, aber nicht bei uns.«

»Frag'n man doch erst einmal selber«, sagte Deichslers Mutter mit eindringlicher Stimme.

Deichsler brach der Schweiß aus. Das Gespräch zog sich wie ein ausgeleierter Hosenträger in die Länge, und er war sich sicher, dass gleich seine Eltern vor ihm stehen würden, um ihm die Leviten zu lesen. Seine Mutter schien allerdings mehr von ihm zu halten, als er bis jetzt angenommen hatte.

»Das Handy ist aus. Er ist nicht zu erreichen«, sagte sein Vater.

Das Handy. Deichsler ging zu den verdreckten Klamotten, die seine Mutter auf den Stuhl gelegt hatte, und durchsuchte die Taschen. *Ich hab's verloren – vielleicht sogar am Schwammerl.*

»Jetzt lass uns erst einmal weiterschlafen, morgen schaut die Welt scho wieder anders aus«, sagte seine Mutter in einem bezirzenden Tonfall, den er noch nie von ihr gehört hatte. Er war ihr zwar sehr dankbar für ihre Aufopferung, hoffte aber inständig, nicht das hören zu müssen, was Kinder niemals hören wollten. Kurze Zeit später stöhnte sein Vater, wie er ihn nur einmal stöhnen gehört hatte: als ihm der große Hammer auf die Zehe gefallen war.

Deichsler überlegte, was er tun sollte. Auf der einen Seite war er hier sicher. Staack hielt seinen Kollegen für absolut loyal. Der hätte ihm erzählt, wenn sein Sohn da gewesen wäre. Praktisch war er also gar nicht da. Ihm gefiel es, seinen stets korrekten Vater auszuschmieren. Wenn der wüsste, dass er hier war, würde er ihn umgehend an seine Kollegen verpfeifen. Und genau das hasste Deichsler an seinem Vater. Diese Prinzipientreue, die jegliche Flexibilität und Menschlichkeit erstickte, noch bevor sie überhaupt Gelegenheit bekam, Luft zu holen.

Im Moment ahnt er nicht einmal, wo ich bin. Und die Mama wird's ihm nicht verraten. Hoffentlich.

Er entschied sich, die Kleider anzubehalten und bei offener Tür zu schlafen, um jederzeit verschwinden zu können. Und auch den Sicherungskasten würde er offen lassen, um im Notfall für Dunkelheit sorgen zu können.

Gerade als er die Tür schließen wollte, hörte er Schritte. Seine Mutter tapste herunter. »Ich muss mit dir reden«, sagte sie, ohne ihm dabei in die Augen zu schauen. Schon saßen sie wieder auf der Eckbank, unter den Geweihen und dem an die Wand genagelten Jesus.

Und dann plötzlich stand der Vater in der Tür. »Da is er ja, der Verbrecher. Hast ihn also doch reing'lassn«, brüllte er und hob die Faust, so wie Deichsler es von ihm kannte.

Reflexartig hob der die Hände, um sich zu schützen. Bis er sich besann und die Arme vor der Brust verschränkte. »Was heißt da Verbrecher?«

»Den Kurbi hast umgebracht.«

»Geh, Vati!«, verteidigte ihn seine Mutter.

»Du spinnst doch«, schimpfte Deichsler selbst.

»Ich gib dir gleich eine!« Der Vater kam näher, die Hand wieder gehoben.

»Sag mir einen Grund, warum ich den Kurbi hätt umbringen sollen.«

»Genau«, sagte seine Mutter und wartete die Reaktion ihres Mannes ab. Der kam tatsächlich ins Stocken.

»Was weiß ich? Aber wenn's der Staack sagt. Der ist immerhin Kriminalhaupt–«

»…kommissar«, ergänzten Deichsler und seine Mutter gleichzeitig. Beide lachten los, was die Anspannung zumindest ein wenig löste.

Seinen Vater machte das noch wütender. Er zog den Gürtel des Bademantels so fest zu, dass er mittlerweile eine Spurrille in der Wampe haben musste, und fuhr sich nervös durch den grauen Oberlippenbart. »Ihr habt's gut lachen! Als Polizist ist das Strafvereitelung im Amt. Und wenn ich ihn anruf, mach ich mich zumindest nicht mitschuldig.«

Deichsler stand auf. Er fühlte sich wie damals vor seinem achtzehnten Geburtstag, als ihn sein Vater wieder einmal geschlagen hatte. Seinerzeit schwor er, sich das nie wieder gefallen zu lassen. Selbst wenn es einen vermeintlichen Grund gab, was nur selten der Fall war.

»Ich hab den Kurbi nicht ermordet.«

Seine Mutter sah ihren Mann mit durchdringendem Blick an. Deichsler spürte, wie sein Vater unsicher wurde. Leise fügte der hinzu: »Außerdem wirkt es sich positiv auf dich aus, wenn du dich quasi stellst. Ich ruf die Kollegen jetzt an.« Er zog das schnurlose Telefon aus der Bademanteltasche.

Da tat Deichsler einen Satz und riss dem Vater das Gerät aus der Hand. Der war ganz perplex. Sekunden vergingen, bis er die richtigen Worte fand. »Was erlaubst du dir eigentlich? In meinem Haus. Solang du –«

»Die Füß stell ich scho lang nimmer unter deinen Tisch. Da musst du dir scho einen neuen Spruch einfallen lassen, Papa.«

Bei dem Wort »Papa« bekam Deichslers Vater einen seltsamen Gesichtsausdruck, sein linker Mundwinkel zuckte.

»Oder willst mich wieder in Speicher sperren, wie früher?«

Die einzige Antwort war Davids Kreischen. Deichslers Vater sah zu dem Kleinen hin. Er setzte sich neben seine Frau auf die

Bank, die Hände vergrub er in den Taschen seines Bademantels. Deichsler nahm seinen Sohn auf den Arm, der seinen Opa aus kleinen Augen ansah, und setzte sich ihm gegenüber. Nahe an der Tür, sodass er jederzeit aufspringen und verschwinden konnte.

»Gib ihm doch seinen Diezi«, sagte sein Vater.

Seine Mutter hielt ihm den Schnuller entgegen, was er aber gar nicht sah. Und er war so dermaßen auf Konfrontation eingestellt, dass er den Vater auch noch falsch verstand. »Ein Schdrizzi bin ich keiner und war ich noch nie! In Kenia hab ich mich nicht herumgetrieben, sondern mehr fürs Leben g'lernt als von dir.«

»Dass du eine Dragade sitzen lässt, hast du aber nicht von mir.«

»Zum Glück hab ich auch deinen Wortschatz nicht übernommen, in dem ihr Hinterwäldler schwangere Frauen wie trächtige Tiere bezeichnet.«

»Vati, schau mal«, schaltete sich seine Mutter in versöhnlichem Ton ein. »Wir sind doch eine Familie. Und da muss man zusammenhalten.«

»Und wo war der Hammel die ganzen Jahre über?«

»Ich bin eben meinen eigenen Weg gegangen.«

»Das ist jetzt auch egal«, half ihm seine Mutter. »Auf alle Fälle hat der Kurbi den Fred ang'rufen.«

»Stimmt das?«

»Deswegen bin ich ja überhaupt da. Er wollte sich mit mir am Schwammerl treffen. Und dann habe ich ihn da tot gefunden.«

»Und was wollt er von dir?«

Deichsler sah seinem Vater fest in die Augen. »Er wollt mir was sagen. Aber was, weiß ich nicht. Er wollt es mir persönlich sagen.«

»Schöner Scheißdreck!«

»Das kannst laut sagen«, pflichtete ihm seine Frau bei. »Wisst ihr was? Ich mach uns jetzt an Kaffee und dir an schwarzen Tee mit Milch und viel Zucker, Freddie. Kommt's mit rauf?«

»Danke, Mama. Ich brauch heut aber einen Kaffee, glaub ich.«

Im Gänsemarsch stiegen sie die Treppe hinauf ins Erdgeschoss. Während seine Mutter ein Frühstück herrichtete, setzten sich Deichsler und sein Vater ins angrenzende Esszimmer. Sein Vater betrachtete stumm das Bild des Sohnes mit der Schultüte in der

Hand, das über der Essecke hing. Deichsler hielt ihm seinen Enkelsohn hin. »Willst den Kleinen mal nehmen?«

»Nein, danke«, schoss es aus ihm heraus.

Bevor Deichsler nach dem Warum fragen konnte, rief seine Mutter aus der Küche: »Weißt, Freddie, der Vati hat bei den Babys immer Angst, was kaputt zu machen.«

»Kann ich verstehen. Aber das lernt man schnell.« Wieder hielt er David ein Stück in die Höhe.

»In meinem Alter lernt man nimmer so schnell wie als Junger.« Sein Vater kratzte mit dem Fingernagel über die saubere Tischplatte. So hatte Deichsler ihn noch nie erlebt.

Deichsler beschloss, das Thema zu wechseln. »Hast du eine Ahnung, wer den Kurbi umgebracht hat? Ich hab das Gefühl, es war ein Wahnsinniger.«

»Ein Serienmörder?«, fragte sein Vater.

Seine Mutter brachte das frühe Frühstück und setzte sich zwischen die beiden. Dann streckte sie die Arme nach David aus. »Aber ich will mein Enkel mal nehmen.«

David fühlte sich sichtlich wohl bei der Großmutter und nuckelte zufrieden an seinem Schnuller.

Deichsler biss zweimal in sein Käsebrot. »Wer nagelt denn jemanden an den Schwammerl? So was macht doch kein normaler Mensch nicht.«

Die Eltern nickten. Er musste die einhellige Meinung ausnutzen. »Ich hab das Gefühl, dass noch mehr Leut sterben werden.« Seine Eltern sahen ihn entsetzt an.

»Wieso das?«, fragte der Vater.

»Was hätt mir der Kurbi sonst erzählen woll'n?«

»Du könntest doch dem Staack sagen, dass der Kurbi was g'wusst hat«, schlug seine Mutter vor.

»Und was soll er sagen, woher er das weiß? Vom Heiligen Geist?«, spottete Deichsler senior.

»Vati, damit macht man keine Witze!«, ermahnte ihn seine Frau.

Deichsler sah seine Mutter an.

Sein Vater verstand sofort. »Das ist natürlich eine Möglichkeit.« Er überlegte. »Ja, das machen wir.«

Deichsler stöhnte erleichtert auf.

»Aber du warst nie da und verschwindest auf der Stelle wieder.« Sein Vater sah zu seinem Enkel, der am Finger der Oma nuckelte.

»Versprochen. Danke, Papa.«

Während Deichslers Mutter noch ein paar Brote schmierte und David seine Flasche gab, überwand er sich und stellte sich unter die Dusche. Wenn der Kaffee schon nicht half, wirkte das vielleicht. Danach ging er die Treppe hinunter, sah sich die Bilder von früher an. Er in Lederhosen. Er mit seinem Vater bei einem Spaziergang durchs Isental.

Immerhin hängen die Bilder noch. Ich bin ja auch ihr einziger Sohn. Vielleicht haben sie gehofft, dass ich irgendwann zurückkomme. Oder waren sie sogar froh, dass ich nach Nürnberg abgehauen bin? Wenn das alles vorbei ist, werde ich mit Mama darüber sprechen.

Auf dem Telefonkästchen im Gang lag Vaters Handy. Und sein Geldbeutel. Daraus ragte der Polizeiausweis mit dem alten Foto. Aus dem Telefonbuch riss Deichsler Quentin Römers Adresse, das Handy steckte er kurzerhand ein.

Wie ähnlich ich meinem Vater doch sehe.

3

Deichsler fuhr an so vertraut klingenden Dörfern wie Hampersdorf, Großkatzbach und Ranoldsberg vorbei. In Grüntegernbach, das sie nur Greatucki genannt hatten, waren früher die Discopartys im Heustadl gestiegen. Auf einer dieser Partys war er Steffi das erste Mal begegnet, obwohl die Besäufnisse mit grottiger Musik überhaupt nicht zu ihr passten.

Er fuhr an Bauernhöfen mit geöffneten Kuhställen vorbei, es duftete nach Rindviechern und Odel, die Bauern hatten Gülle auf den Feldern ausgebracht. In ein paar Stunden würden die Kühe gemolken und die Kinder für die Schule fertig gemacht werden. Auch wenn die Milchpreise sanken, die Futterpreise stiegen, der Mais für die Biogasanlagen vom Maiszünsler befallen und ein Mensch samt Bibelzitat an den Schwammerl genagelt worden war.

Wer könnte einen Grund gehabt haben, den Kurbi zu töten? Absurderweise verdächtigte man ihn, der seinen alten Spezl seit Jahren nicht mehr gesehen hatte. *Welche Sau hat mir den ganzen Schlamassel beschert?*

Als Schnüffler wusste er, wie die Polizei vorgehen würde: Tatverdächtige abklopfen, Freunde und Bekannte des Opfers befragen. Er war der Hauptverdächtige, weil er am Tatort gesehen worden war und der Tote ihn kürzlich kontaktiert hatte. Bei Quentin Römer würden sie ihn keinesfalls vermuten. Sie waren zwar in die gleiche Schule gegangen, aber Römer war eine Jahrgangsstufe über ihm gewesen. Auch wenn Deichsler nie zu seinem engen Freundeskreis gezählt hatte, hatte er sich immer auf ihn verlassen können. Und von ihm würde er sicher mehr über Kurbi und den Tiefbauunternehmer Opp erfahren, der Kurbi gekündigt hatte, kurz bevor dieser ermordet worden war.

Nach dem Tod seiner Eltern hatte Römer noch mehr Zeit im Dorfener Trachtenverein verbracht als vorher, war sogar Vorsitzender geworden. Deichsler hatte mit dem Trachtenverein nichts zu tun haben wollen. Er verkörperte Stillstand und Bigotterie der Erzkatholiken. Einige Trachtler, wie der Tankstellenbesitzer und Tiefbauunternehmer Opp, waren natürlich auch in der CSU. Die immerhin die A 94 befürwortete. Wie Römer auch. Dessen Eltern waren bei einem Unfall auf der unausgebauten B 12 ums Leben gekommen. Sie reihten sich ein in die Zahl der vielen Unfalltoten, die das hohe Verkehrsaufkommen und die damit einhergehenden Autounfälle mit sich brachten. Deswegen war Quentin für den Bau der A 94 durchs Isental. Was man ihm irgendwie nicht übel nehmen konnte.

Römer schien wirklich bestrebt, Gottes Himmelreich auf Erden zu errichten, und war zum Zeichen seiner christlichen Ehrerbietung Krankenpfleger geworden. Deichsler musste sich bei jedem Treffen von seiner Mutter anhören: »Lern doch mal was G'scheits. Wie der Quentin Römer.« Deichslers Vater nickte dann nur bedeutungsschwanger. Natürlich wies die Mutter bei ihren Umschulungsversuchen immer auf Römers Ehrenamt im Trachtenverein hin. Dort war der mittlerweile nicht nur Vorstand, sondern leitete auch die Kinder- und Jugendgruppe. Außerdem arbeitete er in einem Pflegeheim in Ranoldsberg und hatte sich dort eine Wohnung gekauft.

Im Gegensatz zu Römer ging es heuchlerischen Gläubigen wie Opp nur um Profit. Warum er dem Kurbi gekündigt hatte oder ihn gar hatte loswerden wollen, leuchtete Deichsler allerdings nicht ein. Auf alle Fälle glaubte er nicht, dass Kurbi wieder mit dem Saufen angefangen hatte. Es hörte sich eher nach einem Vorwand an, um ihn entlassen zu können.

Hinter dem Ranoldsberger Miniaturneubaugebiet, das auf Höhe des Ortseingangs lag, parkte Deichsler im Schutze einer überwucherten Hecke. Er schnallte sich David vor den Bauch und ging den Rest des Wegs zu Fuß. Die enge Hauptstraße entlang erreichte er den Gasthof »Willis« mit seinem angrenzenden Kuhstall. Benebelt vom strengen Silogeruch und fehlendem Schlaf, rieb sich Deichsler die Augen, als er den Wehrmachtssoldaten auf dem Kriegerdenkmal stehen sah.

Denk mal.

Im alten Schulhaus, gegenüber der Kirche und dem Friedhof,

wohnte Römer. Deichsler drückte den Klingelknopf. Einmal. Dann noch mal. Dann ließ er ihn nicht mehr los.

Vielleicht hatte er Nachtdienst und ratzt noch.

Die Tür bewegte sich keinen Millimeter. Deichsler ging bergab, um ungestört telefonieren zu können, stahl sich an der Metzgerei Oberreitmeier vorbei und erreichte das Ortsende. Er holte das Handy seines Vaters und die herausgerissene Telefonbuchseite heraus und wählte Römers Nummer. Obwohl es noch dunkel war, hinter ihm tote Viecher und vor ihm nur Felder waren, presste er sich mit dem Rücken an die Hauswand der Metzgerei. Während es tutete, spähte er die Umgebung aus.

»Zurzeit ist niemand zu erreichen«, erklärte eine gelangweilte Frauenstimme.

»Scheißdreck«, schimpfte Deichsler, bereute den Fluch aber sofort, schielte erst zu David und dann umher, ob er jemanden geweckt hatte. Die rauschende Stille am Ende der Leitung tat ihm gut.

Sag ich was, oder sag ich nichts? Ich kann Römer nach all den Jahren so schwer einschätzen. Und wenn ich was sag, was *sag ich?*

Er überlegte und schwieg, bis die Stille einem nervösem Tuten wich. Römers Nummer aus dem Telefonbuch speicherte er in das Handy ein. Da stach ihm Kriminalhauptkommissar Staacks Eintrag im digitalen Adressbuch ins Auge.

Die werde ich sicher noch gebrauchen können.

Plötzlich hörte er ein Geräusch, keine fünfzig Meter vor ihm. Es knackste, raschelte, knackste, raschelte, kurz hintereinander. Deichsler ging ein paar Schritte vorwärts, stoppte, horchte, ging weiter. Da vibrierte es geräuschvoll auf Höhe seines Bauchnabels, und es wurde wärmer. David hatte eine Ladung in die Windel gesetzt und seufzte zufrieden. Deichsler wollte schon abhauen, überlegte es sich aber dann doch anders.

Wir sind zu zweit, und du bist allein. Außerdem ist Angriff die beste Verteidigung.

Als er die leuchtend roten Augen sah, wusste er, dass er diesmal auf der Gewinnerseite war, wenn auch nur für einen kurzen Moment. Daran änderte auch Davids verschissene Windel nichts.

Aus verängstigten Augen starrte ihn sein Gegenüber zwischen Zaungittern hindurch an: ein zukünftiger Rehbraten mit Preiselbeeren. Beißender Geruch stieg Deichsler in die Nase, als könnte er die Angst des Tiers riechen. Er schauderte, hastete zurück zum Wagen. Vögel zwitscherten, begrüßten den neuen Morgen, auf den er hätte verzichten können. Als er am Auto ankam, erwachte David.

»Morgen, mein Wuggl«, begrüßte er ihn zärtlich, und David grinste ihn mit seinen Wonnebacken an, wodurch Deichsler die Ereignisse der letzten Nacht zumindest für einen kurzen Moment vergaß. Er holte die Tasche mit den Wickelsachen heraus und entfernte die Bescherung, die schöner war als das meiste, was er in den letzten vierundzwanzig Stunden erlebt hatte.

An Wiesen und Dörfern vorbei, über Berge, durch Täler und Waldstücke, fuhr er nach Schwindegg. Die Polizei würde ihn dort zwar suchen und Steffi sicher nicht begeistert sein, ihn zu sehen, aber er brauchte unbedingt ein anderes Auto. In der Schwindegger WG wohnten immer einige Leute. Die wussten vermutlich auch mehr über Kurbi und Opp. Wenn er einen anderen Wagen hatte, konnte er Opp und Kurbis Mama immer noch persönlich befragen.

Kurz hinter dem verschlungenen Buchbach soff der Motor ab, was David mit einem »Da, da, da!« kommentierte.

Warum gibt die alte Schäßn genau jetzt keinen Schoaß mehr von sich?

Deichsler rollte in die Abzweigung nach Seidlthal, stieg aus und öffnete die Motorhaube. Technisch versiert wie er war, konnte er gerade mal eine Zündkerze von einem Vibrator unterscheiden.

Also warten, bis ein Auto vorbeikommt und mich mitnimmt.

Er sah auf das Handy: fünf Uhr.

Das bedeutet laufen. Vielleicht steht ja irgendwo ein Fahrrad, das ich mir ausleihen und an einer Bushaltestelle wieder abstellen kann.

Es würde eine übelste Plackerei werden, aber er hatte nun mal keine andere Möglichkeit. Früher hatten sie das öfter gemacht, wenn sie in Greatucki versumpft und alle dermaßen b'suffa gewesen waren, dass sie nicht einmal mehr mit einem Dreirad hätten fahren dürfen. Einmal hatte sie die Schandi erwischt.

Einer der Burschen, der Boden-Toni, war der Sohn des Dorfener Bürgermeisters, weswegen sie mit einem schlimmen Kater davongekommen waren.

Deichsler schnallte sich David vor den Bauch und den Rucksack auf den Rücken. Sein Sohn beäugte ihn von unten und nuckelte geräuschvoll an seinem Schnuller. Grantig haute Deichsler die Motorhaube zu. Und schon standen sie vor ihm. Die Kavallerie. Sogar ihre Mützen trugen sie vorschriftsmäßig. Was seinem Vater gefallen würde, der immer lospulverte, wenn das Fußvolk seinen Dienst ohne Mütze verrichtete. Deichsler dagegen gefiel das plötzliche Interesse an seiner Person gar nicht. Er fühlte sich noch zu jung für lebenslänglich. »Morg'n«, sagte er so freundlich wie möglich und versuchte zu lächeln.

»Stehen gblieb'n?«, wollte der Jüngere das Offensichtliche ergründen.

Warum fragst du überhaupt, du Volldepp? Du bist wirklich nur ein bewaffneter Schülerlotse.

Der Polizeibeamte stemmte die Hände in die Hüfte und plusterte seine Hühnerbrust auf wie ein Gockel.

Deichsler versuchte die Situation mit Dialekt zu retten. Er zuckte mit den Schultern. »Schaut ganz so aus.«

»Was fehlt?«, fragte der Ältere der beiden.

Der Gockel stieß ihm in die Seite. »Schwanger ist er halt!«

Deichsler verkniff sich einen dummen Kommentar. Jetzt musste er ruhig und besonnen bleiben. Auf dem Land kannte jeder jeden, und da war es nur verdächtig, wenn man sich nicht duzte. So viel wusste Deichsler noch. Also gestand er: »Kenn mich nicht aus.« Und fragte gleich darauf unterwürfig: »Du vielleicht?«

Der Ältere musterte den übernächtigten Deichsler kritisch durch seine dicken Brillengläser. »Per Du sind wir noch lange nicht. Wast, übernimm du«, sagte er zu seinem jüngeren Kollegen. Der zog seine Jacke aus, warf sie auf den Rücksitz des Streifenwagens und krempelte die Ärmel hoch.

»Dank schee«, sagte Deichsler in breitem Oberbayerisch. Gerne hätte er sich zu Hause gefühlt. Doch jetzt streifte sich der Gockel Latexhandschuhe über. Deichsler versuchte, ruhig zu atmen. Und David setzte erneut eine Ladung in die Windel, wofür Deichsler augenblicklich überhaupt keinen Kopf hatte. Die Handschuhe riefen ihm ein zutiefst demütigendes Erlebnis in Erinnerung.

Damals hatte Römer einem Schulspezl Gras stibitzt. Das hatten sie in einem Versteck an der Isen in einem buckligen Joint verbastelt und geraucht. Mit knallroten Augen hatten sie anschließend den Franz-Josef-Strauß-Flughafen angesteuert, der bunten Lichter wegen. Sie hatten sich vor Lachen gekugelt, was auch den patrouillierenden Bundesgrenzschützern nicht entging. Römer erkannte die Gefahr sofort und steckte Deichsler schnell das Gras zu, der es geistesgegenwärtig in den Mund nahm und runterschluckte. Die Gesetzeshüter nahmen die Bekifften mit in einen Untersuchungsraum. Deichsler musste sich im Kreis von zwei Uniformierten, darunter einer Frau, komplett ausziehen, bücken und die Pobacken auseinanderziehen. Gefunden wurde nichts, aber Deichsler verging das Lachen an diesem Tag. Bis er wieder zu Hause war und das geschluckte Gras seine volle Wirkung entfaltete. Er wandelte wie Deichsler im Wunderland herum und schlief erst am frühen Morgen in Gesellschaft einiger sehr eigentümlicher Gestalten ein, darunter ein verrückter Hutmacher, der ihm mit einem Teelöffel auf dem Kopf herumschlug. Reflexartig kniff er jetzt die Arschbacken zusammen.

Der Gockel ging zum Auto. »Ich bin zwar keine Hebamme nicht, aber mit Autos kenn ich mich aus«. Er öffnete die Kühlerhaube.

Deichsler entspannte sich wieder, der Ältere rollte mit den Augen. »Einen Kasperl gefrühstückt, ha?«

Der Gockel beugte sich über den Motorblock. »Zündkerz'n ist es«, sagte er triumphierend und hielt sie ins Scheinwerferlicht.

»Komm, wir nehmen euch mit nach Buchbach zur Tankstelle vom Leinfelder. Einen Kindersitz hast ja dabei. Vielleicht ist da scho jemand wach«, sagte der Ältere, der sich in der Zwischenzeit offenbar mit dem Du angefreundet hatte.

»Dürfen wir das überhaupt?«, wandte der Gockel ein, während er die Handschuhe mit einem Schnalzer von den Händen zog.

Der Ältere richtete sich die Hose und sagte: »Eigentlich sind wir kein Taxi. Jetzt wart einmal.« Er nahm die Brille ab und deutete auf Deichsler. »Ich kenn dich doch.«

Deichsler fragte mit brüchiger Stimme: »Woher?«

»Du bist doch der Sohn vom Deichsler.«

Oh nein, jetzt haben sie mich.

»Bei seiner Geburtstagsfeier hab ich ein Foto von dir g'sehn.« Der ältere Polizeibeamte kam auf ihn zu, grinste hämisch. Der Jüngere pirschte sich ebenfalls an.

Deichsler seufzte innerlich. Natürlich war die Fahndung nach ihm schon draußen. Schließlich ging es hier nicht um ein geliehenes Fahrrad, sondern um Mord. Deichsler legte die Hände auf den Rücken. Wartete auf die Handschellen.

Der Ältere hob den Arm.

Und klopfte ihm auf die Schulter. »Der Deichsler Fred bist du also. Komm, steig ein mit deinem Zwack, ich hol den Kindersitz.«

Deichsler saß auf der Rückbank und war froh, im Dunkeln ein wenig verschnaufen zu können. Kein einziges Auto kam ihnen entgegen, und die Straßenlaternen konnte man an einer Hand abzählen. David war ungewöhnlich still. Plötzlich knisterte der Sprechfunk. »Eine Durchsage an alle, eine Durchsage an alle.«

Jetzt kommt die Fahndung.

Deichsler fasste nach dem Türgriff. Das Auto fuhr mindestens achtzig Stundenkilometer. »Ich muss ... ich muss«, würgte er, übertönte damit den Sprechfunk und hielt sich die Hand vor den Mund.

Der Jüngere wusste sofort, was los war, und schrie: »Der muss schbeim. Halt an!«

Kaum dass der Streifenwagen die Geschwindigkeit verringert hatte, hob Deichsler David heraus und öffnete die Tür.

»Was machst denn?«, schrie der Jüngere und schaute sich entsetzt nach ihm um.

Der Ältere bremste mit einem Ruck und hielt den Wagen an.

Deichsler umklammerte David fest, während er aus dem Auto fiel, knallte mit dem Knie auf den Asphalt und schürfte es sich bis aufs Fleisch auf. David kreischte. Der Matsch im Straßengraben war angenehm kühl. Dann rappelte er sich auf und gab Fersengeld.

Als die verwunderten Polizisten ausstiegen, waren er und sein Sohn schon längst über alle Äcker, versteckten sich hinter einer verfallenen Scheune. Er fluchte: »Kruzifix, dem Papa seine Hose. Wenn das die Mama wüsste, David.«

Deichsler hörte, wie sich die Polizisten kurz beratschlagten, dann aber entschieden, nicht nach dem Flüchtigen zu suchen – da er für sie ja nicht flüchtig war. Die Fahndungsmeldung hatten sie demnach nicht verstanden. Sie stiegen ins Auto und brausten davon.

Auch wenn Deichsler seinem Ziel Schwindegg nun näher war, hing seine Hose in Fetzen herunter. Er wickelte David, der sich mittlerweile beruhigt hatte und in die Sonne blinzelte, erneut. Dann legte er sich ins Gras, David auf seinen Bauch, und beide nickten ein. Ein »I-ah, i-ah« holte ihn zurück in den versauten Tag. Darauf folgte ein Stöhnen, das zu einem Menschen gehören musste.

Oh nein, nicht schon wieder.

Schlaftrunken linste er durch die Bretter der Scheune. Was er sah, setzte dem Tag die Dornenkrone auf. Ein grauhaariger Mann mit hochrotem Kopf, dem die Hose in den Knien hing, hockte da über der Erde und verrichtete mühsam sein morgendliches Geschäft. Sein Gesicht war so schmerzverzerrt, dass er Deichsler richtig leidtat. Aber geteiltes Leid, an das er eh nicht glaubte, würde beiden jetzt nicht weiterhelfen. So malad, wie sich Deichsler fühlte, würde er zu Fuß nicht weit kommen.

Ich bräuchte ungefähr zwei Minuten, um mir das Muli zu schnappen.

Als der Esel erneut wieherte, brach Deichsler von der Esche, die neben dem Heuballen wuchs, einen Ast ab – von seinem Vater wusste er, dass Esel die gern fressen – und schnallte David vor seinen Bauch.

Wenn ich schnell genug bin, merkt der Bauer nicht gleich, dass das Muli weg ist. Um sich die Hose hochzuziehen, braucht er nur ein paar Sekunden. Es muss schnell gehen. Sonst hab auch ich verschissen.

Deichsler lockte den Esel mit dem Ast an. Das Tier trottete aus dem Sichtfeld des scheißenden Bauern. Deichsler hievte sich und David auf den Esel, hielt ihm den Ast vor die Nase und zuckelte davon. »Ka-ka, ka-ka«, brabbelte David erfreut. Erst als sie hinter einer Kurve verschwunden waren, hörte Deichsler den Bauern hinter sich wettern.

Was der wohl gestern gegessen hat?

4

Deichsler war gerade erst zur Welt gekommen. Satt und zufrieden schaukelte er in einer weiß-blauen Wiege im Isental. Plötzlich stand der bayerische Umweltminister Huber vor ihm. Huber fuhr sich mit der Hand durch die Haare, rückte die Brille zurecht und schöpfte einen Eimer Wasser aus der Isen. Dann grinste er Deichsler-Baby an und schüttete ihm das eiskalte Wasser über den Kopf. Deichsler wollte ihn anbrüllen, ihm die Meinung geigen, konnte aber überraschenderweise noch nicht sprechen.

In diesem Moment wachte er auf und stellte fest, dass neben ihm nicht Huber, sondern der Esel stand, iahte und mit dem glucksenden David ratschte. Deichsler fühlte sich schmutzig. Nicht nur vom Dreck der Straße und des Straßengrabens. Wäre er nicht Deichsler, wäre er einfach in den Fluss gestiegen, der zu seinen Füßen dahinplätscherte. Aber er verabscheute Wasser am Körper, konnte nicht einmal schwimmen. Und alles nur wegen seines Vaters.

»Hatschi!« Allerdings würde er eine ganze Menge Pollen loswerden, wenn er in den Bach springen würde. Also überwand er den Ekel und die Furcht, zog sich aus und stieg vorsichtig von der Uferböschung aus in die eiskalten Fluten. Der Esel und David beobachteten ihn gespannt. Nach kurzer Zeit brannten Deichslers wunde Knie nicht mehr, und die Wut auf seinen Vater kühlte zusehends ab. Das Wasser stillte seinen Durst, und nach dem Bad stopften mehrere Kirschen eines nahe gelegenen Baumes dem gröbsten Hunger das Maul. Eine Hummel brummte erstaunlich wendig um seinen Kopf. Deichsler wünschte, sie würde ihm etwas von ihrer Leichtigkeit abgeben. Genau wie die Wasserläufer, welche die Bachoberfläche punktgenau berührten, darüberglitten, aber nicht ertranken, so wie es ihm als Siebenjährigem beinahe ergangen wäre.

Vor diesem einschneidenden Ereignis hatte er mit Kurbi jeden Sommer die Isen erkundet. Sie hatten sich durch den Bach geschlagen, der an einigen Stellen von Bäumen und Sträuchern überwuchert war, die manchmal bis auf die Wasseroberfläche reichten und lange Schatten warfen. Insekten summten, Bisamratten schwammen umher, prächtig glänzende blaue Libellenmännchen paarten sich mit grün schillernden Weibchen. Wenn den Buben das Wasser bis zur Hose reichte, zogen sie sich aus und liefen nackt weiter. An manchen Tagen spritzte und schäumte das Wasser von den Laichzügen der Näslinge. Unzählige Fische schwänzelten um sie herum, und die rauen Näslingmännchen rieben sich an ihren dünnen Wadln. Eine seltsame prickelnde Erregung erfasste die Buben, und Kurbi griff nach Deichslers Hand, die er nicht mehr losließ. Die Nähe, die warme weiche Haut des anderen, hatte diesen Rausch verstärkt, der in ihrer kindlichen Leichtigkeit wurzelte. Deichsler vermisste diese Unbeschwertheit. Er fragte sich, ob sie wirklich nur durch den Unfall abhandengekommen war. Und ob er sie je wieder zurückerlangen konnte.

Seinem verspannten Nacken zuliebe machte er erst einmal seine Fünf Tibeter, obwohl ihm der fehlende Schlaf und die Anstrengungen der letzten Stunden immer noch in den Knochen saßen. Zumindest das wollte er sich beibehalten; zu Hause führte er die Übungen täglich durch. Der Legende nach hatte sie ein englischer Colonel aus dem Himalaja mitgebracht, wo sie tibetische Mönche praktizierten. Nach dieser Reise soll er wesentlich jünger gewirkt haben, weswegen den Übungen bis heute eine verjüngende Wirkung zugeschrieben wurde. Deichsler führte sie aber vor allem durch, um seinem verspannten Nacken vorzubeugen und ein Minimum an täglichem Sport zu verrichten, wenn er schon nicht genügend Disziplin aufbrachte, wieder mit dem Aikido-Training zu beginnen. Vier Jahre hatte er die japanische Kampfkunst trainiert, bis zum vierten Kyu. Bis sein Schnüffleralltag es immer mehr erschwerte, das mehrfach in der Woche stattfindende Training zu besuchen, und er es irgendwann ganz aufgab.

David sah zu, wie Deichsler sich nackt und mit ausgestreckten Armen im Kreis drehte, und gluckste vergnügt. Und auch der Esel glotzte. Darum beschloss Deichsler, seine Hose wieder anzuziehen, obwohl sie immer noch feucht war. David drehte sich vom Bauch auf den Rücken und quiekte.

Als Deichsler die Übungen beendet hatte, fühlte er sich wie ausgewechselt. Er setzte sich neben David ins Gras, holte Löffel und Obstgläschen aus dem Rucksack und setzte seinen Sohn auf den Oberschenkel. Dann gab es für David und ihn Brei.

»Einen Löffel für den David. Und einen für den Papa.«

Obwohl sie der Esel traurig ansah, gab ihm Deichsler nichts ab. Gras gab es in Hülle und Fülle. Noch.

»Eigentlich schade, wenn ich dir nicht mehr alle Pflanzen und Tiere im Isental zeigen kann, so wie es mein Papa damals getan hat«, sagte er nachdenklich zu David, der ihm interessiert zuzuhören schien oder auch nur den Löffel mit dem Obstbrei fokussierte.

Die letzten Kilometer nach Schwindegg legte er innerhalb weniger Stunden und ohne größere Zwischenfälle zurück. Mal abgesehen von dem bockenden Esel, der nicht immer in die Richtung wollte, die Deichsler anpeilte. David gefielen die ruckelnden Bewegungen, er döste vor sich hin oder betrachtete die langsam vorbeiziehenden Auwälder, Wiesen und Felder.

Deichsler wusste nicht, wer sich gerade auf dem Bauernhof der WG aufhielt. Also zäumte er das Pferd von hinten auf. Über den kleinen Garten mit den Kartoffeln und den gelben Rüben gelangte er an den Hintereingang des Anwesens. Den Esel band er an der Eiche unter dem Baumhaus fest. Ein weiterer Grund, warum er, abgesehen von der Fahndung, nicht gesehen werden wollte, war sein verlotterter Zustand. Wenn jemand wie ein Gratler aussah, dann war das Deichsler. Nach all den Jahren der Abwesenheit wollte er sich nicht zum Gespött der ganzen WG machen, auch wenn die mit Sicherheit so einiges gewöhnt waren. Ein Huhn lief ihm vor die Füße, und er wäre fast darüber gestolpert.

Vielleicht sollte ich mal wieder in einem Bett schlafen.

Als er sich aufrichtete, sah er einen jungen, drahtigen Mann mit nacktem Oberkörper im Bad vor dem Spiegel stehen. Er sah dem Filmemacher Fatih Akin mit seinen langen schwarzen Haaren und der dazwischen hervorlugenden Knollennase verblüffend ähnlich.

Schaut aus wie Räuber Hotzenplotz. Ein neuer Mitbewohner? Besser, wenn er mich nicht sieht.

Die Tür öffnete sich, und Steffi betrat das Badezimmer. Sie trug nur eine ausgewaschene grüne Pluderhose und ein Top, nahm dem Räuber Hotzenplotz die Bürste aus der Hand, berührte ihn wie zufällig an der Schulter und gab ihm einen Kuss auf die Wange. Sein verschmitztes Lächeln sprang auf Steffi über.

Eure gute Laune möchte ich auch mal haben. Ob Paul auch da ist?

Sie kämmte ihre langen braunen Haare schräg über die Stirn, was ihr jungenhaftes Gesicht noch mehr betonte. Aber leider auch ihre wunderbaren grünen Augen verdeckte. Jetzt wurmte es Deichsler noch mehr, dass er hier so heruntergekommen auftauchte. Der Räuber Hotzenplotz verließ das Badezimmer, was Steffi mit einem Klaps auf seinen Po quittierte. Deichsler wäre am liebsten wieder gegangen oder hätte sich im Baumhaus versteckt, wie er es als kleiner Junge immer getan hatte. Doch so würde er weder an ein Auto noch Kurbis Mörder auf die Schliche kommen, sondern vermutlich nur in den Knast. Also stahl er sich unter das Fenster und klopfte. Steffi fuhr herum, zog sich ein Shirt über und ging zum Fenster.

»Wegen mir hättest kein T-Shirt anziehen müssen. Ich weiß doch, wie du aussiehst«, sagte Deichsler, als sie vor ihm stand.

Ihr Mund blieb ein gerader Strich. »Wegen mir hättest du überhaupt nicht kommen müssen.« Dann bemerkte sie David. »Was ist denn mit dir geschehen? Haben sie dir das Gehirn gewaschen?«

Sie glotzten sich eine Ewigkeit an. Weil Deichsler nicht wollte, dass Räuber Hotzenplotz plötzlich vor ihm stand, sagte er: »Steffi, ich hab ein Problem.«

»Freddie, du bist das Problem.«

»So ein Quatsch.« Er schnaufte lautstark und holte tief Luft. »Ich muss mich bei dir verstecken.«

Sie musterte ihn von oben bis unten. Anders als früher. Skeptischer. »Du musst dich waschen und umziehen.« Sie machte eine kurze Pause. »Warte, ich hole was.« Dann drehte sie sich noch einmal um. »Brauchst du für den Kleinen auch was?«

Er kramte die Flasche und das Milchpulver aus dem Rucksack hervor und gab es ihr. »Sechs Monate.« Sie nickte nur.

Nach einer Minute kam sie mit einer kleinen Verbandstasche in der Hand zurück. »Hier. Aber rein kannst nicht«, sagte sie und drückte ihm Flasche und Tasche in die Hand.

»Warum? Warte …«

»Tschau.« Und weg war sie.

Deichsler wusste, dass Steffi hart sein konnte. Aber eben auch, dass sie sehr mitfühlend war. Wollte sie seinen ersten Sohn Paul vor ihm verstecken? Ohne seine Knie zu verarzten, gab er David die Flasche. Dann machte er sich auf die Suche nach einer Leiter. Neben dem überquellenden Kompost, auf dem ein wilder Kürbis wucherte, fand er eine wurmstichige Holzleiter.

Ich find schon raus, warum du mich nicht reinlässt. Der Räuber Hotzenplotz ist dein neuer Freund. Der soll wieder in den tiefen Wald zurück, wo er hingehört.

Deichsler begriff umgehend, was er soeben gedacht hatte. Vielleicht hatte er doch mehr von seinem Vater, der immer noch von Negern sprach, als ihm lieb war. Räuber Hotzenplotz sah nicht aus, als käme er aus Deutschland. Oder seine Eltern. Im ersten Stock, hinter einem rot gestrichenen Fensterladen, hauste Steffi. Lange nach ihrer gemeinsamen Zeit war sie dort eingezogen. Deichsler legte erst seine Jacke ins Gras und den schlafenden David darauf. Dann wackelte er die Holzleiter, die einen langen Schatten auf den Rasen warf, an der vernarbten Wand hinauf. Bereits auf der zweiten Stufe knarzte die Stiege. Aber die Neugierde trieb ihn weiter nach oben. Kurz bevor er das Fenster erreichte, ächzte das Holz gefährlich.

Ist mein Bauch wirklich so groß geworden?

Er sah nach unten. Neben dem Kompost hatte die WG einen Misthaufen angelegt, vermutlich um damit die Beete zu düngen. Da hörte er Steffi von oben stöhnen. Er stieg weiter, die letzte Sprosse knarzte. Räuber Hotzenplotz saß in Boxershorts auf dem Bett. Deichsler zuckte zusammen. Die Leiter bog sich nach rechts, und Deichsler fiel. Das Letzte, was er sah, war Räuber Hotzenplotzkopf, der sich mittlerweile eine Mütze übergezogen hatte. Mit einem dumpfen Laut krachte er auf den Misthaufen, der nicht einmal warm war. Und auch nicht sonderlich weich. Sein ganzer Körper schmerzte, vor allem der Rücken und die

Schulter. Als er sich zum Esel schleppte, fühlte er sich wie der Misthaufen, ausgeschissen und hinter dem Haus entsorgt. Die Zeiten, als die Haufen noch als Statussymbol galten und vor dem Haus lagen, waren längst vorbei. Ein Holztisch, auf dem ein Strauß verblühter Blumen lag und ein überfüllter Aschenbecher und eine angebrochene Flasche Wein standen, fand sich ebenfalls hinter dem Haus. Deichsler schnappte sich die Weinflasche und schnallte David wieder um. Ein Flaschenzug beförderte ihn durch die Abenddämmerung nach oben ins Baumhaus und der Wein in einen schmerzfreien Schlaf. Dass wenig später Regentropfen auf das Holzdach trommelten, bekam er nicht mehr mit.

Am nächsten Morgen erwachte Deichsler, weil es klopfte. Er öffnete die Augen einen Spaltbreit. Sonnenlicht blendete ihn, Staub flirrte umher. Sein pochender Kopf passte sich dem Klopf-Rhythmus an. Deichsler schloss die Augen wieder. Aber es klopfte weiter. Wieder hob er die Lider, versuchte durch das Licht etwas zu erkennen, versuchte sich zu erinnern, wo er sich befand.

Baumhaus. Schwindegg.

Er hob den Kopf. Es zog im Genick, sein Schädel wummerte, er schwitzte. Die Sonne hatte das Baumhaus aufgeheizt. Für die Marihuanapflanzen neben ihm mochte das gut sein, für ihn nicht. Er fühlte sich immer noch dreckig, rieb sich die Augen, schob die Decke beiseite, mit der die Tür verschlossen war, und streckte den Kopf ins Freie. Die frische Luft schwächte ihn noch mehr, die Vögel zwitscherten viel zu laut. Jetzt wusste er auch, woher das Klopfen kam. Steffi nagelte Bretter zu einem neuen Kompost zusammen.

Der Kurbi … an den Schwammerl genagelt. Die Polizei denkt, ich hätte ihn umgebracht.

Er sah sich im Baumhaus um. David ist weg, stellte er entsetzt fest, fuhr sich durch die verklebten Haare, setzte sich auf den Flaschenzug und schlingerte den Baum hinunter. Jetzt wurde ihm auch noch kotzübel. Er torkelte hinter den Baum und erbrach den halb verdauten Obstbrei.

»Du siehst ja scheiße aus«, hörte er Steffi hinter sich. »Und stinkst«, fuhr sie mit ihrer Begrüßung fort.

»Wo ist David?«

Steffi grinste ihn an. »Er liegt auf der Decke und spielt mit dem alten Spielzeug deines Sohnes. Der heißt übrigens Paul, ist gerade in der Schule, im Dorfener Gymnasium, mittlerweile ein wütender junger Mann, der nicht mehr wissen will, warum er keinen Papa hat – andere Kinder aber schon.«

»Ich freue mich auch, dich zu sehen. Kann ich eine Tasse Tee haben?«

Bevor er Steffi in das Bauernhaus folgte, vergewisserte er sich, dass mit David alles in Ordnung war. Der lag unter einem Kindertrapez und spielte mit einem herunterbaumelnden bunten Holzauto. Seinen Papa bemerkte er überhaupt nicht.

Im dunklen Gang stolperte Deichsler über ein Kinderrad aus Holz, an dessen Lenker ein Pulli gebunden war. Die Kühle des alten Hauses minderte die Übelkeit ein wenig.

Steffi drehte sich um. »Na, immer noch besoffen?«

In der Küche türmte sich das dreckige Geschirr. Es roch nach Räucherstäbchen und Essen.

»Willst du auch was essen?«

Deichsler schüttelte den Kopf. Mehr als ein Tee war heute Morgen nicht drin. Auch wenn er gestern nur Kirschen und Käsebrot gegessen hatte, die mittlerweile nicht mehr drin waren. Die Kaffeekanne auf dem Gasherd blubberte, Kaffeeduft breitete sich im Raum aus. Das Wasser für seinen Tee kochte in einem Topf.

»Du lässt ewig nichts von dir hören, und dann tauchst du hier auf und schaust aus, als wäre dir eine besoffene Laus über die Leber gelaufen.«

Deichsler hatte sich schon auf dem Esel überlegt, wie er es am besten anstellen sollte, Steffi für sich zu gewinnen. »Wegen der A 94. Und weil ich Paul endlich einmal sehen wollte.«

»Vermutlich genau in dieser Reihenfolge. Da kommst du ja mächtig früh drauf. Jetzt, wo schon fast alles vorbei ist.«

»Gibst du auf, was die A 94 angeht?«

Sie sah ihn mit blitzenden Augen an. »Du kannst mich nicht provozieren, Freddie, auch wenn du es immer wieder versuchst«, sagte sie und schlug ihm auf den Hinterkopf, der sofort wieder zu wummern begann. Dann musterte sie ihn erneut. »Weißt du, was die Oma immer gesagt hat?«

Steffis Vater war der Sprecher der Aktionsgemeinschaft gegen die A 94. Ursprünglich war er aus Franken, weswegen ihn seine Gegner oft als Zuagroaster, einen nach Bayern Eingewanderten, diskreditierten. Auch wenn er laut dem ehemaligen Münchner Bürgermeister Kronawitter nach dreißig Jahren als Einheimischer galt. Steffis Mutter war eine Eingeborene erster Güte. Trotzdem oder vielleicht gerade deswegen war sie bei den Grünen und im Dorfener Stadtrat. Deichsler hatte sie immer gemocht, weil sie sagte, wenn ihr etwas nicht passte. Dank ihrer Herzlichkeit hatte er auch ihre Kritik stets annehmen können. Was bei Steffi eigentlich nie funktionierte. Steffis Oma war auf einem Hof im Isental aufgewachsen.

»Was hat deine Oma immer gesagt?«, fragte er genervt. Dieses »immer« war eines von Steffis Lieblingsworten.

»Da Mensch is wiar a oide Hosn, auf de Gnia wead a zeaschd hie«, sagte sie in einwandfreiem Dialekt, den sie ansonsten vermied. So wollte sie sich von den Einheimischen abheben. Das hatte sie mit Deichsler gemein.

Deichsler glaubte, einen Blick von Steffi auf die alte Arbeitshose und die zerrissenen Knie bemerkt zu haben. Obwohl seine Mutter ein wandelnder Kalender war, kannte er diesen Kalenderspruch nicht. Wie sehr er diese Weisheiten liebte. Vielleicht auch, weil Steffi einen Nerv damit getroffen hatte.

»Ist der Tee jetzt fertig?«

Steffi kannte ihn gut. Selten konnte sie etwas aus der Ruhe bringen. Nur sein Talent, überall anzuecken, und seine ständigen Provokationen waren ihr irgendwann zu viel geworden, das wusste er. Während er seinen Tee trank, hackte sie Holz. Als er die Tasse abstellte, rief sie zu ihm herüber: »Willst du duschen?«

Deichsler wollte nicht, er musste. Auch wenn seine letzte Dusche erst einen Tag zurücklag.

Während er sich akribisch abtrocknete, versuchte er zusammenzufassen, was er über Kurbi wusste. Was der Grund für seinen Anruf gewesen sein konnte. Weil ihr letzter Kontakt schon so lange zurücklag, wunderte er sich immer noch darüber, dass er ausgerechnet ihn angerufen hatte.

»Du, Freddie. Du bist doch ein Detektiv. Ich hab da was für dich. Und ich brauch deine Hilfe.«

»Um was geht's denn?«

»Das kann ich dir nicht am Telefon erzähl'n. Das is mir z'gefährlich.«

Deichsler hatte überlegt, um was es sich handeln könnte. Es musste eine sehr brisante Information sein. Entweder sorgte sich Kurbi, Deichsler würde die Infos an jemanden weitergeben. Oder er fürchtete sich vor der Polizei – denn wer sonst hörte Telefone ab? Schnüffler. In den knapp zehn Jahren, in denen Deichsler als Detektiv tätig war, hatte er lediglich einmal auf dieses Mittel zurückgegriffen – und damit einen Ehebrecher überführt. In dem Gespräch zwischen dem damaligen Ehemann, der mittlerweile ein Exehemann war, und seiner Geliebten war sogar Deichsler die Schamesröte ins Gesicht gestiegen. Dass er sie »Bumsebärchen« genannt hatte, war ein geradezu harmloses Detail.

Aber wer könnte einen Privatdetektiv engagiert haben, um Kurbi zu überwachen? Opp, um herauszufinden, ob sein Mitarbeiter wieder rückfällig geworden war, soff und vielleicht sogar stahl? Ein bisschen viel Aufwand. Mit wenig Aussicht auf Erfolg. Oder die Polizei? Am ehesten kam da noch der Staats- oder Verfassungsschutz in Frage. Überwachten sie den CSUler Kurbi, weil er gegen die A 94 kämpfte, die von München nach Ampfing verlaufen sollte? Was die Gegner sympathisch machte, war, dass auch ihnen einzuleuchten schien, dass etwas getan werden musste. Die vielen Toten auf der B 12, die Lärmbelastung der Anwohner. Mittlerweile war zwar eine Umgehungsstraße um Hohenlinden gebaut worden, um die Hohenlindner zu entlasten, trotzdem forderten die meisten von ihnen immer noch »A 94 jetzt!«.

Deichsler musste Steffi die richtigen Fragen stellen, sonst würde er nicht weiterkommen.

Kurbis Freunde kenn ich besser als die Polizei.

Da fielen ihm der Polizeiausweis und das Handy seines Vaters wieder ein.

Und ich bin die Polizei.

Er nahm sich vor, Kommissar Staack später noch anzurufen und seine Frisur der seines Vaters anzupassen: kürzer, seitenscheitliger. Auch einen Oberlippenbart würde er sich wachsen lassen. Mit einem rosafarbenen Ladyshaver, mit dem Steffi vermutlich ihre Beine enthaarte, rasierte er sich. Widerwillig zog er die versifften Anziehsachen vom Vortag über. Als er auf den Hof trat, saß Steffi auf der Holzbank vor dem Haus, David auf ihrem Schoß. Wie Monika wohl reagieren würde, wenn sie davon erfuhr? Sicher hatte sie schon mehrfach versucht, ihn auf dem Handy zu erreichen. Auch wenn sie auf ihrer Geschäftsreise durch China den ganzen Tag in Verhandlungen und am Abend vermutlich dementsprechend platt war. Steffis hübsches Gesicht, das sie in die Sonne hielt, ließ ihn Monika sofort wieder vergessen. Er setzte sich neben sie auf die Bank, worauf David erfreut mit den Armen wedelte. Sie rümpfte die Nase.

»Freddie, du stinkst ja immer noch.«

Deichsler zuckte mit den Schultern.

»Komm mit, ich glaube, ich habe noch ein paar Sachen von dir.«

Er folgte ihr wie ein kleines Kind, das sich gerade vor versammelter Klasse in die Hose gepieselt hatte. Sie legte David aufs Bett, stöberte in ihrem Bauernkleiderschrank und zog ihm eine komplette Garderobe aus den Tiefen des wurmstichigen Schranks. Als sie fertig war, stand Deichsler immer noch da wie bestellt und nicht abgeholt.

»Ja, was ist?«, fragte sie. »Genierst du dich?«

Er begann sich auszuziehen. »Nein, natürlich nicht. Das sind bloß nicht meine Sachen.«

Steffi hob prüfend die Shorts hoch. Deichsler stand mittlerweile mit freiem Oberkörper da.

»Stimmt.« Sie musterte ungeniert seinen Oberkörper. »Und ich weiß auch nicht mehr, wie du aussiehst.«

Steffis direkte Art war für Deichsler nicht immer einfach gewesen. Er sah an sich herunter. Verschüchtert sagte er: »Ein Mann ohne Bauch ist ein Krüppel.«

»Du hast dich wirklich verändert«, zischte sie und verließ mit David auf dem Arm kopfschüttelnd das Zimmer.

Deichsler zog sich erst aus und dann wieder an. Bevor er nach unten ging, hob er noch einmal sein Hemd hoch, drehte sich seitlich zum Spiegel und versuchte sich aufzuheitern. »Ja, es darf ein bisserl mehr sein.«

Dafür waren seine Locken schwarz und noch nicht grau. Und seine braune Haut fand sie vermutlich auch immer noch attraktiv.

Steffi saß wieder auf der Bank.

»Immerhin habe ich nicht gesagt: Ein Mann ohne Bauch ist ein Krüppel, und ein Krüppel, der verträgt kein Bier.«

»Dann hätte ich dich gleich wieder rausgeworfen.«

Er sah an der Zimmererhose hinunter, die ihm lediglich bis zu den Waden reichte. Steffis Neuer war kleiner als er. Räuber Hotzenplotz war kleiner als er.

»Wo ist der von gestern eigentlich hin?«

»Weg. Und was willst du hier?«

»Dich ein paar Sachen fragen, wegen dem Kurbi.«

»Interessant. Wegen dem Kurbi kommst du hierher. Aber all die Jahre hast du es nicht geschafft, nach deinem Sohn zu sehen.«

»Steffi.« Deichsler schluckte. »Du hast ja recht. Denkst du, ich kann den Paul mal treffen?«

»Ich weiß nicht, ob er das will.«

Ich weiß auch nicht, ob ich das will, dachte Deichsler.

»Kann ich dich jetzt zum Kurbi was fragen?«

»Was soll ich vom Kurbi wissen? Denkst du, ich bin jetzt auch eine von den Schwarzen? Und warum willst du überhaupt was über den Kurbi wissen?«

»Er war doch bei der Aktionsgemeinschaft gegen die A 94.«

»Ja, im Streibl-Saal war er schon dabei. Nach der Niederlage vor Gericht. Als erlaubt wurde, das erste Teilstück ab Pastetten zu bauen. Und auch beim Sommerfest am Schwammerl, als die Biermösl-Blosn gespielt hat.«

»Mit wem war er denn da?«

»Mit der Zenzi, seiner Mama.«

»Sonst hat er keine Freunde gehabt?«

»Die meisten aus dem Trachtenverein und der CSU sind ja für die A 94, weswegen er da ein bisschen einsam war.«

»Bist du dir sicher?«

»Als ich noch beim Trachtenverein und in der CSU war, ist es so gewesen.«

»Ach so«, sagte Deichsler, in Gedanken vertieft. »Du verarschst mich.« Er kitzelte sie mit einer Hand, zur Bestrafung, Steffi begann zu lachen. Es stand ihr besser als der schnurgerade Mund.

»Und er war die ganze Zeit allein?«

»Nein. Beim Edwin ist er gesessen.«

»Wer ist Edwin?«

»Ein Punk. Er wohnt nicht weit entfernt von Zenzis Hof in zwei Bauwagen. Gemeinsam mit Ziegen, Hühnern und Enten, im Lebewagental.«

»Was es mittlerweile nicht alles hier gibt.«

Steffi überhörte seinen Kommentar. »Und bei Erkan.«

»Wer ist denn der Erkan?«

»Der gestern bei mir war.«

»Die müssen ja ein lustiges Bild abgegeben haben.«

»Warum?«, fragte Steffi erstaunt.

»Ein Trachtler, ein Türke und ein Punker.«

»Stimmt.«

»Denkst du, er hat sich damit Feinde gemacht?«

»Bei den Leuten von der Aktionsgemeinschaft?«

»Auch.«

»Glaube ich nicht … Geredet wurde aber schon.« Steffi machte eine Pause und dachte nach.

Auch Deichsler sinnierte weiter: *Das Holzfällerhemd ist zu weit. Räuber Hotzenplotz muss ganz schön Schmalz haben.*

»Vielleicht hat der Opp was davon gehört und ihm darum gekündigt«, murmelte Steffi.

»Aber er soll doch gesoffen und gestohlen haben.«

»Kann ich mir nicht vorstellen. Wenn ich getankt hab, hat er immer nüchtern gewirkt.«

»Nüchtern wirken und nüchtern sein sind aber zwei Paar Stiefel.«

»Du musst es ja wissen«, spottete Steffi. »Ich muss jetzt los, arbeiten.«

»Und wann sehen wir uns wieder?«

»Hast du jetzt wieder Zeit für mich, oder was?«

»Von wem sind die Sachen?«

»Wenn du willst, kannst du am Samstag zum Essen kommen. Wenn dir Grünkernpflanzerl schmecken. Dann wirst du auch erfahren, von wem die Sachen sind.«

Von Grünkernpflanzerl bekam Deichsler immer Blähungen, aber es war auf alle Fälle besser als Fleisch, und er brauchte noch etwas von Steffi, weswegen er sagte: »Ich komme gerne. Du, Steffi«, druckste er herum. »Ich brauche ein Auto.«

»Und ich muss in die Arbeit.«

»Steffi, es ist wichtig!«

»Bei dir ist immer alles wichtig.«

»Steffi, es geht um Leben und Tod.«

»Um das geht es immer.«

»Ich brauche Sachen für David. Windeln und Gläschen. Und du hast ja den Esel.«

»Aaah«, stöhnte sie genervt auf. »Aber nur, wenn du mir sagst, für was du es brauchst.«

Er entschied sich, hoch zu pokern. »Ich will eine Frau besuchen.« Gespannt wartete er ab. Er musste Steffi ja nicht sagen, dass es sich bei der Frau um die fünfundsechzigjährige Kreszentia Brandner handelte, die Mutter vom Kurbi.

Sie wischte sich die Haare aus dem Gesicht. Von früher wusste Deichsler, dass sie eine leidenschaftliche Schauspielerin war und in der Laienspielgruppe schon die ein oder andere wichtige Rolle beim jährlichen Stück übernommen hatte. Vermutlich konnte sie deswegen ihre Überraschung so gut verbergen. »Kenn ich die?«

»Klar kennst du sie. Aber ich will jetzt nicht darüber reden.«

»Aber am Samstag«, sagte Steffi und drückte ihm den Schlüssel ihres Wagens in die Hand. Er genoss die kurze Berührung. David bekam sogar noch einen Kuss von ihr auf die Backe, bevor sie den kleinen Kerl an Deichsler zurückgab. »Tschau, mein Hübscher.«

»Bis Samstag«, sagte Deichsler und setzte sich in Steffis Panda, in dem es nach Zitronenmelisse und damit nach ihr roch.

Manche Dinge ändern sich glücklicherweise nie.

5

Wen zuerst befragen? Zenzi oder Opp? Opp ist verdächtig, Zenzi weiß mehr.

Allerdings wusste Deichsler nicht, wie es ihr ging. Nach dem Tod ihres Mannes hatte sie einen Schlaganfall erlitten. Es wollte ihr einfach nicht in den Kopf gehen, dass ihr Hermann nicht mehr lebte. Seitdem wurde sie unter anderem von Quentin Römer gepflegt.

Beim Opp sind vielleicht schon Bullen … Lieber zu Zenzi. Ein wenig Beistand kann nicht schaden.

Sein Magen knurrte.

Und dort gibt's auch was zu essen.

Er fuhr sich über den Bauch. Dabei erinnerte er sich an das Handy seines Vaters, das in der Hosentasche steckte.

Polizeihauptkommissar Staack weiß sicher mehr.

»Deichsler, grüß Gott!«, rief Deichsler zackig und salutierte, was seine Stimmung umgehend hob. »Deichsler, grüß Gott!«

Als er glaubte, sich wie sein Vater anzuhören, und nicht mehr grinsen musste, machte er auf halber Strecke zwischen Schwindegg und Dorfen in einem Waldstück halt, das von der Straße aus nicht zu sehen war. Mit der Hand frisierte er sich einen Seitenscheitel und setzte sich aufrecht hin. Jetzt war er in der Stimmung. Er wählte Staacks Nummer aus und atmete tief durch.

Bereits nach dem ersten Tuten ging sein vermeintlicher Kollege ran. »Fred, was gibt's?«

Der gleiche Vorname wie sein Vater, aus Tradition, die er bisher immer bescheuert gefunden hatte, kam ihm jetzt gerade recht. »Servus Kurt«, grüßte Deichsler und versuchte sich noch aufrechter hinzusetzen, was in dem kleinen Panda aber nicht gelang.

»Du hörst dich komisch an. Bist du erkältet?«

Deichsler versuchte ruhig zu atmen und hoffte, David würde still bleiben. »Mei, es nimmt einen halt schon mit, wenn der eigene Sohn verdächtigt wird.«

»Jetzt sei halt nicht so mädchenhaft. Hast du schon was von ihm gehört?«

Pff! Deichsler konnte einen saftigen Schoaß nicht unterdrücken. Die Kirschen, oder besser: das, was von ihnen geblieben war, forderte seinen Tribut. Trotzdem beantwortete er Staacks Frage mit Nein.

»Gab's bei dir schon wieder Sauerkraut? Gut, dass wir nur telefonieren«, witzelte Staack. »Jetzt aber Spaß beiseite. Schon was von deinem Sohn gehört?«

Spaß macht mir das hier überhaupt keinen.

Bevor Deichsler etwas sagen konnte, fuhr Staack fort. »Ich hab dir ja gesagt, dass wir vorerst noch nicht nach ihm fahnden. In der Kantine habe ich von einer Streife erfahren, dass sein Auto in Buchbach liegen geblieben ist.«

»Also ist er jetzt zu Fuß unterwegs und wird wohl nicht weit gekommen sein?«, sagte Deichsler.

»Genau.«

»Du, Kurt. Wer wird denn noch verdächtigt?«

»Fred, du weißt doch …«, ermahnte ihn Staack.

»Ich weiß, dass du eigentlich nix sagen darfst, aber –«

»Deine Stimme hört sich heute wirklich eigenartig an. Vielleicht solltest du dich krankschreiben lassen.«

Plötzlich begann David mit seinem altbekannten »Wua-wua-wua«.

»Was ist denn bei dir los?«

»Nix.«

»Das hört sich aber anders an.«

»Ich … äh, bin gerade beim Einkaufen, und neben mir steht eine Mama mit ihrem Baby.«

»Wo kaufst du denn gerade ein?«

»Was?«

»Wo du gerade einkaufst?«

»Warum?«

»Weil ich auch gerade im Supermarkt bin. Dann könnten wir mit dem Telefonieren aufhören und uns bei einem Kaffee unterhalten.«

»Keine Zeit. Also, wer wird noch verdächtigt?«

»Der Opp, weil der dem Toten kurz vorher gekündigt hat.«

Deichsler unterdrückte ein genervtes Stöhnen.

Ihr seid ja wirklich auf Zack.

»Und Alexandra Gruhn«, fügte Staack hinzu.

»Wer ist denn das?«

»Eine Studierte, eine Sprachwissenschaftlerin. Wohnt bei ihren Eltern in Vocking.«

Vocking war ein Fünfundzwanzig-Seelen-Dorf, wenn man Katzen und den Holzwürmern des Sägewerks eine Seele zubilligte. Es lag auf der Strecke von Dorfen nach Isen, unweit der geplanten Autobahnbrücke über das Lappachtal. Der Ort wurde von der Straße nach Isen durchschnitten. Von da aus zum Schwammerl brauchte man gute fünf Minuten mit dem Wagen.

Deichsler fand einen Zettel im Aschenbecher des Panda. Mit einem mickrigen Bleistiftrest, den er aus dem vor Schmutz starrenden Fach in der Fahrertür fischte, krakelte er »Alexandra Gruhn, Vocking, Sprachwissenschaftlerin« auf den Schnipsel.

»Und warum die?«

»Ich kann dir nur sagen, dass sie mit dem Brandner noch verkehrt hat.« Staack betonte das Wort »verkehrt« überdeutlich. »Und dass die nicht ganz richtig tickt. Der Zettel, der am Tatort hing, hat uns auf ihre Spur gebracht.«

War Staack misstrauisch geworden und versuchte jetzt herauszufinden, ob sich Deichsler junior als sein Vater ausgab?

»Was für ein Zettel?«, fragte er interessiert.

Während Staack erzählte, was auf dem am Tatort gefundenen Zettel stand, überlegte sich Deichsler weitere Fragen. »Und was heißt: dass sie nicht ganz richtig tickt?«

Staack zögerte. »Sie leidet an einem religiösem Wahn. Und was liegt da näher, als ein Spruch aus der Bibel? Aber gell, Fred, du darfst den Kollegen auf keinen Fall erzählen, dass wir telefoniert –«

»Ich weiß deine Loyalität zu schätzen.«

»He, hast du schon wieder ein neues Fremdwort gelernt, Fred? Da war doch erst letzte Woche eins.« Und noch bevor Deichsler sich fremdschämen konnte, fuhr Staack fort: »Du darfst nicht vergessen, dein Sohn ist immer noch der Hauptverdächtige.«

»Nur weil er in der Nähe des Tatorts gesehen wurde?«, fragte Deichsler aufgebracht und fand, dass er jetzt sehr wohl wie sein alter Herr klang. Vor lauter Wut verschluckte er sich und konnte nicht mehr mit dem Husten aufhören. Staack interessierte das wenig.

»Und, weil etwas von ihm am Tatort gefunden wurde.«

»Was denn?«

»Sein Handy.«

Deichsler schlug sich mit der flachen Hand auf die Stirn. Das erklärte auch, wieso die Polizei so schnell auf ihn gekommen war. Es war kein anderer Autofahrer gewesen, der ihn am Schwammerl gesehen hatte. Er selbst war das Rindvieh gewesen, das auf eigenen Beinen zum Metzger gelaufen war.

»Fred, bist du noch dran?«

»Ja«, sagte Deichsler und überlegte.

»Du, Fred, ich muss die Fahndung nach deinem Sohn jetzt rausgeben.«

Einen Teufel wirst du! Deichsler überlegte fieberhaft, was er sagen konnte, um Staack aufzuhalten. »Wie lange kennen wir uns jetzt schon, Kurt?«

»Zwölf Jahre«, murmelte Staack.

»Ich glaube, ich weiß, wo sich der Fred aufhält.«

»Und wo?«

»Vertrau mir, ich brauche nur ein paar Stunden.«

»Das geht nicht. Ich bekomme jetzt schon Ärger, wenn das rauskommt.«

»Und einen guten Roten«, fuhr Deichsler fort.

»Aber –«

»Und ein leckeres Essen von Philomena.«

»Gut. Aber nur noch bis morgen früh.«

»In Ordnung. Du bist ein wahrer Freund, Staack«, salbaderte Deichsler und schämte sich ein bisschen.

»Und wann bekomme ich das Essen und den Roten?«

Deichsler dachte nach. »Wenn die Unschuld meines Sohnes bewiesen ist.«

»Dann geb ich sofort die Fahndung raus!«

Deichsler war einen Schritt zu weit gegangen. Verdammt! Er konnte Staacks Reaktion nicht einschätzen. Da schob sich ein gutturales Krächzen durch das Handy. Erst nach einigen Sekunden begriff Deichsler, dass es ein Lachen war.

»Ich melde mich morgen bei dir«, gluckste Staack.

Deichsler hätte gern mitgelacht.

Auch wenn noch nicht nach ihm gefahndet wurde, umfuhr Deichsler Dorfen auf dem Weg zu Zenzi. In Oberdorfen hielt er an, um sich beim Supermarkt eine Brezen zu kaufen. Als er an der Kasse stand, sah er draußen eine Frau vorbeijoggen.

Die kenn ich doch. Annamirl!

Annamirl hatte den Sohn vom Opp, den Berni, geheiratet. Eigentlich war sie immer auf Deichsler scharf gewesen. Und just als Steffi schwanger wurde, verliebte sich Deichsler in sie. Was ein Grund gewesen war, von hier abzuhauen.

Er hatte sie nicht gleich erkannt, weil sie fülliger geworden war, was ihr irgendwie stand. Ihre schwarzen glatten Haare trug sie jetzt länger. Sie verdeckten ihren skeptischen Blick ein wenig und fielen auf die üppigen Brüste, die Deichsler immer schon gut gefunden hatte. Kurbi wohl auch. Bis heute schien sie die einzige Frau gewesen zu sein, die mit Kurbi im Bett gelandet war. Na ja, bis auf diese Alexandra Gruhn, die musste sich Deichsler auch noch vorknöpfen.

Weil noch ein Tratschweib vor ihm anstand, das der Kassiererin in aller Ausführlichkeit von ihren Stuhlgangproblemen erzählte (was für die Jungen der Sex, ist für die Alten der Stuhlgang, hatte er einmal gehört), war Annamirl natürlich schon weg, als er aus dem Laden trat.

Deichsler fuhr in Richtung Ortsausgang, den Berg hinunter. Kurz vor der Brücke nahm er rechts den Abzweig Richtung Anning, weil Annamirl sicher nicht auf der Straße joggte. Darum bog Deichsler an der ersten Kreuzung links in eine schmale Straße ab und fuhr an großen Häusern vorbei, von denen manche früher wohl einmal Bauernhöfe gewesen waren. Als die asphaltierte Straße endete, spiegelten sich in den Regenpfützen Bäume, die nahe der Isen standen. Deichsler überquerte den Fluss an einer Brücke mit Holzgeländer. Jetzt floss rechts von ihm die verwucherte Isen, links reckten sich Maisfelder in den Himmel, dahinter das weitläufige Tal. Und da war sie wieder: Annamirl. Wie sie so vor ihm joggte, fragte sich Deichsler, warum er ihr damals keine Chance gegeben hatte.

Der Weg wurde noch unebener, das Gras in der Mitte höher. Für die großen Reifen eines Lanz Bulldogs, der seine Abdrücke im Dreck hinterlassen hatten, war das kein Problem – für Steffis popligen Panda hingegen schon. Aus Sorge, aufzusitzen, stieg Deichsler aus und rief: »Annamirl!« Sie hörte ihn aber nicht, lief einfach weiter. Deichsler parkte, schnallte sich David vor den Bauch und lief Annamirls rotem Jogginganzug hinterher.

Wie sich die Zeiten doch ändern.

Wäre Deichsler ein Romantiker gewesen, hätte er die zwitschernden Vögel genossen. Aber da er wusste, dass hier um Revier und Sex gekämpft wurde, konzentrierte er sich lieber darauf, nicht hinzufallen und in einer der Pfützen zu landen, die in der heißen Vormittagssonne noch nicht verdampft waren.

Logischerweise konnte er nicht so schnell, wie er wollte. David hüpfte auf und ab und musste sich fühlen wie ein Kängurubaby. Da Deichslers einzige sportliche Betätigung derzeit darin bestand, in der Nacht hochzufahren, um zu seinem schreienden Sohn zu hasten, keuchte er schon nach wenigen Minuten wie ein asthmatisches Nashorn.

Er entschloss sich, eine List anzuwenden, legte sich kurzerhand auf den Rücken und schrie: »Hilfe, Hilfe!« Zum Glück war das Gras in der Mitte des Weges weich und trocken.

Es knackte, Schritte näherten sich. Sein Plan ging auf. Deichsler vernahm ein Röcheln aus dem Mais.

Eine Wildsau. Die greift auch Menschen an. Ruhig bleiben, du Volldepp.

Etwas Schwarzes schoss auf ihn zu. Deichsler drehte sich blitzschnell auf die Knie und umschlang David mit den Armen. Schon saß das Tier auf ihm und stieß mit etwas Hartem immer wieder gegen seinen Hintern. Deichsler versuchte, mit der Faust nach der Bestie zu schlagen und sich mit der anderen aus der engen Umklammerung zu befreien. Auch David krallte sich an seinen Papa und brüllte mit hochrotem Kopf.

Da trat ein bauchiger Jäger mit einem Gewehr über der Schulter aus dem Maisfeld und schüttelte den Kopf. »Tsss, tsss, Berni. Bei Fuß.«

Deichsler richtete sich auf, was den jungen Hund nicht davon abhielt, ihn weiter zu schnaxeln.

Plötzlich stand Annamirl über ihm. Die roten Backen leuchteten, ihre schwarzen Haare hatte sie zu einem Pferdeschwanz zusammengebunden. Ihr Atem ging schnell. »Hab ich doch richtig gehört. Kann ich helfen?«

Sie wusste offenbar nicht, wer da vor ihr kniete. Es war aber auch schwer, Deichsler zu erkennen – einerseits, weil er ein Baby vor dem Bauch trug, andererseits, weil der Hund immer noch versuchte, ihn zu decken.

»Du kannst uns retten, Annamirl!«

Deichsler sah, wie Annamirls Gehirn arbeitete.

»Freddie?« Und dann sah sie David. Mit zornigem Gesichtsausdruck wandte sie sich dem Jäger zu. »Nehmens Ihren Köter an die Leine! Sie sehen doch, dass da ein Kind ist, Sie Arschloch!«

»Ja, gehen's lieber wieder Viecher abschießen«, motzte Deichsler den Jäger an.

Der murmelte irgendwas von »undankbarer Zipfe«, nahm seinen notgeilen Hund an die Leine und zerrte ihn davon.

Annamirl reichte Deichsler die Hände, um ihm hochzuhelfen. Der lehnte genervt ab, hievte sich unter größter Anstrengung hoch und klopfte sich Gras und Dreck von der Kleidung, während er David zu beruhigen versuchte. »Ist schon gut, mein Kleiner.«

»Freddie. Immer noch der Alte.«

»Du hast dich auch gut gehalten«, konterte Deichsler. »Komm, setzen wir uns an die Isen, in den Schatten.«

Annamirl löste den Knoten der Trainingsjacke, die sie um den Bauch gebunden hatte, und schlüpfte hinein.

»Warum bist du denn dieses Mal *nicht* abgehauen?« Sie schmunzelte. »Oder ist dir deine Frau davongelaufen?«

»Warum?«

Sie zeigte auf seine Hose und sein Hemd. »Weil du eine Stilberatung bitter nötig hättest.«

Deichsler machte eine wegwerfende Geste, schnallte David ab und setzte sich an die Uferböschung der Isen, die leise vor sich hin plätscherte. »Annamirl, das ist ja furchtbar, was da passiert ist.«

»Du meinst, dass der Kurbi ermordet worden ist?«

Deichsler nickte. »Und dass sie deinen Schwiegervater, den Opp, verdächtigen.«

Da läutete es bei Annamirl aus einer flachen Tasche, die sie um den Oberarm befestigt hatte. »'tschuldige.«

Deichsler stand auf und entfernte sich ein paar Schritte. Nicht, dass David wieder seinen Senf dazugab.

Annamirl hielt das Handy von ihrem Ohr weg, da ihr Gesprächspartner offensichtlich brutal sauer war. Deichsler verstand jedes Wort, das die Männerstimme brüllte: »Wo bist denn scho wieder?«

Annamirl rollte mit den Augen, sah Deichsler verschwörerisch an und formte lautlos das Wort: Berni.

»I hab g'hört, der Fred is wieder da«, brüllte es wieder aus dem Telefon.

Deichsler legte den Zeigefinger auf den Mund.

Annamirl nickte und sagte: »Was du nicht alles hörst.«

»Is er bei dir?«

»Bei mir ist die Isen, sind die Vögel –«

»Und warum schnaufst so?«, schoss es aus dem Handy.

»Weil ich gerade einen Jäger mit seinem läufigen Hund getroffen habe.« Sie grinste.

Deichsler hielt sich die Hand vor den Mund, um nicht laut loszulachen.

»Bist du lustig«, spottete Berni. »Es gibt aber was, was gar ned lustig is, und deswegen ruf i eigentlich an.«

Deichsler hielt den Atem an, weil er ahnte, was jetzt kommen würde.

»Der Freddie soll den Kurbi um'bracht hab'n.« Skepsis kehrte in Annamirls Gesicht zurück. »Aber … ich dachte, die verdächtigen deinen Vater.«

»Machens auch, aber der Fred war am Tatort, und mein Vater war bei einer Bauunternehmer-Cheftagung in Hannover.«

Cheftagung, typisch. Soll ich jetzt besser abhauen?

»Danke, dass du mich gewarnt hast, Berni. Bis später.« Annamirl steckte ihr Handy zurück in die Armtasche, öffnete den Pferdeschwanz und sah Deichsler streng an.

Wenn ich davonlaufe, hat sie mich gleich wieder. Sie ist trainiert, ich nicht. Sie wird mich schon nicht verpfeifen.

»Und deinem Schwiegervater vertraust du?«, fragte Deichsler provokativ.

»Nicht mehr als dir.«

»Ich mache dir einen Vorschlag: Mit deinem Handy kann man doch ins Internet.«

»Wenn ich hier Netz habe, schon.«

»Dann werden wir mal das Alibi vom alten Opp überprüfen.«

Annamirl sah ihn gespannt an und reichte ihm das Handy. Im Gegenzug nahm sie David entgegen, dem sie aber keinerlei Aufmerksamkeit schenkte. »Also stimmt's, was d'Leut sagen?«

»Dass ich den Kurbi ermordet habe?«, murmelte Deichsler, während er auf dem Handy herumtippte.

Sie lachte. »Nein, dass du Privatdetektiv geworden bist.«

»Ja, manchmal stimmt's sogar, was d'Leut sagen.«

Obwohl die Internetverbindung träge war, landete Deichsler bald schon auf der Seite der Bauunternehmer-Innung. Ein Herr Wenig mit etlichen Dr., Dipls und Ings vor dem Namen war der verantwortliche Koordinator. Deichsler wählte die Nummer seines Büros, während Annamirls Blick auf ihm ruhte. Deichsler richtete sich auf und sah sie ebenfalls an.

»Ingenieursbüro Dr. Wenig, guten Tag, Simibald mein Name«, flötete eine Frau am anderen Ende.

»Guten Tag, Frau Simibald. Tiefbauunternehmer Opp aus München. Ich habe die Teilnahmebestätigung für die Cheftagung in Hannover verlegt. Wären Sie so lieb und würden Sie mir den Beleg bitte noch mal zukommen lassen? Sie wissen schon, wegen der Steuer.« Deichsler räusperte sich verlegen.

»Kleinen Moment bitte, Herr Opp.«

Deichsler hörte, wie die Tasten klackerten. Annamirl schüttelte den Kopf. Das Lachen war in ihr Gesicht zurückgekehrt.

»Herr Opp, sind Sie sicher, dass Sie anwesend waren?«

»Aber natürlich«, sagte Deichsler mit gespielter Entrüstung.

»Ich habe notiert, dass Sie kurz vorher aus Krankheitsgründen abgesagt haben. Vielleicht hat das meine Kollegin falsch notiert.«

»Einen schönen Sauhaufen haben Sie da beinand«, meckerte Deichsler und zwinkerte Annamirl zu. »Wenn Sie wieder Ordnung in Ihren Laden gebracht haben, schicken'S mir die Teilnahmebestätigung gefälligst zu! Meine Adresse haben Sie ja.« Dann legte er auf und sah Annamirl triumphierend an. »Ich frag mich, wer hier lügt.«

Er gab ihr das Handy zurück. Ihre Hände waren weich und warm. Deichsler erzählte Annamirl, wie sich Kurbi bei ihm gemeldet, er ihn an den Schwammerl genagelt gefunden und sich bei seinen Eltern versteckt hatte. Erst jetzt bemerkte er, wie sehr ihn das Ganze mitgenommen hatte. Er konnte die Tränen nicht mehr zurückhalten. Dafür ließ der Druck in seinem Bauch nach. Annamirl reichte ihm ein Taschentuch. Die Begegnung mit Steffi erwähnte er nicht.

»Annamirl«, sagte er und berührte ihre Hände, die David festhielten. Ihr Gesicht blieb unbewegt. Ein Specht bearbeitete einen Baum. »Ich brauche deine Hilfe, um Kurbis Mörder zu finden.«

»Glaubst du wirklich, dass es der Manni war?«

»Es gibt da noch eine andere Spur. Die kann ich dir aber nicht verraten.«

Sie entzog sich seinem Griff. »Du bist gut. Ich mache mich hier strafbar, weil ich einen Mörder decke«, feixte sie.

Deichsler verstand erst nicht, warum. Dann fiel ihm der rallige Rüde wieder ein. »Das Decken hat der Hund vom Jäger schon übernommen.« Es platzte aus beiden heraus, und sie hielten sich die Bäuche vor Lachen.

»Ob der sein Herrchen wohl auch immer bearbeitet?«, fragte Annamirl. Selbst David quietschte vergnügt, obwohl er vermutlich keine Ahnung hatte, was die Erwachsenen so belustigte.

Als sie sich wieder beruhigt hatten, fragte Annamirl: »Wer wird denn jetzt noch verdächtigt?«

Deichsler dachte nach. »Das kann ich dir nicht sagen, damit würde ich dich gefährden.«

»Aha.« Auch sie überlegte. »Dass der Manni den Kurbi umgebracht hat, kann ich kaum glauben. Auch wenn ich ihm so einiges zutraue. Warum hätte er das denn tun sollen?«

»Vielleicht hat der Kurbi irgendwas erfahren, was er nicht weitererzählen soll. Oder –«

»Jetzt fällt's mir wieder ein.« Annamirl schlug sich gegen die Stirn. »Wie konnte ich das nur vergessen? Ich hab was läuten hören, dass er scharf auf den Hof von der Zenzi ist!«

Deichsler lehnte sich zurück und sah auf die Isen. »War Kurbi als ihr Sohn denn der Vormund von der Zenzi?«

»Nein, nur ihr Betreuer.«

»Gibt's da einen Unterschied?«

»Na sicher. Die Vormundschaft gibt es seit 1992 nicht mehr. Auch keine Entmündigung. Das nennt man jetzt Betreuungsverfügung. Die Zenzi ist zum Vormundschaftsamt und hat ihren Sohn, den Kurbi, als Betreuer für sie einsetzen lassen, weil sie nach dem Schlaganfall nicht mehr ganz die Alte geworden ist. Und weil sie Angst hat, noch einen zu bekommen, und wer kümmert sich dann um ihren Hof?«

»Aber der Kurbi ist doch ihr Sohn. Der darf doch eh entscheiden, wann ihr was passiert«, sagte Deichsler.

»Ja, üblich ist das nicht. Aber die Zenzi wollt's halt so.« Annamirl sah ihn wieder mit diesem Blick an. »Also deine geistige Kondition ist um einiges besser als deine körperliche. Aber daran kann man arbeiten.«

Deichsler war so in Gedanken versunken, dass er den Seitenhieb nicht mitbekam. »Das heißt, wenn der Kurbi nicht mehr da ist und sie einen neuen Vormund bekommt, der den Bau der A 94 befürwortet, würde sie den Hof vielleicht verkaufen?«

»Betreuer heißt das. Ja, vielleicht würde sie das tun.«

»Wir müssen weiter.« Deichsler nahm Annamirl David aus den Armen und schnallte ihn sich wieder vor den Bauch.

Sie gab ihm ihre Handynummer und sagte: »Melde dich, wenn du was brauchst. Aber auf dem Handy. Du hast ja gehört, wie eifersüchtig der Berni ist.«

»Hat er einen Grund dazu?«

»Vielleicht.« Sie streichelte David über den Kopf, strich ihre Haare hinters Ohr, gab dem überraschten Deichsler ein Bussi auf die Wange und sprintete davon. Rückwärtslaufend rief sie: »Vielleicht weiß die Lisa, dem Opp seine Frau, mehr. Die ist jeden Tag um diese Zeit am Dorfner Friedhof. Am Grab ihrer Mutter. Die ist von ihrem Mann genauso mies behandelt worden.«

Deichsler berührte die Wange an der Stelle, an der Annamirl ihn geküsst hatte, und starrte ihr hinterher.

6

Auf dem Rückweg zum Wagen überlegte Deichsler, ob es wirklich clever war, an den Friedhof zu fahren. Genau gegenüber lag die Polizeistation. Und auch wenn die Fahndung nach ihm noch nicht draußen war, würde ihn die Streife von heute Morgen sicher wiedererkennen. Wann geschah es in diesen Breiten schon, dass sie einen liegen gebliebenen Autofahrer mit einem Baby chauffierten und er aus dem fahrenden Wagen sprang? Die Beamten mussten sich wie in einem schlechten Film vorgekommen sein. Genau wie Deichsler übrigens.

Weniger riskant wäre, zu Zenzi zu fahren. Allerdings wusste die vielleicht nichts von Opps Kaufinteresse. Denn Kurbi war ihr Betreuer gewesen, der sie bestimmt um ihrer Gesundheit willen aus dem Geschäftlichen hatte heraushalten wollen. Also auf zum Friedhof.

Vielleicht konnte ihm Steffis Faible fürs Schauspielern weiterhelfen. Deichsler durchforstete den Wagen. Auf der Rückbank lag ein rosa Halstuch. Er band es sich um den Kopf und sah in den Rückspiegel.

Geht gar nicht. Damit schicken die mich in die Geschlossene.

Im Kofferraum wurde er dann doch noch fündig: Eine Perücke mit braunen kleinen Löckchen lag zwischen einer Decke und dem Verbandskasten. Deichsler setzte sie auf und sah in den Seitenspiegel. Er sah aus wie der Comedian Atze Schröder. Fehlten nur noch eine Sonnenbrille mit großen blau getönten Gläsern, dicke Ringe an den Fingern und ein Pelzmantel.

Als Deichsler Dorfen erreichte, sah er regelmäßig auf den Tacho, um die vorgeschriebene Geschwindigkeit nicht zu überschreiten. Ein Bulldog, der eine stinkende Odelspur auf dem Asphalt hinterließ, gab ihm Deckung. So gelangte er ungesehen zum Friedhof, der am Ende von Dorfen auf einem Berg lag und an eine Wiese und ein Wohnhaus grenzte.

Bevor er das Auto verließ, zog er sich die Perücke vom Kopf und kämmte seine Haare zu einem strengen Seitenscheitel.

Und David? Er schläft zwar, aber eigentlich will ich ihn nicht im Auto liegen lassen.

Er starrte durch die Frontscheibe auf die Grabsteine und Kreuze, die sich dem knallblauen Himmel entgegenreckten. Selbst aus der Ferne konnte er Lisa Opp am Rande des Friedhofs erkennen. Er startete den Motor erneut, parkte so nah wie möglich am Eingang und kurbelte alle Fenster hinunter. So würde er David hören, wenn er aufwachte.

Lisa Opp stand zwischen den Gräbern. In ihren blonden schulterlangen Haaren mit vielen grauen Strähnen darin spiegelte sich die Sonne. Mit nach vorn gebeugten Schultern und gefalteten Händen stand sie vor dem Grab ihrer Mutter und betete. Deichslers Schuhe knirschten auf dem Kies. Trotzdem sah Lisa Opp nicht auf, als er sich näherte. Um sie in ihrem Gebet nicht zu stören, kniete er neben der zerbrechlich wirkenden Frau nieder, öffnete die Weihwasserschale und besprenkelte das Grab mit einigen Tropfen.

Da fiel ihm wieder ein, was der alte Pfarrer Zawisla, der Vorgänger von Pfarrer Mayer, im Firmunterricht erzählt hatte: Mit dem Weihwasser sollen die Sünden der toten Seelen abgewaschen werden, die im Fegefeuer kochen. Was aber, wenn die Mutter von Lisa Opp überhaupt nicht im Fegefeuer gelandet war?

Zawisla würde auch ein Liter Weihwasser nix helfen. Durch das Salz, das zur Veredelung ins Weihwasser gegeben wird, gäb's wahrscheinlich nur Eintopf.

In der zweiten Klasse hatte Deichsler einmal auf dem Schulhof Mädchen geärgert. Interessanterweise wusste er nicht mehr, *wie* er sie auf den Arm genommen hatte. Aber an den brennenden Schmerz, von Zawisla verursacht, als er ihn zur Bestrafung an den Haaren gezogen hatte, konnte er sich sehr wohl erinnern. Ob man im Fegefeuer die gleichen Schmerzen erleiden musste? Die Erzkatholiken glauben ja, dass man dort die vollkommene Gegenwart und Liebe Gottes spürt, sich dieser Liebe aber aufgrund der Sünden nicht würdig fühlt.

Zawisla soll leiden, beschloss Deichsler und spürte wieder den dumpfen Schmerz, den ihm Zawisla danach noch einmal beim Firmausflug verpasst hatte. Er hatte Deichslers Kopf gegen den von Kurbi geschlagen, weil sie zu den Mädchen im zweiten Stock gegangen waren. Vielleicht wäre Zawisla selbst gern in den zweiten Stock gegangen?

»Danke«, zischelte Lisa Opp und unterbrach damit seine Gedanken.

»Bitte«, sagte Deichsler aus Verlegenheit.

»Mutti hat's nicht leicht g'habt mit dem Vati. Genau wie ich.«

»Das glaub ich«, sagte Deichsler, wenn er sonst schon an nichts glaubte als an den Fegefeuereintopf.

»Mein Hallodri hurt auch in der Gegend rum und kümmert sich nicht d'rum, was d'Leut reden.«

Wäre es dann weniger schlimm?, dachte Deichsler und sagte: »D'Leut reden ja auch, dass er den Hof von der Zenzi kaufen will.«

»Das kommt noch dazu. Der soll der armen Frau doch ihren Hof lassen«, antwortete sie mit seltsam gedehnten Worten und leckte sich mit der Zunge über die ausgetrockneten Lippen, wie um die Monotonie ihrer Stimme loszuwerden. Wahrscheinlich nahm sie Medikamente, Antidepressiva. Kein Wunder bei dem Mann.

»Und warum will er den Hof kaufen?«

Sie sah Deichsler mit einem durchdringenden Blick an. »Ich kenn dich doch irgendwoher?«

Oje, jetzt hat sie mich.

»Du bist doch mit dem Berni und seiner Frau, der Annamirl, in die Schule g'gangen?« Ein Lächeln huschte über ihr Gesicht.

Deichsler entschloss sich, nichts dazu zu sagen. Vielleicht sah er noch einem anderen Schulspezl ähnlich. Was aber leider nicht der Fall war.

»Der Deichsler Fred bist«, sinnierte sie. »Schön, dich zu sehen.«

Wenigstens eine freut sich, dass ich wieder da bin.

Und schon verfiel sie wieder in ihren monotonen Singsang. »Ach, da kommt mein Manfred ja scho.«

Ein Porsche Cayenne fuhr auf den Friedhofsparkplatz. Darin der Opp höchstpersönlich.

»Und warum will er den Hof von der Zenzi kaufen?«, fragte Deichsler und versuchte, nicht allzu gehetzt zu klingen.

»Erzähl ich dir morg'n«, antwortet Lisa Opp, als wäre es selbstverständlich, dass Deichsler morgen wieder hier sein würde.

Opp stieg aus, sah herüber und strich sich durch seinen grauen Vollbart. Mit seinen kleinen Augen ähnelte er einem Maulwurf. Deichsler spähte über den Friedhof.

Der ruft sicher gleich die Bullen.

Am Nachbarsgrab lag ein Kranz. Deichsler sagte »Pfiade« zu Lisa Opp, ging hin und bückte sich nach dem Kranz. Sie sah ihm glücklicherweise nicht hinterher. Er nahm den Kranz, der einem gewissen Remigius gewidmet war, versteckte sich dahinter und ging mit tragendem Schritt davon – wie ein Angehöriger eines kürzlich Verstorbenen, der nur kurz den Kranz austauschen geht. Als Opp das Friedhofstor erreichte, ging Deichsler gerade an der lang gestreckten Aussegnungshalle vorbei. Er spürte Opps Blicke in seinem Rücken. An einer Hecke ging es nicht mehr weiter. Ein altes Weiberl beobachtete Deichsler mit seinem Kranz vor dem Gesicht. Kurz entschlossen legte er ihn auf das Grab vor ihm.

Die Frau mit dem Kopftuch, unter dem sich graue Locken kringelten, schüttelte den Kopf, ging zu ihm rüber und las. »Ja, so ein Saustall! Da liegt doch die Friederika, und nicht der Remigius«, wetterte sie, während sich Deichsler durch ein Loch in der Hecke drückte. Als er sich über die Schulter blickte, sah er, wie Opp seiner Frau eine Medikamentenschachtel unter die Nase hielt, sie eine Tablette herausnahm und mit Wasser aus einer kleinen Flasche herunterschluckte.

Hab ich's mir doch gedacht.

An Wohnhäusern und dem Café des Seniorenheims vorbei hastete er zur Kirche. Er öffnete die schwere Holztür und huschte in die kalte Kirche. Gewohnheitsmäßig griff er in das Becken mit dem Weihwasser und bekreuzigte sich. Die hohen weißen Wände mit den Goldverzierungen, der kalte Steinboden, die unzähligen Heiligen, die auf ihn herunterschauten, und der modrige Weihrauchgeruch ließen ihn für einen Augenblick innehalten. Als Kind hatten ihn seine Eltern zum Kirchgang gezwungen. Bis er sich den kleinen Zeh aufgerissen und im Krankenhaus dafür gebetet hatte, wieder nach Hause zu dürfen.

Damals hatte er Gott versprochen, regelmäßig in die Kirche zu gehen, wenn er früher entlassen werden würde. Von da an ging er freiwillig in die Kirche, auch wenn er nicht wusste, ob die moderne Medizin oder der liebe Gott dieses Wunder der Heilung vollbracht hatten.

Heute saß lediglich eine schwarz gekleidete Frau mit Kopftuch in der letzten Reihe, die einen Rosenkranz herunterleierte.

Da klackerten Schritte auf den Steinen vor der Kirche.

Opp!

Deichsler sah sich um und entschied sich für den nahe gelegenen Beichtstuhl. Durch den muffigen Vorhang schlüpfte er in den hölzernen Verschlag. Keine Sekunde zu früh. Schon wurde die schwere Kirchentür geöffnet. Er hielt sich die Hand vor den Mund, atmete gepresst. Die Schuhe trippelten eilig durch das Kirchenschiff, untermalt von dem Gebrabbel der betenden Frau. Dann entfernten sie sich wieder. Deichsler atmete auf. Aber schon nach kurzer Zeit kehrte Opp zurück, näherte sich dem Beichtstuhl. Stoppte kurz vorher. Deichsler ballte die Faust und hob sie an, bereit zum Schlag.

Da öffnete sich der Vorhang, allerdings auf der anderen Seite des Beichtstuhls. Der Pfarrer trat ein. Durch das vergitterte Holzfenster sah Deichsler in der Dunkelheit, wie er sich bekreuzigte – und auf etwas wartete. Deichsler wusste nur nicht, auf was. Seine letzte Beichte lag Jahrzehnte zurück. Der Pfarrer räusperte sich und sagte: »Gelobt sei Jesus Christus.«

»In Ewigkeit, Amen.« Deichsler war erstaunt, wie tief die Rituale saßen. Erschrak aber auch darüber. Wer weiß, was sonst noch alles in ihm schlummerte, von dem er keine Ahnung hatte.

Die vertraute Stimme des Pfarrers rief ein Meer an Emotionen, Erinnerungen und Erlebnissen in ihm hervor. Sie gehörte Pfarrer Rupert Mayer. Hatte der Pfarrer ihn auch erkannt? Mayer war einer der wenigen gewesen, die noch an ihn geglaubt hatten, nachdem er sich entschieden hatte, Steffi zu verlassen.

»Du aber, ein Mann Gottes, strebe unermüdlich nach Gerechtigkeit, Frömmigkeit, Glauben, Liebe, Standhaftigkeit und Sanftmut. Kämpfe den guten Kampf des Glaubens, ergreife das ewige Leben, zu dem du berufen worden bist und für das du vor vielen Zeugen das gute Bekenntnis abgelegt«, fuhr der Geistliche fort.

Gerechtigkeit. Immer schon hatte sie einen zentralen Platz in Deichslers Leben eingenommen. Vielleicht war er darum auch Privatdetektiv geworden. Schon die Kindergärtnerin Frau Mittermaier hatte seiner Mutter berichtet, dass er sich um andere kümmere, sich für sie einsetze. Von wem er das wohl hatte? Von seinem Alten sicherlich nicht.

Für einen Moment fühlte er diese alles umfassende Demut, mit der er als Kind ins Gebet eintauchte, bei der er eine so große Dankbarkeit verspürte, dass ihm fast die Tränen kamen. Zuletzt hatte er sie bei der Geburt seines Sohnes verspürt. Sie verflüchtigte sich aber sofort wieder und wurde von diesem schlechten Gewissen ersetzt, das ihm wie vielen anderen Katholiken wie ein schweres Holzkreuz auf den Schultern lag. Bei Deichsler äußerte es sich normalerweise in der Suche nach eigenen Verfehlungen, selbst wenn es keinen Anlass dazu gab. Dann schreckte er mitten in der Nacht hoch und grübelte. Diesmal ging es aber etwas schneller mit der Erkenntnis.

David. Ich hab David im Auto vergessen! Ich muss hier weg.

Pfarrer Mayer räusperte sich erneut. »Wann war deine letzte Beichte, mein Sohn?«

Deichsler entschied sich, die Wahrheit zu sagen, und verfiel angesichts der Umgebung in seinen alten Dialekt: »I woas ned.«

»Warum bist du denn hier, mein Sohn?«, fragte Pfarrer Mayer mit einfühlsamer Stimme. »Hast du eine solche Untat begangen, dass du dich genierst, darüber zu sprechen? Weißt du, nicht immer fällt es uns leicht, den Weg zu Gott zurückzufinden.«

»Aber ich mag doch gar nicht zu Gott z'rückfinden«, sagte Deichsler verzweifelt und fragte sich im selben Moment, ob er das wirklich so gemeint hatte. Plötzlich fühlte er, wie kraftlos er war. »Wie ein Schluck Wasser in der Kurv'n«, hätte seine Mutter diesen Zustand bezeichnet.

»Was möchtest du dann, Freddie?«

Deichsler zuckte zusammen. Pfarrer Mayer wusste also, dass er auf der anderen Seite saß.

»Ich war mir sicher, dass du irgendwann hierher zurückkommen würdest.«

Ich war mir da gar nicht so sicher.

»Hast du mir was zu sagen?«

»Ja«, sagte Deichsler wütend, »dass ich es verdammt noch mal nicht g'wesen bin!«

In seiner Wut erkannte er nicht einmal, wie unpassend er seine Worte gewählt hatte. Er hörte, wie Pfarrer Mayer tief durchatmete.

»Es war der Opp«, behauptete Deichsler. Da fiel ihm wieder ein, dass der vielleicht noch vor dem Beichtstuhl stand. Dann saß Deichsler in der Falle. Panisch sah er sich um, suchte nach einer Fluchtmöglichkeit aus dem Beichtstuhl.

»Er verließ die Kirche, als ich zu dir kam«, beruhigte ihn Pfarrer Mayer.

Deichsler atmete tief durch.

»Warum denkst du, dass Opp es war?«

»Weil er scharf auf Zenzis Hof ist. Ich weiß nur nicht, was er mit dem Grund anfangen will.«

Wieder schien Pater Mayer nachzudenken. »Wenn dieser wahnsinnige Flächenfraß startet und das Isental betoniert ist, wird Opp noch aufgeregter um das Goldene Kalb schuhplattln.«

Schon als Kind hatte es Deichsler manchmal kompliziert gefunden, dem Pfarrer und seinen Gleichnissen zu folgen. Das mit dem Flächenfraß und dem betonierten Isental war ja nicht sonderlich verzwickt. Aber Goldenes Kalb und Schuhplattler?

»Schuhplattler? Goldenes Kalb?«

»Der liebe Herr Tiefbauunternehmer ist ein sehr weitsichtiger Mensch. Mehr kann ich dazu nicht sagen. Ich würde meine Schweigepflicht verletzen. Willst du vielleicht doch noch was beichten?«

Der lässt einfach nicht locker.

»Ich habe den Kurbi nicht ermordet!«

»Das glaube ich dir. Aber Menschen begehen auch kleinere Sünden.«

Deichsler dachte nach, obwohl er es nicht wollte, und ging sein Sündenregister durch. Er glaubte nicht mehr an den alten

Mann mit dem grauen Bart, der im Himmel saß. Und doch spürte er einen infantilen Zwang, fühlte sich winzig und unbedeutend, wie der kleine Fred vor der Haustür seiner Eltern. Der vor jeder Beichte krampfhaft überlegte, welche Sünden er begangen haben könnte. Wenn ihm nichts eingefallen war, hatte er sich immer etwas ausgedacht. So war dieses Grübeln in ihn gepflanzt worden.

»Ich habe meinen ersten Sohn vernachlässigt.« Deichsler biss sich verlegen auf die Lippe.

»Freddie, wenn du Hilfe brauchst, kannst du jederzeit zu mir kommen.«

Pfarrer Mayer war schon immer ein mutiger Mann gewesen, der sich nicht um die Meinung der anderen scherte.

»Ich weiß, dass du Korbinian Brandner nicht ermordet hast. Die Autobahn ist ein Fluch, und sie wird uns noch viel mehr Unheil bringen. Bereust du, dass du dich zu wenig um deinen Sohn gekümmert hast?«

Wenn ich es nicht verdränge, dann schon.

»Freilich.«

»Gott, der barmherzige Vater, hat durch den Tod und die Auferstehung seines Sohnes die Welt mit sich versöhnt und den Heiligen Geist gesandt zur Vergebung der Sünden. Durch den Dienst der Kirche schenke er dir Verzeihung und Frieden.«

Ich würde mir auch wünschen, dass er mir Frieden schenkt. Aber dafür brauche ich entweder Beweise, dass Opp der Mörder ist, oder ein Alibi.

»So spreche ich dich los von deinen Sünden im Namen des Vaters und des Sohnes und des Heiligen Geistes.«

Gerade als Pfarrer Mayer Deichsler noch ein Vaterunser aufbrummen wollte, unterbrach ihn eine kreischende Frau. Pfarrer Mayer zögerte keine Sekunde und öffnete den Vorhang. Deichsler schob ihn nur ein wenig beiseite. Was er sah, ließ ihm den Mund offen stehen. Hüpfende nackte Brüste, die zu einer Frau gehörten, die er vor Kurzem noch ins Gebet versunken am Grab ihrer Mutter gesehen hatte. Lisa Opp warf, nackt wie Gott sie geschaffen hatte, die Hände in die Luft, kreischte, zeterte und schrie. Pfarrer Mayer rannte auf sie zu, versuchte erst, ihr die

Hand auf die Schulter zu legen, was ihm aber nicht gelang, da Lisa Opp immer noch auf und nieder sprang.

»Frau Opp, bitte beruhigen Sie sich doch! Frau Opp, hören Sie mich?«

Lisa Opp aber schrie immer ekstatischer: »So bin ich auf'd Welt kemma, und so will ich vor Gott steh.«

Die Kopftuchfrau in der letzten Reihe stand auf und steckte ihren Rosenkranz in die Handtasche. Auf ihren Hacklstecker, einen Krückstock, gestützt, beobachtete sie das Geschehen.

Plötzlich sauste Lisa Opp mit erhobenen Händen los. Ihre hellen Haare lösten sich aus dem Knoten. Sie rannte bis zum Altar, griff nach zwei großen Kerzen, die seitlich in langen silbernen Ständern steckten und deren Flammen loderten, hob die Kerzen hoch und übergoss ihren barbusigen Oberkörper mit dem heißen Wachs. Ein schmerzerfüllter Schrei donnerte durch das Gotteshaus.

Aua, dachte Deichsler und biss sich erneut auf die Lippe.

Pfarrer Mayer hastete hinterher, zog sich sein violettes Gewand über den Kopf und umhüllte Lisa Opp damit, die wimmerte und auf die Knie sank. Dann begleitete er sie in die Sakristei.

Plötzlich stand die schwarz gekleidete Frau neben Deichsler. »Ihr Mann, der Hammel, ist dran schuld. Der Manfred Opp«, sagte sie und schüttelte den Kopf, wodurch ihr Gesicht noch schmaler aussah. Weil ihre großen, spitzen Ohren hinter dem Kopftuch verborgen waren, erkannte Deichsler sie erst auf den zweiten Blick. Kurbis Mutter, Kreszentia Brandner, von allen nur Zenzi genannt, stand mit verweinten Augen neben ihm. Als Kind hatte Deichsler mit Kurbi auf ihrem Hof gespielt, gemeinsam hatten sie im nahe gelegenen Weiher mit Dynamit gefischt. Dafür hatten sie Löschkalk in Bierflaschen mit Bügelverschluss gefüllt und sie in den Weiher geworfen. Die Flaschen waren explodiert, und eine Druckwelle hatte die Fische getötet, die dann mit dem Bauch nach oben an der Wasseroberfläche getrieben und teilweise gar nicht mehr gut ausgesehen hatten.

»Zenzi, ich bin's, der Freddie.«

Sie sah ihn aus ihren großen dunklen Augen an. Dann begann sie urplötzlich zu weinen und fiel Deichsler regelrecht in die Arme. Von draußen hörte er Sirenengeheul.

Pfarrer Mayer hat die Bullen und den Krankenwagen gerufen. Auf mich konnte er da keine Rücksicht nehmen.

»Freddie, ich muss was ess'n«, sagte Zenzi zu seiner Überraschung. »Sonst komm ich in Unterzucker. Ich lad dich ein zum Jakobmayer.«

Er stimmte zu und schob sie aus der Kirche – im Auto konnte er Zenzi immer noch widersprechen. Denn im Jakobmayer am Unteren Marktplatz würde er wie auf dem Präsentierteller sitzen. Also bugsierte er Zenzi durch die Hecke, über den Friedhof bis zu seinem Auto. David schlief zu Deichslers Erleichterung nach wie vor. Auch wenn es heute nicht sonderlich heiß war, ließ er ihn nur im Notfall und selbst dann nur mit großem Bauchweh im Auto zurück. Kaum saßen sie im Wagen, brauste eine Streife und dahinter ein Krankenwagen heran. Genau wie die Polizeiwache war auch das Krankenhaus nur ein paar hundert Meter von der Kirche entfernt.

Gott sei Dank.

7

»Zenzi, fahren wir doch zum Holzwirt, da ist die Aussicht viel schöner«, schlug Deichsler vor, als er losfuhr. Doch so einfach, wie er sich das vorgestellt hatte, wurde es leider nicht.

»Nein«, widersprach die alte Frau vehement. »Da werde ich bloß dran erinnert, dass die schwarzen Haderlumpen, diese Betrüger, das Isental zu einer Mondlandschaft machen wollen.«

Deichsler fuhr an der Polizeiinspektion und dem Krankenhaus vorbei den Berg hinunter, bremste dann aber scharf und kroch im Schritttempo weiter, um Zeit zu schinden.

»Oder ins Johannes-Café?«

»Nein, da gibt's doch bloß was G'sunds, was nicht schmeckt.«

Jetzt fiel Deichsler auch nichts mehr ein. Die Autos stauten sich hinter ihm und hupten. Er musste wieder schneller fahren, sonst würde er auffallen. Schon steuerte er durch das Münchner Tor in Richtung Präsentierteller. Weil es erst kurz vor zwölf war, schoben sich nur vereinzelt Autos und Menschen um den unteren Marktplatz, der von verschiedenfarbigen Bürgerhäusern mit geschwungenen Giebeln und der schlanken Marktkirche eingerahmt wurde.

Deichsler nahm den immer noch schlafenden David samt Kindersitz aus dem Auto.

»Du bist aber fleißig«, bemerkte Zenzi und begutachtete das Baby. »Gut g'macht. Ganz der Papa.«

Deichsler sah zu Boden, um sein Gesicht vor den neugierigen Blicken der Passanten zumindest ein wenig verbergen zu können, als sie über die Straße gingen.

Das Jakobmayer, kürzlich renovierte und ehemalige Traditionsgaststätte, schien so etwas wie das kulturelle Zentrum Dorfens geworden zu sein. Saal, Kino und moderne Wirtschaft in einem.

»Griabig, oder?«, fragte Zenzi, und Deichsler nickte.

Zwei Kronleuchter baumelten an der Decke, ein schwarzes Sofa füllte eine Ecke aus, an den Wänden hing moderne Kunst. Bevor Deichsler es verhindern konnte, setzte sich Zenzi an einen

Tisch am Eingang. Deichsler stellte den Kindersitz auf einen der freien Stühle. Der schlechteste Platz im ganzen Laden, den hatte Zenzi ausgesucht, denn hier kamen alle vorbei, die in die Wirtschaft wollten. Weiter hinten wäre er unbeobachteter gewesen, könnte aber nicht so schnell flüchten.

Zenzi, du überraschst mich, dachte Deichsler als er die Bilder an der Wand und die Speisekarte sah. Die täglich wechselnden Mittagsgerichte gab es schon für fünf achtzig, was nichts an Deichslers leerem Geldbeutel änderte, der in seinem abgesoffenen Auto vor Buchbach lag.

Glücklicherweise steckte der Dienstausweis seines Vaters in seiner Hosentasche. Mit dem kam man weit. Zwei Mittagsgerichte wurden angeboten: geschmorte Lammkeule mit Couscous und Wok-Gemüse mit Couscous. Deichsler entschied sich natürlich für das Wok-Gemüse.

»Couscous«, sagte Zenzi und rieb sich die Hände. »So a Freud.« Und schon hob sie resolut die Hand.

Die Kellnerin mit ihrer schwarzen Schürze und dem pinkfarbenen Oberteil kam sofort. »Griaß di, Zenzi«, sagte sie erfreut und wurde dann gleich wieder ernst. »Mein Beileid.«

»Servus, Vroni. Dankschön.«

Sie musterte David und Deichsler, wurde aber von Zenzis Bestellung daran gehindert, weitere Fragen zu stellen. Weil Deichsler sich immer noch ausgelaugt fühlte, bestellte er ein alkoholfreies Weizen, das galt als isotonisch. Was auch immer das bedeutete, es konnte ihm im Moment nur nützen. Zu Hause – und er erschrak über dieses Wort und fragte sich sogleich, ob Nürnberg wirklich sein Zuhause war – trank er es, wenn er sich wieder einmal, was selten vorkam, zum Sport getrieben hatte. Er wusste schon gar nicht mehr, wann er das letzte Mal joggen gewesen war. Deswegen trank er meist auch ein normales Weißbier.

»A Lambe«, wieder rieb sich Zenzi die Hände, »ist jetzt genau des Richtige.«

Auch Deichsler freute sich auf das Essen. Allerdings stand für ihn zunächst im Vordergrund, Zenzi die richtigen Fragen zu stellen, ohne ihr den Appetit zu verderben. Falls das überhaupt möglich war.

»Zenzi, kann es sein, dass der Opp deinen Hof kaufen will?«

»Freili kann des sein«, antwortete sie, und in ihrer Stimme schwang Zorn mit. »Aber ich gebe ihn nicht her. Die müssen mich scho mit den Füßen nach vorn raustragen.«

Das Bild des toten Kurbi schob sich vor Deichslers inneres Auge. Zenzi schniefte und wischte sich über die Augen. Er sah zum Stuhl neben sich, wo David immer noch im Kindersitz schlief. »Und was will er mit deinem Hof?«, hakte er nach.

»Was weiß ich. Der kann mir gar nicht so viel zahlen, dass er den kriegt. Mein Mann hat den vierundzwanzig Jahr lang aufgebaut. Mit seinen eigenen Händ', nach Feierabend. Das muss man sich mal vorstellen. Und dann kommt die Autobahndirektion und will grad mal achtzigtausend zahlen, weil er abgewohnt sein soll. Die spinnen doch!«

»Wahrscheinlich hast du recht, Zenzi.« Deichsler musste an die abgezogenen Streifen im Grün denken, die die Wiesen am Schwammerl zerschnitten und erste Maßnahmen des Autobahnbaus waren.

»Und der Kurbi wollte auch nicht verkaufen?«

»Na. Aber wenn der g'wollt hätt, wär der Hof scho weg. Weil der seit mei'm Schlaganfall doch mein Betreuer ist.«

»Aha«, sagte Deichsler und dachte nach.

»Ich brauch halt jetzt wieder einen neuen Betreuer, der nicht verkauft«, murmelte Zenzi und schnäuzte sich wieder. Deichsler sah nicht, ob sie weinte.

Die Kellnerin brachte das Essen. Zenzi stocherte nur darin herum. Deichsler nahm einen kräftigen Schluck vom Weißbier. Nach wenigen Minuten spürte er, wie es wirkte, trotz des geringen Alkoholgehalts. Er musste dringend aufs Klo, aber das Gemüse und der Couscous waren so lecker, dass er den Toilettengang erst einmal verschob.

Eigentlich könnte ich Zenzis Betreuer werden. Aber dann müsste ich hierbleiben, in der Einöde. Wahrscheinlich würde es sogar ausreichend Arbeit für einen Privatdetektiv geben. Männer, die fremdgehen, und Angestellte, die schwarzarbeiten und sich dafür krankschreiben lassen, gibt's hier auch.

»Und weißt scho, wer dein neuer Betreuer werden soll?«

Zenzi hob die Schultern. »Ich hob doch sonst keinen mehr. Der Quentin Römer kümmert sich zwar um mich«, sie wurde nachdenklich, »aber als mein Betreuer kann ich mir den nicht vorstellen.« Ein Lächeln huschte über ihr Gesicht und verschob die Falten. »Wie wär's, wenn du mein Betreuer wirst?«

Deichsler schob sich eine voll beladene Gabel Couscous mit Gemüse in den Mund, kaute, schluckte und sagte dann: »Hab ich mir auch schon überlegt. Aber weißt, Zenzi, irgendwann muss ich wieder zurück nach Nürnberg.«

»Ist es da so schön?«

»Meine Freundin und mein Sohn leben halt da.« Dass es mit Monika nicht besonders gut lief, verschwieg er. Das würde Zenzi sicher nicht verstehen, wenn er es schon nicht verstand. Trotzdem sollte er Monika eine Mail schreiben und ihr sagen, dass mit David alles in Ordnung war. Anrufen konnte er sie nicht, da ihre Nummer im Handy gespeichert war, das er verloren hatte, und er sie nicht auswendig wusste.

Zenzi nahm einen kleinen Bissen und wischte sich mit der Serviette sorgfältig den Mund ab. Die Kerze vor ihr flackerte. »Freddie«, begann sie dann feierlich und griff nach Deichslers Hand, in der er das Messer hielt. »Ich will, dass du die Mörder vom Korbinian findest.«

Das will ich auch.

»Am Geld soll's nicht scheitern.«

An sich war Deichsler dringend auf Geld angewiesen. Aber in diesem Fall fühlte es sich schmutzig an, es anzunehmen. Kurbi und Zenzi kannte er seit Kindheitstagen. Mit Kurbi war auch ein Teil seiner Kindheit gestorben. Deichsler legte Messer und Gabel zur Seite. Vielleicht wurde mit der Zerstörung des Isentals auch noch der andere Rest getötet. Er erschrak. Aus diesem Blickwinkel hatte er den Autobahnbau noch gar nicht betrachtet. Seine Vergangenheit konnte man nicht mit Geld kaufen und auch nicht wiederherstellen, so wie die Festplatte eines Computers. Genauso wenig wie das Isental.

»Versprichst du mir, dass du nicht eher Ruh gibst, bis du seine Mörder g'funden hast?«

Eines musste er ihr noch sagen. »Ja, aber –«

»Nix aber.«

»Zenzi, du weißt scho, dass sie mich verdächtigen, den Korbinian ermordet zu haben.«

»Weiß ich nicht. Aber kennst du den Witz? Geht eine Kuh zu einem Polizisten und lacht ihn an. Der fragt: ›Was willst du denn?‹ D'rauf die Kuh: ›Mein Mann ist auch ein Bulle.‹«

Da öffnete sich die Tür des Lokals, und die Kerzenflamme zitterte. Deichsler sah auf und erstarrte.

»Jetzt haben sie die Opp doch glatt ins Schloss in die G'schlossene g'fahr'n«, hörte er den Gockel sagen, und Deichsler widerstand dem Impuls, sich unter dem Tisch zu verkriechen.

Mach jetzt keinen Fehler. Bleib ruhig. Dann erfährst du am meisten und fällst nicht auf. In die Psychiatrie nach Taufkirchen. Von Schweigepflicht habt's ihr Deppen aber auch noch nix gehört.

Die Polizisten setzten sich zwei Tische hinter Deichsler.

»Der Opp hat g'sagt, sie soll irgendwelche falschen Medikamente g'nommen haben.«

Ihr glaubt dem aber auch alles, was er erzählt. Nur weil er euch Wohnungen baut, Arbeitsplätze schafft und bei den Schwarzen und im Trachtenverein mitmischt.

Deichsler ahnte, welche Medikamente Opp seiner Frau verabreicht hatte: Anafranil und Aurorix. Im Grunde handelte es sich bei beiden um mehr oder minder harmlose Antidepressiva. Doch beide gleichzeitig eingenommen, konnten schwere Wahnvorstellungen auslösen.

Römer, der Pfleger, kannte sich mit so was sicher aus. Im Krankenhaus konnte er sich im Medikamentenschrank bedienen wie im Krämerladen. Nach dem Tod seiner Eltern war er der Leck-mich-am-Arsch in Menschengestalt geworden. Hatte sich alles reingepfiffen, was er an Betäubungsmitteln in die Finger bekommen hatte. Nur eines war ihm noch wichtig gewesen: beim Trachtenverein nicht schlecht dazustehen.

An einem Silvesterabend hatte Römer einmal nix zum Kiffen auftreiben können. Also hatten sie sich je eine Anafranil und eine Aurorix eingeworfen, womit alle ihren Spaß hatten, nur dem Opp sein Sohn nicht, der Berni. Der war nackt und mit der Unterhose auf dem Kopf durch Dorfen gerannt. Was die fesche

Annamirl allerdings nicht davon abgehalten hatte, ihn Jahre später zu heiraten.

Für Deichsler stand eines fest: Opp wollte seine Frau ausbooten, weil er befürchtete, sie würde Deichsler oder der Polizei ein paar brühwarme Informationen ausplaudern. Er hatte sie vermutlich zusammen auf dem Friedhof gesehen.

So eine Sau! Der schreckt wirklich vor gar nichts zurück.

»Was ist, Freddie, schmeckt's dir nicht?«, fragte Zenzi besorgt und riss ihn aus seinen düsteren Überlegungen.

Deichsler bekam einen Hustenanfall und leerte sein Weißbier in einem Zug. Die Beamten schauten zu ihnen herüber. Deichsler hörte sie murmeln: »Da, die Zenzi.«

Seine Blase drückte mittlerweile so dermaßen, dass er es fast nicht mehr aushielt. Aber wenn er jetzt aufstand, würden ihn die Polizeibeamten sehen und auf der Stelle festnehmen. Die Tischdecke war seine Rettung. Er nahm das Weißbierglas in die Linke und schob es unauffällig unter den Tisch. Mit der Rechten öffnete er den Hosenstall. Da ploppte das Bild des toten Kurbis mit der geöffneten Lederhose in seinem Kopf auf. Und die hübsche Bedienung stand plötzlich vor ihm. Deichsler wurde knallrot und schepperte das Weißbierglas gegen die Unterseite des Tisches.

»War alles recht?« Sie lächelte ihn an. »Darf ich Ihnen noch was bringen?«

»Nein, danke«, keuchte Deichsler, drückte den Bauch gegen den Tisch und sah Zenzi erwartungsvoll an, um von sich abzulenken. Da fiel ihm ein, dass Zenzi wahrscheinlich gehen würde, wenn sie nichts mehr zu trinken hatte. Spätestens dann würden ihn der uniformierte Schülerlotse und sein Kollege entdecken. Möglichst unauffällig fingerte er seinen Schwanz dahin zurück, wo er hingehörte, zog das Hosentürl zu und stellte das Weißbierglas auf den Tisch.

»Ich hätt doch noch gern eine Apfelschorle«, presste er unter Schmerzen heraus, »eine große, bitte.«

»Ich nix mehr«, sagte Zenzi ernst und schaute auf die Uhr. »Ich hab noch was zu erledigen.«

»Was denn?«

»Die Beerdigung vorb'reiten, und die neuste Ausgabe vom Spiegel hab ich auch noch nicht. Die lenkt mich vielleicht ein bisserl ab.«

Du verblüffst mich immer wieder, Zenzi.

Deichsler hielt es nicht mehr aus. Er musste pinkeln gehen, bevor er implodierte.

»Du, Zenzi, kann ich mir mal dein Kopftuch ausleihen?«

Zenzi sah ihn an, als hätte Deichsler ihr gerade eine Liebeserklärung gemacht. »Für was denn?«

»Zur Tarnung.«

Zenzi löste den Knoten ihres schwarzen Tuches und reichte es ihm über den Tisch. Mit belustigtem Gesichtsausdruck beobachtete sie, wie er es sich umband und mit gesenktem Kopf hinausging, damit er den Polizisten nicht in die Augen sehen musste. Fast schon erleichtert erreichte er das Männerklo.

»Des is für Mannsbilder. Weiberleit sind danebn«, brummelte ein grauhaariger Gnom, der am Pissoir stand und gerade abschüttelte.

Deichsler riss sich das Tuch vom Kopf und öffnete den Hosenstall. »Und was meinst, was des is, ha?«, sagte er barsch.

Der Alte verließ die Toilette. Ein junger Mann mit Dreadlocks kam herein und stellte sich neben Deichsler. Der spürte augenblicklich, wie sich alles unterhalb des Bauchnabels verkrampfte, ihm heiß wurde und Schweißtropfen auf seiner Stirn perlten.

Ich möchte wirklich mal wissen, warum ich nicht schiffen kann, wenn jemand neben mir steht.

»Erst bieseln, dann schütteln«, sagte der Rastamann grinsend und verließ die Toilette, genau wie der Alte, ohne sich die Hände zu waschen.

Mir langt's, dachte Deichsler, ging in die Toilettenkabine und zog die Tür hinter sich zu. Auch daneben war einer zugange. Kaum war die Sache am Laufen, klopfte es an der Kabinentür.

»Lass mich rein, ich hab einen dermaßenen Dünnpfiff.«

Der Gockel!

»Ich auch.« Da er die passende Hintergrundmusik aber gerade nicht hinbrachte, spielte er die Schoaßtrommel mit dem Mund.

»Zefix«, hörte er es von draußen fluchen. Eine Sekunde später krachte die Klotür ins Schloss, und der Gockel flüchtete, den Geräuschen nach zu urteilen, ins Frauenklo.

Weil Deichsler sich so beeilte, zurück in die Gaststube zu kommen, vergaß er, das Kopftuch aufzusetzen. Erst als er den älteren Polizisten genüsslich seine Lammkeule zerlegen sah, fiel es ihm wieder ein. Verwundert stellte er fest, dass Zenzi nicht mehr am Tisch saß. Lediglich David, der noch nicht lange wach zu sein schien, blinzelte ihn aus halb geöffneten Augen an. Deichsler schnappte sich den Kindersitz samt David. Mit der freien Hand wischte er sich beim Nach-draußen-Gehen über den Kopf, um sein Gesicht zu verbergen.

»Wollen Sie eigentlich nicht zahlen?«, schrie ihm die hübsche Bedienung hinterher.

Scheiß Schlaganfall, Zenzi hat vergessen zu zahlen. Deichsler sprintete los, rannte über die Straße, sperrte den Wagen auf, warf den Kindersitz auf den Beifahrersitz und schnallte ihn an.

»Polizei. Ein Zechpreller«, hörte er die Bedienung, im Türrahmen stehend, die Beamten alarmieren.

David begann zu plärren, Deichsler startete den Motor. Die Polizeibeamten kamen näher. Er brauste in Richtung Isen davon und ließ sie hinter sich. Im Vorüberfahren sah er Zenzi, wie sie am Marktplatz in den Bus einstieg. Aber jetzt war es schon zu spät. Den Bus würde er nur in Handschellen erreichen.

Er verließ Dorfen durch das Isener Tor, das zwischen die Wehranlage aus dem 13. Jahrhundert gezwängt war. Im Rückspiegel rotierte Blaulicht. Deichsler drehte den Kopf nach hinten. Übersah das Auto, das ihm entgegenkam und eigentlich Vorfahrt gehabt hätte. Er riss Steffis Wagen nach rechts, schrammte krachend an der Wehranlage entlang. Streifschuss. Rauch strömte aus der Kühlerhaube. Der entgegenkommende Wagen stellte sich quer, versperrte der Streife den Weg. Deichsler gab Gas und bretterte Richtung Schwammerl davon. Er lenkte David und sich über die kurvige Straße, die sich durch die Äcker schlängelte. Plötzlich ertönte die Bayernhymne. Deichsler sah auf das Radio, es war ausgeschaltet. Da bemerkte er, dass es in seiner Hosentasche vibrierte. Er nahm das Handy heraus, und das Lied der Bayern trällerte durch das ganze Auto. Davids Geplärre, das nach dem

Touchieren des Stadttors eingesetzt hatte, verstummte umgehend, weshalb sich Deichsler überlegte, ob er überhaupt rangehen sollte. Dann aber ertrug er das Geträller nicht länger.

»Deichsler, grüß Gott«, sagte er streng.

»Fred, ich hab schlechte Nachrichten.« Es war Staack.

»Red nicht lang um den heißen Brei rum, was gibt's?«

»Wir haben eine fremde DNS an Brandner gefunden.«

»Und?«

»Wenn die von deinem Sohn ist, wird's eng. Dann muss die Fahndung auf der Stelle raus, da es sich um eine eindeutige Spur handelt.«

»Verdammt!« Deichsler schlug auf das Lenkrad. Bei Mischspuren hätte es sich ein Vierteljahr hinziehen können.

»Und da sie die DNS gestern schon gefunden haben, weißt du ja selbst, brauchen die nur noch einen Tag. Mehr kann ich nicht für dich tun.«

»Aber ich wahrscheinlich für dich«, log Deichsler.

»Sag mal, Fred, ist dein Schnupfen immer noch nicht besser?«

»Hatschi!«, nieste Deichsler ins Handy und sagte: »Ich muss jetzt auflegen, ich sitz grad im Auto.«

»Ja, dann gute Besserung, und genieß die restliche Urlaubswoche noch. Wir sehn uns.«

Heute war Freitag. Also würden sie sich spätestens am Montag über den Weg laufen. Spätestens dann kommt raus, dass sie nie miteinander telefoniert haben. Auch das noch.

8

Deichsler hätte nicht gedacht, dass es noch schlimmer kommen könnte. Aber er hatte sich geirrt.

Des Mordes verdächtigt, Zechprellerei, Fahrerflucht und wer weiß, was seine unüberlegte Aktion sonst noch für einen Rattenschwanz nach sich zog. Jetzt sollte er sich besser nicht mehr bei Steffi sehen lassen. Ihr Kennzeichen hatten sie nach dieser überflüssigen Verfolgungsjagd sicher. Dazu kam, dass sie ihn angesichts ihres demolierten Autos in Stücke reißen würde. Immerhin fuhr es noch.

Die Rauchsäule, die aus der Kühlerhaube des Wagens stieg, verflog im Fahrtwind. Auch David hatte sich wieder beruhigt und glotzte seinen Papa an. Später würde er ihn unbedingt noch wickeln und ihm die Flasche geben müssen. Zumindest diese alltäglichen Handlungen waren geblieben, gaben Deichsler Sicherheit in einer Welt, die seit drei Tagen auf dem Kopf stand. Auch wenn er Gefahr lief, festgenommen zu werden, musste Deichsler sich dem Tatort nähern und die Anwohner befragen. Die Meldung, dass er die Zeche geprellt hatte, war sicher schon raus, und es wurde nach ihm gefahndet.

Deichsler bog von der Hauptstraße nach Isen links Richtung Schwammerl ab und parkte vor einer Garage, die zu einem von mehreren Einfamilienhäusern gehörte. Er setzte sich aufrecht hin und fuhr sich mit der Hand durch die Haare, um zumindest im Ansatz einen Seitenscheitel vorzutäuschen. Sein stoppeliger Oberlippenbart überzeugte noch nicht, dafür zogen sich immerhin die Augenringe bis zur Nasenspitze – ganz der Papa.

»Deichsler, grüß Gott! Deichsler, grüß Gott!«, wiederholte er, bis er sich polizistig genug fühlte.

Da linsten plötzlich zwei kleinen Augen durch die Beifahrerscheibe, die zu einem lehmverschmierten Bubengesicht gehörten. »Papa, da sitzt ein Mann im Auto und schreit, wie du immer Mama anschreist. Aber der schreit sich selber an!«

Als Deichsler ausstieg, rannte der zugehörige Papa aus dem

Haus. Er knöpfte sich die Hose zu, schloss hastig den Reißverschluss und stopfte sein Hemd in den Hosenbund.

Optimal, dachte Deichsler, *deine Frau wäre eine potenzielle Kundin für mich.*

Er stieg aus und hoffte, dass sich David nicht bemerkbar machte. Die Locken des Mannes standen wie Bettfedern von seinem Kopf ab. Er schaffte es nicht, sie zu bändigen.

Wer weiß, wo du grad deine Hände gehabt hast.

»Deichsler, grüß Gott«, rief er dem verdutzt dreinblickenden Mann entgegen. »Kriminalpolizei Erding.«

Mit ausgestrecktem Arm hielt er dem Mann den Polizeiausweis seines Vaters unter die Nase. Der sah auf den Ausweis, zu Deichsler, und wieder auf den Ausweis. Vorsichtshalber hatte Deichsler den Daumen auf das Foto gelegt und schob das Plastikkärtchen gleich wieder in die Hosentasche.

»Aber … Der Kommissar von der Erdinger Kripo war doch gestern schon da.« Er glotzte auf Deichslers Hochwasserhose und auf den demolierten Wagen.

»Wir haben aber noch ein paar Fragen an Sie.« Deichsler ließ seinen strengen Blick über das derangierte Äußere des anderen wandern. Um seine Position noch mehr zu unterstreichen, näherte er sich dem Gesicht des Mannes bis auf wenige Zentimeter.

»Wenn's sein muss«, gab der zerknirscht nach. Zwischen seinen Zähnen erkannte Deichsler ein gekräuseltes Haar.

Deichsler versuchte, nicht zu grinsen und nicht an Annamirl zu denken. Und nicht darüber erstaunt zu sein, dass er sich keine große Mühe geben musste, nicht an Steffi zu denken, sondern es Anstrengung bedurfte, Annamirl aus dem Sinn zu kriegen.

»Sie wissen, um was es geht?«, fragte Deichsler streng.

Der Mann nickte.

»Was haben Sie in der Tatnacht gesehen?«

»Das habe ich doch –«

Deichsler hatte keine Zeit zu verlieren. Er musste Druck aufbauen. »Können wir reingehen?«

»Äh, also«, druckste der Mann herum. »Ich schlafe schlecht.«

Das ist dein schlechtes Gewissen, du Tschamsderer.

»Weil wir ja nicht wissen, wie es wird, wenn die Autos fast über unseren Kopf donnern.«

»Das tut jetzt nichts zur Sache.«

Zenzi kann dann auch kein Auge mehr zutun. Außer sie ist bis dahin schwerhörig. Oder tot.

»Deswegen höre ich auch immer, wenn der Bote die Zeitung bringt.«

»Wann ist das?«

»So um halb vier.«

»Ist der in dieser Nacht auch vorbeigefahren?«

»Ja.«

»Wie heißt denn der Zeitungsbote?«

»Hugo Brumm. Wohnt in Dorfen.«

»Und sonst? War alles wie immer?«

Der Mann druckste wieder herum, sagte aber nichts.

»Ein bisschen ungemütlich ist es hier draußen schon«, wiederholte Deichsler.

»Papa, ich hab Durst«, quäkte der Bub dazwischen und zog an der Hose seines Vaters, dass der Hemdzipfel zum Vorschein kam.

»Auf der Terrasse steht dein Glas.«

»Hunger hab ich auch.«

»Belegte Brote liegen daneben.«

»Ich will aber keine Wurst, sondern Nutella.«

»Du isst, was auf den Tisch kommt!«

Der Bub begann zu jammern. Deichsler sah unauffällig zu David.

»Also, war alles wie immer?«

»Ja, schon.«

Der Bub heulte, der Dreck lief in braunen Streifen über seine roten Backen hinunter.

»Ist den Nachbarn irgendwas aufgefallen?« Deichsler hielt inne. Er hörte Motorengeräusch. Ein Streifenwagen fuhr am Haus vorbei. In dem Moment musste er niesen. Er hielt sich die Hand vors Gesicht. »Hatschi!«

»Gesundheit«, sagte der Bub und hörte für einen Moment zu weinen auf.

»Danke«, sagte Deichsler, »ich muss jetzt. Ihnen noch einen schönen Tag. Und: Immer anständig bleiben.«

Der letzte Satz ging unter im Geheule des Kindes.

Deichsler stieg in den Wagen und sah zu, dass er zu Zenzi kam. Auch wenn die Bedienung den Polizeibeamten sicher von seinem Essen mit ihr erzählt hatte. Aber wahrscheinlich waren sie schon lange wieder von Zenzis Hof abgerückt, weil ihre Suche erfolglos geblieben war. Außerdem: Wer würde ihn schon dort vermuten, wo sein vermeintliches Opfer gelebt hatte?

Auf der Isener Straße keuchte der Wagen den Berg hinauf, um dann in Haidvocking nach Lengdorf abzubiegen. Deichsler konnte verstehen, dass der untreue Ehemann von der Lappachbrücke nicht sonderlich begeistert war. Aber das würde keiner sein, und irgendwo mussten die Autos ja fahren.

Links von Deichsler lag ein breiter Hang mit Feldern, Wald und Bauernhöfen, rechts das Isental, seltsam ruhig. Stellten sich die Menschen hier gegen die Autobahn, weil sie das Bekannte verändern würde? Schon gegen den Bau von Eisenbahnen im 19. Jahrhundert war gewettert worden, die Elektrifizierung wurde lange Zeit als modernes Teufelszeug bezeichnet. Sogar im gutbürgerlichen Stuttgart gingen gut situierte Wutbürger gegen einen moderneren Bahnhof auf die Straße. War der Protest gegen die A 94 ein Zeitgeistphänomen? Nein, das sicherlich nicht. Denn bei der Aktionsgemeinschaft gegen die A 94 handelte es sich um eine der ältesten Bürgerinitiativen Deutschlands, die im gleichen Jahr wie Deichsler geboren worden war.

Ein schaler Geschmack breitete sich in seinem Mund aus, als er in Warzling auf die staubige Straße einbog, die zu Zenzis Hof führte. Neben dem Feldweg ragten Pfahle, die als Vermessungsmarkierungen dienten und schon von der Autobahn kündeten, aus der aufgerissenen Erde, auf der jahrzehntelang Getreide gewachsen war. Auf der anderen Seite der Straße spross wie überall der Mais. Gleich hinter der Baufläche harrte ein Obstbaum neben dem anderen. Als Kinder hatten Kurbi und er zwischen den Apfel- und Birnbäumen gelegen und sich den Bauch mit den Früchten vollgeschlagen. Damals hatte er noch Äpfel essen können, ohne dass Augen, Nase und Mund zu jucken begannen und ein Niesanfall den nächsten jagte.

Er spürte, dass er langsam ruhiger wurde, weil die Abneigung gegen die Menschen, die hier lebten, von den schönen Erinnerungen besänftigt wurde. Vielleicht hatte auch die Trauer um Kurbi etwas damit zu tun. Kurbi und er waren auf den Bäumen herumgekraxelt, hatten Verstecken gespielt, und einmal sogar Wilhelm Tell. Kurbi, wie immer todesmutig, legte sich dafür einen Apfel auf den Kopf und forderte Deichsler auf, mit der selbst gebauten Armbrust auf den Apfel zu schießen. Damals hätte er die Gelegenheit gehabt, Kurbi zu töten, denn der Pfeil war mit einer Metallspitze versehen. Deichsler legte an und erinnerte sich, auf dem Volksfest mit keinem einzigen der zehn Schüsse einen dieser weißen Plastikringe getroffen zu haben. Er begann zu zittern, kniff ein Auge zusammen, drückte ab. Und genau in diesem Augenblick rammte ihn ein entlaufenes Schaf von hinten. Der Pfeil raste auf Kurbi zu, verfehlte ihn nur um wenige Zentimeter. Apfel und Kopf blieben heil, aber der Pfeil steckte tief im Stamm eines Apfelbaumes. Ein Freundapfelbaum, der ursprünglich aus der Schweiz stammte, wie Kurbis Papa Hermann den Buben erklärte, als er den Pfeil darin stecken sah. Die Bäume auf der Obstwiese, die das Wohnhaus und das lang gezogene Nebenhaus umarmten, waren alle von ihm gepflanzt worden: einhundert Obstbäume, vierzig verschiedene Apfel-, zwanzig verschiedene Birnensorten. Dazu kamen Nuss- und Zwetschgenbäume. Ob die wohl wegmussten, wenn die Brücke gebaut wurde? Vielleicht würde er Zenzi einmal danach fragen, wenn sich eine gute Gelegenheit ergab.

Deichsler fuhr um die Kurve in den Hof und schämte sich plötzlich dafür, was er zuvor über die Brücke, die Autobahn und die Menschen im Isental gedacht hatte. Es war halt nicht immer alles Schwarz und Weiß, und bislang hatte er immer nur das gesehen, was ihn als Autofahrer anging. Kein lästiges Gezockel mehr hinter Lkws und Traktoren, sondern ein zügiges Vorankommen durchs Isental. Aber je länger er hier war, desto mehr Zweifel kamen in ihm auf, ob seine Einstellung die richtige war.

Er parkte vor Zenzis Haus. Der Wagen zuckelte, rauchte ein letztes Mal und gab dann keinen Ton mehr von sich.

Scheiß Hämorrhoidenschaukel!

Zenzi saß im gepflasterten Hof auf einer Bank und zerteilte Zwetschgen. Es roch streng nach vergorenem Obst. Sie schob sich eine Zwetschge in den Mund, kaute sie und stierte auf die Geweihe an der gegenüberliegenden Wand. Rote Geranien quollen vor den Fensterläden aus den Rabatten, weiße Geranien überwucherten das klapprige schwarze Rad, mit dem Zenzis Mutter immer ins zwei Kilometer entfernte Lengdorf zum Einkaufen gefahren war. Und natürlich hatten sich die Heiligen Drei Könige wie jedes Jahr über der Tür verewigt: 20 + C + M + B + 11.

Deichsler nahm David aus dem Kindersitz und holte die Tasche mit seinen Sachen aus dem Kofferraum.

Zenzi wischte sich die Hände an ihrer Kittelschürze ab. »Da ist mein Scheißer endlich wieder.« Sie breitete die Arme aus. Deichsler ging auf sie zu. Wollte sie mit einem Arm umschließen. Aber Zenzi beachtete ihn gar nicht, sondern nahm Davids Kindersitz und setzte sich mit ihm im Gepäck wieder auf die Bank. Freudig schlug er mit seiner Schnullerkette auf den wurmstichigen Holztisch.

»Willst eine Zwetschg'n?«

Deichsler nahm die Frucht und biss hinein. Der Geschmack vertrieb die Odelgrube in seinem Mund. »Magst ihn auch gleich wickeln?«

Sie nickte, griff nach einer Decke neben sich, die sie auf dem Tisch ausbreitete, und hob seinen Sohn aus dem Kindersitz.

»Gar nicht so blöd, Zenzi.«

»Wer glaubt, dass die Zenzi blöd ist, der hat sich g'schnitten.«

»Du, kann ich ihm eine Flasche machen?«

»Freili. In der Küchen findest alles.«

Im dunklen Flur roch es anders als in der Schwindegger-WG. Weder nach Räucherstäbchen noch nach Biozeug. Dafür nach Hund und Katz. Leider erinnerte ihn der Geruch nicht an seine Kindheit, weil er von einem anderen Geruch aus dem Inneren des Hauses überdeckt wurde. Von einem Mief nach Krankheit und Krankenhaus. Weil kein Wasserkocher herumstand, musste er den Teekessel nehmen. Bis das Wasser kochte, ging er hinaus, um sein Gesicht in die späte Nachmittagssonne zu halten. Er setzte sich neben Zenzi und David auf die Holzbank. Der saß mittlerweile auf ihrem Schoß. Eine Katze huschte zwischen Deichslers Beinen hindurch. Er wischte sich mit beiden Händen übers Gesicht und legte sie dann auf den rauen Tisch. »Sag mal, Zenzi …«

»Willst einen Apfelsaft?«

»Ja, gern.« Den konnte er gerade noch trinken, ohne dass er allergisch reagierte. Manches war konzentriert besser zu ertragen als in homöopathischen Dosen. Da hörte er Motorengeräusch. »Ein Auto.«

Zenzis Blick wurde ernst. »Versteck dich. Schnell.«

Sie deutete auf die halb offene Stahltür gegenüber, schob David und ihn hinein und schloss die Tür. In dem Raum war es stockdunkel. Weil er nicht wusste, ob man das Licht von draußen sehen konnte, rührte er den Schalter lieber nicht an. Langsam gewöhnten sich seine Augen an die Dunkelheit. Er roch Birnen und Äpfel, die in aufeinandergestapelten Steigen lagerten. Weil Birnen angeblich beruhigen sollten, schnappte er sich eine, rieb sie an seinem Hemd ab und biss hinein. Denn Ruhe konnte er im Augenblick wirklich gebrauchen. Früher waren hier eine Kuh namens Resi und drei Geißen zu Hause gewesen. Als Buben hatten sie sich einen Spaß daraus gemacht, auf den Ziegen zu reiten. Deichsler war meist schon nach wenigen Metern abgeworfen worden, oder das Tier hatte sich an der Stallwand gerieben, sodass er freiwillig abgestiegen war. Meist hatte Kurbi den Ziegen-Reitwettbewerb gewonnen. Er war schon immer zäh und ausdauernd gewesen, weswegen er später von den Mädchen umgarnt wurde.

Plötzlich drangen Stimmen durch die Tür in den Stall. Deichsler verstand kein Wort und wusste sie auch nicht zuzuordnen. Sein Handy läutete. Er fingerte es aus seiner Hosentasche, drückte sich in die hinterste Ecke, stolperte über einen Eimer und fiel hin. »Deichsler, grüß Gott«, schnaufte er.

»Deine Förmlichkeit hilft dir jetzt auch nicht mehr weiter!«

»Was?«

»Du weißt doch genau, dass ich am Apparat bin.«

»Stimmt«, flüsterte Deichsler.

»Was? Ich kann dich ganz schlecht verstehen.«

»Meine Erkältung ist schlimmer g'worden.«

Staack ging überhaupt nicht darauf ein. »Ich kann die Kollegen langsam nicht mehr ruhig halten.«

»Gibt's was Neues?«

»Brandner ist mit einem Nagelschussapparat an den Schwammerl genagelt worden.«

Deichsler hatte das Gefühl, das Obst würde ihm wieder hochkommen. *Was für ein Mensch tut so was?*

»Hallo … Fred. Bist du noch da?«

»Wisst ihr schon, um welchen Typ es sich bei der Nagelschussmaschine handelt?«

»Ja, die im Labor waren zumindest in dieser Hinsicht einmal schnell. Bei dem Gerät handelt es sich um einen Makita-Akku-Gasdrucknagler.«

Die Tat war eiskalt geplant.

»Immer und überall einsetzbar«, frotzelte Staack.

»Habt ihr die Tatwaffe schon gefunden?«

»Wir sind dran. Die Sommergrippewelle hat nicht nur mir und damit auch deinem Sohn einen größeren Spielraum ermöglicht. Auch der Täter hat Schonzeit.«

Diese skrupellose Sau muss man erlegen, bevor sie weitermordet! Immerhin hielt Staack ihn nicht für den Täter.

»Aber durch die Nägel ist er doch sicher nicht gestorben, oder?«

»Korrekt, Kollege. Er ist erwürgt worden. Aber erst, nachdem er eine Stunde da gehangen hat.«

Scheiße. Wäre ich doch nur pünktlich gewesen, dann hätte ich ihn noch retten können.

»Der Pathologe hat es mit der Kreuzigung und dem Pfahlhängen verglichen. Weil das Gewicht auf die Nägel und damit auf die mittleren Nerven in den Handgelenken wirkt, schießen qualvolle Schmerzen von den Händen über die Arme ins Gehirn. Die Arme ermüden, wellenartige Krämpfe schieben sich durch die Muskeln. Brandner war unfähig, sich selbst wieder hochzudrücken. Und: Er konnte zwar Luft in die Lungen ziehen, aber nicht mehr ausatmen.«

»Das heißt, er ist langsam erstickt.« Deichsler zog sich der Magen zusammen. Er war kurz davor, das Handy in die Ecke zu den Obststeigen zu schleudern. Aber er musste sich jetzt zusammenreißen.

»Wäre er, wenn ihn der Mörder nicht vorher erwürgt hätte.«

»Der Täter hatte Mitleid. Oder er wollte auf Nummer sicher gehen«, warf Deichsler ein.

»Ich denke eher, dass er kein Risiko eingehen wollte. Weil er ja schon eine ganze Weile die unbeschreiblichen Qualen des Opfers beobachten konnte. Die Krämpfe, die ausreißenden Gelenke. Und dann füllt sich, wie mir der Pathologe erklärt hat, auch noch der Herzbeutel mit Serum und beginnt auf das Herz zu drücken. Das gequetschte Herz will das dicke Blut in das Gewebe pumpen, die Lunge will das Kohlenstoffdioxid loswerden. Was ihr aber nicht gelingt. Der Körper vergiftet sich selbst.«

Mein Gott, was hat der Kurbi nur verbrochen? Deichsler kämpfte mit den Tränen. Doch Staack holte ihn schon beim nächsten Satz zurück ins Hier und Jetzt. Mit Relikten aus der Vergangenheit.

»Um 1500 war das Pfahlhängen sogar eine gesetzlich verankerte Foltermethode. In der Inquisition und bei den Nazis wurde sie auch noch angewandt.«

Also ist der Täter nicht nur äußerst skrupellos, sondern auch historisch bewandert.

»Mit der Schonzeit deines Sohnes ist es jetzt allerdings vorbei. Ich kann die Fahndung nicht mehr länger zurückhalten.«

»Dann kann ich dir leider nicht sagen, was ich weiß.«

»Als wenn du mehr wüsstest als wir!«

»Das ist ja wohl keine Kunst.«

»Ich glaube, du kommst einfach nicht damit klar, dass dein Sohn verdächtigt wird.« Staack klang mit einem Mal gar nicht mehr so freundlich.

Der schale Geschmack der Tatnacht kehrte auf Deichslers Zunge zurück. »Und ich glaube, du kommst einfach nicht damit klar, dass ihr den wahren Mörder nicht findet, obwohl es auf der Hand liegt, wer es war!«

»So, tut es das?«, fragte Staack.

»Schau dir doch mal dem Opp seine Frau an. Er vögelt durch die Gegend wie ein Besamungsbulle, und sie geht ein. Und der Brandner war doch ein sauberer Kerl. Was meinst, warum er ihn entlassen hat?«

»Weil er gesoffen und geklaut hat.«

»Und was meinst, warum der Täter den Schwanz vom Brandner raushängen hat lassen?«

»Weiß ich doch nicht«, antwortete Staack genervt.

Aber das war Deichsler egal. »Vielleicht weil er ihn in Dinge gesteckt hat, in denen er nix zu suchen hatte!«

»Vielleicht.«

Deichsler genoss den kleinlauten Staack. Da fielen ihm die Vermessungsmarkierungen auf dem Feld, die Vorboten der A 94, ein. Plötzlich wusste er, warum Opp unbedingt Zenzis Hof kaufen wollte.

»Aber das ist nicht der einzige Grund.«

»Jetzt lass dir nicht alles aus der Nase ziehen, Fred! Wir kennen uns schon so lange.«

»Du hast recht. Wir arbeiten ja eigentlich zusammen«, gab sich Deichsler gütig und fuhr fort. »Der Hof von Kurbis Mutter liegt genau neben der geplanten Autobahn. Und was könnte daran für einen Bauunternehmer und Tankstellenbesitzer interessant sein?«

»Der Grund?«

»Und weiter? Was kann man auf den Grund bauen?«

»Sag's mir.«

»Logik war noch nie deine Stärke, Kurt.«

Seinen Vater zu spielen und Gemeinplätze von sich zu geben, bereitete ihm große Freude. Er wollte Staack erst einmal Appetit machen, ihn zappeln lassen – dann konnte gegessen werden.

»Jetzt übertreib mal nicht, Fred.«

»Also«, fuhr Deichsler fort. »Wem gehört der Hof?«

»Kreszentia Brandner.«

»Fast richtig.«

Staack stöhnte genervt.

»Der Hof gehört ihr, aber der Korbinian ist ihr Betreuer«, erklärte Deichsler gütig.

»Das wissen wir auch schon!«

»Und was bedeutet es deiner hochwohlgeborenen Meinung nach?«

»Dass Interessenten am Hof mit Korbinian über den Verkauf verhandeln müssen, nicht mit der Zenzi«, antwortete Staack.

Eine Fliege setzte sich auf Deichslers Nase, summte um seinen Kopf herum. »Endlich, Fred. Du bist ja doch nicht so blöd, wie ich dachte. Jetzt aber weiter. Was, wenn Korbinian nicht verkaufen wollte?«

»Dann kann Opp ihn nicht kaufen. Ah …! Ich verstehe. *Jetzt* kann er ihn kaufen. Allerdings weiß ich immer noch nicht, was er mit dem Grund anstellen will. Neben der Autobahn zu wohnen, ist ja nicht sonderlich attraktiv – ein Wohnhaus wird er sich da nicht errichten wollen, oder?«

»Das nicht. Aber so eine Raststätte ist eine Kuh, die sich gerade neben einer Autobahn wohlfühlt und fleißig Milch gibt.«

»Das stimmt allerdings. Ich werde gleich mal zu Opp fahren und seinen Bestand an Nagelschussmaschinen überprüfen.«

»Sehr gut. Und dass sein Alibi nicht wasserdicht ist, wisst ihr wahrscheinlich auch schon. Er hat gelogen wegen der Bauunternehmertagung in Hannover. War gar nicht dort.«

»Äh«, druckste Staack herum. »Wird Zeit, dass du wiederkommst, Fred. Wir haben hier echt Notbesetzung.«

»Falls ich nächste Woche wieder gesund bin.«

»Du hast dich wirklich ganz schön verändert.«

Schön wär's, wenn sich der Alte mal ändern würde.

»Früher wärst du auch mit Malaria ins Präsidium gekommen. Ich muss die Fahndung jetzt rausgeben.«

»Kannst du mir trotzdem noch einen Gefallen tun?«

»Der da wäre?«

»Halt mich doch bitte auf dem Laufenden, was den Opp angeht. Nächste Woche erfahre ich es ja eh.«

»Kann ich machen. Dafür informierst du mich, wenn dein Sohn auftaucht.«

Deichsler legte auf, ohne sich zu verabschieden. Um nicht wieder zu stolpern, schlurfte er zur Tür. Er presste sein Ohr gegen das kalte Metall, hörte keinen Laut. Was nichts bedeutete, da die dicke Tür Geräusche schluckte wie die Zeit Erinnerungen. Langsam drückte er die Plastikklinke nach unten, öffnete die Stahltür ein Stück. Das grelle Sonnenlicht blendete ihn. Als er immer noch nichts hörte, schob er die Tür weiter auf. Auf dem Hof war niemand zu sehen. Regentropfen fielen durch die Sonnenstrahlen vom Himmel. Eine eigenartige Stimmung lag über dem Anwesen. Im Laufe seines Lebens hatte Deichsler gelernt, darauf zu achten. Nicht nur einmal hatte ihm sein sechster Sinn den Weg gewiesen, ihn vor Schlimmerem bewahrt. Allerdings war der wohl in Urlaub gewesen, als Kurbi ihn anrief.

Die Tür des Wohnhauses gegenüber war geschlossen. Deichsler sah, dass der Kindersitz samt Inhalt verschwunden war. Er huschte über den Hof und zog die Tür so leise wie möglich auf.

David? Hoffentlich ist ihm nichts passiert.

Mit Bedacht ließ er die Tür zugleiten und fischte nach dem Pfefferspray in seiner Hosentasche.

Ein plötzliches Klatschen vertrieb die Stille hinter der Tür am Ende des Flurs. Deichsler hastete zu ihr hin und riss sie auf.

Zenzi saß auf einem Kanapee mit gewundenen und gepolsterten Enden aus Holz. Aus großen, wachen Augen beäugte sie Deichsler. Jetzt erst fiel ihm auf, wie alt sie geworden war. Die Furchen schnitten in ihr knorriges Gesicht, tiefe Falten verliefen von der Nase zu den Mundwinkeln. Ihre kleinen Hände lagen auf der schwarzen Hausfrauenschürze.

»Wer bist du denn? Noch ein Pfleger?«, sagte sie und verzog das Gesicht. Ihr Blick wurde stechender.

»Ich bin's, Zenzi, der Deichsler Freddie.«

»Schaust aber gar nicht aus wie der Deichsler Freddie.«

Deichsler überlegte, wie der Deichsler Freddie auszuschauen hatte. Zum x-ten Mal sah er an diesem Tag an sich herunter. *Wo sie recht hat, hat sie recht.*

»Ja, wer bist denn jetzt?«, hakte Zenzi gereizt nach.

Aber noch bevor er etwas sagen konnte, ging die Tür am anderen Ende des Zimmers auf. Römer kam herein. Sein ernstes Gesicht lag hinter langen braunen Haaren versteckt, in denen sich blondierte Strähnen verbargen. Deichsler überraschten nicht nur die großen silbernen Ringe im rechten Ohr, sondern auch die fransigen Haare.

Als Römer Deichsler erblickte, bewegten sich für einen Augenblick sein Mund und der akkurat geschnittene rechteckige Bart. Wie früher wurde Deichsler nicht schlau aus Römers Reaktion. Freute er sich, ihn zu sehen, oder war er nur überrascht? Römer kam auf ihn zu, ganz in Weiß, er trug einen Pflegerkittel. Streckte ihm die Hand entgegen.

»Was treibt dich zu uns, Fred?«

»Also bist du's wirklich, Freddie?«, kam es da vom Kanapee.

Du brauchst wirklich einen Betreuer, Zenzi.

Zenzi musterte Deichsler von oben bis unten. »Groß bist g'worden.« Sie fuhr sich durch die schwarzen Haare, die müde über die Ohren fielen. »Wenn's dich anständig anziehen tät'st, würd'st auch mal eine Frau finden. Aber beim Korbinian hat's ja auch nicht funktioniert, obwohl er immer fesch bei'nander war.« Sie zog ein kariertes Taschentuch aus der Kittelschürze hervor und wischte sich über die Augen.

Deichsler glaubte, einen lauten Schnaufer von Römer im Hintergrund zu hören, während er Verbandssachen und eine Spritze in einen Plastikkorb legte. Dann setzte er sich an den Tisch mit der weißen Platte, der in der Sitzecke stand, hakte mit einem Kuli etwas in einer Mappe ab, machte Notizen und klappte sie wieder zu. »Zenzi, du musst mehr trinken«, sagte er. »Du hast gestern schon wieder viel zu wenig getrunken.«

Er stand wieder auf und stellte ihr einen Schnabelbecher mit einem orangefarbenen Gebräu auf den kleinen Holztisch, der vor dem Kanapee stand. Dann überlegte er es sich noch einmal anders und drückte Zenzi den Schnabelbecher in die Hand. »Da, trink, bitte!«

Deichsler bewunderte Römer für seine Geduld. Ohne davon zu trinken, stellt Zenzi den Becher wieder zurück auf den Tisch. Während der ganzen Zeit beäugte sie Deichsler, ohne auch nur eine Sekunde wegzuschauen.

Mit Römer war auch Deichslers komisches Gefühl zurückgekehrt. Wahrscheinlich, weil er Zenzi wie ein kleines Kind behandelte.

David!

David lag auf einer Decke, wieder einmal unter einem Kindertrapez, neben dem Kanapee. Darum hatte er ihn erst gar nicht bemerkt.

»David, da bist du ja.«

Erleichtert beugte er sich zu ihm hinunter. Sein Sohn lächelte ihn an, fingerte aber sofort wieder an einem baumelnden Holzlöwen herum.

Deichsler war immer noch peinlich berührt von der Situation, die sich in der Stube zwischen Zenzi und Römer abspielte. Als hätte er gerade ein Liebespaar gestört. Natürlich musste jemand Zenzi darauf hinweisen, wenn sie zu wenig trank. Früher hatte sich Zenzi um die Buben gekümmert oder sie gemaßregelt. Wenn sie mit Steinschleudern auf die Hühner geschossen oder im Weiher vom Neumeier Rudi mit Bügelflaschen-Dynamit gefischt hatten.

»Setz dich doch, Freddie.« Zenzi deutete auf den Platz neben sich. »Magst ein Bier?«

Gegen ein Bier hatte er nach dem ganzen Stress der letzten Tage nichts einzuwenden. Er sah zu Römer hinüber. Der nahm das Blutdruckmessgerät vom Tisch, packte es in eine Tasche und zog den Reißverschluss geräuschvoll zu.

»Ich muss jetzt, Zenzi.«

Vielleicht kann mir Römer aus dem Schlamassel helfen.

»Römer, ich muss noch was mit dir bereden.«

Der Pfleger deutete Deichsler mit dem Kopf, dass er ihm folgen sollte. Vom schwarzen Himmel schossen mittlerweile schwere Regentropfen. Unter dem Balkon blieben sie stehen.

»Ich hab ein Problem, Römer.«

Römer sah Deichsler aus seinen treuen Hundeaugen an. »Das haben wir alle, seit der Kurbi tot ist.«

Deichsler nickte. »Aber die verdächtigen mich, ihn ermordet zu haben.«

»Pfff«, stieß Römer verächtlich aus. »So ein Schwachsinn. Warum denn das?«

»Weil ich als Letzter mit ihm telefoniert hab, weil er sich mit mir treffen wollte. Und weil ich am Tatort gesehen worden bin.«

Römer dachte nach. »Weißt was? Sag, dass du mit mir zusammen warst. Aber erst, wenn's unbedingt sein muss.«

Jetzt war Deichsler baff. Und vor lauter Dankbarkeit sprachlos. »Und … wo?«

»Wir waren bei mir. In Ranoldsberg. Im alten Schulhaus.«

»Römer, ich …« Deichsler wollte ihm um den Hals fallen, aber da war der andere schon am Gehen. »Ich weiß gar nicht, wie –«

»Weißt du, wo das alte Schulhaus ist?«

»Ja, ich …«

Wenn den Leuten hier was wichtig ist, dann stehen sie auch dafür ein.

In diesem Moment zuckelte ein kräftiger junger Mann auf der Straße vor dem Hof vorbei. Sein grüner Irokesenschnitt hob sich kaum von der Wiese ab. Deichsler hätte ihn eher in die Großstadt gesteckt. Er zog einen Leiterwagen, auf dem Wasser in einem Plastikkanister hin- und herschwappte.

»Wer ist denn das?«, fragte Deichsler erstaunt.

»Ein Gratler.«

»Und was macht der da?«

»Der wohnt gleich hinter dem Weiher vom Neumaier Rudi, in seiner Gratlervilla.«

»Gratlervilla?«

»Lebewagental nennen sie's. Zwei Wohnwägen und ein Haufen Krusch. Den ganzen Tag nix arbeiten, Drogen nehma und uns auf der Tasch'n liegen. Verregga sollen's!«, verfiel Römer plötzlich in ein derbes Bayerisch.

Deichsler erschrak angesichts der drastischen Worte und versuchte, sie im Geiste zu relativieren: *Haben halt ihren eigenen Kopf, die Leute vom Land.* Dennoch, die Leiche vom Kurbi war noch nicht ganz kalt, und schon blubberte die nächste Todesdrohung aus einem Mund.

»Und was sagt die Zenzi dazu?«

»Ja, die Zenzi. In letzter Zeit ist sie ganz schön verwirrt«, schaltete Römer seinen Dialekt wieder ab. »Örtlich und situativ. Und seit der Kurbi gestorben ist, noch mehr.«

»Findest du das verwunderlich?«

»Trinken müsste sie mehr. Zu wenig trinken in Verbindung mit der Demenz, da kommt sie schon auf ganz schön abenteuerliche Gedanken.«

Aha, dachte Deichsler, aber bevor er nachfragen konnte, was Römer damit meinte, stieg der in seinen Amischlitten und brauste davon.

9

Jetzt, wo Staack Opp auf die Finger guckte, konnte sich Deichsler um die zweite Spur kümmern. Um die Sprachwissenschaftlerin Alexandra Gruhn aus Vocking, an die er bislang kaum einen Gedanken verschwendet hatte. Bis auf Annamirl wusste Deichsler von keiner Frau, mit der Kurbi was gehabt hatte. Also war die Gruhn ganz was Besonderes. Vielleicht auch ganz besonders gefährlich. Darum entschloss er sich, David bei der Zenzi zu lassen. Auch wenn ihm ihr jüngster Aussetzer ein wenig Sorgen bereitete. Aber so war beiden geholfen: Sie wurde ein wenig abgelenkt, und er gefährdete seinen Sohnemann nicht.

Deichsler setzte sich in Steffis Auto und drehte den Schlüssel herum. Nichts geschah. Er versuchte es noch einmal, aber es flitzte lediglich eine Maus am Auto vorbei ins Maisfeld.

Zenzi saß immer noch im Wohnzimmer, David ruckelte auf ihrem Oberschenkel freudig auf und nieder.

»Du, Zenzi. Hast du ein Radl, das du mir leihen kannst? Weil mein Auto kaputt ist.«

»Freili. Hinter der zweiten Tür steht eins. Also nicht da, wo du vorher drin warst, sondern daneben.«

Schön, dass du dich so schnell wieder gefangen hast.

»Und noch was, Zenzi.«

»Ja.«

»Können wir heute bei dir bleiben?«

Sie drehte den Kopf so schnell in Deichslers Richtung, dass die Haare nur so flogen, strahlte ihn an und stand mit David auf dem Arm auf. »In Korbinian sei'm Zimmer kannst schlafen. Wenn du z'rück bist, holen wir sein altes Holzkinderbett vom Speicher.« Sie kam auf Deichsler zu und strich ihm über die Schulter. »Schön, dass ihr dableibt. Vielleicht fehlt er mir dann weniger.« Dann ging sie zum Schlüsselkasten, der mit Blumen verziert war, und zog einen Bund heraus. »Da, damit'st nicht läuten musst.«

»Danke, Zenzi. Bis später.«

Sie streichelte ihm erneut über die Wange. »Nix zu danken. Und pass auf dich auf!«

Deichsler spürte, wie er rot wurde.

Das Radl war älter als er selbst, hatte drei Gänge und würde seine ganze Kondition fordern.

Hercules, wenn das mal kein gutes Omen ist. Und dann auch noch grün. Die Hoffnung stirbt zuletzt, hätte die Mama jetzt wohl gesagt.

Er verspürte das Bedürfnis, sie anzurufen. Vermutlich sorgte sie sich ganz schön um David und ihn. Aber dafür war jetzt keine Zeit. Und sein Vater würde ihn definitiv töten, wenn er seine eigene Nummer auf dem Display sah. Auch die Mail an Monika stand noch aus. Wäre sie nicht Tausende von Kilometern entfernt, würde sie sicher schon längst auf der Matte stehen, um nach ihrem Sohn zu schauen.

Deichsler entschied sich für die Querfeldein-Route. So war die Wahrscheinlichkeit höher, ungesehen nach Vocking zu gelangen. Durch das kniehohe Gras, das sich wie Haare im Wind bewegte, schob er das Rad den Berg hinauf und hinterließ eine dünne Schneise. Die Stille tat gut, lediglich die Vögel zwitscherten, Löwenzahnschirmchen schwirrten umher, und die Sonne schien.

Ich hab schon wieder vergessen, wie schön es hier ist. Vielleicht hat eine Landschaft ja auch eine Seele, die durch die A 94 auf alle Fälle angekratzt wird.

Seine Augen begannen zu brennen, die Nase zu laufen, und sein Gaumen juckte. »Hatschi! Hatschi! Hatschi!«

Verfluchter Heuschnupfen! Wie sehr der mich hier beutelt.

Deichsler schnäuzte sich. Er knöpfte sein Hemd auf und krempelte die Ärmel hoch. In der Ferne fuhr ein Zug durch das Isental, allerdings nicht in Richtung Dorfen, sondern in den Westen, nach München.

Eigentlich ist es die ganze Zeit ohne Autobahn gegangen. Muss sie unbedingt sein? Oder bin ich jetzt auch schon konservativ, eingelullt vom reaktionären Geist, der hier herrscht, und wehre mich gegen den Fortschritt? Musste Kurbi sterben, weil er gegen die Autobahn war? Bei der A 94 handelt es sich immerhin um ein Großprojekt, das die CSU forciert, seitdem ich auf der Welt bin. Und wer sich der Partei in den Weg stellt, der muss damit rechnen, sich blaue Flecken einzufangen.

Keuchend erreichte Deichsler die Straße hinter Rastberg, das nicht mehr als eine lockere Ansammlung vereinzelter Bauernhöfe war, und setzte sich auf das quietschende Rad. Zum Verschnaufen blieb keine Zeit. Im Tal links von ihm umarmten Auwälder Vierseithöfe, grenzten Wiesen an Felder. Die Eisenbahngleise der Strecke München-Mühldorf waren von hier oben kaum zu erkennen. Dahinter endete das Tal, stiegen bucklige braune Felder neben geschwungenen grünen Wiesen und Wäldern an. Er zählte sieben Kirchtürme, was viel über die Menschen aussagte, die hier lebten. Aber der direkte Draht zu Gott würde die Autobahn auch nicht verhindern. Genauso wenig wie er den Mörder hatte davon abhalten können, seinen Freund aus Kindertagen zu ermorden.

Kurbi muss etwas geahnt haben, sonst hätte er mich nicht angerufen. Also stand er mit dem Täter noch bis vor Kurzem in Kontakt. Dafür kommt der Opp genauso in Frage wie Alexandra Gruhn. Wenn ich zurück bei Zenzis Hof bin, werde ich mich mal in seinem Zimmer umsehen. Vielleicht finde ich sogar sein Handy oder Adressbuch.

Was sollte der heraushängende Penis bedeuten? Und das Bibelzitat, in dem die Sodomie unter Todesstrafe gestellt wurde? Deichsler nahm sich vor, Pfarrer Mayer um Rat zu fragen.

Das Bibelzitat hatte Kommissar Staack auf die Spur von Alexandra Gruhn gebracht, die nach seinen Worten nicht richtig tickte und an einem religiösen Wahn litt – was auch immer das zu bedeuten hatte. Vermutlich war sie psychisch krank. Eine Nymphomanin? Das Bild der joggenden Annamirl und ihrer wippenden Brüste brachte Deichslers Hormonhaushalt in Wallung. Der kühlende Wind, der ihm durch Haare und Hemd fuhr, als er die abschüssige Straße hinunterraste, kam ihm da gerade recht. Er arbeitete sich von Haus zu Haus, an den Namensschildern entlang. Und schon stand er in Vocking vor der Hausnummer 7, die genau neben der Durchgangsstraße lag, wie alle Häuser in Vocking.

Deichsler klingelte, aber niemand öffnete. Im ersten Stock war ein Fenster gekippt. Sein sechster Sinn meldete sich zu Wort.

Da ist doch jemand im Haus.

Also ging er an der Hauswand entlang und landete prompt

in einem bunten Blumenmeer. Neben der blühenden Pracht wucherten Brombeeren, Zucchini und Tomaten im Garten. Auf einer knorrigen Holzbank saß ein alter Mann. Sein Hemd war so weiß wie die Hausmauer dahinter, nur die schwarzen Hosenträger hoben sich davon ab.

»Griaß Gott«, sagte Deichsler mit so viel Dialekt wie möglich. Er wusste, dass der ihm die Tür zu den Menschen öffnen konnte.

»Griaß Gott«, antwortete der Mann. Seine dicke Nase verschwand im Lächeln, das sich über sein Gesicht zog.

»Deichsler.« Er zog den Ausweis seines Vaters heraus. »Kripo Erding.«

Das Lächeln erstarb, und der Zinken zeigte sich in seiner ganzen Größe. »Deine Kolleg'n war'n doch scho da.«

»Ich weiß. Aber ich hätt da noch ein paar Fragen.«

»Ja, wenn's unbedingt sein muss. Setz dich nieder.«

»Die Alexandra ist Ihre Enkelin?«

»Stimmt. Aber wissen's, nur weil jemand Probleme hat, bringt er einen anderen nicht gleich um. Und vor allem nicht mit einer Nagelschussmaschin'. Die Alexandra hat scho immer zwei linke Händ' g'habt.«

Meint er das jetzt ernst, oder ist das ein schlechter Witz?

»Aber sie hat den Toten kurz vorher noch g'sehn?«

»Was weiß i? Das Madl is doch total durcheinander, seitdem's wieder aus Frankreich z'ruck is.«

»Inwiefern?«

»Sie hat g'meint, der Hallodri, der Franzos, heirat' sie. Aber was will man von einem Franzosen scho erwart'n? Und vor ein paar Tag hat's dann ang'fangen.«

»Was hat da ang'fanga?«

»Mit ihr'm G'spinnerten. Dass sie vom Heiligen Geist erleuchtet is und die Welt erlösen tut.«

Da hat sie aber viel zu tun.

»Und jetzt ist sie im Schloss?«

Der Greis schüttelte den Kopf und zündete sich eine Pfeife an. Da hörte Deichsler ein Kratzen. Er stand auf, sah an der bleichen Wand entlang zum Fenster im zweiten Stock und erschrak. Ein junges Frauengesicht mit schlohweißem Haar glotzte ihn an.

Durch die herunterhängenden Augenlider und den geöffneten Mund wirkte sie wie von einer anderen Welt.

Der ist wirklich zuzutrauen, dass sie Kurbi auf dem Gewissen hat.

Deichsler fiel der Spruch wieder ein, der über Kurbi am Schwammerl gehangen hatte: »Wer bei einem Vieh liegt, der soll des Todes sterben.«

Hatte Kurbi eine andere? Bislang habe ich den Satz immer mit etwas anderem in Verbindung gebracht. Muss aber nicht sein. Und die Gruhn hat herausgefunden, dass der Kurbi ihr fremdgeht? Ich brauche irgendwas Geschriebenes von ihr.

»'tschuldigung, dürft ich bitte mal aufs Klo?«

Der Alte deutete auf die Holztür neben ihm, und Deichsler ging ins Innere. Im Haus war es totenstill. Als sich Deichslers Augen an die Dunkelheit gewöhnt hatten, erkannte er Aquarelle von Gebirgsseen und Hütten an der Wand. Und natürlich durfte auch das obligatorische Kruzifix nicht fehlen, mit einem ganz besonders ausgemergelten Jesus.

Plötzlich stand ein Riese vor ihm. Noch bevor Deichsler grüßen konnte, packten ihn zwei Pranken im Genick. »Was willst du denn da?«, brüllte der Riese, dass es Deichsler in den Ohren dröhnte. »Raus!«

Er zog Deichslers Kopf ruckartig gegen seinen Schädel, dass es schepperte. Deichsler taumelte zurück, schüttelte sich. Dann nahm er Anlauf, holte mit dem rechten Fuß aus und trat mit der Schuhspitze dem Monstrum ins Gemächt. Der hatte wohl nicht mit Gegenwehr gerechnet, und um seine Reaktionsfähigkeit war es auch nicht gerade gut bestellt. Er schrie, kippte vornüber auf die Knie und wälzte sich wie ein gefoulter Fußballspieler auf den Holzbrettern.

Hat sich meine Zeit als Stürmer beim TSV Dorfen doch rentiert, dachte Deichsler und rannte über die knarzende Holztreppe nach oben. *Viel Zeit bleibt mir nicht.*

Als er vor der Tür, die in den Raum von Alexandra Gruhn führen musste, angekommen war, hörte er den Alten schimpfen: »Dammerl, du kannst doch nicht einfach an Polizisten umhauen!«

»An Polizisten? I hab g'meint, das war ein Schmierfink.«

»Auch die sollst nicht einfach umhau'n!«

»Aso.«

Die Tür zu Alexandras Zimmer war verschlossen.

Wenn ich nur meine Dietriche dabeihätte.

Deichsler ging in den Nebenraum, in dem ein riesiges Holzbett stand, nahm einen Drahtkleiderbügel aus dem Schrank und bog ihn sich zurecht.

Da hörte er aus dem geöffneten Fenster, wie der Riese drohte: »Wenn der der Alex was antut … I geh jetzt rauf.«

Deichsler entging, was der Alte erwiderte, da er mit dem gebogenen Kleiderbügel schon wieder vor Alexandras Tür stand. Er wusste, dass ihm nicht mehr viel Zeit blieb, und fummelte den Draht in das Türschloss. Was gar nicht so einfach war, da ihm von der Schädelfotzn immer noch schwummrig war und seine Hände zitterten. Er drehte den Kleiderbügel hin und her. Es klackte, aber nichts geschah, die Tür blieb verschlossen.

»Korbinian, bist du das?«, fragte eine brüchige Stimme.

Deichsler zögerte.

»Endlich kommst mich holen! Ich hab die ganze Nacht nicht schlafen können, wegen unserer Hochzeit.«

Deichsler kratzte sich am Kopf. *Hat Kurbi ihr die Hochzeit versprochen? Oder ist sie einfach nur durch den Wind?*

Die Stufen knarzten.

»Ja«, sagte er mit tiefer Stimme. »Ich bin's«, und als sich immer noch nichts tat, fügte er hinzu: »Der Korbinian.«

Schon sprang die Tür auf, und die weißhaarige Frau mit den müden Locken und dem jugendlichen Gesicht stand vor ihm. Nackert. Brutal dürr. Und willig.

Deichsler brauchte keine Sekunde, um sich wieder zu fangen und sich am nahezu nicht vorhandenen Busen vorbeizudrücken.

»Aber du –«, stotterte sie, während sich Deichsler im Zimmer nach etwas Beschriebenem umsah. Auf dem alten Holztisch mit den abgegriffenen Ecken lag etlicher Ramsch. Fotos einer Landschaft, ein Haus, französische Bahntickets, aber auch ein aufgeschlagenes Buch mit beschriebenen Seiten. Genau das, was Deichsler gesucht hatte.

Plötzlich glitt ein Paar warmer Arme um seinen Hals, und zwei neugierige Hände wanderten in seinen Hemdausschnitt.

»Alexandra!«

»Ich bin nicht die Alexandra. Ich bin die Maria Magdalena.«

»Bin ich dann der Jesus?«, entfuhr es Deichsler.

Er hörte wieder knarzende Stufen, Schritte, die näher kamen. Alexandra Gruhns Hände lagen immer noch um seinen Hals. Er drehte sich um, sah ihre geschlossenen Augen, ihren geöffneten Mund näher kommen und schlüpfte zwischen den verschränkten Armen hindurch. Das Tagebuch schob er sich am Rücken zwischen Hemd und Hose.

Auf dem Gang begegnete er dem freundlichen Alten, hinter dem der Riese schuldbewusst hertrottete. »'tschuldigung«, flüsterte er mit eingezogenem Kopf, als Deichsler an ihm vorbei nach unten ging.

Er blieb stehen, hob den Zeigefinger und sah ihn streng an. »Das nächste Mal nehme ich dich in Handschellen mit, Bürscherl. Aber diese Mal vergess ich es. Dafür habe ich aber was gut bei dir. Comprende?«

»Hä?«

»Verstand'n?«

»Verstand'n.«

Wenn ich das alles nur selbst verstehen würde, dachte Deichsler, als er auf sein Hercules-Fahrrad stieg und in die Pedale trat.

10

Es dämmerte, als Deichsler den Feldweg zu Zenzis Hof hinaufradelte. Im Wohnzimmer schlug ihm ein Hitzeschwall entgegen. Zenzi lag mit zur Seite geneigtem bleichen Kopf auf dem Kanapee, den aufgeschlagenen Spiegel auf dem Schoß. Ein Speichelfaden hing ihr aus dem Mund. Im Kachelofen knisterte ein Feuer.

Jetzt haben sie die Zenzi ermordet!

Er rannte zu ihr, fasste nach ihren eiskalten Händen, an ihren Hals. Es war kein Puls spürbar.

Er riss die Fenster auf, durch die man auf die Obstwiese und die Weiher schauen konnte. Frische Luft strömte herein.

David!

Deichsler hastete nach oben. Er schaltete das Licht in Kurbis Zimmer an. David lag im Kinderbett und schnarchte.

Hat sie das Bett also selbst vom Speicher geholt.

»Bist wieder da?«

Deichsler fuhr herum. »Zenzi, hast du mich vielleicht erschreckt!«

»Warum?«

»Weil ich g'meint hab, dass sie dich und den David auch umgebracht haben!«

»Wie kommst denn auf so einen Schmarrn? Geh weiter und trink an Schnaps. Selber g'brannt.« Sie zwinkerte ihm zu und ging nach unten.

Deichsler gab seinem immer noch schlafenden Sohn einen Kuss auf die weiche Backe, deckte ihn zu und löschte das Licht. Um mit Monika heute noch zu telefonieren, war er zu müde. Er wollte sich den Terror nicht einmal vorstellen, den sie machen würde, weil er sich so lange nicht gemeldet hatte. Die Tür ließ er offen, um David hören zu können, falls er schrie, dann ging er wieder in die Stube hinunter. Zenzi zog gerade zwei Schnapsstamperl aus dem Sekretär neben dem Kanapee, ließ den Bügelverschluss der Schnapsflasche schnalzen und schenkte die

Gläser bis oben hin voll. Deichsler ließ sich neben sie aufs Polster fallen.

»Vorsicht!« Beinahe hätte sie etwas von dem Schnaps verschüttet. »Ja, ja, jung und stürmisch.«

Sie stießen an. Zenzi kippte den Schnaps in einem Zug hinunter. Deichsler nippte nur, der scharfe Apfelschnaps beutelte ihn.

»Nix g'wohnt, ha«, kommentierte Zenzi trocken, womit sie recht hatte.

Deichsler schüttete daraufhin den Rest im Glas ohne mit der Wimper zu zucken hinunter. Um nicht wie der letzte Depp dazustehen, sagte er: »War das schon alles?« Nach fünf weiteren Stamperln knöpfte Deichsler seine Hemdsärmel nach oben und sein Hemd auf. Das Tagebuch der Alexandra Gruhn legte er auf das Tischchen neben dem Kanapee, unter dem das Blutdruckmessgerät lag.

»Weißt, Freddie, ich sterb noch lange nicht. Weil ich eine viereggade Seel' hab.«

Der Schreck von vorhin war verdampft wie die verbliebenen Schnapstropfen in den Stamperln. »Was hast du?«

»Eine viereckige Seele. Ich bin erst fünfundsechz'g«, fuhr sie schmunzelnd fort. »Ich bring's aber leicht bis zum Hundertsten.«

»Soso«, sagte Deichsler ungläubig.

»Deswegen kriegt der Opp den Hof nie.«

Deichsler verkniff sich, dass ihr neuer Betreuer da vermutlich auch ein Wörtchen mitreden würde, und sagte stattdessen: »Und warum glaubst du, dass du hundert wirst?«

»Das hat eine b'sondere Bewandtnis: Ich hab nämlich eine viereckige Seele.«

»Das hast du scho g'sagt.«

»Aber ein rundes Arschloch.«

Deichsler sah sie mit hochgezogenen Augenbrauen an.

»Da kommt die Seele nicht durch. Darum leb ich noch so lang.«

Irgendwann, mitten in der Nacht, erwachte Deichsler von einem Geräusch. Weil der Schnaps immer noch wirkte, schlief er umgehend weiter. Später, David und der Tag schliefen noch, wusste er nicht mehr, wie er ins Bett gekommen war und wer ihn ausgezogen hatte. Die Gesprächsfetzen von vorhin waberten in seinem immer noch benebelten Geist umher. Er schaltete die Nachttischlampe an. Neben dem schmucklosen Eichenbett hing eine Bildersammlung an der Wand. Auf einem stand Kurbi zwischen Deichsler und Steffi. Arm in Arm. Das musste auf der Abschlussfahrt im Lechtal gewesen sein. In einem Hotel, in dem ansonsten nur Rentner Urlaub machten. Deichsler staunte, dass er Kurbi wohl so wichtig gewesen war, wo er sich ihm gegenüber meist distanziert verhalten hatte.

Warum hat er sich jetzt erst bei mir gemeldet?

Damals im Lechtal waren Kurbi und er an einem Nachmittag auf Erkundungstour aufgebrochen. Steffi war im Bett geblieben, weil sie nach der Bergtour auf die Grubachspitze und dem darauf folgenden Gelage ein Kater in doppelter Ausführung plagte. Kurbi und Deichsler schlugen sich trotz der Hitze durch das hohe Gras, die wuchernden Sträucher und ausladenden Bäume am Ufer des Lechs. Verschwitzt, verkratzt und verstochen rissen sie sich die Kleider vom Leib. Kurbi sprang in das eiskalte klare Wasser des Flusses. Deichsler setzte sich auf einen Stein und planschte mit den Füßen darin herum.

Als Kurbi wieder aus dem Wasser stieg, fiel Deichsler auf, wie durchtrainiert sein Körper war. Die Sonne glänzte auf der nassen braunen Haut. Sein Penis kam ihm auf einmal furchtbar mickrig vor.

»Was schaust denn so?«, scherzte Kurbi und spritzte Wasser auf ihn, der zurückspritzte. In dieser heiteren Wasserschlacht, die sich bald schon zu einem zärtlichen Ringkampf entwickelte, vergaß Deichsler sogar seine Aversion gegen das Nass.

Irgendwann setzten sie sich auf einen warmen Stein. Kurbi wirkte durch sein fein geschnittenes Gesicht jünger, als er tatsächlich war, fast kindlich. Die moosgrünen Augen, die Deichsler noch nie aufgefallen waren, hatten ihn gemustert. Kurbi hatte die Hand gehoben und sie seinem Gesicht genähert.

Plötzlich hatte es im Ufergewächs geknackt, und Steffi hatte vor ihnen gestanden. »Aha, die beiden Herren gehen mir fremd.«

Die grausame Tat und die Trauer über Kurbis Tod überrollten ihn. Tränen flossen ihm die Wangen hinunter, und endlich ergab er sich der stummen Trauer um einen Freund, den er nie wirklich gekannt und dem er doch so nah gewesen war. *Mein ganzes Leben schon*, dachte Deichsler und wandte sich wieder den Bildern zu, um sich weiter in der Vergangenheit zu suhlen. Auf einem anderen Bild war Kurbi mit Trachtlern auf Schloss Neuschwanstein zu sehen. Sie plattelten auf dem geflickten Hof, umgeben von grauen Mauern. Einen Plattler hatte der Fotograf im Sprung erwischt. Regenbogenfarbene Boxershorts lugten unter dem Saum der Lederhosen hervor, hoben sich von Stulpen und Hemd ab.

Da sah Deichsler, dass jemand auf dem Handy eine Nachricht hinterlassen hatte: Staack.

»Hallo Fred. Opp besitzt tatsächlich einen Makita-Gasdrucknagler. Was allerdings bei einem Tiefbauunternehmen nichts Besonders ist. Die KTU hat DNS-Spuren daran gefunden. Mal sehen, ob die zu Opp oder zu einem seiner Mitarbeiter passen. Interessant ist noch, dass jemand das Gerät mit Bleiche gereinigt hat, aber scheinbar nicht ordentlich genug. Und: Opp hat uns ein neues Alibi aufgetischt. Dieses Mal ist es wasserdicht. Er war bei seiner Geliebten. Die DNS, die man an Brandner gefunden hat, ist nicht von deinem Sohn, sondern von Alexandra Gruhn. Was aber nicht heißt, dass er nicht tatverdächtig ist. Falls du ihn siehst, sag ihm, dass er sich stellen soll. Das würde sich auf alle Fälle positiv auswirken. Bis Montag. Gute Besserung. Servus.«

Ich habe überhaupt keine Zeit, um mich zu stellen. Ihr müsst mich schon fangen. Papa wird spätestens am Montag merken, dass ich mir sein Handy ausgeliehen habe. Dass Opp ein Alibi hat, heißt noch lang nix. Einer wie der macht sich doch nicht die Hände schmutzig. Die DNS von der Gruhn kann auch noch vom Techtelmechtel stammen.

Deichsler nahm sich vor, Alexandra Gruhns Tagebuch gleich morgen früh aus dem Wohnzimmer zu holen. Jetzt wollte er sich erst einmal auf dem abgegrabbelten schwarzen Schreibtisch von Kurbi umsehen, der sicher schon etliche Jahrzehnte auf dem Buckel hatte. Wie von Kurbi gewohnt, war alles akkurat geordnet, ganz so, wie es Deichsler niemals hinbringen würde.

In der rechten Schublade lagen Formulare, die Kurbi wohl noch hatte abarbeiten wollen: Versicherung, GEZ, Einladung zu einem Ehemaligentreffen der Klinik, in der er die Therapie gemacht hatte.

Ob er wirklich wieder gesoffen hat? Die meisten werden rückfällig.

Auf den ersten Blick enthielten die Unterlagen keine relevanten Informationen, weswegen Deichsler die nächste Schublade öffnen wollte. Aber die war abgesperrt. Er tastete unter der Platte herum, suchte vergebens nach einem Schlüssel. Auch zwischen der Bibel, dem Grundgesetz und einem Fuerteventura-Reiseführer im Bücherregal lag kein Schlüssel. Deichsler hob die Matratze an und entschied sich dann für den Schraubenzieher, der auf der Heizung lag. Mit einem Ächzen splitterte das Holz, und schon war die Schublade offen.

»Wääää!«, begann David zu brüllen. Deichsler legte ihm die Hand auf den Bauch, machte »Schhhh«, und der Wuggl träumte weiter.

Jetzt konnte sich Deichsler wieder der geknackten Schublade zuwenden, in der ein Terminkalender, Flugtickets, Fotos und ein USB-Stick lagen. Im Terminkalender sah Deichsler, wie ausgebucht Kurbi in den letzten Wochen gewesen war. Erstaunlich viele Termine, hauptsächlich an den ersten und dritten Freitagen im Monat, waren mit zwanzig Uhr dreißig und einem »A« gekennzeichnet. Vielleicht wusste Zenzi, wo ihr Sohn an diesen Tagen gewesen war. Das »A« konnte auf Alexandra hindeuten. Aber trug man sich solche Termine in einen Kalender ein?

Ein langer Strich zog sich in der Kalenderübersicht durch eine Woche im März, markiert mit einem »F«. An vier Terminen stand Opp drin. Ein Treffen mit seinem Chef war nichts Besonderes, außer wenn man ermordet worden war. Vielleicht hatte Kurbi mit dem »A« auch seine Arbeitstage markiert? Wenn er allerdings nur so selten in der Tankstelle gearbeitet hatte, wie konnte er dann davon leben? Die Flugtickets waren für einen Hin- und Rückflug nach Fuerteventura für eine Person. Eben auf diese Märzwoche und auf zwei weitere Wochen im Januar und Februar datiert. Auch in diesen Wochen fand Deichsler mit »F« markierte Einträge. Bis jetzt schätzte Deichsler Kurbi eher heimatverbunden ein. Warum war er dann so häufig, sogar mehrere Wochen im Jahr, auf die Kanaren geflogen? Er hätte doch genauso gut im Lechtal Urlaub machen können.

Auf einem der Fotos, die ebenfalls in der Schublade gelegen hatten, strahlte ihn ein Mann Mitte fünfzig mit einem Gesicht an, das aussah, als wäre es in einer Aufzugtür gequetscht worden. Sein lockiges, vermutlich schwarz gefärbtes Haar wurde von einem Käppi gebändigt.

Sein Bauch schob das Hawaiihemd in die Bildmitte, sein Arm umschloss Kurbi, in kurzer Hose und Shirt, auf dem Kopf ein Strohhut. Deichsler kannte den Mann, konnte aber nicht sagen woher. Kurbi sah im Gegensatz zum Quetschschädel wie ein Model aus. Unter dem T-Shirt mit dem Aufdruck »Tiefbau Opp – Auf uns können Sie bauen!« zeichneten sich Muskeln ab.

Da hörte Deichsler einen Schlag. Und noch einen. Er kam aus dem Erdgeschoss. Ohne sich die Schuhe anzuziehen, rannte er nach unten. Schaltete nicht mal das Licht an. Im Wohnzimmer war alles so, wie er es verlassen hatte. Sofern er das beurteilen konnte.

In Socken schlich er zum Fenster und glotzte hinaus in die langsam einsetzende Morgendämmerung. Auch hier nichts Auffälliges, keine Bewegung. Er tappte zur Haustür, öffnete sie. Etwas bewegte sich in seinem Augenwinkel, huschte auf leisen Pfoten davon. Deichsler sah nur noch einen Schwanz, der in der Dunkelheit verschwand. *Hund oder Wolf?* Der Hof war verlassen bis auf das blumenbewachsene Fahrrad von Zenzis Mutter, und der Mond gähnte in die Dunkelheit.

Deichsler machte ein paar vorsichtige Schritte nach draußen. Dann erstarrte er. Im Schein des Mondes sah er, dass Blut das weiße Holz des Türrahmens hinunterlief und sich auf dem Boden in einer dunkelroten Lache sammelte.

Zenzi!, dachte Deichsler und sah sich mit wild schlagendem Herzen auf dem Hof um, der sich vor ihm erstreckte. Dahinten, auf der Obstwiese – hatte sich da nicht gerade etwas bewegt? War da nicht ein Schatten, ein menschlicher Umriss, der hinter einem Birnbaum stand? Deichsler rannte durch das feuchtkalte Gras und machte, zwei Meter vom Stamm des Baums entfernt, einen gewaltigen Satz nach vorn. Mit rudernden Armen schnappte er, was er zwischen die Finger bekam. Es war Zenzis Hals, den er umklammerte.

»Freddie«, röchelte sie.

Deichsler fuhr erschrocken zurück. Da sah er die Schrotflinte, die sie in der einen Hand hielt. In der anderen stützte sie sich auf ihren Hacklstecker. Damit deutete sie den Hang hinauf, Richtung Rastberg. »Dahinten ist er, der Lump.«

»Komm, gib mir die Schrotflinte.«

»Nix da, den Spaß lass ich mir nicht nehmen.«

Weil sich in diesem Augenblick ein weiterer Schatten aus der Dunkelheit löste, hatte Deichsler keine Zeit, mit dem störrischen Weib zu diskutieren. Er sprintete los. Der Schatten huschte durch das Türchen, das in die abgezäunte Weide der Schafe führte. Die scharrten und blökten. Deichsler folgte ihm barfuß. Hastete durch das Schwingtürl. Doch kurz bevor er das andere Ende des Zauns erreichte, sah er, wie der Schatten zum angrenzenden Hof hetzte und damit den Berg hinter sich ließ. In ein paar Sekunden würde er den Straßengraben überquert und sein Fluchtfahrzeug erreicht haben. Deichsler legte einen Zahn zu und keuchte dabei wie eine asthmatische Bergziege.

In Nürnberg fange ich sofort wieder mit dem Aikido-Training an.

Vor dem nächsten Zaun stand ein Baum, dahinter schliefen Gänse. Deichslers Augen brannten, seine Nase juckte. *Verfluchter Heuschnupfen!*

»Hatschi!«

Der Schatten hechtete urplötzlich hinter einem Baum hervor. Ein Schuss durchschlug die Stille. Deichsler spürte einen Schmerz in der Brust und sackte erst auf die Knie und dann zu Boden. Dann sah er nur noch weißes Licht und fühlte sich unglaublich leicht.

11

Deichsler saß mit seinem Vater am Ufer der Isen, der hielt eine Angel ins Wasser. Der Schwimmer wackelte. »Do hat was anbissn«, jubelte er und riss die Angel nach oben. Neugierig rutschte Deichsler die Böschung hinunter. Stolperte über eine Wurzel und fiel in die Isen. Eisiges Wasser umhüllte ihn, es wurde schwarz. Er sah nichts mehr, bekam keine Luft, geriet in Panik und schlug wild um sich. Alles dunkel. Ein Schlag auf die Wange holte ihn zurück.

Zenzi gab ihm noch eine Watschn. Sie hielt einen leeren Eimer in der Hand.

»Ist schon gut, Zenzi«, murmelte Deichsler.

»Jetzt bist wenigstens wieder wach.«

Er versuchte aufzustehen, taumelte, schüttelte sich wie ein nasser Hund. Wie er das hasste. »Was ist passiert?«

»Der hat dich niederg'schlagn. Und ich hab ihm eine Ladung Schrot in Hintern g'schossn.«

»Weißt, wer's war?«

»Einer von den Lump'n aus den Gratlervillen.«

Deichsler erinnerte sich an den grünen Irokesen und was Steffi und Römer über ihn erzählt hatten. »Und warum sollten die dich überfallen?«

»Weil's mein Hof wollen. Wie der Opp auch.«

»Aber die hab'n doch ihre Bauwagen.«

»Nimmer lang. Das Landratsamt sagt, des geht nicht.«

»Warum? Stehen die illegal da?«

»Ja und nein.«

»Wie?«

»Denen gehört zwar der Grund, aber die haben auch Viecher und so weiter, und dafür bräuchten's eigentlich eine Baugenehmigung.«

»Komisches Gesetz.«

»Hauptsach', die sind bald weg und lassen mir meine Ruh.«

»Ist schon öfter was gewesen?«

»Die haben mir schon mal ein Giggerl g'stohl'n.«

»Und du bist dir sicher, dass die das waren?«

»Und ein Schaf haben's mir auch abg'stochen und vor die Tür g'legt.«

Vielleicht war's aber auch der gute alte Wolf? Am Starnberger See ist mal einer erschossen worden.

»Hast du das der Polizei gemeldet?«

»Ach, geh. In meinem Hof könnten die sich wenigstens waschen, G'sindl, elendig's.«

Und der Opp könnte eine schöne Autobahnraststätte auf deinen Grund bauen.

»Sag mal, Zenzi, gibt's in der Gegend eigentlich einen wilden Hund?«

»Nicht, dass ich wüsst'.«

Sie gingen zurück zum Haus. Im Traum war er erwachsen gewesen – obwohl er mit seinem Vater beim Angeln gewesen war. Damals, an der Isen, als er fast ersoffen wäre, hatte er gerade seinen siebten Geburtstag gefeiert. Ein Jahr später hatte ihn sein Vater zu einem Schwimmkurs gedrängt. Er hatte sich geweigert, seine Mutter ihn verteidigt, weswegen er heute immer noch nicht schwimmen konnte und Wasser in nahezu jeder Form verabscheute wie der Teufel das Weihwasser. Seinem Vater verzieh er bis heute nicht, dass er sich mehr um den zappelnden Fisch als um den ertrinkenden Sohn gekümmert hatte.

Schon auf der Schafweide hatte Deichsler ein röchelndes Glucksen gehört. Je näher er dem Hof kam, umso lauter wurde es, bis es plötzlich ganz erstarb. Und dann wusste Deichsler, woher es kam. In den abstehenden Holzsplittern des Türrahmens hingen Haut, Federn und Fleischreste. An die Tür war ein mit Blut besudeltes Huhn genagelt worden.

Wer macht denn so was?

Das Huhn war noch warm und hatte bis zuletzt versucht, sich von dem Nagel zu lösen, der in seinem Hals steckte.

»Fanny«, sagte Zenzi mitleidig. »Hoffentlich hat der Gratler jetzt genau solche Schmerzen, wie du g'habt hast. Gott hab dich selig.«

Ob die Fanny zu Kurbi in den Himmel kommt, und er sich jetzt ein Hendl braten wird?, dachte Deichsler ganz unvegetarisch.

Zenzi begann zu weinen, und Deichsler bereute seinen Gedanken sofort. »Alles wird mir g'nommen«, schluchzte sie.

Er legte einen Arm um sie. »Komm, Zenzi. Lass uns die Fanny begraben.«

Zenzi sah Deichsler entsetzt an. »Eingrab'n? Ah, geh weiter! Die rupf ma, und dann gibt's a Hendl.«

»Zenzi, ich ess kein Fleisch.«

»Bist also ein Vegetarier?«, fragte sie zu Deichslers Erstaunen interessiert.

»Scho.«

»Jeder, wie er meint«, murmelte sie und starrte traurig auf das tote Huhn.

»Ich muss jetzt erst einmal schlafen und mir dann was Trockenes anziehen«, sagte Deichsler und deutete auf seine durchnässten Klamotten. Immerhin hatten die elendigliche Nieserei und die juckenden Augen jetzt ein Ende. Zenzi hatte die Pollen konsequent abgewaschen.

»Nimm dir einfach was von Kurbi seine Sachen.«

Deichsler ging nach oben. David schlief immer noch tief und fest, hatte sich aber die Decke vom Bauch gestrampelt. Deichsler beobachtete, wie sich der kleine Oberkörper seines Sohnes unter den Atemzügen hob und senkte. Dann deckte er David wieder zu und öffnete den Kleiderschrank. Auch wenn er nicht abergläubisch war: Wenn er die Kleidung eines Toten trug, würde ihn dann vielleicht das gleiche Schicksal ereilen? Die Meinung seiner Mutter zu dem Thema war eindeutig: »Der Toten Kleidung ist der Toten Eigentum. Entweder dem Feuer übergeben oder als Grabbeigabe.«

Für ihn war es augenblicklich aber keine Frage der Ethik. Entweder musste er nackt, mit Zenzis Schurz oder mit Kurbis Anziehsachen herumlaufen. Wann wohl Kurbis Beerdigung sein würde? Die Obduktion könnte schon gelaufen sein, Staack hatte sicherlich Druck gemacht. Vor Montag, wenn sein Vater wieder in die Arbeit gehen würde und der Schwindel aufflog, sollte er ihn noch einmal anrufen und nachbohren. Vielleicht konnte Deichsler sogar verhindern, dass sein Vater am Montag wieder seinen Dienst antrat. War nur die Frage, wie er das anstellen wollte. Auf Kurbis Beerdigung würde Deichsler sehen, wer ihm alles das letzte Geleit gab. Und seine Befragungen fortführen.

Deichsler war einerseits froh, die unförmigen Klamotten von Steffis neuem Freund loszuwerden.

Oje, Steffis Wagen.

Er spürte jetzt schon ihren mahnenden Blick auf sich ruhen. Andererseits sah er in Kurbis Jeanshose und Shirt auch nicht viel besser aus als vorher. Beides hing kraftlos an ihm herunter.

Als er nach unten ging, lag Zenzi mit dem Kopf auf dem Küchentisch, das Huhn Fanny neben ihr auf einem Teller.

Mahlzeit.

Zenzi ratzte, dass es durch die ganze Küche röhrte. Deichsler nahm Alexandra Gruhns Tagebuch mit nach oben und setzte sich wieder an den Schreibtisch, auf dem Laptop und Scanner standen.

Auf der Höhe der Zeit war der Kurbi, das muss man ihm lassen.

Der Umschlag des Tagebuchs war in Rottönen gehalten. Äste zogen sich über den Einband, auf denen zwei blaue Vögel saßen.

Warum hat Staack das Tagebuch eigentlich nicht mitgenommen? Entweder waren sie wieder mal zu wenig Mann bei der Durchsuchung von Gruhns Zimmer gewesen, oder diese Alexandra hat es frühzeitig verschwinden lassen.

Den letzten Eintrag hatte sie am Tag nach Kurbis Tod verfasst.

> *Alles, was mir Raphaël nicht geben konnte, gab mir Korbinian in dieser einen Nacht. In seinen Armen sprudelte die Lust nur so aus mir heraus.*

Respekt, Kurbi. Hätte ich dir gar nicht zugetraut.

> *Er muss von Gott gesandt worden sein*, hatte Alexandra Gruhn weiter notiert.

Vielleicht ist er deswegen an den Schwammerl genagelt worden?

> *Der Heilige Geist hat mich erleuchtet. Jetzt werde ich die Welt erlösen.*

Zählte dazu auch, Kurbi zu ermorden? Vielleicht hat sie sich, nachdem die Lust sprudelte, wie ein Vieh gefühlt.

Zwei Tage vorher hatte sie geschrieben:

Ich ertrage den Schmerz nicht mehr, der durch die Sehnsucht nach Raphaël hervorgerufen wird. Ich kann und will nicht ohne ihn leben.

Wenn die nicht wankelmütig ist.

Weiter vorn im Buch war die Adresse des Raphaël Marchand in Toulouse vermerkt, samt Telefonnummer. Deichsler nahm sich vor, übers Internet die notwendigsten Vokabeln zu sammeln, da die meisten Franzosen erfahrungsgemäß kein Englisch sprachen oder sprechen wollten. Dann würde er diesen Raphaël anrufen und über seine Beziehung zum Heiligen Geist befragen.

Da hatte Deichsler eine Idee. Er fuhr den Laptop hoch, der glücklicherweise nicht passwortgesichert war, und steckte den USB-Stick in den Schlitz. Das sommerliche Foto mit Kurbi und dem Quetschschädel zwischen den Palmen war auch darauf gespeichert. Deichsler öffnete den Browser und loggte sich mit Hilfe der gespeicherten Zugangsdaten in den Facebook-Account seines alten Spezls ein. Er sah sich auf dessen Pinnwand um und durchforstete die »Gefällt mir«-Angaben vom Kurbi. Es dauerte nicht lange, da klickte er auf ein kleines Rechteck, das einen Mann zeigte, der dem Quetschschädel im Hawaiihemd zum Verwechseln ähnlich sah. Nur einen Klick später befand er sich auf der Fanseite eines CSU-Politikers namens Christian Arzberger, der ganz eindeutig der Mann neben Kurbi auf dem Foto war.

Da schau her. Ein Schwarzer.

Dem Reiseführer in Kurbis Bücherregal und der Umgebung auf dem Bild nach zu urteilen, war das Foto, das die beiden zeigte, auf Fuerteventura geknipst worden.

Der Kurbi wusste zu leben, trotz CSU und Trachtenverein. Wahrscheinlich bin ich nur beschränkt im Hirn, weil ich glaube, dass das eine das andere ausschließt.

Auch oder vor allem in der CSU und im Trachtenverein wurde gesoffen, gefressen und gevögelt. Bei Arzberger handelte es sich sogar um einen hochrangigen Abgeordneten. Er war nicht nur der der Bürgermeister von St. Leonhard seit Anfang der Achtziger, sondern saß auch im Bayerischen Landtag. Und war natürlich für den Ausbau der A 94.

Warum fährt Kurbi mit jemandem in den Urlaub, der dafür war, seine Umgebung zu zerstören? Was versprach er sich davon? Versuchte er den Autobahnausbau auf diesem Wege abzuwenden? Dafür hätte er aber mehr tun müssen, als sich mit einem Landtagsabgeordneten gut zu stellen.

Arzberger posierte auf der CSU-Website mit Frau und Kindern, Sohn und Tochter.

Wie aus dem Bilderbuch für konservative Lebensplanung.

Vermutlich drückte sich Arzberger mit Ehrenamt und Arbeit vor seinen Vaterpflichten, die er in seinem Lebenslauf anpries. Er war Vorsitzender der Katholischen Landjugendbewegung gewesen, frühzeitig der CSU beigetreten, weiter ging's in den Stadtrat, das Bürgermeisteramt und in den Landtag.

Ein Sonnenstrahl drückte sich zum Fenster herein. Deichsler folgte dem Schein und sah, wie das warme Licht zärtlich Davids Wangen berührte. Deichsler stand auf und betrachtete seinen Sohn. Eine Demut erfasste ihn, die er nur schwer beschreiben konnte. Er fühlte sich klein und doch so groß aus Dankbarkeit, einen gesunden Sohn zu haben. Für Zenzi musste es die Hölle sein, ihr eigen Fleisch und Blut verloren zu haben. Und noch dazu auf diese Art und Weise. Kein Wunder, dass sie durch den Wind war.

Auch Monika war eine Mutter. Die ihres gemeinsamen Sohnes David. Sie sollte sich nicht noch mehr Sorgen machen als ohnehin schon. Deichsler setzte sich an den Laptop und schrieb ihr eine Mail, dass mit David alles in Ordnung war.

Dampfender Nebel lag über der abfallenden Obstwiese, den zwei Weihern und dem Isental. Vielleicht war heute ein guter Tag, um unangenehme Dinge zu erledigen. Er war es Steffi einfach schuldig, ihr Auto reparieren zu lassen und sie über den Unfall zu informieren. Von Zenzis Honorar konnte er sich das glücklicherweise leisten. Auch wenn er eigentlich Skrupel hatte, es anzunehmen, hatte er gestern dann doch eingewilligt. Sie sollte ihm einfach so viel geben, wie er benötigte und sie für richtig hielt. Nur wenige Autominuten von hier entfernt reparierte der Waxenberger Herbert Autos. Deichsler war früher einige Male dabei gewesen, wenn seine Mutter das Auto zum Richten gebracht hatte. Vielleicht hatte er sogar einen Abschleppdienst.

Deichsler machte seine Fünf Tibeter und wusch sich. David erwachte genau, als er mit seiner morgendlichen Routine fertig war. Er gab ihm einen Kuss und sagte: »Morgen, mein Liebling.«

Seinen Sohn wusch er ebenfalls. Das Gesicht, das der Kleine angewidert wegdrehte. »Du weißt gar nicht, wie gut ich dich verstehen kann. Aber ich muss es halt machen.« Die Fussel zwischen den Zehen und im Bauchnabel. Dann zog er ihm eine frische Windel an und trug den Knirps nach unten.

Zenzi schlief nicht mehr auf dem Küchentisch, und die tote Fanny konnte er auch nirgendwo entdecken. Deichsler brühte sich einen schwarzen Tee auf, gab Milch und Zucker hinzu, so wie er es mochte. Jetzt fehlten nur noch Süßkartoffeln oder Kochbananen, wie er sie in Kenia gegessen hatte. Manchmal hatte es auch nur geröstete Erdnüsse gegeben. David bekam seine Flasche.

Im Telefonbuch fand er Waxenbergers Nummer, der sich sogar bereit erklärte vorbeizukommen, als er hörte, dass Deichsler Zenzis Neffe aus Nürnberg war. Was zwar nur zum Teil stimmte, aber wurscht war. Leihwagen hatte er ja keinen. Weil Deichsler keinen leeren Zettel fand, schrieb er auf das Dorfener Intelligenzblatt, eine kostenlose Wurfsendung mit Nachrichten aus der Region.

Intelligenzblatt. Wie bescheiden. Ist mir früher nie aufgefallen.

Er hatte gerade die ersten Zeilen geschrieben, da tauchte Zenzi in der Stube auf, die Furchen im Gesicht tiefer, die Augenringe dunkler als am Vortag. Als sie David sah, strahlte sie über das ganze Gesicht. »Morgen, mein kleiner Scheißer!«

Sie ging auf Deichsler zu und zwickte ihm zur Begrüßung liebevoll in den Arm. »Dir auch einen guten Morgen, mein großer Scheißer.«

»Zenzi. Der Waxenberger Herbert kommt nachher und repariert das Auto von der Steffi. Ich hab g'sagt, ich bin dein Neffe aus Nürnberg.«

»Du Schliffe.« Sie war zum Kindersitz gegangen, hatte David herausgehoben und wiegte ihn in ihren Armen.

Ja, ein schlauer Bursche ist er wirklich, dachte sich der äußerst objektive Papa. Die Schlüssel legte er auf den Tisch.

»Magst dein Wuzzerl nicht bei mir lassen?«

»Freilich. Gern.«

Ein Auto hatte er immer noch nicht. Und die gestrige Fahrradtour saß ihm immer noch in den Knochen, aber sie hatte ihm auch gutgetan, er fühlte sich heute um einiges entspannter als die letzten Tage. Über Armstorf und Schwindkirchen würde er nach Schwindegg vielleicht eine Stunde brauchen. Und das hielt sich im Rahmen.

Er gab David und Zenzi jeweils einen Kuss, holte das Hercules-Rad aus der Garage und radelte los.

12

Während die Anstrengung Deichslers Schweiß aus allen Poren trieb, dachte er über die Ereignisse der letzten Tage nach. Kurbi ermordet. Er selbst des Mordes verdächtigt. Seine Eltern und Annamirl getroffen. Bei Zenzi untergekommen. Auto geschrottet. In seinen Augen war Opp nach wie vor der Hauptverdächtige, auch wenn er sich weiterhin schwertat, dem Bauunternehmer ein derart brutales Verbrechen zuzutrauen. Aber Frauen mordeten wirklich anders, meist mit Gift. Alexandras DNS an Kurbi stammte vermutlich noch von ihrem Schäferstündchen. Und Opp war so geldgeil, wie Arzberger machthungrig war. Wobei das eine meist mit dem anderen zusammenhing. Das Motiv der Jungs aus den Bauwagen schien Deichsler überhaupt nicht nachvollziehbar. Nach seiner Meinung waren da vielmehr Ressentiments im Spiel: grünhaarige Punks im Isental. Das war wie ein CSUler bei den Chaostagen.

In Schwindkirchen begann es zu regnen. Er war patschnass und durstig, denn er hatte vergessen, sich etwas zu trinken einzupacken, aber einigermaßen entspannt, als er die Schwindegger WG erreichte.

Da es keine Klingel an dem großen Haus gab, klopfte Deichsler. Aber auch nach dem vierten Versuch öffnete niemand. Also entschloss er sich reinzugehen. In der Küche roch es nach gekochtem Brokkoli. Deichsler zögerte. Sollte er einfach in Steffis Zimmer gehen? Zu verlieren hatte er ohnehin nichts mehr.

Da hörte er einen fremden Mann stöhnen. Und dann noch mal. Ansonsten war kein Mucks zu hören. Dafür ein Bumpern über Deichslers Kopf. Von dort, wo Steffis Zimmer lag. Und wieder ächzte der Mann hingebungsvoll. Steffi schien ihm eine riesige Freude zu bereiten. Da hielt es Deichsler nicht mehr aus. Auf Zehenspitzen schlich er die Treppe hoch.

»Ahhh, Steffi«, hörte er, noch bevor er oben angekommen war. Er legte sein Ohr gegen das Holz der Tür.

»Stillhalten«, befahl Steffi.

Dass sie dominant war, wusste Deichsler. Hatte sie in Räuber Hotzenplotz einen Sklaven gefunden?

»Ahhh«, stöhnte der Mann wieder.

»Du wolltest es so!«

Deichsler hörte förmlich, wie viel Freude es Steffi bereitete, ihren Sklaven zu quälen. Er stellte sie sich in Lack, Leder und Strapsen vor, wie sie mit knallroten Lippen die Peitsche schwang. Und stellte verschämt fest, dass ihn der Gedanke scharfmachte.

War das der eigentliche Grund, warum sie sich von mir getrennt hat? Weil es immer einen Herrschaftskonflikt zwischen uns gab und ich ihr zu dominant war?

Plötzlich wurde die Tür aufgerissen. Deichsler, der sich gegen die Tür gelehnt hatte, stürzte in Steffis Zimmer und landete auf dem Boden. Räuber Hotzenplotz stand ohne Hose da, Deichsler glotzte ihm von unten auf den beschnittenen Schwanz, der sich vorwitzig nach vorn streckte. Erschrocken zog Hotzenplotz sich die Hose nach oben.

»Was?«, brüllte Steffi Deichsler an, rannte auf ihn zu und watschte ihn. Er langte sich an die Backe. *Drei Watschn innerhalb weniger Stunden sind einfach zu viel.* Erstaunt stellte er fest, dass Steffi keine Lackklamotten trug.

Sie zerrte Deichsler hoch, schubste ihn aus dem Zimmer und schlug die Tür hinter sich zu. Dann schob sie ihn wortlos die Treppe hinunter. Hätte er sich nicht festgehalten, wäre er hinuntergestürzt. Sie drängte ihn auf die Eckbank im Wohnzimmer, die mit Fellen und alten Teppichen ausgelegt war. Langsam wurde es Deichsler zu viel.

»Jetzt reicht's aber.«

Auf dem Tisch stand eine halb volle Wasserflasche, die er sich griff und gierig austrank.

»Was hast du an meiner Zimmertür zu suchen?« Sie hob wieder die Hand. »Hä?«

»Jetzt nimm mal deine Hand runter. Bist du immer noch auf deinem Dominafilm?«

Sie riss ihm die Flasche aus der Hand. »Ich geb dir gleich Domina. Und wie kommst du überhaupt hier rein und da rauf?«

»Ich habe ein Stöhnen gehört und dachte, er bräuchte Hilfe.«

»Ja, er hat auch Hilfe gebraucht. Und weißt du, warum?«

»Weil du auf mich geschossen hast«, sagte eine männliche und vollkommen dialektfreie Stimme.

Deichsler drehte sich um. »Geschossen?«

Hotzenplotz stand in der Tür. Mit Hose. »Heute Nacht.«

Deichsler konnte nicht anders, als auf seinen Schritt zu starren.

»Du hast wohl noch nie einen beschnittenen Schwanz gesehen, was?«, fragte Hotzenplotz provozierend.

»Könnt ihr eure Männergespräche bitte auf später verlegen?«, warf Steffi genervt ein.

»Dann warst du der, der Zenzi das Huhn an die Tür genagelt hat!«

»Schwachsinn.«

»Aber du hast mich niedergeschlagen!«

»Stimmt.«

»Dafür«, Deichsler sprang auf und rannte auf Hotzenplotz zu, »sollte ich dir eigentlich noch eine –«

Steffi kam von hinten und zog Deichsler wieder zurück auf seinen Platz. »Hier wird niemand geschlagen!«

»Da redet die Richtige!«

»Erkan, setz dich und erzähl bitte, was los war.«

»Ich bin wach geworden –«

»Erkan wohnt in der Nähe von Zenzis Hof im Lebewagental.«

»In einer Gratlervilla?«, entfuhr es Deichsler.

»Die Gratler sind die von der Autobahndirektion Süd, die Autobahnbauer«, erklärte Hotzenplotz, der eigentlich Erkan hieß, wie Deichsler einfiel. »Das sind eigentlich unsere gemeinsamen Feinde.«

»Nicht die Zenzi?«

»Nicht die Zenzi. Ganz im Gegenteil. Nach dem Mord an Kurbi dachte ich, ich muss ein bisschen auf sie aufpassen. Darum bin ich dem Typen gefolgt.«

»Du bist dir sicher, dass es ein Typ war?«

»Ganz sicher.«

Dann scheidet die Gruhn aus.

»Ist dir sonst noch was an ihm aufgefallen?«

Erkan setzte sich an den Tisch. »Dafür war es zu dunkel.«

Deichsler musterte sein Gegenüber. Aus dunkelbraunen Augen sah Erkan Deichsler gefasst an. Die tiefen Augenringe sprachen von schlaflosen Nächten.

Warum sollte ich dir glauben? So leicht kommst du mir nicht davon.

»Wann soll denn euer … wie hast du das genannt, Steffi?«

»Lebewagental.«

»Euer Lebewagental geräumt werden?«

»In zwei Wochen.«

»So ein Hof wäre doch eine prima Sache. Mit Duschen, einem Klo …«

Erkan verdrehte die Augen. »Warum habt ihr alle nur so unglaublich wenig Phantasie? Wir *haben* eine Dusche und ein Klo.«

»Ein Kompostklo«, sagte Steffi stolz.

Interessant. Deichsler stellte sich vor, wie es wäre, auf einen Kompost zu scheißen.

»Genau«, sagte Erkan, »so wird aus unserem Verdauten Dünger für das Gemüse. Außerdem verschwenden wir kein Wasser. Wir wollen nämlich morgen auch noch was von unserer Natur haben.«

Deichsler nieste. *Und ich möchte keinen Heuschnupfen mehr haben.*

»Wenn die Autobahn kommt, dann ändert sich eh alles«, behauptete Deichsler.

Erkan verschränkte die Arme. »Dann wollen wir aber auch nicht in Zenzis Hof wohnen, an dem die Autobahn wenige Meter entfernt vorbeiführt.«

»Besser, als auf der Straße zu landen.«

Erkan lachte. »Was ihr immer denkt! Dass wir keine andere Möglichkeit haben und nur in unseren Wägen wohnen können. Wir haben uns bewusst dafür entschieden, du eingebildeter Fatzke. Weil wir in der Natur leben und nicht jeden Monat Geld für ein Wohnklo ausgeben wollen.«

»Sondern lieber für ein Kompostklo?« Deichsler hatte keine Lust mehr auf die Unterhaltung und wollte gehen.

Aber Steffi baute sich vor ihm auf. »Was ist eigentlich mit meinem Auto?«

Das hatte er völlig vergessen. »Ja … also. Mir ist da was passiert.«

»Ich hab's dir doch gleich gesagt!« Erkan sah Deichsler triumphierend an.

»Was mischst du dich da überhaupt ein? Wie lange kennst du Steffi schon?«

»Lange genug«, sagte sie. »Also, was ist mit meinem Auto?«

»Mir ist da was … dazwischengekommen.«

»Und was, wenn ich fragen darf?« Steffis Stimme wurde lauter.

»Also, die Bullen waren hinter mir her, und dann –«

»Was, und dann?«

»Kam mir ein Auto entgegen.«

»Und jetzt?«

»Der Waxenberger repariert's.«

»Und wer bezahlt das alles?«

»Na ich.«

Steffi sah Deichsler ungläubig an. »Das wäre das erste Mal in deinem Leben, dass du Geld hast. Du zahlst ja nicht einmal den Unterhalt für deinen Sohn.«

»Ich habe aber einen gut bezahlten Auftrag. Deswegen ist der Unfall ja überhaupt passiert«, sagte Deichsler mit leiser Stimme. »Dann kann ich den Unterhalt auch wieder regelmäßig zahlen.«

»Und was ist das für ein Auftrag?«

»Ich kann nicht darüber sprechen«, sagte er und stand wieder auf. »Ich habe es der Auftraggeberin versprochen.«

»Auftraggeberin. Soso«, höhnte Steffi.

»Ich melde mich, wenn der Wagen repariert ist. Soll ich dir zur Überbrückung einen Mietwagen besorgen?«

Steffi winkte ab. Ihr enttäuschter Gesichtsausdruck verriet, dass sie nichts anderes von ihm erwartet hatte.

Dass ich es mir immer mit denen am meisten versaue, die mir am wichtigsten sind.

13

Ich muss noch mal an den Schwammerl und mir den Tatort anschauen. Vielleicht habe ich was übersehen.

Die Sonnenstrahlen vertrieben den Regen. Deichsler genoss die Ruhe und die frische Luft. Seine Kleider trockneten im Fahrtwind. Am Morgen brannten weder seine Augen noch lief die Nase. Wenn das nur immer so wäre.

Wie sich das Isental wohl durch die Autobahn verändern würde? Die Dunkelheit würde verschwinden. Weil die Reisenden immer hungrig und die Tankstellen und Raststätten immer hell erleuchtet wären. Genau wie die Stille. Man würde weder die Feldlerche noch den Schlagschwirl hören, weil die dreihundert Meter lange Brücke genau hier aufsetzte. Lastergedröhn und Autolärm ließen keinen Unterschied zwischen Tag und Nacht zu. Für Zenzi würde der Lärm irgendwann unerträglich werden.

Musste Kurbi sterben, weil er den Hof seiner Mutter nicht verkaufen wollte?

Der Tatort hatte am helllichten Tag seinen Schrecken verloren. Bereits bevor er den Stein des Widerstands erreicht hatte, sah er eine Person am Schwammerl stehen. Kommissar Staack? Jetzt gab es kein Zurück mehr. Er hatte Deichsler sicher schon gesehen. Und erkannt.

Außerdem habe ich ein Alibi. Wenn auch ein falsches.

Umso näher er kam, umso klarer wurde ihm, dass am Schwammerl nicht Staack auf ihn wartete. Der Bauch war zu klein, und die zu einem Pferdeschwanz zusammengebundenen Haare zu lang. Es war Annamirl, die ihre Oberschenkel dehnte. Wie bei ihrem letzten Treffen trug sie einen Jogginganzug, und eine helle Strähne lugte zwischen den Haaren hervor, auf denen die Sonne glänzte. Sie sah Deichsler mit dem ihr eigenen skeptischen Blick entgegen. Der Schmollmund tat sein Übriges. Deichsler war unsicher, ob sie ihn erkannte. Sie kreiste mit der Hüfte, wodurch ihr großer Busen noch mehr zur Geltung kam.

»Sportlich, sportlich«, begrüßte Deichsler sie und versuchte, seinen schnellen Atem zu verbergen, indem er sich umsah. »Fabelhafter Ausblick.«

»Scho sche«, antwortete Annamirl, trank einen Schluck aus ihrer Flasche und öffnete den Pferdeschwanz. Die schwarzen Haare fielen ihr über die Schultern.

Stimmt.

»Sag mal ...«, Deichsler setzte sich auf das Bankerl. »Hat sich der Kurbi in der letzten Zeit öfters mit seinem Chef getroffen?«

Annamirl stellte sich vor ihn und verdeckte mit ihrem wohlgeformten Körper die Sicht auf das Isental. Was die Aussicht aber nicht schlechter machte. »Ich denke schon.«

»Aber sicher weißt du es nicht?«

Sie zuckte mit den Schultern. »Ich könnte es mir vorstellen. Vielleicht wollte er die Kündigung abwenden.«

Das könnte natürlich auch ein Grund gewesen sein.

Deichsler beschloss, mit offenen Karten zu spielen. »Meinst, sie haben auch über Zenzis Hof verhandelt?«

»Ich weiß es nicht, Freddie.« Bitterkeit lag in Annamirls Stimme. »Ich weiß nur, dass er sich mit dieser Schnall'n getroffen hat.«

»Mit der Alexandra Gruhn?«

»Genau mit der«, sagte sie zerknirscht.

Deichsler erstaunte ihre Reaktion. »Und was ist daran so schlimm?«

Annamirl deutete hinter sich, auf den Stiel des Schwammerls. Das Polizeiabsperrband flatterte im Wind. »Nix ist umsonst, auch nicht der Tod. Der kost's Leben.«

Plötzlich hing Kurbi hinter ihm, und Deichsler fuhr sich mit beiden Händen übers Gesicht.

»Der Kurbi war der beste Mann, den man sich hätte wünschen können«, sagte sie mit leiser Stimme und schob mit ihren Joggingschuhen einen Stein hin und her.

Er nahm die Hände wieder weg. *Daran habe ich noch gar nicht gedacht.*

»Und was sagt der Berni dazu?«

»Frag ihn halt«, schlug es Deichsler motzig entgegen. »Der denkt eh, ich wär dem Kurbi sei' Matratzen gewesen.«

»Und, warst du's?«, fragte Deichsler etwas zu spontan.

Annamirls Augen funkelten. »Ihr Männer seid doch alle gleich. Nur der Kurbi war eine Ausnahme. Mit dem hat man sich wenigstens unterhalten können. Ich wünschte, er hätte mehr wollen. Jetzt ist's zu spät.« Sie band ihre Haare wieder zu einem Pferdeschwanz zusammen. »Ich muss jetzt weiter.«

»Annamirl.« Deichsler griff spontan nach ihrer Hand.

Sie sah auf seine Hand, streichelte mit dem Daumen über seine Finger. »Schön, dass du wieder da bist«, sagte sie und sah ihn aus ihren braunen Augen an. »Aber ein Betthaserl musst du dir ein anderes suchen.« Sie löste sich aus seinem Griff. »Ich hab zwei Kinder. Und vor allem um den Maximilian muss ich mich kümmern.«

»Und warum musst du dich um den Maximilian kümmern?«

»Weil er nicht so ist wie die andern. Und das ist auf dieser Welt ein Problem.«

Wem sagst du das.

»Das hat man ja beim Kurbi gesehen«, ergänzte sie. Und noch bevor Deichsler reagieren konnte, joggte Annamirl davon.

Der Kurbi scheint wirklich was Besonderes gewesen zu sein. Weil er nicht so war wie die anderen, hat Annamirl gesagt.

»Hatschi!« Deichsler fuhr sich durch die Haare.

Ich brauche dringend was gegen den Heuschnupfen.

Auch wenn es riskant war, fuhr er nach Dorfen und holte sich in der Apotheke Tabletten, von denen er gleich eine einwarf. Außerdem hoffte er, bei Pfarrer Mayer Rat und ein wenig Ruhe zu finden. Selbst wenn er in diesen wenigen Stunden in seiner alten Heimat noch nicht zum christlichen Glauben zurückgefunden hatte, sondern vielleicht noch mehr davon abgefallen war.

Vom Tagwerk-Laden am Johannisplatz schleppte er sich gefühlte fünfhunderttausend Stufen zum Pfarramt Maria hinauf. So musste er nicht an der Polizeistation vorbei. Dort erst fiel ihm ein, dass er vor lauter Annamirl vergessen hatte, sich den Tatort genauer anzusehen.

Pfarrer Mayer freute sich, ihn wiederzusehen. »Einen Kaffee?«

»Einen Schwarztee, wenn's geht.«

Sie gingen in die müffelnde Stube, in der eine Eckbank, ein Schreibtisch und ein prall gefülltes Bücherregal standen.

Wie viele Pfarrer hier wohl schon geschwitzt haben?

Ein gefliester Kachelofen stand in der Ecke, aus dem Bücherregal ragten »Die kleine Hexe«, eine Anleitung zum christlichen Sterben und Tolstois sämtliche Erzählungen. Neben einer Statue der Mutter Maria sah Deichsler Jesus hängen, daneben stand ein Papplamm auf wackeligen Beinen.

»Komm, setz dich«, sagte der Pfarrer, als er mit einem Tablett hereinkam. Deichsler nahm Platz. Er hätte nach Milch fragen sollen. Aber da Mayer schon weit herumgekommen war, bis nach Afrika und Indien, hatte Deichsler angenommen, er würde von sich aus daran denken. Die Weltoffenheit des Kirchenmannes passte irgendwie nicht in diese muffige Amtsstube.

»Du siehst ganz schön mitgenommen aus, Freddie.«

Genau das wollte Deichsler im Moment überhaupt nicht hören.

»Da, nimm dir eins von den belegten Broten.«

»Pfarrer Mayer, ich bin –«

»Vegetarier. Das habe ich doch nicht vergessen.« Er deutete auf die Wurstbrote. »Auch ich versuche mich seit einiger Zeit vegetarisch zu ernähren, da der Fleischkonsum die Hauptursache für den Klimawandel ist. Und am Hunger in der Welt ist er auch nicht ganz unschuldig, weil unsere Kühe den Indianern im Regenwald ihr Soja wegfressen.« Er nahm eines der Brote und biss hinein.

Deichsler stand der Mund offen.

»Das ist Tofuwurst aus dem Tagwerk-Laden. Schmeckt eigentlich ganz gut.«

Gott sei Dank, dachte Deichsler und griff zu. Zu Hause aß er die Wurst fast täglich.

Irgendwie habe ich die mehr vermisst als Monika. Trotzdem muss ich sie jetzt endlich einmal anrufen. Gleich heute Abend werde ich es tun.

Nachdem sie beide ihr Brot aufgegessen und Deichsler sich noch eines genommen hatte, wischte sich der Pfarrer den Mund mit einer Serviette ab.

»Ich kann es immer noch nicht glauben, dass ein so einzigartiger Mensch wie Korbinian unter solchen Qualen von uns gehen musste.«

Deichsler legte sein angebissenes Brot zurück auf den Teller. Ihm war schlagartig der Appetit vergangen. »Da muss ihn jemand ganz schön gehasst haben.«

»Oder gefürchtet«, ergänzte der Pfarrer.

Auf diesen Gedanken bin ich noch gar nicht gekommen.

»Wusste Kurbi etwas, womit er anderen gefährlich werden konnte?«

»Weißt du, Freddie, seitdem du auf der Welt bist, bringt der geplante Bau der A 94 eine große Unruhe in diese Region.«

»Weil sich die Menschen schwer mit Veränderung tun?«

»Veränderungen hat es im Isental schon immer gegeben. Tiere sind gegangen und wiedergekommen. Wie der Eisvogel zum Beispiel. Damit sind die Menschen auch zurechtgekommen. Aber diese Veränderung bedroht sie in ihren Grundfesten.« Pfarrer Mayer schlürfte am Kaffee.

»Pfarrer Mayer?«

»Ja«, antwortete der und sah Deichsler aus kleinen Augenschlitzen an, als wollte er die unvollendete Beichte des gestrigen Tages fortsetzen.

»Haben Sie vielleicht ein bisschen Milch für mich?« Deichsler deutete auf seine Tasse.

»Natürlich.«

Gerade als der Pfarrer den Raum verlassen hatte, läutete nebenan das Telefon. Dann hörte Deichsler die aufgeregte Stimme Mayers. »Dagegen verwehre ich mich zutiefst, Herr Gruhn. Ihre Tochter braucht dringend fachärztliche und professionelle Hilfe und keinen Exorzismus!«

Exorzismus? Ich dachte immer, so etwas gäbe es nur noch in schlechten Horrorfilmen.

»Lieber Herr Gruhn, ich weiß, dass Ihnen die Öffentlichkeit im Nacken sitzt. Aber diese zwei Dinge muss man trennen.«

Pause.

»Nein, ich bin strikt dagegen, an Ihrer Tochter eine derartige Behandlung durchzuführen. Auf Wiederhören.«

Deichsler lauschte und suchte auf dem Schreibtisch nach dem Terminkalender des Pfarrers. Vielleicht war er ja auch in den Mord an Kurbi verwickelt … in diesen Zeiten konnte man niemandem trauen.

Die Tür ging auf, und Pfarrer Mayer kam zurück, offensichtlich tief in Gedanken versunken. Die Milch hatte er nämlich auch vergessen.

Deichsler setzte sich wieder an den Tisch, gab noch einen Löffel Zucker in die Tasse und nippte daran. »Gibt's Probleme?«

»Darüber kann ich nur mit meinem Chef sprechen.«

»Mit dem Bischof?«

Pfarrer Mayer machte ein abwertendes Geräusch. »Dem reichen schon die Briefe der A 94-Befürworter, die er wegen mir bekommt.«

»Ich fürchte, ich versteh nicht ganz.«

»In einem Kirchenverwaltungsbeschluss haben wir einstimmig dagegen gestimmt, unsere Grundstücke an die Autobahndirektion zu verkaufen. Aber die brauchen sie, damit die Ausfahrt Lengdorf gebaut werden kann. Jetzt bekommt der Landrat von der Autobahndirektion Süd den Auftrag, uns zu enteignen.«

»Hört sich ja eher nach Kommunisten an.«

Pfarrer Mayer lachte sein glucksendes Lachen. »Ich empfehle der CSU schon lange, das ›C‹ rauszuschmeißen, deswegen liege ich auch mit den meisten Vertretern im Clinch. Christian Arzberger zum Beispiel war immer schon für die A 94, aber sie haben ihm bei der letzten Wahl einen Maulkorb verpasst. Da hat er zu dem Thema nix mehr sagen dürfen. Ich bin immer froh, wenn ich die Schwarzen umgehen kann.«

»Wissen Sie mehr zu Christian Arzberger?«

»Nur, dass er die A 94 befürwortet.«

Deichsler nahm sein angebissenes Tofuwurstbrot und aß weiter.

Pfarrer Mayer ließ wieder ein schalkhaftes Lachen ertönen. »Auf alle Fälle gibt es bitterböse Kommentare in den Zeitungen und im Internet. Ein Gemeindemitglied hat dem Bischof einen Brief geschrieben, dass es aus der Kirche austreten werde, weil ich gegen die A 94 bin.«

»Und warum sind Sie gegen die A 94?«, fragte Deichsler vorsichtig.

»Wir befürworten den Ausbau der Trasse Haag, weil das Isental durch diesen Flächenfraß zerstört wird. Auf der Trasse Haag findet sich eine riesige Schotterebene, wo man kaum einen Unterbau braucht. Würde die B 12 ausgebaut werden, würde man sich nicht nur Millionen sparen, sondern auch das Isental erhalten. Und dazu noch dieser feuchte Hang im Isental. Wahnsinnskosten werden das. Ich schätze, dass die sicherlich Gefahr laufen, dass das ganze Ding in sich zusammenbricht. Wie in Schwindegg bei der Umgehungsstraße, wo die Einweihung, glaube ich, erst ein halbes Jahr später stattfand als geplant, weil ihnen ein Stück der Straße einfach so abgesackt ist. Und das dürfte bei dem Hang zwischen Lengdorf und Warzling auch passieren. Bei Bohrungen haben sie nämlich herausgefunden, dass der Boden viel feuchter ist als zuerst angenommen. Da sind so viele Quellen drauf. Zwischen Außerbittlbach und Wimpasing ist ein unterirdischer See. Das hat die alle gar nicht interessiert. Die Einheimischen wissen das. Die Leute von den Bohrungen sind sehr negativ überrascht worden.«

Deichsler bekam Kopfschmerzen von den ganzen Fakten und nahm noch einen Schluck Tee. »Und warum wird die B 12 nicht ausgebaut?«

»Das ist politischer Wille, der da durchgepresst wird, seit vierunddreißig Jahren.« Pfarrer Mayer sah Deichsler ernst an. »Seitdem preist die Politik der heimischen Industrie die Autobahn als Goldenes Kalb an. Und die glaubt tatsächlich, sich an dessen Euter satt saufen zu können. Sie wollen nicht erkennen, dass ein Kalb noch kein Euter hat und es auch nicht überleben wird ohne Mutter, die es wiederum säugt. Und dass die Wiese, von der das Kalb frisst, eingehen wird, weil die Kuh alles vollscheißt, ist ihnen auch egal.«

Hatten skrupellose Politiker Kurbi auf dem Gewissen? Weil er ihnen beim Autobahnbau in die Quere gekommen war?

»Ist ja nicht gerade eine positive Imagekampagne für die CSU, wenn sie einen Pfarrer enteignen muss.«

»Ich kann mir schon vorstellen, dass es dem Bayerstorfer als CSU-Landrat furchtbar peinlich ist, mich als Dekan und Pfarrer von Dorfen enteignen zu müssen. Und er möchte wahrscheinlich wiedergewählt werden. Wir treffen uns ja immer wieder bei größeren Festivitäten und goldenen Hochzeiten. Mindestens einmal im Monat kommen wir zusammen. Aber ich habe überhaupt kein Erbarmen mit ihm.« Er lachte. »Zumindest in dem Punkt nicht. Weil die ganze CSU den Tandler-Highway schon immer einstimmig wollte.«

»Tandler. War der nicht mal Innenminister unter Strauß?«

Mayer nickte. »Vor zwanzig, dreißig Jahren war er noch Minister. Gerold Tandler besitzt einen vornehmen Gasthof in Altötting, die Post.« Pfarrer Mayer sah auf die Uhr. »Tut mir leid, Freddie. Ich habe noch einen Termin. Aber zuvor will ich dir noch einen Rat geben.«

Deichsler nahm die Tasse und trank erneut.

»Sei vorsichtig. Die Leute, mit denen sich Kurbi angelegt hat, sind gefährlich.«

Deichsler verschluckte sich und musste husten. »Das heißt, Sie wissen mehr?«

»Vielleicht weiß ich schon viel zu viel«, antwortete Mayer und reichte Deichsler die Hand. »Pass gut auf dich auf.«

Die Leute, mit denen sich Kurbi angelegt hat, sind gefährlich, hallte es in Deichslers Kopf nach.

14

Deichsler entschied sich, zuerst zu Opp zu fahren. Die Firma hatte zwar ihren Hauptsitz in München, aber Annamirl arbeitete in der Dorfener Zweigstelle. Deichsler fuhr in das Gewerbegebiet, in dem sich vor ein paar Jahren auch Super- und Baumärkte angesiedelt hatten. An einem schmucklosen Gebäude mit Aluminiumverkleidung hing das Schild des Tiefbauunternehmens Opp. Durch die Glasfassade sah er Annamirl am Schreibtisch sitzen und telefonieren. Die Haare streng nach hinten gebunden, sah sie Deichsler verblüfft aus ihren großen Augen an und nahm die übergroße schwarze Brille ab. Ob sie ihrem Chef gegenüber loyal war?

Als er eintrat, wies sie ihn an zu warten.

»Da arbeitest du also«, sagte Deichsler, als sie aufgelegt hatte, und sah sich im Raum um. Mit dem Zeigefinger strich er über einen abgeschnittenen Stahlträger, auf dem die vergoldeten Firmeninsignien prangten. T.O., Tiefbauunternehmen Opp.

»Freddie«, seufzte sie, »womit habe ich das nur verdient? Ich muss arbeiten.«

»Und wenn es bei meinem Besuch um deine Arbeit geht?«

Etwas blitzte in ihren Augen auf. Sie nahm einen Brillenbügel in den Mund. »Dann ist das natürlich etwas anderes.«

»Darf ich mich setzen?«

Sie deutete mit der Brille auf den Stuhl gegenüber.

Deichsler nahm Platz. »Dein Schwiegervater hat seine Enkel sicher gern?«

»Worauf willst du hinaus, Freddie?«

Wenn er ehrlich war, wusste er das selbst nicht so genau. »Wen mag er lieber von den beiden?«

»Den Maximilian.« Nachdenklich fügte sie hinzu: »Obwohl er behindert ist.«

»Und was für eine Behinderung hat er?«

»Eine Zerebralparese. Die Nabelschnur war um seinen Hals gewickelt. Aber deswegen bist du doch sicher nicht hier.«

»Ja, bei Kindern werden selbst knallharte Geschäftsleute weich«, sagte Deichsler und faltete die Hände vor der Brust. Er sah, wie es in Annamirls Gehirn arbeitete. Sie legte die Brille neben die Tastatur.

»Kann ich dir irgendetwas anbieten, Freddie? Tee, Kaffee?«

Obwohl sein Bedarf an schwarzem Tee für heute eigentlich gedeckt war, sagte er: »Ja, ein Schwarztee wäre schön. Mit Milch und Zucker.«

Sie sah ihn wieder verblüfft an. »Ich hab ja schon immer gewusst, dass du ein komischer Vogel bist. Aber seit wann hast 'n den Spleen?«

»Seitdem ich in Kenia war.«

Annamirl verließ das Büro. Deichsler sah ihr hinterher. Der enge Hosenanzug stand ihr richtig gut. Ein Schild auf der Tür zum Nebenzimmer erklärte: Manfred Opp. Deichsler stand auf und ging hinein. Für ihn war Opp immer noch der Hauptverdächtige, selbst wenn er sich um seinen behinderten Enkel kümmerte. Er stopfte sogar seine eigene Frau mit Psychopharmaka voll. Wenn das nicht eindeutig war.

Auf dem Schreibtisch stand ein aufgeklappter Laptop. Komischerweise war er noch warm. Das konnte zweierlei bedeuten. Entweder war Opp noch nicht lange außer Haus, oder jemand anders war dran gewesen.

Annamirl? Hab ich dich wirklich so falsch eingeschätzt? Vielleicht hatte sie auch ganz offiziell daran arbeiten müssen. Sie wird nicht gerade begeistert sein, wenn sie mich hier erwischt.

Deichsler drückte die Starttaste. Der Laptop war lediglich im Ruhemodus gewesen. Als Kennwort gab er »Manfred Opp« ein. Das pragmatische Ego des Chefs wies ihm den richtigen Weg, und er öffnete ein paar Dateien. Während der Computer lud, wanderte Deichslers Blick durch den Raum. Staubkörner schwebten durch einen Sonnenstrahl, der den Raum erhellte. An der Wand hingen Urkunden von Seminaren der innovativen Bauunternehmer.

Was er von seiner Geliebten wohl alles gelernt hat?

Da fiel ihm das Foto von Kurbi und dem Quetschschädel von der CSU wieder ein.

Hat Kurbi versucht, Arzberger mit Reisen zu bestechen? Um damit den Bau der Autobahn abzuwenden? Glaubte Kurbi ernsthaft, ein derartiges Großprojekt mit der Hilfe eines einzigen Politikers verhindern zu können? Oder wollte er den Hof für den bestmöglichen Preis an Opp verkaufen? »Wo's Geld is, is da Deifi, wo koans is, is a zwoamoi«, hätte seine Mutter dazu gesagt.

Ein E-Mail-Postfach war schon geöffnet. Erstaunlicherweise waren die einzigen Nachrichten im Postfach Spammails. Auch im Gesendet-Ordner befanden sich keinerlei Nachrichten. Dafür war ein Entwurf gespeichert. Als Deichsler die Maustaste drückte, um den Entwurf zu öffnen, hörte er Schritte. Ihm war, als ob jemand das Zimmer nebenan betreten hatte. Vielleicht hatte er sich auch getäuscht. Aber sein sechster Sinn trügte ihn eigentlich selten. *Wollte* Annamirl gar, dass er recherchierte?

»Zucker?«, hörte er sie rufen. Nein, sie war noch weiter weg, nicht im Zimmer nebenan.

»Du bist ein Schatz.«

»Was, ich habe dich nicht richtig verstanden?«

»Ja, bitte.«

»Das habe ich schon verstanden.«

Deichsler schmunzelte. Die Ehe mit Berni schien nicht gerade gut zu laufen, was er auch nicht vermutet hatte. Er wartete noch einen Moment, aber als Annamirl nicht in Opps Büro trat, wandte er sich wieder dem Rechner zu.

Die verfasste Mail hatte weder Adresse noch Betreff. Auch aus dem Inhalt wurde Deichsler nicht schlau:

Der Appetit soll größer werden. Ein gekochter Papagei wird ihm das Wasser im Mund zusammenlaufen lassen.

Ist ja eklig. Gekochter Papagei. Ob man da bunt scheißen muss?

Da klackten Annamirls Stöckelschuhe auf den Fliesen im Gang. Jetzt kam sie wirklich. Deichsler klappte den Laptop zu, hastete aus Opps Büro und in das von Annamirl und schloss die Tür hinter sich. Gerade als er sich mit vorgetäuschtem Interesse einer gerahmten Fotografie links neben der Tür zugewandt hatte, kam sie herein.

»'tschuldigung, dass es so lange gedauert hat«, sagte sie. Deichsler hatte das Gefühl, dass sie seine Reaktion einschätzen wollte.

»Kein Problem, da gibt's ja einiges zu sehen.«

Er deutete auf das Bild an der Wand. Eine ganze Horde Trachtler hatte sich darauf versammelt.

»Das war beim Volksfest-Umzug.«

»Damals war die Welt wohl noch in Ordnung?«, sagte Deichsler und deutete auf Kurbi, der neben Opp und seinem Sohn Berni stand.

»Wenn man sich nur die Fassaden anschaut, ist die Welt doch immer in Ordnung, oder?«

Annamirl reichte Freddie seinen Tee. So reflektiert und kritisch hatte er sie gar nicht in Erinnerung gehabt. Früher war auch sie bei der Trachtenjugend und im Theaterverein gewesen. Wie Kurbi. Deshalb hatte sich Deichsler mehr für Steffi interessiert, die mit ihren eigenwilligen Ansichten aus der Masse hervorgestochen hatte. Als Steffi erfahren hatte, dass Annamirl was von Deichsler wollte, hatte sie ihn schwören lassen, die Finger von ihr zu lassen.

»Und wie schaut's hinter der Fassade aus?«, fragte Deichsler interessiert.

Gerade als Annamirl antworten wollte, ging die Tür auf, und Berni kam herein. Deichsler konnte nicht anders. Wie früher schaute er ihm zuerst auf die Füße. Durch Berni hatte er begriffen, was X-Beine bedeuteten. Damals schon war Berni immer stinksauer geworden. Was für Deichsler häufig nicht so gut ausgegangen war, da Berni zwar einen Kopf kleiner, aber dafür umso breiter war. Woran sich bis heute nichts geändert hatte. Lediglich nach vorn, um den Bauch rum, war Deichsler etwas breiter geworden. Berni allerdings auch.

»Da schau her«, sagte Berni tonlos und blieb in der Tür stehen. »Der eine is weg, und scho is der Nächste da. Oide Kiah schleckan aa gern Soiz. Stimmt's, Annamirl?«

Ich glaub gern, dass die Annamirl gern Sex hat. Aber sie als alte Kuh zu bezeichnen … als eigener Mann.

Deichsler stand neben Annamirl. Sonst deutete nichts daraufhin, dass sie sich nähergekommen waren. »Griaß di, Berni«, versuchte er zu deeskalieren.

»Pfiade, Deichsler. Dich woll'n wir da ned.«

»Begrüßt man so einen alten Freund?«

»Freund waren wir noch nie.«

Stimmt, dachte Deichsler.

Berni kam näher. Stellte sich zwischen Annamirl und ihn, legte den Arm um seine Frau und drückte ihr demonstrativ einen langen Kuss auf die Lippen. Dabei ließ er Deichsler keine Sekunde aus den Augen.

Annamirl schob ihn von sich weg. »Berni, was soll das?«, fragte sie ihn angewidert und wischte sich über den Mund.

Berni Opp ließ seine Frau los und kam Deichsler so nahe, dass der Bernis Atem spürte – und roch.

Und wer hat dir in den Mund geschissen?

»Du bist meine Frau, und das is der Mörder vom Kurbi«, sagte er, ohne den Blick von Deichsler abzuwenden. »Da sollt ma scho ein bisserl vorsichtig sein.«

»Und woher willst du wissen, dass er Kurbis Mörder ist?«, hakte Annamirl nach.

»Weil ihn die Schande sucht. Eigentlich sollt i jetzt gleich telefonieren.«

»Und ich sollte jetzt gehen«, sagte Deichsler, der ohnehin zu Alexandra Gruhn musste.

Bernis Hand schloss sich wie eine Beißzange um Deichslers Bizeps. Der versuchte, keine Miene zu verziehen.

»Obacht geb'n, länga leb'n.«

»Kennst dich wohl aus damit? Wahrscheinlich hast beim Kurbi auch deine Finger im Spiel g'habt. Und schamst dich gar nicht, die Zenzi unter Druck zu setzen, die grad ihren Sohn verlor'n hat.«

Sofort ließ Bernis Hand Deichslers Arm los, und er setzte sich auf Annamirls Stuhl. »So ein Siemg'scheider. Lasst sich Jahr und Tag nimmer bei uns blicken. Und dann kommt er genau, wenn einer um'bracht wird. So ein Zufall. Bevor du kommen bist, war die Welt no in Ordnung.« Er fuhr sich durch den Schnauzer.

Jetzt ging Deichsler zu Berni und beugte sich zu ihm hinunter. Aus dem Bart des X-Haxerten lugten schon die ersten weißen Haare. Deichsler legte die Hände auf Bernis Schultern, was der scheinbar regungslos hinnahm. »Alt wirst, Berni. Ist das der Grund, warum das Annamirl ihr Glück beim Kurbi g'sucht hat? Oder einfach nur, weil'st ein Stoffel bist?«

Berni wollte aufspringen. Aber Deichsler drückte ihn so fest in den Schreibtischstuhl, dass der nach hinten wippte. Dann sah er zu Annamirl. »Annamirl, ich glaub, dein Mann will jetzt auch einen Kaffee.«

Sie reagierte zuerst nicht, ging dann aber nach draußen.

Berni sah ihr verwundert hinterher. Blitzschnell legte Deichsler seinen Arm um Bernis Hals. Mit der anderen Hand schnappte er sich einen goldenen Brieföffner, drückte ihn in Bernis Schritt und flüsterte ihm genussvoll ins Ohr: »Berni. Auch wenn bei dir im Bett nimmer viel läuft …« Deichsler erhöhte den Druck auf Bernis Schritt. »Du wirst dein' Schwanz zumindest zum Biesln noch brauchen.«

Berni stöhnte. Deichsler presste den Arm fester gegen Bernis Kehle. »Was will dein Vater mit dem Hof von der Zenzi?«

»Was weiß i?«, röchelte Berni.

Deichsler drückte die Spitze des Brieföffners noch fester in Kurbis Gemächt. Dessen Kopf wurde rot, Schweißperlen bildeten sich auf der Stirn. Er begann sich zu winden, was Deichsler dazu veranlasste, noch härter zuzupacken. »Wollt ihr eine Autobahnraststätt'n bau'n?«

Da keine Antwort kam, stach Deichsler kurzerhand zu. Berni zuckte zusammen. Die Spitze des Brieföffners war nur wenige Millimeter an seinen Kronjuwelen vorbeigeschrammt.

»Der Vater hat doch immer was vor«, versuchte Berni sich herauszulavieren.

Dieses Mal traf Deichsler. Berni jaulte auf wie ein Hund.

»Ja, er will was bau'n«, gab er schließlich mit gequälter Stimme zu.

»Eine Autobahnraststätte, auf Zenzis Hof?«, hakte Deichsler nach, hob den Brieföffner erneut in die Höhe und drückte noch fester gegen den Hals des anderen. Die Schweißtropfen liefen Berni über die Lippen, die sich langsam blau färbten.

Plötzlich stand Annamirl in der Tür. »Ja, Freddie, spinnst du? Schleich di! Ich mag dich da nicht mehr seh'n!«

Im Grunde wusste Deichsler, was er hatte in Erfahrung bringen wollen. Er beschloss zu gehen.

Als er auf den Parkplatz trat, sah Deichsler durch die Glasfront, wie Annamirl Berni ein Taschentuch reichte. Berni schlug es ihr aus der Hand und hob die Hand in die Luft, als wollte er sie schlagen. Deichsler überlegte, ob er wieder reingehen sollte, da schepperte Annamirl ihrem Mann eine, dass man es bis auf den Parkplatz krachen hörte. Na also.

Jetzt wäre was zu essen recht, dachte Deichsler amüsiert und strich sich über den Bauch. Es war zwar ein wenig riskant, am Unteren Marktplatz vorbeizuschauen, aber noch riskanter wäre es, sich in eine Wirtschaft zu setzen. Und er musste ohnehin nach Vocking zu Alexandra Gruhn. Gleich gegenüber vom Jakobmayer, wo er mit Zenzi essen gewesen war, hatte ein Freund von Steffi seinen Laden eröffnet: Powerplantape. Dort verkaufte er Kleidung aus fairem Handel, CDs und Bücher.

Wenn das Ganze hier überstanden ist, werde ich mal reinschauen, ob ich eine gute CD mit kenianischer Musik finde.

Deichsler dachte an seine Zeit in Kenia, wo er ein halbes Jahr gelebt hatte, nachdem er die schwangere Steffi hatte sitzen lassen. Nach den Wahlen 2007, einige Jahre nachdem er dort gewesen war, hatten sich die verschiedenen Volksstämme gegenseitig abgeschlachtet. Aufgehetzt von den Parteimitgliedern der Präsidentschaftskandidaten Kibaki und Odinga, die Macheten und anderes Mordwerkzeug hatten verteilen lassen. Jetzt ermittelte der Internationale Gerichtshof in Den Haag gegen sie.

Welche Rolle spielt der Politiker Arzberger beim Mord an Kurbi. Hat er Opp aufgehetzt?

Deichsler ging in den Döner-Imbiss rechts des fairen Ladens, an dessen Wand eine Flagge der Türkei hing. Er bestellte einen vegetarischen Döner mit Gemüse und Schafskäse. Sicherheitshalber fügte er hinzu: »Das Gemüse bitte warm machen.«

Der Türke mittleren Alters, der hinter dem Tresen stand, sah ihn verwundert an und meinte: »Schaun'g ma moi, na sen'g mas scho.«

Als Deichsler in das knusprige Fladenbrot biss, überlegte er weiter: Stand Kurbi Arzbergers Karriere im Weg? Aber warum fuhr er mit ihm sogar nach Fuerteventura?

Dann werde ich mir mal den Herrn Bürgermeister und Landtagsabgeordneten persönlich vorknöpfen müssen.

Soße tropfte auf Deichsler Hand. Er verschlang den Rest des Gemüsedöners und verabschiedete sich kurz darauf mit einem »Tschau!«.

»Pfiad di Gott«, erwiderte der Mann hinter der Theke, ohne den Kopf zu heben.

Wessen Segen er mir jetzt wohl mitgegeben hat? Den von Allah oder von dem Gott, der eigentlich in Oberbayern wohnt? Aber wahrscheinlich wohnen eh verschiedene da.

Gerade als sich Deichsler einen offenen Schnürsenkel neu binden wollte, sah er, wie Räuber Hotzenplotz alias Erkan in den Döner-Imbiss ging.

Deichsler ging den Weg zurück, den er eben gekommen war. Er suchte hinter den wenigen Bäumen Deckung, die den Parkplatz vor dem Imbiss säumten. Durch das große Schaufenster sah er, wie sich Erkan und der Bayern-Türke unterhielten. Schon nach kurzer Zeit gestikulierten sie wild mit den Händen. Bis Hotzenplotz den Laden verließ und eine wegwerfende Handbewegung machte.

Die grantige Stimmung war auch noch spürbar, als Deichsler erneut in den Laden trat.

»Noch einen vegetarischen Döner?«, fragte der Besitzer motzig.

»Nein. Aber der Mann, der gerade bei Ihnen im Laden war, der hat meinen Wagen angefahren.«

»So ein Saugrippe, den wenn ich erwisch!«, fluchte der Türke und hieb mit seinem Messer auf den Fleischbatzen ein, der sich am Spieß vor den glühenden Fäden drehte.

»Also kennen Sie ihn?«

»Das darfst glaub'n!«

»Aber wer ist er denn jetzt?«

»Mein Bua«, antwortete der Mann mit einem traurigen Unterton in der Stimme und ging in den Nebenraum.

Deichsler war verwirrt, beschloss aber zu gehen. Vermutlich war aus dem Mann ohnehin nicht mehr herauszuholen.

Deichsler war froh, als er den Berg nach Lindum hinter sich hatte und das Rad nach Vocking runterrollen lassen konnte. Schon bevor er das Haus erreichte, sah er den Streifenwagen auf der Straße stehen. Er überlegte, ob er lieber umkehren sollte. Aber er musste wissen, was hier los war. Staack wollte er nur noch im äußersten Notfall kontaktieren. Er konnte schon hinter den Schwindel gekommen sein. Deichsler parkte das Rad in der Haltebucht vor dem Sägewerk und ging den Rest des Weges zu Fuß am Straßenrand entlang. Vorsichtig, damit ihn die vorbeifahrenden Autos nicht mitnahmen.

Vor Alexandra Gruhns Haus stand eine Streifenpolizistin. Unter der Mütze quollen ihre blonden Haare hervor. Ein riesiger Zinken verunstaltete das ansonsten hübsche Gesicht.

Hoffentlich riecht die nicht gleich, dass ich gesucht werde.

»Griaß Gott«, grüßte Deichsler.

»Guten Tag«, antwortete die Polizistin.

»Schon schlimm, dass mit der Alexandra.«

»Ja«, stimmte ihm die Uniformierte zu und musterte Deichsler. »Tragisch.«

»Wie geht's jetzt weiter?«

»Wenn wir Sie gefunden haben, meinen Sie?«

Deichsler nickte.

»Sagen Sie mal, ich kenne Sie doch von irgendwoher.« Die Polizeibeamtin überlegte.

»Ich Sie aber auch«, erwiderte Deichsler mit einem charmanten Lächeln. »So eine hübsche Frau vergisst man nicht so schnell.«

Sie grinste bis zu den Ohren. »Crazy Town in Taufkirchen?«

»Ü 30«, antwortete Deichsler.

»Danke fürs Gespräch«, sagte sie und drehte sich beleidigt um. Im Schätzen des Alters war er noch nie gut gewesen.

Aber Deichsler hatte erreicht, was er wollte. Sie dachte nicht mehr darüber nach, woher sie ihn kannte. Vermutlich aus dem Fahndungsaufruf. Zügig ging er zurück zum Rad, der Verkehr brauste wenige Zentimeter an ihm vorbei. Vielleicht hörte er die Polizeibeamtin deswegen auch erst nach ihm rufen, als er das Rad erreicht hatte. Er hatte jetzt keine Zeit für die Blonde mit dem Zinken. Er musste Alexandra Gruhn finden. Und er wusste auch schon wo.

15

Auf dem Weg nach Taufkirchen bereuten er und seine brennenden Wadln, dass er sich kein Auto besorgt hatte. Beim Bäcker holte er sich erst einmal zwei Brezen, die er in Kürze verschlang und mit einer Milch hinunterspülte. Am Eingang zum Schloss, in einem kleinen Häuschen, saß ein untersetzter Langhaariger.

»Wo finde ich denn Menschen mit Psychosen?«, wollte Deichsler von ihm wissen.

»Gleich bei denen mit Alkohol- und Drogenabhängigkeit«, antwortete der knorrige Freak. Dann schickte er Deichsler auf Station A2 in Haus 10: die geschlossene Allgemeinpsychiatrische Aufnahmestation akut. Also musste Alexandra Gruhn ziemlich durch den Wind sein. Vielleicht hatte Pfarrer Mayer aber auch ein wenig getrickst, um sie besser vor ihrer fundamentalistischen Familie schützen zu können.

Deichsler ging am roten Wasserschloss vorbei, das hinter Bäumen und Sträuchern lag. Da er mit Alexandra Gruhn weder verwandt noch verschwägert war, musste er sich etwas einfallen lassen. Vor dem Eingang des Hauses stand eine Traube von Menschen. Die Journalisten waren wieder einmal schneller gewesen als die Polizei. Jetzt würde es sich noch schwieriger gestalten, an Informationen zu kommen. Da bemerkte Deichsler einen Typen in weißer Kluft, der neben dem Eingang stand und sich eine Zigarette drehte. Immer wieder warf er seine Haare nach hinten, weil sie ihm ständig in die Augen fielen.

Deichsler schlenderte zu ihm hin. »Haste noch 'ne Kippe?«

»Klar.« Er gab Deichsler den Tabak, in dem auch Zigarettenpapier lag. Deichsler begann zu drehen und nickte in Richtung Reporter. »Ganz schön was los da.«

»Scho.«

»Die sind ja meistens nicht grundlos da.«

»Scho.«

Er spürte, wie er wütend wurde. »Weißt du, was passiert ist?«

»Scho.« Das käsige Bürscherl schaute an ihm vorbei auf die

Versammlung vor dem Eingang. Deichsler zückte den Ausweis seines Vaters und hielt ihn dem jungen Mann vor die knallroten Augen. Der schmiss die Kippe ungeraucht auf den Boden, drückte sie mit seinen hellgrünen Turnschuhen aus und sagte: »Muss jetzt.«

Deichsler packte ihn am Arm. »Du erzählst mir jetzt, was da los ist.«

»Hab Schweigepflicht.«

»Als wenn dich das kümmern würde!« Deichsler drückte fester zu.

»Was zahlst denn?«

»Jetzt pass mal auf. Wir sind hier nicht in einem schlechten Film.«

Das Bürscherl lachte kurz auf. »Du hast noch nie auf Station gearbeitet, oder?«

Deichsler hielt ihn immer noch am Arm und hoffte, dass es den Journalisten nicht auffiel. Falls die erkannten, dass er der zweite Verdächtige war, würde sich das allgemeine Interesse umgehend auf ihn konzentrieren.

»Du hast doch sicher einen Kanten dabei? He? Marihuana? Shit? Crack? Was rauchst du? Oder sind's bei dir mehr die Amphetamine? Sitzt ja direkt an der Quelle.«

Obwohl er nicht dachte, dass das Bürscherl noch bleicher werden konnte, reduzierte Deichsler den Druck, weil er Angst hatte, er würde ihm sonst umfallen.

»Ich kann dich auch gleich durchsuchen. Inklusive Prostatamassage. So ein Packerl Gras passt euch doch immer noch ins Arschloch.« Deichsler wedelte mit dem ausgestreckten Zeigefinger vor dem Gesicht des Milchbubis herum und grinste überlegen.

Sein Gegenüber tippelte nervös von einem Fuß auf den anderen.

»In Bayern dürfen wir das nämlich. Verdachtsunabhängige Kontrollen nennt sich so was.« Deichsler pokerte hoch. Aber er gewann.

Ein dünner Schweißfilm hatte sich auf der Oberlippe des Bubis gebildet. »Eine mit religiösem Wahn hat der Pfarrer eingeliefert.

Die soll einen an den Schwammerl genagelt haben. Deswegen sind die alle da.«

»Meinst, die ist noch länger auf Station?«

»Kann scho sein, der hat's ja den Schalter ganz schön rausg'haun. Glaubt, sie wäre der Heilige Geist und so Schmarrn.«

»Muss sie dableib'n oder kann sie gehen?«

»Erst mal muss sie dableiben. Um Gefährdungen auszuschließen.«

Auf seinen verkifften Kopf gefallen ist er nicht.

»Also liegt eine Fremdgefährdung vor?«

»Und Selbstgefährdung. Suizidgedanken hat sie wohl auch.«

Deichsler ließ endlich den Arm des anderen los. »Dankschee. Und sauber bleiben.«

Das Bürscherl dampfte kopfschüttelnd ab.

Deichsler hatte genug gehört. Mehr würde er heute nicht mehr erreichen. Er fuhr zurück zu Zenzi. An der Kreuzung läutete die Kirchenuhr auf dem Zwiebelturm fünf Mal.

Ob die Türken wohl auch mal da waren, weil es hier gar so viele Zwiebeltürme gibt?

Da fiel Deichsler die Szene im Döner-Imbiss wieder ein. Räuber Hotzenplotz würde um einiges schwieriger zu knacken sein als Berni oder das Kiffer-Bürscherl. Und es gab immer mehr Verdächtige. Erst waren es nur Manfred Opp und Alexandra Gruhn gewesen. Jetzt kam auch noch Berni dazu, als zukünftiger Besitzer des Tiefbauunternehmens, der Tankstelle und der Raststätte. Seine Eifersucht nicht zu vergessen.

Deichsler schlug sich mit der flachen Hand gegen die Stirn. Warum hatte er eigentlich sein Alibi nicht überprüft? Eifersucht zählte zu den häufigsten Mordmotiven. Und die private Altersvorsorge sollte bei der derzeit grassierenden Altersarmut auch nicht unterschätzt werden. In Gedanken stufte Deichsler die Verdächtigen auf einer Tabelle ein.

1. Hauptverdächtiger: Berni.
2. Verdächtiger: sein Vater Manfred Opp.
3. Verdächtiger: die Gruhn oder der Räuber Hotzenplotz?

Deichsler war unsicher. Bis jetzt hatte er Hotzenplotz zu wenig Aufmerksamkeit gewidmet. Das musste er unbedingt nachholen.

Vielleicht steckte doch noch etwas anderes hinter all den seltsamen Aktionen als das Interesse an Zenzis Hof.

Zenzi war noch nicht wieder zurück. Vielleicht war sie mit David spazieren gegangen, genoss das Isental, solange es noch etwas zu genießen gab.

Deichsler recherchierte an Kurbis Laptop zum Thema Exorzismus. Laut Vatikan mussten mittlerweile die Diagnosen von zwei Psychiatern eingeholt werden, damit ein Exorzismus durchgeführt werden konnte, offiziell. Sie mussten eine psychische Erkrankung ausschließen.

»Nach WDR-Recherchen melden sich bei dem Freisinger Pater Jörg Müller fast jeden Tag Menschen, die angeben, von dunklen Mächten besessen zu sein, dreihundertfünfzig allein im vergangenen Jahr. Eine zweiundzwanzigjährige Frau aus Oberbayern soll schon vierzig Exorzismen hinter sich haben. Die ›Internationale Vereinigung der Exorzisten‹, 1990 gegründet von Pater Gabriele Amorth, dem ›Chefexorzisten‹ des Vatikans, kommt jährlich zu Treffen zusammen. Amorth will schon dreißigtausend Fälle von Besessenheit behandelt haben.«

Seit dem Bericht waren drei Jahre vergangen. Ob sich seitdem viel verändert hatte? Freising war nur ein paar Kilometer von Vocking entfernt. Und wenn der Exorzist dieses Gutachten nicht für notwendig hielt, würde er den Exorzismus auch ohne durchführen, da war Deichsler sich sicher.

Sein Handy läutete. Besser gesagt: das von seinem Vater. Es war Pfarrer Mayer. Woher er wusste, dass Freddie das Handy seines Vaters hatte? Hatte seine Mutter es ihm gesteckt? Er klang nervös und flüsterte: »Ich muss dich sehen, Freddie!«

»Soll ich vorbeikommen?«

»Nein, das wäre zu gefährlich.«

»Gefährlich?«

Vielleicht hätte ich meinem Vater die Dienstpistole auch gleich klauen sollen.

»Wir treffen uns in vier Stunden am Schwammerl.«

Deichsler sah auf die Uhr. Es war jetzt halb sieben. »Aber warum denn am Schwammerl?«

War Pfarrer Mayer ein Sadist? Deichsler konnte sich Besseres vorstellen, als im Dunkeln an den Ort zurückzukehren, an dem Kurbi ermordet worden war.

»Ich kann jetzt nicht länger sprechen.« Und schon hatte Pfarrer Mayer aufgelegt.

Was trieb Pfarrer Mayer so um, dass er ihn unbedingt treffen wollte? Wem konnte er mit seinem Wissen gefährlich werden? Exorzisten oder der Familie von Alexandra Gruhn, die er gegen den Willen der Angehörigen nach Taufkirchen verfrachtet hatte. Auch Pfarrer Mayer hatte sich in der letzten Zeit öfter mit Kurbi getroffen. Wusste er mehr, als er Deichsler verraten hatte? Handelte es sich um wichtige Informationen, die den Bau der A 94 beeinflussen konnten?

Pfarrer Mayer hatte sich mit seiner Weigerung, das Land der Kirche für den Bau der Autobahn abzugeben, sicherlich keine Freunde gemacht. Der Landrat würde die Enteignung durchführen müssen. Und das machte sich nicht sonderlich gut im Wahlkampf: ein christlich-sozialer Landrat, der einem Pfarrer den Kirchengrund enteignete. Auch Arzberger, Manfred und Berni Opp waren in der CSU. Hatte sich da eine Interessengemeinschaft gebildet und Kurbi entsorgt? Ganz im platonischen Sinne: Das Ganze war mehr als die Summe seiner Teile. »Obacht geb'n, länga leb'n!«, hatte Berni großspurig gesagt.

Die eigenartige Mail auf Opps Computer fiel Deichsler wieder ein: *Der Appetit soll größer werden. Ein gekochter Papagei wird ihm das Wasser im Mund zusammenlaufen lassen.*

Jetzt musste er an Annamirl denken. Sie war schon eine interessante Frau. Und gefallen ließ sie sich auch nichts. Wie sie dem Berni eine geschmiert hatte – vom Feinsten. Kein Wunder, dass der Kurbi mit ihr geschlafen hatte. Allerdings war das schon ein paar Jährchen her. Um genau zu sein, fast zwanzig. Ob der Kurbi wirklich nur mit ihr und Alexandra Gruhn im Bett gewesen war? So langsam traute Deichsler ihm alles zu.

Deichsler nahm das Handy seines Vaters und wählte Annamirls Nummer. »Annemarie Opp«, meldete sie sich.

»Hallo.«

»Freddie«, sagte sie genervt. »Wenn ich zu jemandem sage, dass er sich nicht mehr blicken lassen braucht, dann –«

»Aber ich ruf doch nur an, du siehst mich doch gar nicht.«

»… dann heißt das auch, dass ich nichts mehr von ihm hören will«, erwiderte sie schon nicht mehr ganz so ernst wie vorher.

»Versteh mich doch.«

»Immer soll ich euch Mannsbilder verstehen. Und wenn ihr mal Verständnis haben sollt, dann beiß ich mir die Zähne aus.«

»Ich weiß doch, dass die Situation schwierig für dich ist.«

»Das kannst du laut sagen.«

»Mama?«, hörte Deichsler im Hintergrund einen Jungen rufen. »Is der Papa?«

»Ein Freund«, antwortete Annamirl.

Wenn ich ein Freund bin, liegen die Karten gar nicht so schlecht.

Annamirl legte die Hand auf den Hörer. Trotzdem verstand Deichsler, was sie sagte. »Ich komme gleich und wechsel dir die Windel.«

Einem Achtjährigen die Windeln wechseln? Die Annamirl hat es wirklich nicht leicht.

»Du hast deinen Tee gar nicht getrunken«, sagte sie zu Deichslers Erstaunen. Jetzt wusste er nicht mehr, was er sagen sollte.

»Hallo Freddie, bist noch da?«

»Natürlich. Pass auf, eigentlich rufe ich an, weil ich dich fragen wollte, wo der Berni in der Nacht war, als der Kurbi ermordet worden ist.«

Deichsler hörte, wie sie schluckte. »In seinem Bett«, kam es zaghaft.

»Bist du dir sicher?«

»Nein, bin ich nicht.«

»Und warum nicht?«

»Weil wir schon, seitdem der Maximilian auf der Welt ist, in getrennten Betten schlafen.«

Plötzlich tat ihm Annamirl leid. Eine so hübsche und intelligente Frau, die allein schlafen musste. Kein Wunder, dass sie sich in Kurbi verliebt hatte. Dann erschrak Deichsler über sich selbst. *Wäre es bei einer dummen hässlichen egal?*

Noch als er darüber nachdachte, was er gerade gedacht hatte – oft waren seine spontanen, unzensierten Gedanken zielführend –, hörte er, wie bei Annamirl im Hintergrund eine Tür geöffnet wurde und Berni »Griaß euch!« rief.

»Ich muss jetzt aufhören. Pfiade«, sagte Annamirl leise.

»Ich meld mich, Annamirl.«

Deichsler legte das Handy zwischen seine Beine. Dann stützte er sich auf der Bettdecke ab; sie war kalt. Die Liebe zu seiner Freundin Monika würde er als kurz und heftig beschreiben. Sie hatten sich 2010 beim Afrika-Festival in Würzburg kennengelernt, beim Konzert von Youssou N'Dour. Ein Freund von Deichsler war kurzfristig erkrankt und hatte ihm die Karte überlassen. Eigentlich war Deichsler kein großartiger Fan der westafrikanischen Musik. Sie war ihm oft zu wehleidig. Aber genau bei »Seven Seconds«, dem Lied, mit dem Youssou N'Dour berühmt geworden war, sah er Monika tanzen, sie lachte ihn an, und sie tanzten den restlichen Abend gemeinsam. Unter der Mainbrücke fielen sie im feuchtkalten Gras übereinander her. Bei einem der nächsten Übereinanderherfallern entstand dann wohl David.

Kurz vor der Geburt ließ sich Deichsler von einem vermeintlichen Kunden zu einem dringenden Termin bestellen. Er hatte Sorge, er würde Monika danach nicht mehr lieben. Ein Freund hatte ihm erzählt, dass er beim Sex immer an die Geburt, die schreiende, kotzende Frau und die Sauerei mit der Fruchtblase und was noch so alles aus einem Körper herausblubbern konnte, wenn man nur lange genug presste, denken musste. Während der Geburt saß Deichsler dann in seiner Stammkneipe und vernichtete mit seinem Kumpel Matze so viel Bier wie ansonsten in drei Monaten. Geholfen hatte alles nichts. Die Liebe verschwand wie ein morgendlicher Nebel, der die Sonne aufgehen sah. Spätestens an dem Tag, als Monika ihm die Pistole auf die Brust gesetzt und die Heirat eingefordert hatte. Damals verflog Deichslers Hoffnung, sie würden in wilder Ehe zusammenleben, sich niemals allzu fest aneinanderbinden. Von Steffi hatte er sich aus dem gleichen Grund noch getrennt, um authentisch zu bleiben. Bei Monika war er geblieben, um nicht den gleichen Fehler noch einmal zu begehen. David zuliebe.

Wo Zenzi nur blieb?

Deichsler sah auf das Handy seines Vaters. Halb acht, es blieben ihm noch drei Stunden bis zum Treffen mit Pfarrer Mayer.

Da knarrte die Eingangstür. Deichsler sprang die Treppenstufen nach unten, freute sich, noch ein bisschen mit seinem Sohn spielen zu können. Er hatte ihn vermisst. Doch der schlief tief und fest in einem uralten Kinderwagen, den Zenzi wohl auch vom Dachboden geholt hatte.

»Das Isental hab ich ihm g'zeigt.« Zenzi sah glücklich aus. Richtig glücklich.

Deichsler nahm David aus dem Wagen und legte ihn vorsichtig in Kurbis altes Kinderbett. Auch Zenzi zog sich bald in ihr Schlafzimmer zurück.

Deichsler setzte sich in die Stube aufs Kanapee und versuchte wach zu bleiben. Immer wieder schwirrte ihm Pfarrer Mayers Warnung im Kopf herum: »Sei vorsichtig. Die Leute, mit denen sich der Kurbi angelegt hat, sind gefährlich.«

War Pfarrer Mayer vorsichtig genug?

16

Deichsler fuhr hoch und knallte mit dem Schädel gegen das Kopfende des Kanapees. Sterne blinkten vor seinen Augen auf. Die Uhr zeigte zwölf. Vor eineinhalb Stunden hätte er am Schwammerl sein müssen.

Weil er sich nicht ausgezogen hatte, hüpfte er die Treppe hoch ins Bad, drückte sich ein wenig Zahnpasta auf den Zeigefinger und fuhr damit im Hinuntergehen auf seinen Zähnen hin und her. Die Tür zu Kurbis Zimmer ließ er weit offen stehen. So konnte Zenzi David hören, falls er schreien würde.

Mein Gefühl sagt mir, dass es sicherer ist, wenn er hierbleibt.

In der Küche spülte er seinen Mund aus. Er verzichtete darauf, Zenzi zu wecken, deren Schnarchen bereits aus ihrem Zimmer drang.

Die Eingangstür knarrte, als er in die Nacht trat. Auf dem Hof huschte ein Schatten davon, trabte in die Dunkelheit.

Doch ein Wolf. Vielleicht kann ich ihn mal mit Fleisch anlocken.

Steffis Auto stand immer noch da, wo er es abgestellt hatte, oberhalb der Obstwiese. Zenzi hatte ihm erzählt, Waxenberger habe das Auto vor Ort repariert.

»Hatschi!«

Der verschissene Heuschnupfen. Ich hab vergessen, meine Tabletten zu nehmen. Dafür ist jetzt keine Zeit mehr.

Er schnäuzte sich, spürte, wie ihm die Nase direkt wieder volllief und die Augen brannten. Hastig öffnete er die Autotür, ließ sich auf den Fahrersitz fallen und dampfte davon. Er wollte Pfarrer Mayer keinesfalls noch länger warten lassen, so besorgt, wie er sich angehört hatte – sogar ein wenig eingeschüchtert.

Kurz nachdem er losgefahren war, trieben ihm die umherschwirrenden Pollen die Tränen in die Augen, und er sah die Scheinwerfer des entgegenkommenden Autos nur verschwommen. Aber er hatte keine Zeit zu verlieren. Als er Lindum hinter sich gelassen hatte und den Berg hinunterbretterte, trübte sich erneut die Sicht. Der Wagen begann zu schlingern.

Was zur Hölle soll das? Ich fahr doch gar nicht schnell!

Obwohl er vom Gas ging, zog es ihn nach links. Deichsler versuchte gegenzusteuern. Was aber nichts half. Ein Auto kam ihm entgegen. Hupte, konnte gerade noch ausweichen. Da schoss ein weiterer Wagen aus der Linkskurve heraus. Deichsler versuchte immer noch die Kontrolle über den Panda zurückzuerlangen. Aber die Reifen und das Lenkrad schienen jegliche Kommunikation eingestellt zu haben. Der linke Vorderreifen löste sich vom Wagen, und Deichsler sah ungläubig, wie der Reifen neben ihm her in den Graben rollte. Er schluckte, zog noch weiter nach rechts, um das entgegenkommende Auto nicht zu rammen. Zu spät. Es krachte, der Airbag schoss Deichsler ins Gesicht. Drückte gegen Brust und Kopf. Etwas Warmes lief über seine Stirn. Und es wurde noch dunkler.

Deichsler schwamm unter Wasser. Aber es war nicht kalt. Nur der Druck auf dem Brustkorb war wieder da. Und er bekam keine Luft. Als er wieder auftauchte, lag er in etwas weichem Weißen. Dem Airbag. Der hatte ihm das Leben gerettet.

Pfarrer Mayer.

Deichsler kämpfte den aufgeblasenen Airbag nieder, schnallte sich ab und wollte die Fahrertür öffnen. Die klemmte. Er drückte mit aller Kraft dagegen, woraufhin sie sich quietschend öffnete. Er zog sein Handy aus der Tasche. Null Uhr fünfundvierzig. Das Letzte, woran er sich erinnerte, war der Reifen, der neben ihm hergefahren war.

Verdammt! Da muss jemand die Radmuttern gelockert haben. Das kann eigentlich nur bedeuten, dass ich auf der richtigen Spur bin.

Deichsler schleppte sich am Straßenrand entlang zur Abzweigung. Scheinwerfer blendeten ihn, die Autos wichen ihm aus. Ein Wagen näherte sich im Schritttempo von hinten, blieb an der Unfallstelle stehen. Entfernt hörte er eine Tür zuschlagen. Aus Dorfen sah er Blaulicht heranrasen.

Schon stand er am Fuß des Weiler Ecks, auf dem der Schwammerl stand. Irgendwann hatte es angefangen zu regnen. Die Tropfen stürzten sich hungrig auf Deichsler. Dank der mondhellen Nacht hatte er bis gerade eben noch alle Sterne am Himmel sehen können. Jetzt erkannte er nicht mal mehr die Hand vor Augen.

Vielleicht schaffe ich es zum Schwammerl, bevor ich völlig am Arsch bin.

Dieses Mal stolperte er geradezu über den Stein des Widerstands. Kurz bevor er den Schwammerl erreicht hatte, verstärkte sich seine üble Vorahnung. Und dann sah er die Halbschuhe von Pfarrer Mayer vor der Bank baumeln. Seine schwarze Hose, der schwarze Pulli, der Brustkorb darunter, der sich unnatürlich hervorhob, weil die Hände wieder über dem Kopf festgenagelt worden waren. Deichsler fischte mit zitternden Händen das Handy seines Vaters aus der Hosentasche heraus.

Verdammt, keine Taschenlampe.

Er hielt das grün leuchtende Display auf den Pfarrer. Wie schon bei Kurbi kam Deichsler zu spät. Auch Mayer war bereits tot. Bei genauerem Hinsehen konnte Deichsler einen dunklen Striemen an seinem Hals erkennen.

»Kreuzkruzifix!«, fluchte er in die Dunkelheit. Am liebsten hätte er das Handy auf die Erde geschleudert. Ein dumpfes Gefühl legte sich auf seine Magengrube.

Verdammt, warum habe ich nur verschlafen?

Über Pfarrer Mayers Kopf mit den aufgerissenen Augen hing ein Zettel. Deichsler musste nur die ersten Worte lesen, um zu wissen, was darauf stand: »Wer bei einem Vieh liegt …«

Sein T-Shirt saugte sich sekündlich mit Wasser voll, zog ihn nach unten. Der Regen trommelte auf seinen schmerzenden Kopf. Er rannte den Berg hinunter, über die Wiese, welcher der Bagger die Haut abgezogen hatte. Kämpfte sich durch die Uferböschung der Lappach, zerriss sich die Kleider in den Brombeerhecken, spürte die kratzenden Dornen und Äste aber nicht. Er hetzte bei Kopfsöd den Berg hinauf, stolperte, oben angekommen, in den Straßengraben, verstauchte sich den Knöchel und humpelte vom Rastberg zu Zenzis Hof hinunter.

Mit letzter Kraft taumelte er ins Wohnzimmer. Zenzi schreckte hoch, sie war auf dem Kanapee eingeschlafen, und schlug die Hände über dem Kopf zusammen. »Mei, Bua, wie schaust du denn aus?«

Sie legte eine Decke aufs Polster, Deichsler legte sich drauf, dann deckte sie ihn mit einer anderen zu. Er schlief auf der Stelle ein.

Äste, die gegen das Fenster peitschten, weckten ihn. Die Regentropfen prasselten auf das Fensterbrett, und Zenzi streichelte ihm über die Haare. Das Gesicht, der ganze Oberkörper, all seine Muskeln und Knochen schmerzten. Ein Feuer loderte im Ofen, das Holz knackte. Die Temperatur war in der Nacht stark gefallen.

Zenzi hielt ihm eine Tasse Tee hin. »Du bist ja ganz schön haudig beinand.« Deichsler setzte sich auf. Aber seine schmerzenden Glieder ließen ihn wieder zurück ins Polster fallen. Der Kamillentee schmeckte nach Krankheit.

»Soll ich dir eine Badewanne einlassen?«

Deichsler fror am ganzen Körper. »Ja«, antwortete er zögerlich.

Als er vor der Badewanne stand, war er immer noch skeptisch. Er hatte mal von einer Konfrontationstherapie gehört. Leute, die Höhenangst hatten, stiefelten gemeinsam mit ihren Therapeuten auf hohe Gebäude. So konnten sie ihre Ängste besiegen, weil das Gehirn lernte, dass ihnen keine Gefahr drohte.

Konfrontationstherapie in der Badewanne. Das darf ich niemandem erzählen.

Vorsichtig glitt er in das dampfende Wasser. Seine Wunden brannten, sein geschwollener Knöchel pochte wie verrückt, sein Ekel verband sich mit dem Schmerz, und er wollte nicht darüber nachdenken, was in diesem Moment schlimmer war.

Ich hätte Staack umgehend informieren müssen. Römer wird mir kein zweites Alibi geben. Vielleicht ist es doch ein Serienmörder? Aber alles deutet in Richtung A 94. Oder hatte Pfarrer Mayer auch was mit Annamirl? Dieses Bibelzitat. Also ein gläubiger Mensch, der Mörder. Was es nicht unbedingt einfacher macht. Alexandra Gruhn hatte mit beiden Ermordeten kurz vor ihrem Tod noch Kontakt.

Vielleicht hatte Deichsler sie in seinen Nachforschungen zu sehr vernachlässigt. Einen Zusammenhang mit dem Räuber Hotzenplotz konnte Deichsler im Augenblick nahezu kategorisch ausschließen.

Moment. Beide, Kurbi und Pfarrer Mayer, waren Christen, und Räuber Hotzenplotz sicher Moslem. Aber warum sollte er dann ein Bibelzitat über seinen Kopf nageln? Um die Ermittler auf eine falsche Fährte zu locken?

In Kurbis Zimmer war es kalt, weswegen sich Deichsler so schnell anzog, wie es seine Wunden zuließen. David hatte sich wieder einmal freigestrampelt. Deichsler zog ihm die Decke bis zum Kinn, auch wenn es vermutlich keine fünf Minuten dauern würde, bis der Kleine erneut ohne dalag. Zärtlich strich er ihm über die spärlichen schwarzen Haare, die sich im Nacken kräuselten.

Deichsler sah sich noch einmal das Foto an, auf dem Kurbi eine Lederhosen anhatte, die seine Figur richtig gut zur Geltung brachte. So wie Annamirl von ihm geschwärmt hatte, hätte sie sogar Berni, den Stoffel, für Kurbi sitzen lassen. Trotz der Kinder. Kurbi sah nicht nur gut aus, sondern war auch noch verständnisvoll, einfühlsam und konnte zuhören. Sie schien sich wirklich in Kurbi verschaut zu haben. Enttäuscht blickte er noch einmal zu dem Bild und schüttelte verwundert den Kopf.

Da hörte er ein Auto die Einfahrt hochknattern. Hatte Müller, Vaters neuer Kollege, die SoKo auf Deichslers Spur gebracht? Ein schwarzer Audi und ein Polizeibus parkten im Hof.

Wo verstecke ich mich jetzt am besten? Und was mache ich mit David?

»Frau Brandner, wir haben gehört, dass sich hier der mutmaßliche Mörder Ihres Sohnes, Freddie Deichsler, aufhält.«

»Ja, wart's ihr heut scho schnappsln, oder was?«

»Was sagt die Frau?«, fragte ein Beamter, den Deichsler noch nicht kannte.

»Ob wir heute schon Schnaps getrunken hätten«, übersetzte Staack.

»Frau Brandner. Bei Deichsler, äh, also bei Fred Deichsler, also dem Junior, handelt es sich um einen gefährlichen Serienmörder, der weiß, wie man seine Opfer um den Finger wickelt. Sie könnten die Nächste sein.«

Gefährlicher Serienmörder. So ein Schwachsinn.

»Dann kriegt er eine mit'm Hacklstecker in sein Allerheiligstes, dass die Glocken nur so läut'n. Der wickelt mich nirgendwo rum!«

Diesmal verzichtete Staack auf eine Übersetzung.

»Jetzt lassen sie uns doch mal rein. Es ist nur zu ihrer Sicherheit«, ließ der Beamte nicht locker.

»Zu meiner Sicherheit sollten's lieber die schwarzen Betonschädel in München einsperren, die eine Autobahn durch meine Obstwiesen bau'n woll'n. Jeden Baum hat mein Mann einzeln pflanzt.«

»Aha«, brummelte der Polizist genervt.

Deichsler hörte, wie die Beamten durch Wohnzimmer, Küche und Gang trampelten. Er musste handeln.

Deichsler holte David so schnell und sanft wie möglich aus dem hölzernen Bettchen. Der gab einen kurzen Schrei von sich. Sein Papa legte ihn sich auf die Brust, klopfte mit der Hand sachte auf den Rücken und machte »Schttt!«, dann drückte er ihm mit der anderen den Schnuller in den Mund. Im Erdgeschoss polterte es aufgeregt, und Deichsler hastete die krumme Leiter hinauf auf den Speicher. Zum Glück schlief David weiter.

Hinter der Speichertür empfingen die beiden Spinnweben, ihre Bewohner und Gerümpel der letzten Jahrzehnte. Der Staub flirrte im fahlen Licht, das durch das schmutzige Dachfenster hereinstolperte.

Ja, super!

Deichsler drückte sich an Matratzen vorbei, aus denen der Schaumstoff quoll, stieg über ein Paar alte Ski und stolperte fast über eine Milchkanne. An einem Holzschrank ging es nicht mehr weiter. Deichsler sah sich um, und David zuckte zusammen. Da ihn kein wirklich gutes Versteck ansprang, legte er sich David so zurecht, dass er mit der anderen Hand den Schrank zur Seite schieben konnte. Mäuse flitzten über die alten Holzdielen in die andere Ecke des Speichers. Ein stechender Geruch stieg ihm in die Nase.

Als die erste Treppenstufe knarrte, wusste er, dass er keine Zeit mehr hatte. Er schob den Schrank noch weiter nach vorn und drückte sich und David dahinter. Keine Sekunde zu früh.

Die Tür zum Speicher öffnete sich, und der Gockel, der ihn mitgenommen hatte, sagte zu seinem Kollegen: »So ein Saustall!«

»Ideal, um sich zu verstecken«, antwortete eine blecherne Stimme.

Deichsler atmete schneller, bekam aber nur noch wenig Luft. Seine Kehle schnürte sich zu, der Druck auf der Brust wurde unerträglich. Eine Lawine an Schuldgefühlen überrollte ihn: die kaputte Hose, der tote Kurbi, sein Sohn Paul, Monika. Er kämpfte gegen den Drang, einfach aufzuspringen. Wollte mit den Armen rudern, nicht mehr eingesperrt sein, sich befreien. Dennoch versuchte er, so ruhig wie möglich zu atmen. Zog die Zehen an, bis es wehtat.

Der Kegel der Taschenlampe suchte den Dachboden ab. Die graupelzigen Bewohner retteten sich in eine andere Ecke.

»Pfuideife. Alles voller Mäuse, gehen wir«, sagte der Gockel.

»Und wie das stinkt.«

»Da versteckt sich der Deichsler sicher nicht«, sagte der Gockel.

»Bist du dir da wirklich so sicher?«, kam es wieder blechern vom anderen Ende des Dachbodens. »Außerdem hat der Kriminalhauptkommissar gesagt, dass wir nicht mehr Deichsler sagen sollen, sondern Freddie Deichsler, weil der Kollege doch auch Deichsler heißt und der Verdächtige sein Sohn ist.«

»Aber der heißt doch auch Freddie«, widersprach der Gockel.

»Wer jetzt?«

»Na, unser Kollege.«

»Stimmt. Aber zu dem sagen wir Fred.«

»Und dem ist die Sache eh schon auf den Magen geschlagen. Deswegen ist er die ganze nächste Woche noch krankgeschrieben.«

»Wie tät's denn dir gehen, wenn dein Sohn des Mordes verdächtigt wird?«

Deichsler hörte Schritte, ein Stolpern, dann ein Geräusch, als Stoff zerriss. Eine Spinne krabbelte ihm übers Gesicht, kitzelte ihn. Er hielt die Luft an.

»Sacklzement, jetzt hab ich auch noch einen Triangel in meiner Hosen«, fluchte der Beamte.

»Und dein Hintern ist für alle gut einsehbar. Freiluftkonzert, oder was? Bleib mal stehen«, frotzelte der Gockel.

»Tu die Taschenlampen da weg!«

»Ich will doch nur lesen, was auf deinem Hintern steht.«

»Das geht dich gar nix an!«

»›Eigentum von Rosamunde‹?« Der Gockel prustete lautstark los. »So ein Schmarrn! Hat deine Alte Angst, dass dir jemand deinen Hintern stibitzt?«

»Immerhin kein Tanga.«

»Da würd das auch gar nicht drauf passen«, wieherte der Gockel.

»Gehen wir. Und wenn du jemandem erzählst, was da auf meiner Unterhosen steht, dann erzähl ich, dass du Angst vor Mäusen hast.«

»Ich sag schon nix«, beschwichtigte der Gockel, und die Tür öffnete sich. Kurzzeitig erhellte sich der Dachboden.

Erst als er die Polizeibeamten die Treppe hinunterpoltern hörte und die Wagen abfuhren, wagte sich Deichsler hinter dem Schrank hervor. Er war nass geschwitzt. Nicht nur an der Stelle, wo David gelegen hatte.

»Da fährt die Schande. *Scheiß-Bullen!* Gefunden haben sie uns nicht.«

Und weil David dass noch nicht wirklich mitbekam, streckte Deichsler den wegfahrenden Polizisten noch den Mittelfinger triumphierend hinterher.

Zenzi fiel ihm um den Hals, als er die Wohnzimmertür öffnete. »Zum Glück habn's dich nicht erwischt. Du und der Mörder vom Korbinian. So ein Schmarrn!«

Schön, dass zumindest eine an mich glaubt.

Zenzi roch ein wenig ranzig. Eine Mischung aus altem Fett und Schmerzsalbe. Deichsler war froh, als sie ihn wieder losließ.

»Aber ein bisserl stinken tust.« Sie fischte eine Spinnwebe aus seinen Haaren. »Und wo hast denn den Kleinen versteckt g'habt?«

»Das erzähl ich dir lieber nicht.«

»Na, dann nicht. Komm, jetzt frühstücken wir erst mal.«

»Ich glaub, ich geh noch kurz duschen.«

Bevor er sich unter das Wasser zwang, machte er seine Fünf Tibeter. Sein Knöchel schmerzte schon weniger.

Als sie dann später so am Tisch saßen und Deichsler dick Butter und Marmelade auf die aufgebackenen Semmeln strich, sah er zufrieden zu Zenzi und seinem Sohn. Der Ansatz eines Glücksgefühls verdrängte die Ereignisse der letzten Nacht. Vater eines gesunden Sohnes und selbst wohlbehalten zu sein – das war schon was. Wie es seinem ersten Sohn Paul wohl gerade erging? Hatte er schon erfahren, dass sie seinen Vater des Mordes verdächtigten? Vielleicht hatte er sich aber auch schon lange von seinem Vater befreit. Konnte man sich in so einem Alter überhaupt von seinem Vater losmachen, oder verdrängte man mehr, dass er nicht für einen da war?

Während Deichsler an seinem süßen Tee nippte, nahm er sich fest vor, Paul bald zu treffen. Aber jetzt war er hier. Musste Kurbis und Pfarrer Mayers Mörder finden. Tja, die Zeit. Bis jetzt hatte er das Gefühl gehabt, die Menschen hier hatten mehr Zeit als die Schdodara, wie sie die Menschen in der Stadt nannten. Die Autobahn würde dafür sorgen, dass die Menschen noch mehr hetzten und rasten. Auch wenn es verständlich war, dass jemand, der jeden Tag von hier nach München pendelte, froh über die halbe Stunde Zeitersparnis war. Die konnte er dann mit seiner Familie verbringen, falls er das überhaupt wollte. Oder mit seinen Freunden in der Wirtschaft. Sein Kumpel Matze hatte sicher schon mehrmals bei Deichsler auf dem Handy angerufen, genau wie Monika. Deichsler sprang auf. Die Nürnberger Kripo hatte sie vermutlich schon aufgesucht. Nürnberger Kripo? In China … Wahrscheinlicher war, dass Interpol sie verhört hatte. Er setzte sich wieder. Immerhin wusste sie durch seine Mail, dass es David gut ging. Zenzi sah ihn fragend an.

Ich muss Zenzi sagen, dass Pfarrer Mayer auch tot ist.

»Zenzi, Pfarrer Mayer –«

»Hat mir der Kommissar scho g'sagt«, antwortete sie und begann urplötzlich zu schluchzen, dass ihr der Rotz aus der Nase lief.

Deichsler setzte sich zu ihr rüber und nahm sie in den Arm. »Hast du eine Ahnung, wer es g'wesen sein könnt?«

Sie zuckte mit den schmalen Schultern: »Ich weiß nur, dass ich gestern Nachmittag noch mit dem Pfarrer telefoniert hab.«

»Und was wollt er von dir?«

»Ich wollt was von ihm. Ich hab ihn g'fragt, ob er meinen Betreuer machen würde. Er hat erst ein bisserl hin und her überlegt, weil er so viel zu tun hat. Dann hat er aber zug'sagt.«

Dann ist das jetzt schon der zweite Betreuer von Zenzi, den sie umgebracht haben. Das wird aber schwer, da noch jemanden zu finden, der sich für den Posten erwärmen kann.

»Magst du nicht mein Betreuer sein, Freddie?«

Deichsler erschrak, auch wenn er selbst schon einmal dran gedacht und sie ihn schon einmal gefragt hatte. Auf der Todesliste eines Serienmörders zu stehen, darauf legte er nun wirklich keinen Wert. »Ich überleg's mir.«

»Das solltest aber bald tun. Sonst wird ein Betreuer bestellt. Jetzt kann ich dich noch vorschlagen!«

»Zenzi, ich glaube kaum, dass die den mutmaßlichen Mörder zweier Menschen als deinen Betreuer zulassen.«

Zenzis Falten wurden tiefer. Wieder begann sie zu weinen. »Allein steh ich das nimmer durch. Vielleicht schaff ich's, wenn du mir hilfst. Aber mir ist das im Moment einfach alles z'viel. Erst der Korbinian …«

Deichsler nahm ihre Hand.

»… und jetzt auch noch Pfarrer Mayer. Dass unser Herrgott das überhaupt zulässt?«

Der hat schon ganz andere Sachen zugelassen.

Bis jetzt hatte er Zenzi als starke Frau erlebt. Aber irgendwann wurde es auch den starken Frauen zu viel. Was es für Steffi wohl bedeutet hatte, Paul allein großzuziehen?

»Selbst wenn der Hof nicht verkauft wird.« Sie drückte Deichslers Hand ganz fest. »Das ist doch kein Leben, wenn die Autos und Laster in der Nacht an deinem Schlafzimmer und am Tag an deinem Garten vorbeischeppern. Dafür hat mein Hermann doch nicht fünfundzwanzig Jahr g'werkelt. Nach seinem Schichtdienst. Akkord. In unserem Feierabend.«

David sah Zenzi nachdenklich an.

»Das allerschlechteste Haus von Warzling war's. Zu sechst sind's in einem Raum aufg'wachsn.« Erneut schossen Tränen aus ihren Augen. »Mit dem Schubkarrn hat er die Erden abg'fahren, mit dem Kübel den Beton die Hühnerleiter rauf'tragen. Ein Apfelbaum ist neunzig Jahr alt, der hat einen Kronendurchmesser von zwanz'g Meter, fünfz'g Zentner Äpfel gibt der. So was kann man doch nicht einfach umhauen und betonieren.«

Deichsler reichte ihr ein Taschentuch, worauf sie sich wieder ein wenig beruhigte.

»Ich wär so gern einmal nach Griechenland in Urlaub g'fahren. Aber das Haus war immer wichtiger. Und jetzt ist der Hermann nimmer da, und der Kurbi auch nicht, aber das Haus schon noch, aber bald ist's nix mehr wert.« Wütend schlug sie mit der Faust auf den Tisch. »Wenn mir das früher g'wusst hätt'n, dann hätt ich mich mehr um den Korbinian g'kümmert. Dann wär wahrscheinlich viel anders g'laufen.«

Deichsler nahm sich vor, mehr mit seinem Sohn zu spielen, wenn er wieder in Nürnberg war, und vor allem seinen Sohn Paul zu treffen.

»Wie meinst jetzt das?«

»Weil er immer noch kein Weiberts hat.«

»Und was war mit der Gruhn?«

»Das hab ich überhaupt nicht mit'kriegt.«

»Eigentlich ist es schon komisch. Das Annamirl hat mir auch erzählt, dass er so ein Lieber war.«

Zenzi schnäuzte sich die Nase.

»Hat's noch andere Frauen 'geben?«

»Ich hab nix mit'kriegt.«

Deichsler sah Zenzi an. Die schwarzen Haare hingen ihr fettig in den Nacken. »Ich –«, begannen beide gleichzeitig, sahen sich dann an und lächelten.

»Sag du«, forderten wieder beide gleichzeitig.

»Dir kann ich's ja sagen, Freddie. Ich hab mir sogar schon mal g'dacht, ob er nicht vom andern Ufer ist.«

Deichsler nickte. »Das habe ich mir auch schon mal g'dacht.« Er war erstaunt, wie selbstverständlich die fünfundsechzigjährige Zenzi ihre Vermutung äußerte.

»Und wie wäre das für dich gewesen?«

Sie knetete die Hände. »Ich hab da schon viel im Spiegel drüber g'lesen. So schlimm tät ich des gar nicht finden. Auch wenn d'Leut sich natürlich das Maul zerreißen würden. Aber das tun sie eh. Enkel hätt ich halt schon gern g'habt.«

Und da weinte Zenzi wieder.

17

Um mehr über Kurbis Sexualleben herauszufinden, musste Deichsler mit Alexandra Gruhn sprechen, oder mit Annamirl. Bei Annamirl wollte er erst einmal warten, bis sie sich wieder beruhigt hatte. Wahrscheinlich kämpfte sie auch noch mit dem Verdacht gegen Berni, der ja nicht ganz ohne war. Also war Alexandra Gruhn an der Reihe.

Aber noch einmal mit dem Hercules nach Taufkirchen radeln wollte er nicht. Vor lauter Muskelkater lief er schon ganz o-beinig. Dazu noch sein brennender Knöchel und die vom Autounfall schmerzenden Muskeln. Also Plan B: In einer verfallenen Scheune rostete ein alter roter Bulldog vor sich hin.

Warum eigentlich nicht? Als Kinder war es immer eine Riesengaudi, da mitzufahren.

Zenzi händigte ihm ohne Weiteres den Schlüssel aus, und eine Minute später saß er auf dem gefederten Sitz. Nach nur drei Anläufen hustete der Bulldog nicht mehr, und Deichsler tuckerte den Feldweg in Richtung Hauptstraße, einen Strohhut auf dem Kopf, der neben dem Sitz gelegen hatte. Zenzi hielt David auf dem Arm und sah ihm verträumt hinterher.

Auf der B 388 zog er einen Rattenschwanz an Autos hinter sich her, was aber normal für einen Bulldog und somit keineswegs auffällig war. Taufkirchen erreichte er schneller, als er vermutet hatte. Auch wenn er nicht zügiger als mit dem Hercules unterwegs war.

Für meinen Geschmack bin ich zurzeit ein bisschen zu oft in der Klapse. Wenn das mal kein schlechtes Omen ist, dachte Deichsler, als er auf den Parkplatz der Isar-Amper-Klinik Taufkirchen fuhr. Als er vom Bulldog stieg und am Schloss vorbeihinkte, erinnerte ihn jeder beanspruchte Muskel an den gestrigen Autounfall. Sein Gesicht war demoliert, was es nicht gerade einfacher machte, auf die Station gelassen zu werden.

Eine kleine, pfiffig aussehende Schwester mit Pferdeschwanz öffnete ihm.

»Ich möchte zu Lisa Opp«, sagte Deichsler und versuchte sich an einem Lächeln.

»Die will ihre Ruhe haben.«

»Es geht um den Mord an Korbinian Brandner und Pfarrer Mayer.« Deichsler zückte den falschen Ausweis. »Ich bin von der Kripo Erding.«

Die Schwester glotzte ihn mit großen Augen an, musterte sein entstelltes Gesicht. Ohne den Ausweis genauer anzusehen, trat sie zurück und schloss die Tür vor seiner Nase.

Wenn ich den Ausweis wieder abgeben muss, gestaltet sich meine Arbeit um einiges komplizierter. Vor allem der Kontakt mit meinem Vater. Aber geht das überhaupt?

Nach ein paar Minuten stand die Schwester wieder vor ihm: »Sie können rein. Sie freut sich, Sie zu sehen.«

Nanu? Wer bitte freute sich, wenn die Kripo vorbeikam, außer … na gut, ja. Eine Frau, die unter Medikamenteneinfluss stand.

Auf Station standen Pfleger, Schwestern und Ärzte in einer Traube zusammen. Sie wirkten ratlos, einer kratzte sich am Kopf.

Deichsler wunderte sich. »Ist irgendetwas passiert?«

»Eine Patientin ist abgehauen.«

»Alexandra Gruhn?«

Die Schwester nickte besorgt.

»Seit wann ist sie weg?«

»Seit gestern Abend.«

Also war sie zur Tatzeit draußen.

»Wann genau?«

»Schwer zu sagen, da der Nachtdienst erst um elf in ihrem Zimmer war.«

In dieser Zeit konnte sie locker bis zum Schwammerl gekommen sein und Pfarrer Mayer ermordet haben.

»Und, haben Sie die Polizei schon informiert?«

Bevor die Schwester antworten konnte, kam ihnen ein wichtig aussehender Arzt entgegen und gab ihr mit einer knappen Kopfbewegung zu verstehen, sie möge ihm folgen.

»Ich habe Ihnen schon viel zu viel verraten«, flüsterte sie, um dann wieder lauter zu sagen: »Hier bitte. Frau Opp wartet schon.«

Deichsler sah, wie sein spezieller Kiffer-Freund von gestern mit dem Tabak in der Hand gerade nach draußen ging. »Tut mir leid.« Deichsler sah auf das Handy seines Vaters und machte kehrt. »Ich habe einen Termin vergessen.«

Die Schwester sah ihm erstaunt hinterher. Aber schon ertönte ein gleichmäßiges Tuten, und sie öffnete eine Tür, über der ein rotes Licht blinkte, und verschwand.

Da entdeckte Deichsler auf dem Gang einen Patienten, der neben einer Yuccapalme saß und sehnsüchtig nach draußen in den sonnendurchfluteten Morgen glotzte. Bei ihm erkundigte sich Deichsler, wo sich das Zimmer von Alexandra Gruhn befand.

»Der Heilige Geist?«

Deichsler nickte.

»Der wohnt dahinten.« Der Mann deutete auf das nächste Zimmer, und als Deichsler hinlief und die Tür öffnen wollte, sagte er: »Da werden Sie kein Glück haben. Die ist mit dem Jesus ausgeflogen.«

»Jesus?«

»Ein Jesus mit X-Beinen.«

Berni Opp.

»Sie haben wohl gesehen, wie Frau … also der Heilige Geist abgehauen ist. Wann war das?«

»Gestern, wie die Weißkittel bei der Übergabe waren. So um Viertel nach acht?«

»Und da hat sie der Jesus mit den X-Beinen abgeholt?«

»Scho.«

»Ist Ihnen an dem noch was aufgefallen?«

»In Tracht war er. So wie es sich halt gehört. Der muss nur aufpassen, dass sie ihn nicht auch an den Schwammerl nageln, wie den anderen Trachtler, den Tschamsdara von der Gruhn. Scheene Sauerei. Ich hab das Bildl in der Zeitung g'seng.«

Wenn das nicht Berni war, dann weiß ich es auch nicht. Aber warum sollte der Alexandra Gruhn helfen, hier herauszukommen?

»Danke schön«, sagte Deichsler, ging in Alexandra Gruhns Zimmer und schloss vorsichtig die Tür. Dadurch bemerkte er erst, als er im Zimmer war, dass auf dem Bett eine Frau lag, die ihn angrinste.

»Dich schickt der Himmel«, sagte sie und stand auf.

Wer macht denn so was, zwei so Verstrahlte in ein Zimmer zu stecken?

Deichsler versuchte, die Frau nicht zu beachten. Auch nicht, als er spürte, dass sie hinter ihm stand. Dafür hatte er keine Zeit. Er zog die Schublade des Nachtkästchens auf, das zu Alexandra Gruhns Bett gehören musste. Darin lagen ein Rosenkranz und eine Bibel. In der Bibel lag ein Stück Papier, er klappte sie auf, und siehe da, im dritten Buch Mose war mit einem Leuchtstift markiert: »Wer bei einem Vieh liegt …«

Plötzlich spürte er eine Hand auf seinem Oberschenkel. Da fiel ihm auf, dass er in den letzten Monaten nur Sex mit sich selbst gehabt hatte. Die Hand suchte sich den Weg in Deichslers Schritt. Und die Hand machte das nicht zum ersten Mal. Deichsler genoss es für einen Augenblick. Da kam ihm Kurbis Leiche am Schwammerl wieder in den Sinn, samt dem heraushängenden Zipfel. Deichsler packte die Hand und drehte sich um.

»Dir hat's doch auch gefallen«, sagte die Rubensdame mit dem hübschen Gesicht und streichelte Deichsler durchs Haar.

Stimmt, hätte Deichsler beinahe gesagt, was auch nicht zu übersehen war. Stattdessen schob er die Bibel in seinen Hosenbund und verdeckte sie mit seinem Hemd.

»Aber Romeo, warum lässt du dein Herz nicht unsere Sprache sprechen?«, sagte die Frau mit so viel Schmalz in der Stimme, dass Deichsler spätestens jetzt alles zusammengefallen wäre. Trotz ihres großen Busens und ihrer erfahrenen Hände.

»Ich habe einen Herzschrittmacher«, log Deichsler.

Sie blinzelte ihn betörend an.

»Und wenn das Blut von da«, er deutete auf sein Herz, »da hineinfließt«, dann deutete er auf seinen Schwanz, »dann krieg ich einen Herzinfarkt.«

Sie kam mit nach vorn gestreckter Brust näher, griff nach seinem Sack. »Ahh«, entfuhr es Deichsler, und sie entgegnete: »Dann kann ich dich ja wiederbeleben, Schnuckel.« Sie drückte ihre Brust an ihn.

Deichsler spürte, wie ihm heiß wurde. Langsam glitt die Patientin mit dem Kopf nach unten, während sie in einer einzigen fließenden Bewegung seinen Gürtel und den Hosenknopf öffnete. Deichsler ließ es geschehen und legte seine Hände auf ihre Locken. Sie öffnete den Hosenstall, zog Deichslers Shorts hinunter, die Bibel knallte auf den Boden, und die notgeile Wuchtbrumme beugte sich mit geöffnetem Mund nach vorn.

Da ging die Tür auf, und die Schwester mit dem Pferdeschwanz kam herein. »Aber Sie wollten doch –«, sagte sie wenig pfiffig zu Deichsler.

»Ich will auch«, sagte die brünette Verführerin.

»Sie sollten erst einmal Ihr Lithium und das Tavor nehmen, Frau Buhm. Oder soll ich lieber wieder gehen, damit der Herr Kommissar seine Arbeit mit ihnen fortsetzen kann?« Sie sah Deichsler vorwurfsvoll an.

Abwehrend hob der die Hände vor den knallroten Kopf. Er stand in einer Psychiatrie, und eine Irre wollte ihm gerade einen blasen. Zu allem Überfluss stand sein Schwanz wie eine Eins. Konnte es noch demütigender werden?

»Das ist jetzt nicht das, was sie denken.« Hastig zog er den Reißverschluss seiner Hose zu, schloss Knopf und Gürtel.

»Also«, sagte die Schwester streng, »ich dachte, Sie wären hier, um Frau Opp zu den Morden zu befragen.« Sie sah auf Deichslers Hose. »Nun hat aber Frau Buhm Ihre Hormone befragt, und die scheinen umgehend geantwortet zu haben.«

»Schwester«, meckerte Frau Buhm genervt, »müssen Sie mir eigentlich immer alles kaputt machen?«

Deichsler war froh, als die Eingangstür des Hauses Nr. 10 hinter ihm ins Schloss fiel. Noch während er Hose und Hemd ordnete, fiel ihm ein Pfleger auf, der ihm bekannt vorkam. Die dunklen, nicht ganz schulterlangen Haare mit den blondierten Strähnen wippten leicht, als er ging. Da dämmerte es Deichsler. Vor ihm lief Quentin Römer. Dass der auch hier arbeitete, hatte er nicht gewusst. Vermutlich half er hin und wieder aus. Vielleicht konnte er ihm in Bezug auf Alexandra Gruhn weiterhelfen. Und vielleicht war sogar noch ein zweites Alibi drin. Vermutlich konnte er einen kleinen Zuschuss gebrauchen, das Gehalt von Krankenpflegern war nach wie vor beschissen. Und Zenzi schien über ausreichend Bares zu verfügen, wenn sie schon so spendabel ein Honorar springen ließ.

Deichsler legte einen Zahn zu, um Quentin, der gerade um die Ecke gebogen war, einzuholen. Er ließ den Block mit der Gerontopsychiatrie hinter sich und war nur noch zwanzig Meter von Römer entfernt. Da sah er, wie Kommissar Staack samt Fußvolk das Psychiatriegelände betrat. Deichsler machte auf dem Absatz kehrt und hastete in Richtung Krankenpflegeschule davon. Dahinter führte der Weg auf eine Brücke, unter der die Vils dahinfloss. Er drehte sich noch einmal um, aber die beiden Polizeibeamten schienen ihm nicht gefolgt zu sein. Dafür rempelte er einen Pfleger an, der eine Zigarette rauchte. Deichsler kannte ihn, und die Zigarette war keine Zigarette.

»Jetzt habe ich dich, Bürscherl«, zischte Deichsler.

»Ich muss zurück. Meine Pause ist zu Ende«, versuchte sich der Kiffer herauszulavieren und schnippte den Jointstummel in die Vils.

»Zu deinem Glück habe ich's eilig. Aber ich habe etwas bei dir gut. Und damit meine ich nicht nur die Frage, die ich dir stellen werde. Du wirst mir Bescheid geben, sobald Alexandra Gruhn zurück ist, oder wenn sich jemand nach ihr erkundigt. Wenn ich feststelle, dass du nicht spurst, werden ich und meine Kollegen bei dir auflaufen. Verstanden?«

»Verstanden«, sagte das käsige Bürscherl eingeschüchtert, während seine Augen zusehends kleiner und roter wurden.

Deichsler packte einen Stift aus. »Hast du was zum Schreiben?«

Mit zittrigen Händen hielt der junge Mann Deichsler eine Packung Papers mit abgerissenem Deckel entgegen. Deichsler notierte eine Mailadresse, die er nur für solche Zwecke benutzte.

»Und jetzt zu meiner Frage. Kennst du einen Pfleger, der dunkle Haare mit hellen Strähnen hat, die ihm nicht ganz bis zur Schulter gehen?«

Der Kiffer überlegte. Lang.

Deichsler gab ihm einen Klaps auf den Hinterkopf. »Ein bisschen schneller, wenn's geht. Oder hat dir die Buhm das Gehirn herausgeblasen?«

Der Kiffer strahlte. »Ich glaub, Sie meinen den Quentin.«

Also habe ich doch richtig gesehen.

»Und wo arbeitet der?«

»Auf der A2.«

»Wo?«

»Auf der offenen Allgemeinpsychiatrischen Aufnahmestation.«

So ein Zufall.

»Und jetzt geh wieder arbeiten. Und vergiss nicht, dich zu melden, wenn auf Station was passiert.« Deichsler hob den Zeigefinger. »Sonst stellen wir deine Bude auf den Kopf, und deine Zukunft geht endgültig in Rauch auf.«

Deichsler drehte sich um und wollte zurück zu seinem Wagen gehen. Da kamen ihm ein Mann, der ihm wohlbekannt war, und die pfiffige Schwester entgegen, die mit dem Finger auf ihn deutete.

18

Keuchend stürzte Deichsler auf seinen Bulldog, der wieder mal Mucken beim Anlassen machte, dann aber doch noch zu knattern anfing. An der Kreuzung bretterte er über eine rote Ampel, in Oberdorfen überfuhr er fast eine Katze.

Bei Zenzi angekommen, setzte er sich erst einmal auf die Bank. Sie war wohl wieder mit David unterwegs, um ihm das schöne Isental zu zeigen. Deichsler fühlte sich wie eine ausgezuzzelte Weißwurst, labbrig und leer. Zwei Tote innerhalb kürzester Zeit. Das ging auf keine Kuhhaut. Auf dem Tisch stand ein Eimer, in dem sich Äpfel stapelten. Er nahm sich einen, holte aus und schleuderte ihn mit voller Wucht gegen die Stalltür. Batz! Der Apfel platzte auf, sein Saft und die Reste spritzten umher. Deichsler griff sich noch einen. Batz! Und noch einen. Batz! Weil es so guttat. Danach ließ er den Kopf auf den Tisch fallen und heulte den ganzen Dreck heraus.

Deichsler erwachte mit verspanntem Nacken, den Kopf immer noch auf dem Tisch, als er David gackern hörte. Zenzi schickte ihn gleich wieder ins Bett, wo er erst in der Dämmerung wieder erwachte.

Das etwas in die Länge gezogene Vereinsheim befand sich ganz in der Nähe seiner Eltern. Es roch nach Essen und Rauch. Pokale standen im Regal, daneben das obligatorische Kreuz und die Hirschgeweihe. Die Trachtler waren so ins Gespräch vertieft, dass sie ihn zuerst nicht bemerkten. Vermutlich saßen die Frauen zu Hause und hüteten die Kinder.

So, wie es sich gehört.

Deichsler dagegen hatte langsam ein schlechtes Gewissen, weil er David ständig bei Zenzi parkte. Außerdem vermisste er es, Zeit mit ihm zu verbringen.

Berni Opp entdeckte Deichsler als Erster. Mit dem Weißbierglas in der Hand stieß er seinen Vater an und deutete in Richtung Eingang. Es dauerte nicht lange, bis ein geflüstertes

»Der Deichsler!« die Runde machte. Das Dutzend Trachtler in Hüten und groben Lederhosen verstummte. Alle blickten gespannt auf Manfred Opp, schienen darauf zu warten, dass der Vorstand reagierte. Langsam stand er auf, als wollte er eine Rede halten.

»Ja, der Deichsler Fred. Dass du dich mal bei uns blicken lasst. Hast jetzt keine and'ren Freund mehr?«

Spöttisches Lachen erfüllte den Raum. Opp fuhr sich genüsslich durch den Bart, ließ seinen Blick durch den Raum schweifen.

Dafür, dass Kurbi Trachtler und Parteimitglied und Pfarrer Mayer der Seelsorger der Gemeinde war, spricht er aber ganz schön abfällig über sie.

»I versteh scho, dass du lieber mit Männer z'ammen bist«, frotzelte Opp mit piepsender Stimme und machte eine anzügliche Handbewegung.

Alle amüsierten sich über die Anspielung.

War Kurbi doch schwul? Oder kommen einfach nur Vorurteile gegenüber Pfarrern zum Tragen? Was sich bei einem Autobahngegner ganz besonders anbietet. Der ja auch gegen Opps Bauprojekt war.

Da schaltete sich Berni Opp ein. Nach der Demütigung im Büro seines Vaters hatte Deichsler schon darauf gewartet. »Die Öko-Steff vom Hinrichs, die riecht wahrscheinlich ein bisserl ranzig aus der Musch und hat z'viel Busen.«

Die Trachtler kugelten sich vor Lachen. Deichsler versuchte, ruhig zu bleiben. »Dafür hab ich schon lange vor deiner Zeit an deinem Annamirl g'schmeckt«, log er.

Berni sprang auf, aber sein Vater hielt ihn am Arm fest. »Geh, Berni, hol doch ein Bier für den Fred. Soll uns keiner nachsagen, dass wir ned gastfreundlich sind.« Berni zögerte, und sein Vater setzte nach: »Avanti, sonst werd i granti'!« Und zu Deichsler gewandt sagte er: »Setz die hera, dann san ma mera.«

Deichsler versuchte sich nicht anmerken zu lassen, wie genervt er von der Sprücheklopferei war.

Wie die Viecher. Tja, der Affe fällt nicht weit vom Stamm.

Opp rückte auf und saß jetzt dort, wo zuvor sein Sohn gesessen hatte. Dadurch wurde ein Platz zwischen ihm und Römer frei, der sich die ganze Zeit zurückgehalten hatte. Er nickte unmerklich, als sich Deichsler setzte, und nippte an seinem Wasserglas. Alle anderen hatten Bier vor sich stehen. Berni Opp knallte Deichsler seine Maß vor die Nase, dass etwas von dem Gerstensaft auf den Tisch schwappte.

»Und ein Lappen brauchen wir jetzt wohl auch noch«, sagte Opp, woraufhin Berni irgendwas in seinen Schnauzer murmelte und abzog. Er kam mit einem Lappen zurück, wischte die Bierlache auf und verschwand dann gänzlich. Wahrscheinlich musste er auf die Schmach erst einmal eine rauchen.

Warum behandelte ihn sein Vater so? War das Usus, oder hatte er was versemmelt? Vielleicht sogar im Zusammenhang mit Kurbis oder Pfarrer Mayers Ermordung?

Vor Opp lag ein grüner Filzhut mit Ansteckern. Die blauweißen Rauten durften natürlich nicht fehlen. Genauso wenig wie das Emblem der Münchner Augustiner Brauerei. Der weiße Flaum eines Vogels stand wie ein Phallussymbol vom Hut ab.

Opp legte seinen Arm um Deichslers Schulter und sah ihn aus seinen kleinen Maulwurfsaugen an. Deichsler schaffte es, Opp so lange in die Augen zu blicken, bis der wegschaute.

»So, Fred, was treibt dich denn zu uns?«

»Kurbi war doch einer von euch.« Deichsler beobachtete Opps Reaktion ganz genau. Er sah nach links oben.

»Freili war der Kurbi ein Trachtler und in der CSU. Deswegen können wir das alle auch noch ned glauben, was passiert is.«

Deichsler registrierte, dass Opp die Antwort vermutlich erfunden hatte oder ausschmückte und sich nicht an Geschehenes zurückerinnerte. Denn dann würde er nach rechts oben schauen. Auch wenn das keine hundertprozentige Garantie war, da Opp in Gedanken schon ganz woanders sein könnte.

Opp nahm den Arm von Deichslers Schultern.

Deichsler nahm wahr, wie Römer unmerklich nickte.

»Aber weißt, Fred, über Tote red't man ned schlecht«, sagte Opp, nahm sein Bierglas und stieß mit Deichsler an. »Jetzt lasst's uns erst einmal trinken.« Und an alle anderen gewandt sagte er: »Prost! Dass der Zipfe ned verrost.«

Die Gläser klirrten, und für einen Augenblick herrschte eine entspannte Stille im Raum.

Deichsler wusste, dass er einen klaren Kopf benötigte. Also nahm er nur einen kleinen Schluck. Als die Gläser wieder auf den Tischen standen, setzte sich das Geratsche von vorhin fort. Opp schien zufrieden darüber, offensichtlich wollte er nicht im Fokus aller mit ihm sprechen. Was ein weiterer Beleg dafür sein könnte, dass er mit den Morden zu tun oder etwas zu verbergen hatte. Nur Römer lauschte gespannt, was Deichsler nicht störte, da der ja auf seiner Seite war. Berni war bis jetzt noch nicht wieder von draußen zurückgekehrt.

In einem seltsam feierlichen Ton fuhr Opp fort. Aber vielleicht war das ja auch so seine Art. »Weißt, der Kurbi war schon als kleiner Bub ein Trachtler und auch scho ewig in der Partei. Aber trotzdem is bei ihm was andersrum gelaufen als bei den meisten.«

»Weil er seine Sauferei ned unter Kontrolle g'habt hat?«

Opp nahm einen Schluck vom Bier und wischte sich den Schaumbart ab. Deichsler hielt den Griff seines Glases fest.

»Das auch.«

Deichsler bohrte bewusst nicht nach, hatte das Gefühl, Opp brauchte Zeit, um von sich aus auf die Dinge zu sprechen zu kommen.

»Welcher Arbeitgeber kann einem schon die Stange halten, wenn der ständig b'suffa in der Arbeit is? So ohne Vater hat man's ned leicht. Und dann auch noch so eine g'schrullte Mutter. Deswegen hab ich ihn ja auch vom Bau abzog'n. Weil ich mir g'dacht hab, die Arbeit is einfach zu hart für ihn. Weil er kein richtiges Mannsbild is. Und deswegen sauft er.«

Jetzt musste Deichsler doch nachhaken. »Warum war der Kurbi kein richtiges Mannsbild?«

»Weil ein Mannsbild Weiberleit schnacksln muss. Sonst fehlt ihm was. Oder seh i das falsch?«

Opp sah ihn gespannt an. Auch wenn Deichsler es anders sah, deutete er ein Nicken an, um den Gesprächsfluss aufrechtzuerhalten.

»Und der Kurbi war da aus demselben Holz g'schnitzt wie der Pfarrer Mayer.« Opp grinste dreckig. »Wenn du weißt, was i mein.«

»Ned so ganz«, stellte sich Deichsler blöd. »I weiß, dass der

Kurbi was mit der Annamirl g'habt hat.« Deichsler wusste, dass das die Halbwahrheit war, aber er wollte Opps Reaktion testen.

Doch der blieb ruhig.

Ganz im Gegensatz zu jemand anderem. Plötzlich spürte Deichsler einen Arm um seinen Hals, der sich immer fester zuzog. Die Luft wurde knapp. Opp redete auf die Person hinter ihm ein. Sein Gesicht verschwamm. Opp stand auf, es krachte, und Deichsler bekam wieder Luft. Als er wieder einigermaßen zu sich gekommen war, stand hinter ihm keiner mehr. Die Trachtler sahen gespannt zu ihnen herüber. Vermutlich hatte Opp seinen Sohn nach Hause geschickt. Also hatte Deichsler einen wunden Punkt getroffen. Bei Berni zumindest.

»Fred, hör mir mal gut zu. Wenns'd weiter so einen Schmarrn erzählst, dann musst geh. Weil die Frau von meinem Buam brauchst ned beleidigen.«

Deichsler rieb sich mit der Hand den Hals, der immer noch brannte. »Is scho recht.« Dann sah er auf. »Aber der Kurbi soll kurz vor sei'm Tod mit einer Frau g'schlafen haben.« Er verkniff sich den Hinweis, dass das nicht die Annamirl gewesen sein musste.

Opp sah ihn erstaunt an, fuhr sich durch den ausufernden Vollbart, von dem einzelne Haare abstanden, und zuckte mit den Schultern. »Politisch war er auch ein Irrläufer. Er hat einfach nicht verstanden, dass die Autobahn wichtig für die Menschen in der Region is. D'Leut brauchen doch a Arbeit.«

Gerade wollte Deichsler sagen: Und die haben sie jetzt nicht?, da schaltete sich Römer ein.

»Die Verkehrstoten müssen endlich ein Ende haben.«

»Da stimme ich dir auf alle Fälle zu, Römer«, sagte Deichsler.

»Der Quentin weiß, wovon er spricht«, untermauerte Opp Römers Aussage.

»Aber würden die nicht auch mit dem Ausbau von der B 12 weniger werden? Dann müssten die Obstwiesen von der Zenzi ned betoniert werden, und die ganzen Bauern müsst'n ihre Höfe ned verkaufen.«

»Freili is das ned schön«, sagte Opp, »aber der Fortschritt hat scho immer seinen Preis g'fordert.«

Deichsler erschrak, weil sich sein Argument, das er kürzlich noch selbst gedacht hatte, aus Opps Mund so brutal anhörte.

»Und d'Leut im Chemiedreieck in Burghausen, die brauchen dringend die Autobahn«, schaltete sich Römer wieder ein.

»Aber is der Preis dafür ned z'hoch?«

»Warum z'hoch?«, fragte Opp. »Wir werden alle davon profitieren. Es wird aufwärtsgehen mit unserer Region.«

»Ganz genau«, sagte Römer und trank.

»Also, ich hätt meinem Sohn meine alte Heimat scho gern g'zeigt«, versuchte es Deichsler auf eine andere Tour, auch wenn er selber noch nicht wusste, was er unter Heimat verstand.

»Weißt, Fred, Parteilinie is, dass die Autobahn durchs Isental baut wird. Und es hat scho seinen Grund, warum die CSU in Bayern seit Jahrzehnten die meisten Stimmen kriegt. Die wissen einfach, was für d'Leut gut is. Des war scho immer so, und des wird auch immer so bleiben.«

Bei dieser Argumentation wurde Deichsler schlecht. Nur weil es schon immer so war, musste es nicht gleichzeitig gut sein. Menschen wurden auch schon immer ermordet. In der Philosophie nannte man das einen naturalistischen Fehlschluss. Die Natur wirkte also doch auf die Menschen hier, wenn auch ganz anders als gedacht.

»Der Kurbi, der is …«, Opp räusperte sich, »*war* auch einer von den Autobahnverhinderern, von den Wutbürgern, den Grünen.«

»Obwohl er doch ansonsten ganz passable Ansichten hatte«, relativierte Deichsler. »Stimmt es, dass er wieder g'suffa hat?«

»Was hat das jetz' mit der A 94 zu tun?«, fragte Opp erstaunlich schnell.

»Warum hast du ihn denn rausg'schmissen, Manfred, wo er doch seine Arbeit ganz gut g'macht und immer freundlich g'wesen sein soll?«

»Seine Arbeit gut g'macht?« Opp machte eine wegwerfende Handbewegung und rülpste. »Im Schöne-Augen-Machen war er gut.«

»Also hat er ned g'arbeitet, sondern is hinter jedem Rockzipfel her g'wesen?«

»Rock oder Zipfel, nix g'wiss weiß man ned«, murmelte Opp.

Kurz blitzte etwas in seinen Augen auf, dann war er wieder ganz der Alte und trank noch einmal von seinem Bier.

Plötzlich zwickte Deichslers Darm. Er verzog schmerzverzerrt sein Gesicht.

»I entlass doch keinen zum Spaß ned.«

Eigentlich wollte er noch fragen, was Opp mit seiner Zipfel-Andeutung gemeint hatte. Doch sein Darm riet ihm zu gehen.

»Kurbi war sogar Kassenwart bei uns. Aber genau wie in der Tankstelle wär das nix auf Dauer g'wesen. Wo er jetzt wieder mit dem Saufen ang'fangen hat«, unterstrich Opp noch einmal seinen Kündigungsgrund.

Deichslers Darm grollte lautstark. Opp lächelte schadenfroh. »Na, Fred, was hat's denn bei dir heut Mittag geb'n? Warst bei der Steffi, Grünkernpflanzerl fressen?«

Die Männerrunde brüllte los. Deichsler rang sich ein schiefes Lächeln ab. Der Darm quälte ihn jetzt so sehr, dass er nicht mehr sitzen bleiben konnte. »Wir sehen uns, dank schön fürs Bier.«

Er hastete hinaus, den langen Gang bis zu den Toiletten entlang. Erleichtert zog er die Kabinentür auf, setzte sich auf die Schüssel. Dann ließ er es laufen. Und es lief. Als er nach gefühlten Stunden wieder aus der Kabine kam, stand Römer vor dem Waschbecken und wusch sich die Hände.

»Die Polizei ist da und fragt nach dir«, sagte er, ohne Deichsler anzusehen. »Wenn du durch die nächste Tür gehst, sehen sie dich nicht.«

»Danke«, sagte Deichsler und schlug Römer auf die Schulter. Er hatte das Gefühl, dass dieser leicht zurückwich, konnte sich aber auch getäuscht haben. Denn jetzt drehte sich auch noch alles in Deichslers Kopf. Als hätten die Darmkrämpfe nicht schon gereicht. Wahrscheinlich hatte er sich eine Lebensmittelvergiftung eingefangen. Von was auch immer.

Er verließ die Toilette und öffnete vorsichtig die Tür, die ihm Römer empfohlen hatte. Scheinbar stand keiner der Polizeibeamten Wache. Weil Deichsler damit gerechnet hatte, hatte er das Hercules-Rad hinter dem Vereinsheim abgestellt.

Als er sich in den Sattel schwingen wollte, meldete sich sein Darm erneut, wollte auch noch den Rest loswerden, der ihm solchen Kummer bereitete. Er verschwand hinter dem nächsten Kieshaufen. Riss sich die Hose herunter und erleichterte sich geräuschvoll. Plötzlich knirschte Kies unter Schuhsohlen, ganz nahe, noch bevor er sich den Hintern abgewischt hatte. Also zog er sich die Hose wieder hoch und richtete sich auf. Annamirl stand vor ihm.

»Hallo Annamirl. Ich muss los«, antwortete Deichsler. Er setzte sich auf sein Rad.

Verdammt – sein Vorderreifen war platt! Vielleicht war er in einen Nagel oder in die Scherben einer zertrümmerten Bierflasche gefahren – oder aber, was viel wahrscheinlicher war, jemand hatte es mal wieder auf ihn abgesehen. So kam er jedenfalls nicht vom Fleck.

»Bist b'suffa?« Sie deutete auf das Vereinsheim.

»Ich habe nur ein Bier getrunken. Aber mein Darm zwickt. Deswegen muss ich heim, ins Bett.«

»Die Saubande. Komm, ich fahre dich.«

»Du musst mir aber versprechen, geheim zu halten, wohin du mich bringst.«

Sie schob sich eine Haarsträhne hinters Ohr. »Findest das nicht ein bisserl ausg'schamt, dass ich dir jetzt auch noch was versprechen soll?«

Deichsler zuckte mit den Schultern.

»Geh weiter«, willigte sie ein.

Sie blieb vor einem Porsche Cayenne stehen.

Deichsler schluckte. *Auch das noch, hoffentlich sieht mich keiner.*

Der Wagen startete leise und fuhr aus der Kiesgrube.

»Was hast du denn im Vereinsheim gemacht?«

»Annamirl, ich wäre dir sehr dankbar, wenn du mich schnell zu Zenzi bringen könntest, mir geht's wirklich nicht gut.« Deichsler schniefte.

»Hast du eine Grippe?«, fragte sie und reichte ihm eine Packung Taschentücher.

Deichsler schnäuzte sich und schob die Packung in die Hosentasche. Er öffnete das Fenster und hoffte, sie würde nichts riechen.

»Wenn du erkältet bist, ist das aber nicht gut, Freddie.«

Sie schloss das Fenster über die Knöpfe an der Fahrertür wieder, drehte die Heizung auf und schnupperte.

»Die haben aber heute wieder geodelt«, sagte Deichsler.

»Ist mir vorhin noch nicht aufgefallen«, sagte Annamirl.

»Der Berni, der verdient ja nicht schlecht«, versuchte Deichsler abzulenken und deutete auf das Cockpit.

»Das ist sein Firmenauto. Aber die Krise macht auch vor Dorfen nicht halt.«

Sie fuhren über den hell erleuchteten Marktplatz, an der Kirche vorbei.

»Hatte der Kurbi eigentlich ein Auto?«

»Nein. Dem haben sie doch den Schein gezwickt.«

»Obwohl er trocken war?«

»Dachte ich auch, aber mein Schwiegervater meint was anderes.«

»Und wie kommt er darauf?«

»Weil Schnapsflaschen verschwunden sind.«

»Und der Kurbi war der Einzige, der es gewesen sein könnte?«

Annamirl überlegte. Vorsichtig sah Deichsler zu ihr hinüber. Sie wischte sich über die Wange, über das Auge. »Ich weiß überhaupt nix mehr. Ich weiß nur, dass er ganz anders als die anderen Männer war.«

Hast du schon gesagt, dachte Deichsler zerknirscht.

Der Benzinfresser hielt vor Zenzis Hof. Deichsler musste schon wieder die Arschbacken zusammenkneifen. Gerne hätte er sich mit Annamirl noch weiter unterhalten, sagte aber stattdessen nur: »Ich ruf dich an.«

»Aber du weißt, auf meinem Handy, nicht daheim«, rief sie ihm noch hinterher.

Zenzi war schon im Bett, und auch David schnorchelte lautstark. Der Mond erleuchtete sein Gesicht, das Deichsler heute ganz besonders hübsch fand.

Aber von mir hat er nix. Und von der Monika auch nicht.

Er wusch sich, zog eine frische Unterhose an und fiel aufs Bett.

Die wollten nicht, dass ich weitere Fragen stelle. Da war was in meinem Bier.

19

Deichsler wurde von der Bayernhymne geweckt. Er sprang auf, rannte zu David, der nicht im Kinderbett lag. Überlegte, ob er ihn noch schnell aus dem Wohnzimmer holen sollte, wo er vermutlich mit Zenzi spielte. Aber vielleicht waren die beiden ja wieder unterwegs. Also rannte er los in Richtung Speicher. Und hätte fast Zenzi, mit David auf dem Arm, umgerannt.

»Bist du nicht ganz sauber? Hast z'viel g'schlafen?«

Er spürte, wie das Handy in seiner Hosentasche vibrierte, die Bayernhymne des Klingeltons weiter trällerte. Die Hymne kam aus seiner Hose. Er atmete auf. Hatte er sich doch schon wieder im dunklen Speicher zwischen Spinnenweben, Ratten und Asseln gesehen. Draußen legte sich die Dämmerung über das Isental. Er musste lange geschlafen haben, sehr lange. Der Dünnpfiff hatte ihn wohl dermaßen ausgelaugt, dass er weder Davids Geschrei noch Zenzi gehört hatte. Und die liebe Zenzi hatte ihn einfach weiterschlafen lassen. Die halbe Nacht und den Tag. *Der Vater ist auch immer im Dienst*, dachte er und zog das Handy heraus. Erklärend hob er es hoch. Zenzi deutete nach unten und ging.

»Also, Fred, du machst vielleicht Sachen«, sagte Staack mit ehrlichem Mitgefühl.

Da Deichsler nicht wusste, was er antworten sollte, sagte er sicherheitshalber: »Ja mei.« Das zog immer.

»Wie kann man sich denn so deppert den Fuß brechen? Und dann auch noch im Haus. Wollte sich die Philomena an dir rächen? Hast du deine Füße wieder nicht gewaschen, alter Stinker, he?«

Staack war gut drauf. Das musste Deichsler ausnutzen. Auch er war froh, dass sein Vater noch nicht wieder arbeitsfähig war. Auf der anderen Seite war es schon ein bisschen unfair, sich über einen gebrochenen Fuß zu freuen. Aber hier ging es um Leben und Tod. Und wer weiß, wann der Serienmörder die Nagelschussmaschine das nächste Mal zum Einsatz bringen würde.

»Ja, wenn's nur die Füße g'wesen wär'n. Aber du kennst das ja,

Staack.« Da fiel Deichsler ein, dass er gar nicht wusste, ob Staack verheiratet war. Er bereute seinen schlechten Witz umgehend.

»Dreck konserviert«, antwortete Staack, ohne sich die Stimmung verderben zu lassen.

»Ich hoffe, es geht auch ohne mich vorwärts.«

»Natürlich, was denkst du denn? Zwar ist uns dein Sohn entwischt, falls er denn bei der Zenzi war, aber die Spuren haben sich durch die DNS-Analyse in eine andere Richtung verhärtet.«

Der Berni. Oder die Gruhn?

»In Richtung Bernhard Opp?«

»Wie kommst jetzt da drauf?«

»D'Leut –«

»Also der Infopoint.«

»Staack, du weißt, dass ich es nicht mag, wenn du meine Frau so nennst.« Das wusste Deichsler nämlich ausnahmsweise wirklich.

»Jetzt sag schon.«

»Es heißt, Brandner hätt was mit Bernhard Opps Frau gehabt. Und da die zwei seit Jahren nicht mehr in einem Bett schlafen, hat er auch kein wirkliches Alibi.«

»Scheinbar leistest du bessere Arbeit, wenn du zu Hause bleibst«, frotzelte Staack.

»Ich weiß eben, wie ich meine Informanten behandeln muss«, stieg Deichsler ein.

»Ich denke eher, dass sie mitteilungsbedürftiger sind.«

»Vermutlich hast du recht. Aber mal im Ernst: Habt ihr Bernhard Opp schon abgeklopft?«

»Nö, noch nicht, da es nicht in unser Schema von Korbinian Brandner gepasst hat.«

»In welches Schema?«

»Wir dachten, er wäre schwul. Waren uns aber noch nicht wirklich sicher, und jetzt bin ich mir noch unsicherer.«

Also war Kurbi doch vom andern Ufer. Aber wie passt das zu der angeblichen Affäre mit der Gruhn? Und dass er mit der Annamirl geschlafen und sie ihn so angehimmelt hat. Oder hat sie ihn so angehimmelt, weil er unerreichbar für sie war? Oder war er bi?

Schlagartig stand Deichsler wieder am Schwammerl. Vor

seinem Gesicht hing Kurbis Schwanz. Genau auf Mundhöhe. Er musste an Oralsex und an Schwule denken, auch wenn das überhaupt nicht zu der Situation und dem Ort passte. Schwule im Isental waren wie Schwule in der Fußballnationalmannschaft. Die gab es gar nicht, obwohl es sie gab.

»Fred, bist du noch da?«

»Ja, ja. Die Schmerzmittel machen mich nur ein wenig draamhabbad.«

»Was machen die?« Staack war ein Zuagroaster. Er wohnte erst seit zwei Jahrzehnten in Bayern. Darum waren ihm einige Begriffe fremd.

»Traumhäuptig müsste man das wohl übersetzen.«

»Du bist ja wirklich ein genialer Übersetzer. Jetzt weiß ich mehr.«

»Benommen bin ich halt.«

»Gut, dass du mich drauf hinweist.«

Hoffentlich war sein Vater nicht gestürzt, weil ihn die Sache mit seinem Sohn so mitgenommen hatte. Der Geist wirkte ja nicht unwesentlich auf den Körper ein.

Eigentlich muss ich mich schon einmal nach den beiden erkundigen, zumindest anrufen oder vielleicht sogar vorbeischauen. Mama macht sich wahrscheinlich große Sorgen. Vielleicht hat sich Monika auch schon bei ihr gemeldet.

»Aber jetzt sag mal, von wem ist denn nun die DNS?«

»Dreimal darfst du raten.«

»Ich glaub, ich brauch keine dreimal.«

»Das werden wir ja sehen.«

»Von Alexandra Gruhn.«

»Richtig. Aber warum warst du dir so sicher, alter Schnüffler?«

»Weil sie mit Kurbi geschlafen hat, kurz vorher.«

»Aber hat sie auch mit Pfarrer Mayer geschlafen?«

»Was weiß ich. Vielleicht.«

»Das werden wir morgen erfahren. Dann haben wir das Ergebnis der DNS, die wir an Pfarrer Mayer gefunden haben. Zumindest war die Gruhn zum Tatzeitpunkt wieder draußen aus der Geschlossenen.«

»Aha«, gab sich Deichsler unwissend. »Du, Kurt, noch was.«

»Ja, was denn?«

»Zu wem gehört die DNS auf dem Nagelschussgerät?«

»Das wüssten wir auch gerne. Zu keinem, der in unserer Datei gespeichert ist. Und so Seile wie der Täter benutzt hat, gibt's wie Sand am Meer.«

»Die Hinweise und das Schema von Brandner würden mich noch interessieren.«

»Mich auch, mich auch, Fred. Ich muss aber leider aufhören, der Staatsanwalt ist im Anmarsch. Hier herrscht dicke Luft, so dicke Luft können deine ungewaschenen Zehen gar nicht verbreiten.«

»Halt mich bitte auf dem Laufenden, Kurt.«

»Mach ich. Und du, grüß mir deine liebe Frau.«

Ja, lieb ist sie wirklich, die Mama.

Vermutlich hätte sie ihren Sohn im Gegensatz zu dem Alten auch nicht in den Speicher gesperrt, sondern nur Hausarrest gegeben, was Deichsler allerdings auch nicht sonderlich fortschrittlich fand. Er entschloss sich, seine Eltern noch ein wenig ausharren zu lassen, so wie sie ihn im Speicher hatten hocken lassen. Das hatten sie sich redlich verdient.

Weil er keinen Appetit hatte und lieber allein sein wollte, ging er nicht zu Zenzi und David ins Wohnzimmer, sondern nahm den Blumenstock von dem alten schwarzen Radl und machte sich daran, wieder zum Vereinsheim zu radeln. Er setzte sich ein Käppi auf, dass er aus Kurbis Zimmer mitgenommen hatte, und quietschte davon. Auf dem Weg sah er ein CSU-Plakat mit der Aufschrift: »Heute Informationsabend zum Thema Innere Sicherheit«.

Bei eurer Inneren Sicherheit wird mir eher mulmig zumute. Und bei Kurbi und Pfarrer Mayer haben eure Videokameras auch nix gebracht.

Lediglich einige Straßenlaternen beleuchteten die Kiesgrube. Trotz des frühen Abends war das Vereinsheim diesmal abgeschlossen. Kein Wunder, nahezu der gesamte Trachtenverein war von CSUlern durchsetzt.

Deichsler ging hinter das Vereinsheim, um sich sein Hercules-Rad noch einmal anzusehen. Fast wäre er in den Haufen gestiegen, den er gestern Abend abgesetzt hatte. Der Vorderreifen war aufgeschlitzt worden. Also war er auf der richtigen Spur.

Ich glaub, ich bin da jemandem ganz schön auf die Füße getreten. Erst die gelösten Radmuttern und jetzt der aufgeschlitzte Reifen. Vielleicht war gestern Abführmittel in meinem Bier … Das heißt, der Mörder war in meiner Nähe. Also doch Berni. Aber wie hat er davon erfahren, dass Pfarrer Mayer sich mit mir hatte treffen wollen?

Dann fuhr er zum Pfarramt St. Maria. Da die Sprechzeiten schon lange vorüber waren, läutete er bei Pfarrer Mayers Wohnung.

Die Pfarrersköchin Esmeralda öffnete die Tür einen Spaltbreit. Auch sie kannte Deichsler noch von früher. Verschüchtert guckte sie durch die halb geöffnete Tür. Unter ihren gutmütigen Augen hingen schwarze Ringe. Weil Deichsler sie so lange nicht mehr gesehen hatte, wusste er nicht, ob die Augenringe schon vor dem Tod von Pfarrer Mayer Einzug in ihr Gesicht gehalten hatten. Als Kind hatte Deichsler sie für eine Indianerin gehalten. Mit ihren schwarzen Haaren und dem dunklen Teint schien sie direkt aus der Prärie nach Dorfen gefunden zu haben. Weil Deichsler Indianer früher auch schon besser fand als Cowboys, hatte er sich in ihrer Umgebung immer wohlgefühlt.

»Hallo Esmeralda.«

»Freddie. Komm doch herein«, sagte sie mit brüchiger Stimme.

Wieder empfing Deichsler der Mief des Pfarrhauses, der ihn heute ein wenig schwermütig machte. Vor wenigen Tagen hatte er hier noch mit Mayer zusammengesessen, er, der im Gegensatz zu vielen anderen für mehr Gerechtigkeit auf Erden gekämpft und auch den Streit mit den Mächtigen nicht gescheut hatte. Und der es mit seinem Leben hatte bezahlen müssen.

Sie gingen nicht in Pfarrer Mayers Büro, sondern in die Küche, in der ein Teller mit Brot, Wurst und Gurken auf dem Tisch stand. Es roch nach Früchtetee, der in einer Porzellankanne daneben zog.

»Bitte, setz dich. Hast Hunger?«

»Ich ess gern was mit.«

Deichsler musste gar nicht erst nach Käse fragen. Mit wenigen Handgriffen packte Esmeralda ein zweites Gedeck, Käse, Tomaten und was sie sonst noch im Kühlschrank fand, auf den Tisch. »Willst ein Bier?«

»Nein, danke, ein Tee ist völlig ausreichend.«

Esmeralda sah ihn verträumt an. »Wie der Herr Pfarrer.« Dann begann sie zu schluchzen. Der unterdrückte Schmerz floss über ihre Wangen. Deichsler nahm sie in den Arm, unterdrückte seine eigenen Tränen.

»Freddie, das ist alles so furchtbar. Erst der Korbinian, und jetzt der Herr Pfarrer. Wo das doch zwei so liebe Menschen waren.«

Als sie sich wieder beruhigt hatte, setzten sie sich. Aber ihr Brot rührte sie nicht mehr an.

»War der Korbinian öfter bei euch?«

»Ganz oft war der in der letzten Zeit da.«

»Weißt du, warum?«

Sie schnaufte verächtlich aus. »Weil d'Leut nur mehr ihr eigenes sehen. Und wenn jemand auch nur ein bisserl anders ist, dann wird's zum Problem.«

»Und warum war der Korbinian anders?« Deichsler biss in sein Käsebrot, aber so recht schmecken wollte es ihm nicht, und er legte es zurück auf den Teller.

Sie hatte ihm noch keine Antwort gegeben und schob die Essiggurke mit dem Wurstbrot auf dem Teller hin und her. »Weil er wirklich zum Trinken aufhören wollte. Aber die anderen haben's ihm nicht geglaubt. Haben alles versucht, dass er wieder damit anfängt.«

»Das heißt, sie *wollten*, dass er wieder säuft?«

»Er hat einmal erzählt, dass sie ihm Schnaps in den Kaffee getan haben.«

»Weißt du, wer?«

»Der Berni Opp soll dabei gewesen sein.«

Du wirst mir immer unsympathischer, du eifersüchtiger X-Hax. Alle Spuren führen zu den Opps. Ob zum Berni oder zum Manfred, das weiß ich noch nicht. Aber ich bin mir ziemlich sicher, dass der Kurbi noch ein anderes Geheimnis hatte. Auch wenn es sich um eine wichtige Information handelt, dass sie ihn zum Saufen bewegen und damit diskreditieren wollten, war das eine ausweichende Antwort von Esmeralda. Das spür ich.

»Aber eigentlich hast du das nicht gemeint. Du hast was anderes gemeint, mit dem Anderssein.«

Sie sah Deichsler an und griff nach seinen Händen. Er spürte die Schwielen, die vermutlich von der Gartenarbeit stammten. »Freddie, so gern ich es dir sagen würde. Ich hab's dem Kurbi und dem Herrn Pfarrer versprochen, dass ich meinen Mund halt. Und gleich von zwei Toten das Versprechen zu brechen, da tät meine arme Seele keine Ruhe mehr finden.«

»Aber versteh doch, Esmeralda, es kann sein, dass ich der Nächste bin.«

Sie riss die müden Augen auf. »Und wie kommst du da drauf?«

»Wahrscheinlich geht's um den Hof von der Zenzi. Zuerst war der Kurbi ihr Betreuer und hätte entscheiden können, ob der Hof, wahrscheinlich an den Opp, verkauft werden soll oder nicht. Dann hat sie den Pfarrer Mayer gefragt, ob er ihr Betreuer werden soll. Und der ist auch umgebracht worden.«

»Das habe ich noch gar nicht gewusst«, flüsterte Esmeralda. Sie sah auf den abgemagerten Holz-Jesus am Kreuz, schien sich Rat zu holen. Deichsler wusste, dass er ihr Zeit lassen musste, um mehr aus ihr herauszubekommen.

Sie seufzte. »Freddie, ich kann nicht, es tut mir leid. Aber ich bin mir sicher, dass du das auch alleine herausfindest. Ich kann dir nur einen Tipp geben: Du bist auf dem richtigen Weg. Es hat mit den Opps zu tun. Aber auch mit jemandem im Lebewagental.«

Hat mich mein Gefühl doch getäuscht.

»Mit die Leut, die in der Gratlervilla wohnen.«

Sie nickte.

»Danke für des Essen, Esmeralda. Ich melde mich, wenn ich mehr weiß.«

»Mach's gut, Freddie. Behüt di Gott. Pfiade.«

20

Heute war einer jener Sommerabende, an denen die Welt stillzustehen schien. Häuser und Bäume warfen lange Schatten, die Stadt war angenehm erschöpft von dem heißen Sommertag. An solchen Abenden sollte man mit einer Frau auf der Terrasse sitzen, ein Gläschen Wein genießen oder sich mit einem Bierchen auf einer Wiese am Waldrand lümmeln. Ein Abend, in den man sich wie in eine Hängematte hineinlegen konnte. Der Tag ging, die Nacht kam.

»Hatschi!«

Für Deichsler kam eher die Terrasse als der Waldrand in Frage, und selbst da konnte es pollenmäßig durchwachsen werden. So ein Heuschnupfen war einfach keine romantische Angelegenheit. Vielleicht konnte er sich heute trotzdem mit Annamirl auf die Terrasse setzen. Ein bisschen Ratschen wäre schön, es musste ja nicht immer Sex sein. Wobei er dagegen auch nichts einzuwenden hätte. Er spürte, wie er scharf wurde – was er jetzt gar nicht brauchen konnte. Wenn Berni der Mörder war, konnte es sein, dass Annamirl ihn, ihren Mann, den Vater ihrer Kinder, aus Liebe deckte. Deichsler konnte jetzt keine hormonvernebelten Gedanken brauchen.

Die Dorfener Kirchturmuhr zeigte halb zehn, also waren Annamirls Kinder schon im Bett.

Ob David auch schon schläft? Ich habe mich nicht mal von den beiden verabschiedet. Wenn das hier überstanden ist, werde ich ganz viel Zeit mit ihm verbringen. Das Leben kann so schnell zu Ende sein. Er sog die Luft ein, die nach Heu roch. *Ich sollte mir das viel öfter vor Augen halten. Vielleicht würde sich auch Paul freuen, mich zu sehen?*

Er nahm das Handy aus seiner Hosentasche, da fiel ihm ein, dass er Zenzis Nummer nicht auswendig wusste, und ließ es wieder in die Hose gleiten. Außerdem würde er die beiden vielleicht wecken.

Vor Annamirls Haus, das sicherlich Berni gehörte, stand wieder dieser Angeberschlitten, der wahrscheinlich genauso viel schluckte, wie es Kurbi unterstellt worden war. Warum konnten die Opps nicht mit ganz normalen Autos fahren, wie andere Menschen auch? Monika kommentierte diese Karossen meist mit der Frage: »Wie klein muss der Schwanz von einem Typen sein, der so ein Auto fährt?« Zumindest in dieser Sache waren sie einer Meinung. Aber wie verhielt es sich bei den Frauen? Über einen zu kleinen Busen konnte Annamirl nicht klagen. Vermutlich hatte Berni den Wagen ausgesucht.

Deichsler ging an die Tür des wuchtigen Hauses mit den Holzvertäfelungen und dem riesigen Balkon.

Auch in ein großes Haus wird das Glück nicht mit eingemauert.

Deichsler läutete, die Glocke trällerte die Bayernhymne, die Tür öffnete sich. Annamirl stand in Rock und T-Shirt vor ihm. Deichsler versuchte, nicht an ihr herabzusehen. Was ihm auch fast gelang.

»Freddie, äh …« Sie errötete.

Eigentlich hätte er allen Grund gehabt, verdattert zu sein. Waren Annamirls alte Gefühle für ihn wieder zum Leben erwacht? Und wenn, dann vermutlich nicht, weil er bei ihrem letzten Treffen so gut gerochen hatte. Oder?

»Kann ich reinkommen?«

Da schrie eine Jungenstimme: »Mama! Ist der Papa heim'kommen?«

Sie sah in den Hausgang. »Der Maximilian schläft zurzeit so schlecht. Eigentlich war er schon im Bett.«

Die Grillen auf der Wiese neben dem Haus zersägten die darauffolgende Stille.

»Es ist wichtig.«

Sie sah erneut in den Gang, auf den Parkplatz vor dem Haus, dann bat sie Deichsler herein. »Deine Schuhe kannst du anlassen.«

Gemeinsam gingen sie durch den Flur und die Treppe hinauf in den zweiten Stock. An den Wänden hingen Urlaubsfotos, Bilder von Bergen und Verwandten. Der achtjährige Maximilian saß auf seinem Bett, einen Teddybär in der Hand, und sah Deichsler aus großen Augen an. »Dich habe ich ja noch nie gesehen.« Er klammerte sich an Annamirl, sein Blick flackerte. »Bist du der schwarze Mann?«

Deichslers Haut war ähnlich dunkel wie die von Esmeralda. Seine Locken kohlrabenschwarz. Aber den schwarzen Mann hatte er sich eigentlich immer anders vorgestellt.

»Den schwarzen Mann gibt's doch gar nicht«, versuchte Annamirl ihren Sohn zu beruhigen, strich ihm über die Haare und legte ihren Arm um seine Schulter. Trotzdem begann Maximilian zu schluchzen.

Jetzt kann ich der Annamirl keine Fragen stellen. Erst musste sich der Kleine beruhigen.

»Schwarzer Mann bin ich keiner«, sagte Deichsler mit einer wegwerfenden Handbewegung. »Wenn, dann wär ich der braune Mann.«

Maximilian sah ihn gespannt an.

»Aber eigentlich bin ich eine Ente. Ich steck nur im falschen Körper. Quack, quack, quack«, begann Deichsler.

Ein Lächeln huschte über das Gesicht des Jungen.

»Quack, quack, quack.«

»Der ist lustig«, sagte Maximilian, und Annamirl sah Deichsler mit einem Blick an, den er nicht einordnen konnte.

»Weißt du, ich steck auch im falschen Körper«, sagte Maximilian. Deichslers Blick fiel auf den Rollstuhl in der Ecke.

»Ach, so ein Quatsch«, sagte Annamirl, »jetzt wird geschlafen.«

»Aber nur, wenn die Ente mit mir Buch anschaut.«

»Da musst du die Ente schon selber fragen.«

»Willst du mit mir Buch anschauen, Ente?«, fragte Maximilian.

»Quack, quack, quack«, antwortete Deichsler und setzte sich neben den Jungen aufs Bett. Annamirl nahm daneben Platz und legte den Arm um ihren Sohn. Weil das Bett über und über mit Kuscheltieren besetzt war, mussten sie alle zusammenrücken. Deichsler spürte ihre Hand an seinem Oberarm.

Das Buch handelte von einem Waschbären. Durch ein Gewitter wurde der Baum, in dem er mit seinen drei Geschwistern am Fluss wohnte, vom Hochwasser weggeschwemmt. Nun musste er sich allein auf die Suche nach seiner Familie machen. Deichsler genoss die Nähe, die Ruhe. Selten war er so zufrieden gewesen wie in diesem Moment. Jetzt fehlte eigentlich nur noch David.

Aber so richtig genießen konnte er den Augenblick dann doch

nicht. Er musste Kurbis und Pfarrer Mayers Mörder finden, bevor der ihn oder noch jemand anderen an den Schwammerl nagelte.

»Das ist nicht schön, wenn man seine Wohnung verliert«, sagte Deichsler. »Manchen Menschen geht es genauso.«

»Warum denn das?«, fragte Maximilian gespannt.

»Weil andere Menschen da eine Autobahn bauen wollen, wo ihr Haus steht.«

Auf Annamirls Stirn bildeten sich Falten.

»Aber eine Autobahn ist was Gutes, sagt mein Papa.«

»Für den, der drauf fährt, schon.«

»Fährst du nicht drauf?«

Würde Deichsler auf einer A 94 fahren, die Zenzi den Schlaf, die Heimat und ihren Obstgarten raubte? Vor ein paar Tagen hätte er die Frage ohne mit der Wimper zu zucken mit Ja beantwortet. Aber jetzt?

»Nein, auf der Autobahn durch das Isental würde ich nicht fahren.«

»Warum? Der Papa sagt, dass man dann viel schneller in München ist und die Laster ja auch irgendwo fahren müssen. Soll ich dir mal meine Laster zeigen?« Maximilian deutete in eine Ecke, in der ein Holzkorb stand, aus dem Spielzeugautos quollen.

Annamirl klappte das Buch zu. »So, mein Schatz, du musst jetzt wirklich schlafen.«

Deichsler stand auf.

»Die Ente soll aber dableiben.«

Annamirl zögerte, Deichsler schaute verlegen zu Boden. Da spielte die Klingel wieder das Lied der Bayern.

»Die muss aber leider wieder los.« Annamirl schob Deichsler aus dem Kinderzimmer.

»Gute Nacht, Ente«, rief ihm Maximilian noch hinterher.

»Quak, quak«, machte Deichsler.

Ungeduldig schloss Annamirl die Tür zum Kinderzimmer und schubste Deichsler auf den Gang.

Warum werde ich eigentlich ständig wie ein Stück Scheiße behandelt?

»Das ist der Berni. Wenn der dich hier findet, macht der Kleinholz aus dir.«

»Kann ich mir fast nicht vorstellen«, erwiderte Deichsler, auch wenn er sich nicht wohlfühlte in seiner Haut. »Der hat unser vorletztes Zusammentreffen sicher noch nicht vergessen. Und seit unserem letzten Treffen im Vereinsheim hat er was gut bei mir.«

»Mannsbilder«, schimpfte Annamirl und schob Deichsler ins Gästezimmer. Die Jalousien waren heruntergelassen, es war zappenduster. Deichsler entschied sich, von Berni nicht entdeckt werden zu wollen, und schaltete das Licht nicht an. Auch wenn der sicher einiges intus hatte nach dem Parteitreffen. Vielleicht war er dadurch noch unberechenbarer. Warum sollte er sonst läuten? Vermutlich traf er heute mit dem Schlüssel nicht mehr das Türschloss, weil das Bier seine Sicht vernebelte. Aus dem Nebenzimmer kamen Geräusche. Maximilian schien sich vor irgendwas zu fürchten.

Deichsler hörte eine unbekannte Stimme aus dem Erdgeschoss, drückte sein Ohr gegen die Tür.

»Ach, Herr Schimmelpfennig. Mit Ihnen habe ich ja gar nicht gerechnet. Kommen'S doch bitte rein.«

»Es tut mir leid, dass ich um diese Uhrzeit hereinplatze. Aber ich war gerade mit meiner Tochter in der Nähe. Ihr Mann und auch der Schwiegervater haben heute Abend ja keine Zeit. Sie wissen ja, die Politik hat Vorrang.«

»Das kann man laut sagen.«

Deichsler glaubte aus Annamirls Stimme Unsicherheit herauszuhören.

»Was kann ich für Sie tun? Darf ich Ihnen etwas zu trinken anbieten?«

Den Anstand um jeden Preis wahren. Selbst wenn der Bub allein im Bett liegt und bestimmt nicht einschlafen kann.

Deichsler hörte, wie Maximilian nach seiner Mama rief. Darum entging ihm auch, was im Erdgeschoss gesprochen wurde. Er konnte nicht anders, öffnete die Tür und ging in Maximilians Zimmer.

»Mama?«

»Quak«, machte Deichsler leise. Er setzte sich an Maximilians Bett. Der nahm seine Hand. Deichsler versuchte leise zu atmen, wodurch ihm seine Atemzüge seltsam laut und gepresst vorkamen. Schon bald kündigten sanfte Zuckungen in den Muskeln davon, dass Maximilian am Einschlafen war. Kurz darauf schnarchte er zufrieden vor sich hin. Vorsichtig zog Deichsler die Hand weg.

Als Deichsler das Kinderzimmer verließ, fiel unten die Tür ins Schloss. Durch das Fenster im Gang sah er, wie der Besucher in Annamirls Angeberschlitten stieg und noch einmal zur Tür winkte.

Irgendwoher kenn ich dich. Deichsler blieb vor dem Fenster stehen und dachte darüber nach.

Als Annamirl die Treppe hochkam, erschrak sie, weil er auf dem Gang stand. »Ich habe doch gesagt, dass du dich im Zimmer verstecken sollst!«, schnaubte sie.

»Aber es war doch gar nicht der Berni.«

»Trotzdem.«

»Und der Maximilian hat geschrien, während du deinem Besuch was zu trinken angeboten hast.«

Annamirl ging schnurstracks in Richtung Kinderzimmer.

»Was war denn das für ein wichtiger Gast?«

Sie öffnete die Kinderzimmertür und lauschte.

»Ich habe ihn wieder beruhigen können. Ich bin doch auch im falschen Körper«, sagte Deichsler. Dann quakte er.

Ein Lächeln huschte über Annamirls Gesicht. Sie wurde aber sofort wieder ernst.

»Also, was war denn das für ein nächtlicher Hausfreund?«, hakte Deichsler nach.

»Freddie, ich bin dir wirklich dankbar, dass du dich so gut um den Maximilian gekümmert hast. Du musst jetzt aber wieder gehen.«

»Nur wenn du mir sagst, wer das war.«

»Komm mit.« Sie nahm Deichsler an der Hand, und sie gingen in ihr Schlafzimmer, das für Deichslers Geschmack seltsam kitschig eingerichtet war. Ein großes rotes Herz prangte an der Wand, auf dem Bett lag ein lila Überwurf.

Wenn die Realität schon nicht romantisch ist, muss man eben ein wenig nachhelfen.

Deichsler sah Annamirl erwartungsvoll an. Sie hätte ihn auch in ein anderes Zimmer bringen können. Wenn Berni jetzt kam, war die Kacke wirklich am Dampfen. Oder wollte sie einer Antwort ausweichen, indem sie mit ihm schlief? Wenn er etwas überhaupt nicht vertragen konnte, dann war es, verarscht zu werden.

Annamirl setzte sich auf das Bett, das hin und her zu schwabbeln begann. Deichsler setzte sich daneben und erzeugte eine erneute Welle.

»Da wird man ja seekrank.«

»Muss nicht sein.« Annamirl griff nach Deichslers Hand.

Zittert sie?

Sie war kälter als damals im Wald.

»Annamirl, ich finde, du bist wirklich eine sehr attraktive Frau.«

Was redete er da eigentlich? Er musste einen Fall aufklären, weitere Morde verhindern und kein neues Kind zeugen.

Annamirl rückte näher, lehnte sich an Deichsler. Ihr Körper war wunderbar weich und warm. Genau wie diese Sommernacht. Musste denn immer alles kopfgesteuert ablaufen? Er nahm sie in den Arm. Ihre Haare rochen nach Zimt. Er spürte, wie sie schneller atmete, sich an ihn drückte, flüsterte: »Wie lange habe ich auf diesen Moment gewartet …«

Deichsler versuchte zu widerstehen, streichelte ihr über den Rücken, um ihr nicht durch die Haare zu fahren, sie zu küssen.

»Vielleicht wäre dann alles anders gekommen.«

Er schob Annamirl von sich weg. Was ihm schwerfiel. »Was wäre dann anders gekommen?«

Sie versuchte, sich mit gespitzten Lippen seinem Mund zu nähern, aber er ließ es nicht zu, packte sie an den Schultern. »Annamirl, wer war der Mann?«

»Ein Freund vom Berni und vom Schwiegervater.«

»Und was macht der mit deinem Auto?«

Sie wich seinem Blick aus. »Das gehört jetzt ihm.«

»Steht es so schlecht um die Firma vom Schwiegervater, dass ihr euer Auto hergeben müsst?«

»Nein. Wir haben ja schon wieder ein anderes.«

Deichsler spürte, dass Annamirl mehr wusste. Es erschien ihm aber im Moment nicht wichtig. Da war noch eine andere Sache.

»Warum war der Berni beim Pfarrer Mayer? Und das genau an dem Tag, als er umgebracht wurde?«

Annamirl rückte von Deichsler ab. »Hast du der Polizei eigentlich gesagt, dass der Berni und ich nicht mehr zusammen in einem Zimmer schlafen?«

»Findest du das nicht komisch, dass er eifersüchtig auf den Kurbi war und der jetzt tot ist?«

Annamirl stand auf. Neben dem Bett stand ein Bild von Kurbi, Annamirl und den Kindern. »Jetzt pass einmal auf. Der Berni mag vielleicht seine Schattenseiten haben, aber er ist ein lieber Kerl und kümmert sich immerhin um seine Kinder.«

War das ein Seitenhieb auf Paul? Deichsler spürte, wie das schlechte Gewissen wieder in ihm hochkroch.

»Aber findest du das nicht einen eigenartigen Zufall? Eifersüchtig auf den Kurbi, und dann noch den Pfarrer besucht!«

»Weißt was, Freddie? Nach fast zwanzig Jahren kommst du wieder zurück und denkst, die Zeit ist stehen geblieben. Aber wir alle haben unser Leben zu leben, und das ist nicht immer leicht.«

Fast wäre Deichsler herausgerutscht: Aber du hast doch alles, was du willst. Ein großes Haus, ein großes Auto, zwei Kinder, gut, das eine ist behindert, aber …

»Ist es wegen dem Maximilian seiner Behinderung?«, fragte Deichsler vorsichtig.

»Ich kann dir nicht mehr sagen. Du hast schon genug Staub aufgewirbelt.« Sie sah zu Boden.

»Das habe ich gemerkt«, sagte Deichsler und verspürte ein unbändiges Verlangen, Annamirl zu küssen.

Er ging langsam auf sie zu. Sie sah auf. Lächelte ihn an. Ihr Blick hatte wieder dieses Fordernde. Er näherte sich ihrem Gesicht, spürte ihren warmen Atem. Sie zögerte.

»Hatschi!« Der Rotz schoss ihm aus der Nase. Die Türklingel tat ihr Übriges und katapultierte beide zurück in die Realität.

»Schnell, ins Gästezimmer, der Berni kommt!«

Annamirl hastete über den Gang. »Der ist sicher zu wie eine Haubitz'n. Wenn er schlaft, dann verschwindst.« Sie sah Deichsler sehnsüchtig an. »Du weißt ja, wie du mich erreichen kannst.«

Deichsler schloss die Tür des Gästezimmers hinter sich. Nur eine Sekunde später hörte er Berni rumpeln. »Mei, Annamirl. Warum schaust du eigentlich immer so gut aus?«

Berni war wirklich ein Charmeur.

»Berni, geh weg, du stinkst wie eine Schnapsbrennerei.«

»Aber Annamirl. Du bist doch mein Weiberts!«

»Geh ins Bett.«

Berni polterte torkelnd die Treppe hinauf. Vor der Tür des Gästezimmers blieben sie stehen.

»Jetzt hab dich doch ned so, du Flitscherl. Beim Kurbi hast dich auch ned bitten lassen, obwohl der –«

Deichsler hörte, wie es knallte. Annamirl hatte Berni wohl wieder mal eine Watschn gegeben. Deichsler sah sich im Raum um. Mittlerweile hatten sich seine Augen an die Dunkelheit gewöhnt. In der Ecke stand ein billiger Ikeaschrank. Er öffnete die Tür und schlüpfte hinein.

»Aua«, tönte ihm ein unterdrückter Schmerzschrei entgegen. Deichsler zuckte zusammen. Er war also nicht der Einzige, den Annamirl versteckt hatte. Er zog das Handy aus der Tasche, löste die Tastensperre und traute seinen Augen nicht, als das Schrankinnere im künstlichen Grün des Displays erleuchtet wurde: Räuber Hotzenplotz kauerte vor ihm. Erkan, der auch schon bei Steffi mausen gewesen war.

Auf einmal setzte sich der Fall zu einem ganz anderen Bild zusammen: Erkan, an Zenzis Hof interessiert und eifersüchtig auf Kurbi; durch Kurbis Tod waren all seine Probleme auf einen Schlag beseitigt.

Erkan hielt sich die Hand vors Gesicht, weil Deichsler das Display des Handys immer noch direkt auf ihn richtete. »Mach das verdammte Licht aus!«

»Erst wenn du mir sagst, wo du in der Nacht warst, als Kurbi ermordet wurde.«

»Das geht dich einen Scheißdreck an!«

»Und in der Nacht, als Pfarrer Mayer ermordet wurde?«

»Warum sollte ich dir das bitte sagen, du dahergelaufener Schnüffler?«

Deichsler packte ihn am Hals. Wenn es darauf ankam, konnte

er noch Stunden in diesem Schrank verbringen, um die Wahrheit aus Erkan herauszupressen. Er war das lange Warten durch die Beschattung verdächtiger Personen während seiner Arbeit gewöhnt. Der Hallodri aus der Gratlervilla wusste wahrscheinlich nicht einmal, wie man Arbeit schrieb, und hatte seine Blase sicherlich nicht so gut unter Kontrolle wie Deichsler.

»Lass mich los«, krächzte Erkan.

»Ach, du willst raus?« Deichsler packte fester zu. »Musst wohl pissen?« Er drückte Erkan sein Knie in den Bauch, der aufstöhnte. »Du kannst jederzeit raus. Berni ist gerade nach Hause gekommen. Der freut sich, wenn er den Stecher seiner Frau in die Finger bekommt. Soll ich ihn rufen?« Deichsler ließ wieder los.

Erkan fasste sich an den Hals und schnappte nach Luft. »Weißt du was, du jämmerliche Gestalt?«, zischte er. »Du musst ihn gar nicht rufen. Sobald die Bullen da sind, wird er von alleine wach werden.«

21

Deichsler verließ kommentarlos den Schrank, und nicht ganz ohne Genugtuung drehte er den Schlüssel im Schloss herum. Den gegen die Tür klopfenden Erkan ließ er allein mit sich und seiner vollen Blase.

Im Schlafzimmer lallte Berni: »Ja, Annamirl«, wodurch Deichsler wusste, dass er beschäftigt war und wieder einmal sein Glück bei der ihm Angetrauten versuchte. Aber vermutlich stand Annamirl nicht auf in Schnaps eingelegte X-Beine.

Deichsler schlich ungesehen zur Haustür. Da hörte er Maximilian schreien: »Geh weg. Hilfe, Mama!« Er machte kehrt. Doch noch bevor er die erste Treppenstufe erreicht hatte, ging das Licht im ersten Stock an. Schritte tapsten den Flur entlang, die Kinderzimmertür öffnete sich, und Deichsler hörte, wie Annamirl beruhigend auf ihren Sohn einredete.

Er hatte keine Zeit mehr zu verlieren. Wenn der Vollpfosten Erkan wirklich die Polizei gerufen hatte, dann würden die in wenigen Minuten hier sein. Bis zur Wache waren es nicht einmal zwei Kilometer. Und die Beamten standen unter Druck, endlich den Mörder des Pfarrers zu finden.

Gerade als Deichsler aus der Siedlung radelte, brauste ein Streifenwagen mit Blaulicht um die Ecke. Nur allzu gern hätte er Bernis Gesicht gesehen, wenn ein Türke aus dem Schrank seines Gästezimmers kroch.

Eins musste man Berni lassen, er hatte einen absolut liebenswerten Sohn. Wobei das wahrscheinlich mehr Annamirls Verdienst war. Ob Paul wohl auch so liebenswert war? Dafür hatte er jetzt leider keine Zeit.

Warum habe ich mich damals noch mal für Steffi und gegen Annamirl entschieden?

Er nahm sich vor, Maximilian und Annamirl noch einmal zu besuchen, wenn er wusste, dass Berni nicht zu Hause war und Erkan nicht dazwischenplatzte. War Annamirl wirklich so ein Betthupferl, das erst den Kurbi und jetzt auch noch den Erkan besprang? Und ihn beinahe auch, während ihr Liebhaber im Schrank saß? Es hatte sich gut angefühlt, begehrt zu werden. Noch dazu von so einer hübschen Frau, die sich aufopferungsvoll um ihre Kinder kümmerte, was bei Maximilian im Moment eine wirkliche Herausforderung zu sein schien. Der schwarze Mann ... Viele Kinder fürchteten sich vor dem. »Geh weg«, hatte er geschrien.

In Warzling ratzte Zenzi vor dem Fernseher, während sich Klitschko und Wach immer wieder auf die Fresse schlugen. Kopfschüttelnd schaltete Deichsler den Fernseher aus und schmierte sich ein Käsebrot. Ein kurzer Blick auf Kurbis altes Kinderbett: Sein Sohn schlief ebenfalls tief und fest.

Obwohl er todmüde war, durchforstete er noch einmal die Schublade mit den Fotos, während er das Käsebrot hinunterschlang. Und plötzlich wusste er, woher ihm der Typ bekannt vorgekommen war, der mit Annamirls Angeberschlitten davongebraust war. Eines von Kurbis Fuerteventura-Urlaubsfotos zeigte diesen Schimmelpfennig in Touristenuniform neben dem CSU-Quetschschädel Arzberger. Mit seinem Oberlippenbart, dem kleinen Dreieck unter dem Mund und der schwarzen Brille wirkte er ruhig und besonnen. Sympathisch, wenn nicht sogar wie eine freundschaftliche Vaterfigur, was durch die grauschwarzen Haare noch einmal unterstrichen wurde.

Schon seit er denken konnte, war Deichsler am Innenleben der Dinge interessiert. Was dazu führte, dass er Puppen sezierte und Wecker auseinandernahm und die Erwachsenen ihm Zerstörungswut attestierten. Mit Abstand betrachtet, dachte sich Deichsler, dass zumindest sein Vater ihn damals hätte verstehen müssen, der bei der Polizei versuchte, den Dingen auf den Grund zu gehen, und es meist sogar schaffte. Sechsundneunzig Prozent der Morde in seinem Revier wurden aufgeklärt. Es wäre doch gelacht, wenn Deichsler es nicht schaffen würde, den Mörder noch vor der Polizei zu finden.

Zwischen Kurbi, Arzberger und Schimmelpfennig bestand also eine Verbindung. Aber was für eine Rolle spielte Schimmelpfennig? Wer war er? Hatten Arzberger und er Erkan angeheuert, um die Sache vor Ort erledigen zu lassen? Um sich nicht selbst die Finger schmutzig zu machen? Das Geld konnte er gebrauchen, um sich irgendwann eine ordentliche Wohnung leisten zu können. Und waren Berni und sein Vater vielleicht gar nicht involviert?

Deichsler sah sich das Bild noch einmal genauer an, dann ließ er den Laptop hochfahren und öffnete den Browser. Nach wenigen Augenblicken spuckte die Suchmaschine ein Ergebnis aus: Bruno Schimmelpfennig, arbeitete bei Piste Bau GmbH. Also war Opp vermutlich doch mit im Spiel, war Schimmelpfennig eine von Opps Geschäftsbeziehungen. Was wiederum die Verbindung zu Kurbi und Zenzis Hof war.

Alle Wege führen zur A 94. Auch wenn es über vierunddreißig Jahre dauert.

Laut der Konzernwebsite zählte Piste zu den führenden Baukonzernen Europas und war auf der ganzen Welt tätig, vor allem aber in Österreich und Deutschland. Also hatte sich Opp Unterstützung aus Politik und Industrie geholt. Von Schimmelpfennig war auf der Internetseite nichts zu lesen, aber eine weitere Suchanfrage spuckte seine Kontaktdaten in einem Münchner Büro aus. Vor dem morgen früh vermutlich Annamirls Benzinfresser stehen würde. Aber das Auto eines Geschäftskollegen zu kaufen stellte keine illegale Handlung dar. Interessant wäre allerdings, wie diese Geschäftsbeziehung aussah und der Kauf zustande gekommen war – wenn es überhaupt ein Kauf und kein Geschenk gewesen war. Oder ein Zuckerl für einen alten Freund, der einen unterstützen konnte.

Gleich mehrere Treffer landete die Suchmaschine bei der Kombination der Suchwörter ›Schimmelpfennig‹ und ›München‹, unter anderem auf der Internetseite des Golfclubs Eichenried. Unter der Rubrik Aktiv/Familiengolf grinste auch der Quetschschädel Arzberger, umringt von seiner Familie, in die Kamera. Schimmelpfennig glänzte allein, dafür umso mehr, als Gewinner der Clubmeisterschaften 2010 in der Kategorie Mid-Amateure, was immer das auch bedeutete.

Golf konnte Deichsler nicht leiden. Für ihn war der Sport genauso ein Flächenfraß wie für Pfarrer Mayer die A 94. Der englische Rasen durfte lediglich von ausgewählten Herrschaften betreten werden, denen ausgewählte Sklaven ihre Schläger hinterherschleppten. Die Natur wurde gleichgeschaltet, wodurch sich vermutlich der Heuschnupfen in Grenzen hielt, aber von Natur konnte da im herkömmlichen Sinn keine Rede mehr sein. Die Tiere fanden keinen Unterschlupf mehr, außer in den Löchern, und dort wurden sie von den Golfbällen erschlagen.

Deichslers müde Gedanken krochen wieder zu Kurbi und Annamirl. *Hatten die beiden wirklich eine Affäre gehabt? Hatte Annamirl aus dem Korsett Kinder, Küche, Kirche ausbrechen wollen, indem sie sich einen Liebhaber wie den Kurbi zulegte? Der letztendlich mit dem Leben bezahlte?*

Wer bei einem Vieh liegt, der muss des Todes sterben.

Deichsler gab die Zeilen in die Suchmaschine ein, die das komplette Zitat ausspuckte: »Wer bei einem Vieh liegt, der soll des Todes sterben, und das Vieh soll man erwürgen.«

Was hatte das alles mit dem Pfarrer zu tun? Hatte der etwa ein Verhältnis mit Kurbi? Es kam nicht selten vor, dass Geistliche ihr Amt wählten, weil sie schwul waren. Und auch Kurbis Singleleben würde das erklären. Wer als Schwuler sein Coming-out auf dem Land wagte, hatte es sicherlich nicht leicht. Auch wenn sich in dieser Hinsicht in den letzten Jahren einiges verändert hatte.

Aber wenn es wirklich ums Schwulsein ging, dann hätte der Täter (oder die Täterin, denn Alexandra Gruhn war immer noch nicht runter von der Liste der Verdächtigen) auch gleich ein passenderes Zitat wählen können, das ebenfalls im alten Testament zu finden war: »Wenn jemand bei einem Manne liegt wie bei einer Frau, so haben sie getan, was ein Gräuel ist, und sollen beide des Todes sterben; Blutschuld lastet auf ihnen.«

Deichsler seufzte. Die Verdächtigen wurden immer noch nicht weniger, es wurden von Tag zu Tag mehr. Er beschloss schlafen zu gehen und putzte sich die Zähne. Als er im Bett lag und David neben ihm schnarchte, musste Deichsler an seine Mutter denken. Der Ort, an dem man geboren wurde und aufwuchs, hatte einen unvergleichlich vertrauten Geschmack. Diesen Geschmack der Heimat, der allen in der Kindheit scheint. Und dann entpuppt er sich als eine Müllkippe voller Missgunst, Lügen, Gewalt, Tod und Zerstörung. Er wünschte sich, seiner Mutter erklären zu können, warum er sich nicht bei ihr gemeldet hatte. Seinem Vater zu sagen, warum er seinen Dienstausweis und sein Handy genommen hatte. Aber noch viel mehr wünschte er sich in die halbe Stunde zurück, in der er auf Maximilians Bett gesessen hatte, nur den Augenblick lebte und eine noch nie vorhandene Nähe und Vertrautheit zwischen Annamirl und ihm empfunden hatte. Nur David hatte noch gefehlt.

War das Heimat? War Familie Heimat? Aber konnte sie nicht genauso schnell wie die Natur, wie das Isental, zerstört werden – durch Machtinteressen, Selbstsucht und Ignoranz? So wie bei Monika und ihm? Wann hatte es bei Annamirl und Berni begonnen, dass sie sich auseinanderlebten? Lag es daran, dass Berni zu viel arbeitete und Annamirl sich nur um die Kinder kümmerte, sie sich eingesperrt fühlte? Irgendwann benötigte ein Mensch auch einmal Zeit für sich.

Vor seiner Elternzeit hatte Deichsler ohne Ende geschuftet. Wenn er einen Auftrag im Supermarkt gehabt hatte, dann saß er bis zu zwölf Stunden vor den verpixelten Bildschirmen im Überwachungsraum, machte sich die Augen kaputt und verdiente nicht mehr als zwanzig Euro brutto pro Stunde. Darum trug er jetzt eine Brille. Die Sparmaßnahmen des Supermarkts hatten seine Augen geschrottet. Seitdem konnte er Monika nicht mehr sehen.

Am nächsten Morgen waren David und er schon vor Zenzi wach. Deichsler brühte sich einen schwarzen Tee auf, nahm seinen Sohn auf den Schoß und setzte sich auf die Bank hinter dem Haus. Der Nebel lag über den Feldern, die Sonne lugte langsam durch die hohen Bäume ringsum, und er fragte sich, welcher Nebel ihm wohl die Sicht versperrte, um klarer sehen zu können. Er beschloss, erst einmal alles auf sich wirken zu lassen und die Zeitung zu lesen, die Zenzi jeden Morgen erhielt. Manchmal brauchten die Dinge Zeit.

Deichsler holte den Landkreisteil heraus und staunte nicht schlecht. Von der Titelseite grinsten ihn Manfred und Berni Opp an. *Dorfener Tiefbauunternehmen baut die Isentalbrücke*, titelte das

Blatt. David schlug immer wieder nach der Zeitung, riss Manfred Opps Kopf in zwei Hälften. Nur weil Deichsler seinem Sohn den Sportteil zum Zerpflücken gab, konnte er weiterlesen.

> *Das einst als Familienbetrieb gegründete Bauunternehmen Opp wird die Lappachbrücke für die Autobahn durchs Isental bauen. Der Dorfener Bürgermeister Heinz Grundner beglückwünschte die Bauherren. Er drückte seine Freude darüber aus, dass die wichtigen Bauunternehmungen zur A 94 von einer ortsansässigen Firma übernommen werden. »Das ist der erste Sonnenstrahl, den die A 94 in unsere Region fallen lässt. Die Autobahn wird uns wirtschaftlichen Aufschwung, Wohlstand und weitere Arbeitsplätze bringen.«*

So ein Zufall aber auch. Jetzt wird der Opp Subunternehmer bei der Lappachbrücke. Haben seine Parteikollegen da vielleicht ein wenig nachgeholfen?

> *»Das Tiefbauunternehmen überzeugte mit seinem attraktiven Angebot«, so Josef Weihersee, der Sprecher der Autobahndirektion Süd.*

Attraktives Angebot. Deichsler musste umgehend an Annamirl denken. Das war im Moment aber nicht sonderlich zielführend.

Wie konnte Opp an den Auftrag kommen, indem er hier ein Schräubchen dreht und dort ein Schräubchen dreht, ohne dass man seinen Schraubenzieher sieht?

22

Gerade als er David in den Tragegurt setzen wollte, hörte er einen Wagen die Straße hinaufkommen.

Verdammt, die Bullen.

Geduckt rannte er mit seinem Sohn auf dem Arm über den Hof, in sein altes Versteck hinter der Tür, in dem es immer noch nach Äpfeln roch. Umgehend begannen Augen, Nase und Mund zu jucken. Er presste sich die Hand vor den Mund, während David in die fahle Dunkelheit hineinquengelte.

»Hatschi!«

Da ruckelte es an der Tür.

Jetzt haben sie mich. Deichsler bückte sich nach einer Ofenschaufel, die in der Ecke lag. Seine Muskeln spannten sich an, die Tür öffnete sich. Deichsler holte aus.

Gegen die Bullen habe ich eh keine Chance!

Licht fiel durch den geöffneten Türspalt herein. Römer riss die Augen auf, sein Gesicht war noch bleicher als sonst. »Bist narrisch? Willst du dein Alibi umbringen, oder was?«

Deichsler warf die Schaufel zur Seite und legte Römer die Hand auf die Schulter: »Entschuldige bitte.«

Der wich einen Schritt zurück. »Passt scho. Weil ich eh zu der Zenzi muss, dachte ich mir, schau ich mal vorbei, wie es dir geht.«

»Geht schon. Die Polizei war halt schon mal da und hat mich gesucht.«

Römer nickte. »Ich habe davon gehört. Komm, gehen wir zu den Viechern rauf.« Er sah sich um. »Dort können wir uns ungestört unterhalten.«

Ohne eine Antwort abzuwarten, schlenderte Römer den Berg hinauf, am Obstgarten vorbei zu den Schafen. Deichsler folgte ihm durch die Schwingtür. Die Tiere beäugten sie gespannt, wichen zögerlich zur Seite. Kurz vor dem Stromzaun blieb Römer stehen und sah ins Tal hinunter, wo der Nebel der Sonne gewichen war. Nur vereinzelt dampften noch die berüchtigten Nebelschwaden.

Deichsler atmete tief durch und streichelte David über den Kopf. »Schön ist es da bei euch.«

»Da, da, da«, unterstrich David seine Worte.

Römer sah den Kleinen an.

»Eine Schande, dass das alles durch eine Autobahn zerstört werden soll«, setzte Deichsler noch einen obendrauf.

»Wenn die Leut Auto fahren wollen, dann brauchen sie auch Straßen.«

»Aber doch nicht da!«

»Wo denn sonst?«

»Auf der B 12.«

Römer strich sich seine Haare hinters Ohr. »Und was soll dadran besser sein?«

»Die Zenzi könnte weiter in ihrem Hof wohnen.«

»Kann sie doch so auch.«

»Aber den Lärm wird sie nicht lange ertragen.«

»Den müssen andere auch aushalten. Etliche Gemeinden würden durchschnitten werden, wenn die B 12 ausgebaut wird.«

Deichsler drückte David fest an sich. »Aber das Isental –«

»Fred, sei mir nicht böse, aber ich habe wirklich keine Zeit, um mit dir über die Autobahn zu diskutieren. Letztendlich ist es doch immer ein Verteilungskampf.«

»Wie meinst du jetzt das?«

»Es geht doch immer um Land: wer sein Land behalten darf und wo die Autobahn gebaut wird.«

»Aber der Verkehr wird schon allein aufgrund des demografischen Wandels zurückgehen –«

»Was habe ich gesagt?«

Deichsler war erstaunt, wie sehr er die Argumentation der Autobahngegner in letzten Tagen übernommen hatte. Es lag ihm wohl doch mehr an dem Ort, an dem er aufgewachsen war, als er sich eingestehen mochte. Er wollte David, wenn der größer war, das Isental zeigen. Und zwar in seinem ursprünglichen Zustand. Nicht betoniert, mit einem Kessel voller Logistik- und Transportunternehmen, Autolärm Tag und Nacht. Käme die Autobahn, würde David in einigen Jahren weder die Feldlerche noch den Schlagschwirl hören, weil genau hier eine dreihundert

Meter lange Brücke alles übermannen würde. Deichsler wollte mit David durch das Isental wandern, wie er es mit seinem Vater manchmal bei Schnee getan hatte. Dabei wurde sogar der oft so cholerische Mann weich und geduldig. Waren es diese Momente, die ihn für das Isental und die Menschen, die hier lebten, Partei ergreifen ließen? Oder waren es Kurbis und Pfarrer Mayers Tod, die wie ein dunkler Vorbote die Brutalität des Autobahnbaus und die massiven Einschnitte in das Leben der Menschen ankündigten?

Wenn er Römer nicht verprellen wollte, musste er jetzt still sein. Auch wenn ihm das schwerfiel.

»Mir fällt es nicht leicht, dir das zu sagen«, durchbrach Römer die Stille. »Weil man nicht schlecht über Tote reden soll. Und weil es wirklich furchtbar ist, wie sie den Pfarrer Mayer und den Kurbi hingerichtet haben.«

Hingerichtet war der richtige Ausdruck, auch wenn Deichsler Römers Worte ein wenig pathetisch fand. Oder war es mehr das Wie? Irgendwas in seiner Stimme klang künstlich. Aber Deichsler konnte sich auch täuschen. Es war schon lange her, dass er Römer besser gekannt hatte, und selbst damals hätte er nicht behauptet, ihm sonderlich nahezustehen.

»Weil ich weiß, wie wichtig dir der Kurbi war«, fuhr Römer fort, »habe ich das Gefühl, du schaust nicht richtig hin.«

»Wie kommst du jetzt darauf?«

»Die Annamirl hat den Kurbi auch sehr gern gehabt. Warum auch immer. Es steht mir nicht zu, darüber zu urteilen. Aber so viel steht fest: Auch sie will nicht sehen, was nicht sein darf.«

»Du machst es aber ganz schön spannend.«

»Ihren behinderten Sohn, den Maximilian, hast du doch kennengelernt.«

Will er mir jetzt sagen, dass er weiß, dass ich gestern bei Annamirl war?

Deichsler wollte wissen, was Römer meinte. Also nickte er. Auch auf die Gefahr hin, mit Berni Ärger zu bekommen. Aber Römer schien es ja eh schon zu wissen, also hatte er nichts mehr zu verlieren. Und mehr oder weniger Ärger machte das Kraut auch nicht fett.

»Der Kurbi war der Leiter der Kindertanzgruppe von unserem Trachtenverein. Was denkst du, warum?«

Deichsler warf einen Seitenblick zu David und zuckte mit den Schultern. »Weil er Kinder gerne gehabt hat?«

»Ha.« Römer lachte zynisch auf. »Kinder gerne gehabt. Das kannst du laut sagen. Ein Kinderficker war er.«

Deichsler hielt die Luft an. Ein bitterer Geschmack breitete sich in seinem Mund aus. Er hätte jetzt gern etwas getrunken.

»Ich weiß, es ist nicht schön, das über einen ehemaligen Freund zu hören. Aber es ist nun einmal die Wahrheit.«

»Und wer sagt das?« Deichsler versuchte wieder mehr Ermittler und weniger Schulspezl zu sein.

»Der Maximilian sagt das.«

»Und was war mit dem Pfarrer Mayer?«

Wieder dieses höhnische Lachen. Kurz, erstickend. »Auch ein Kinderficker. Wie so viele seines Berufsstands.«

Interessanterweise erstaunte Deichsler das weniger. Vermutlich weil es in den letzten Jahren immer wieder Missbrauchsfälle von Priestern gegeben hatte. Er hatte das Gefühl, keine Luft mehr zu bekommen. Der Rest seiner Kindheit, der noch einigermaßen glücklich gewesen zu sein schien, wurde zu einer stinkenden Odelgrube. Zwei der wenigen Menschen, die ihm etwas bedeutet hatten, waren tot und wurden nun besudelt durch ihre verabscheuungswürdigen Taten, die sie angeblich zu Lebzeiten begangen hatten. Wer bei einem Vieh liegt, der soll des Todes sterben. Und das Vieh soll man erwürgen.

War Kurbi als Kind vielleicht selbst von Pfarrer Mayer missbraucht worden?

Von Sexualstraftätern hörte man immer wieder, dass sie als Kinder selbst Missbrauchsopfer gewesen waren. Warum hatte Annamirl das verschwiegen? Wollte sie es wirklich nicht sehen? Oder wusste sie es nicht? Er sah den kleinen Maximilian vor sich, spürte seine zierliche, weiche, warme Hand, hörte seinen schnellen Atem, sah seinen zuckenden, in den Schlaf hinübergleitenden Körper. Der schwarze Mann. Er hatte geschrien, Angst gehabt. Beim Einschlafen und in seinen Träumen. Wenn jemand David so etwas antun würde, dann … Die Wut lag wie eine Bombe in

Deichslers Bauch und wartete nur darauf zu explodieren. Jedenfalls hoffte er, dass es die Wut und nicht wieder das Abführmittel war.

»Danke für die Info«, sagte er tonlos. »Ich muss los.« Dann hetzte er so schnell den Berg hinunter, dass Davids Kopf, der aus dem Tragegurt herausguckte, auf und ab hüpfte.

Römer blieb stehen und sah ihm hinterher. Kurz vor dem Haus fing Zenzi ihn ab. »Freddie?«

»Du, Zenzi, ich hab jetzt überhaupt keine Zeit.« Er wollte jetzt nicht mit ihr reden. Nicht nach all dem, was er über ihren Sohn erfahren hatte, in dessen Bett er und David geschlafen hatten und dessen Mörder er finden sollte. Wollte er seinen Mörder jetzt überhaupt noch finden? Andererseits hatte er noch keinen unwiederbringlichen Beweis für Kurbis übergriffiges Verhalten. Er musste einen kühlen Kopf bewahren.

Bevor Deichsler es schaffte, mit David auf den Fahrersitz des Bulldogs zu klettern, hatte sie ihn erreicht. »Dem Quentin darfst du nix glauben, Freddie, das ist ein ganz ein falscher Hund!«

»Aber der ist doch dein Pfleger.«

»Und wenn scho.« Sie legte ihre knochige Hand auf Deichslers Unterarm.

»Ich muss jetzt.« Deichsler fuhr wütend davon. In seiner Wut dachte er weder an die Polizei noch an Berni und erreichte überraschend schnell Annamirls Haus. Es würde nicht lange dauern, was er zu erledigen hatte.

Annamirl öffnete ihm sofort, nachdem er geläutet hatte. Heute trug sie wieder den Hosenanzug. Noch bevor sie etwas sagen konnte, drängte er sie ins Haus und ließ die Tür hinter sich offen stehen.

»Sag mal, spinnst jetzt?«

»Warum hast du mir nicht erzählt, dass Kurbi und Pfarrer Mayer dein' Sohn missbraucht haben?«

Plötzlich rollte Maximilian von hinten im Rollstuhl heran. Er hob seinen Arm leicht, die Hand blieb seltsam angewinkelt. »Griaß di, Ente. Hast du da ein Biberl auf deinem Bauch?«

»Weil das alles nicht so einfach ist«, zischte Annamirl. »Und weil ich's nicht glauben kann.«

»Ich auch nicht«, murmelte Deichsler und versuchte nicht einmal, ein Quaken herauszupressen, sondern machte einfach auf dem Absatz kehrt. Da kam Berni durch die geöffnete Tür herein. Er rempelte Deichsler an, legte die Arme um Sohn und Frau. »Was soll denn das? Meine Frau bedrohen. Das ist immer noch mein Haus!«

Als Deichsler auf den Hof der Autovermietung fuhr, atmete er weiterhin flach. Er wickelte die Formalien schnell ab und schnallte seinen Sohn dann auf der Rückbank des Mietwagens fest. Auf der Fahrt nach Erding sah er immer wieder in den Rückspiegel, lauschte, ob David noch atmete. Drehte sich an der Ampel in Erding um, löste den Gurt, fühlte Davids Puls. Ihm ging es gut. Was, wenn jemand David so etwas antun würde? Wie würde Deichsler dann reagieren? Dem Täter die Eier bei lebendigem Leib herausreißen und ihm ins Maul stopfen. Falls er ihn nicht vorher schon erschlagen hatte. Er war sich sicher, dass es stimmte, was Römer ihm erzählt hatte, denn Annamirl hatte es gerade quasi bestätigt. Kurbi und Pfarrer Mayer waren zu Recht so brutal bestraft worden für ihre Taten.

Moment, sei mal weniger emotional! Es ist noch überhaupt nichts bewiesen. Aber eigenartig ist es schon, dass ihnen der Schwanz heraushing.

Auch die Grausamkeit der Tat bedeutete etwas. Viele Leute forderten die Todesstrafe für Kinderschänder. Vor allem Nazis nahmen sich in der letzten Zeit des Themas an, gingen damit auf Stimmenfang. Sie wussten, dass die Menschen das Thema bewegte: schutzlose Kinder, von Monstern vergewaltigt. Aber warum taten diese Monster das? Waren sie als Monster geboren worden oder so geworden? Deichsler nahm sich vor, seinen Freund Matze anzurufen. Der war Sozialarbeiter und Mitbegründer eines Vereins namens Pro Prävention. Er führte Workshops gegen Missbrauch durch, mit Kindern, aber auch mit Lehrern und Erziehern. Deichsler erinnerte sich, dass er häufig in Einrichtungen der Behindertenhilfe tätig war. Warum eigentlich? Wer empfand Lust dabei, mit jemandem, der nur ein Bein hatte, oder mit einem Spastiker Sex zu haben? Und schon im nächsten

Moment schämte sich Deichsler für den Gedanken. Waren Behinderte weniger attraktiv, weil sie nicht der Norm entsprachen? Er beschloss, seine Gedanken mit Matze zu diskutieren, der konnte ihm da sicher weiterhelfen, ohne sich wie ein Moralapostel aufzuspielen.

Deichsler sah wieder in den Rückspiegel. Warme Sonnenstrahlen schoben sich durch die Fensterscheiben und kitzelten David an der Nase.

In nicht einmal einer Dreiviertelstunde erreichte Deichsler München. Erst als der Verkehr lebhafter wurde und sich mehr Menschen durch die Straßen drückten, bekam er wieder ausreichend Luft. Die Stadt hatte ihm gefehlt.

Zufällig fiel sein Blick auf ein Plakat: Glockenbachfest 30. Juli 2011. Das war heute und genau das Fest, das er jetzt gebrauchen konnte. Keine Trachtler, sondern ein paar Ausgeflippte, Alternative, Schwule, Lesben und Transen in Münchens Alternativviertel, das gerade dabei war, hip und teuer zu werden. Denn wo immer sich Studierende und Künstler ansiedelten, kamen irgendwann die Reichen und pflanzten ihre Lofts und Luxuskarossen hinein, und die alteingesessene Bevölkerung wie auch die Menschen, die das Viertel attraktiv gemacht hatten, konnten sich die Mieten nicht mehr leisten.

Weil er im Glockenbachviertel sicher keinen Parkplatz finden würde, fuhr Deichsler seinen Mietwagen in das Parkhaus am Isartor. Er band sich das Tragesystem um und setzte David hinein, der aufwachte und Deichsler zahnlos angrinste.

Als die beiden das dunkle Gebäude verließen und Richtung Gärtnerplatz spazierten, strahlte ihnen die Sonne ins Gesicht. Für ein paar Stunden einfach nur Papa sein. Wozu war er denn in Elternzeit? Mit seinem Sohn durch das Glockenbachviertel streunern, dem glucksenden Brabbeln lauschen, ihm in seiner Phantasiesprache eine Antwort geben und darauf scheißen, was die anderen dachten. Die Menschen seinen Sohn bewundern, Fragen stellen lassen: Wie alt ist er denn? Der hat aber schöne braune Augen. Ja, so ein hübsches Kind. Kurz: das Ego pudern lassen und dankbar sein, dass David gesund geboren worden war. Da war es nur noch zweitrangig, dass es zwischen Monika und ihm ganz schön kriselte und er sie seit Tagen nicht gesprochen hatte. Jetzt musste er an sich und den Fall denken.

Deichsler blieb kurz stehen, schloss die Augen, genoss die wärmenden Sonnenstrahlen. Ihm kam ein anderer Papa mit einem Kinderwagen entgegen, und Deichsler suchte den Blickkontakt unter Stammesbrüdern, aber sein Gegenüber nahm ihn gar nicht wahr. Er wählte eine Bank in einer Seitenstraße, nahm David aus dem Tragesystem, der sich mit einem Lächeln dafür bedankte, und fütterte ihn mit einem Gläschen Brei. Auf der Bank daneben saß eine weißhaarige Alte und beobachtete sie interessiert aus großen Augen, die in einem faltigen Gesicht lagen. Als Deichsler den kleinen David gewickelt und ihn wieder in das Tragesystem gepackt hatte, sagte sie: »Respekt. Ich hab schon Angst gehabt, dass du das kleine Wuzzerle runterfallen lässt. Mein Mann hat sie nicht einmal angelangt, als sie so klein waren.«

»Ja, so ändern sich die Zeiten«, antwortete Deichsler und fragte sich, inwiefern sich die Zeiten wohl noch geändert hatten.

Er schlenderte weiter. Schon bevor er den Glockenbach und den Karl-Heinrich-Ulrichs-Platz erreicht hatte, hörte er Countrymusik und lautes Stimmengewirr, der Geruch von Speisen drang in seine Nase. Auf den Hendldunst hätte er allerdings verzichten können. Der erste Transvestit mit pinkfarbenem Federkopfschmuck kam ihm entgegen, zwinkerte Deichsler zu, der lächelte zurück. Zwei Männer standen Hand in Hand neben einer Gruppe Touristen, die gespannt auf die Bühne, die Ladefläche eines Lastwagens, glotzten. Darauf bewegten sich ein Dutzend schwarz gekleidete Cowboys und Cowgirls mittleren Alters etwas hölzern. Was aber egal war, da sie ihren Spaß hatten: Sie schnippten im Takt, steppten, stampften, klatschten. Der Trubel und die Sonne hatten Deichslers schlafenden Magen geweckt, und er machte sich auf die Suche nach etwas Essbarem. An einem Stand kaufte er Nusskuchen und schwarzen Tee.

Die Frau hinter dem Biertisch sah ihm aus großen Augen zu, wie er Löffel um Löffel Zucker in seine Tasse schaufelte. »Mama, ich will auch einen Tee«, nörgelte daraufhin der Knirps neben ihr, der Deichsler die ganze Zeit nicht aus den Augen gelassen hatte. Deichsler setzte sich auf eine Bierbank neben eine Gruppe japanischer Touristen. Die musterten David, und der genoss das zerhackte, ungewohnte Gemurmel, das sich über ihn ergoss.

Plötzlich stakten zwei Polizisten durch die Menge. Deichsler bückte sich unter den Tisch, bemüht, den satt und zufrieden schlafenden David nicht zu wecken. Gerade als er dachte, wieder auftauchen zu können, hörte er einen Japaner rufen: »Excuse me, Officer«, und sah die ockerfarbenen Polizeihosen an seinen Tisch kommen.

»Can I help you?«, fragte der Polizist freundlich.

Ja, verschwinden kannst wieder, damit mein Tee nicht kalt wird.

»Can you tell me the way to the Chinese Tower?«

»Tscheinieß Auer? Hans, sag einmal, kennst du einen Tscheinieß Auer?«

»Na, kenn i ned.«

»Vielleicht meinen's die Auer Dult.«

»Des kann sein.«

Deichsler bekam einen Krampf im Rücken, so gebückt, wie er da saß. Er stieß mit dem Kopf gegen den Tisch, dass Tassen, Teller und Krüge über ihm wackelten und klirrten. Ein höllischer Schmerz schoss ihm in die Schulter. Jetzt konnte er nicht anders, er musste sich einfach aufrichten.

Er fuhr sich über das schmerzverzerrte Gesicht. »Den chinesischen Turm suchen die Herrschaften. Ich helfe ihnen gerne weiter.«

Die beiden Deppen im Staatsdienst bedankten sich und langten sich zum Abschied an die Mütze.

Weil Deichsler nur grob wusste, wo der Chinesische Turm lag, stand er auf, ging mit David an den Rand der Bühne und überließ die Japaner einfach ihrer Verwirrung. Dann geschah etwas, was er nicht für möglich gehalten hatte: Zwei Trachtler kamen auf die Bühne, setzten sich und begannen, auf ihren Ziehharmonikas eine Kreuzpolka zu quetschen. Die war das Signal für einen weiteren Trupp Trachtler, die klatschend aus dem Backstagebereich des Lastwagens gelaufen kamen und sich im Kreis bewegten, dass der Flaum an den Hüten nur so wackelte.

Ich glaub, ich muss jetzt wirklich gehen.

Sie schnalzten mit den Fingern, juchzten, plattelten auf Schuhe und Lederhosen. Als das Stück zu Ende war, klatschte die bunte Menge vor der Bühne. Und schon ging es weiter: Die Plattler fassten sich an den Händen, die Musik der Quetschnspieler wurde langsamer, wie auch der Kreistanz der Schuhplattler.

Neben Deichsler stand ein älteres Ehepaar, das trotz der Hitze exakt die gleichen schwarz-roten Outdoorjacken trug.

»Ich hätt ja nicht gedacht, dass Schwule so was können«, sagte die weibliche Jacke.

»Du hättest auch nicht gedacht, dass mein Kuchen besser schmeckt als deiner«, konterte die männliche Jacke.

»Entschuldigen Sie bitte«, sagte Deichsler. »Habe ich Sie gerade richtig verstanden: Die Trachtler sind schwul?«

»Ja, genau«, antwortete der Mann. »Das sind die Schwuhplattler, die erste schwule Schuhplattlergruppe der Welt. Und mittlerweile auch gefragt wie die bunten Hunde.«

»Und woher weißt du das alles?«, fragte die Frau misstrauisch. Sie hatte wohl Sorge, ihren Mann an die kernigen Mannsbilder zu verlieren.

»Weil ich sie schon beim Christopher Street Day letztes Jahr und einen Bericht im Fernsehen über sie gesehen hab.«

»Aha.«

»Dank schön. Wiederschau'n«, verabschiedete sich Deichsler und zog verwirrt von dannen.

Schwule Trachtler. Wo gibt's denn so was?

23

Um kurz vor fünf bog Deichsler in die Abzweigung nach Warzling ein. David schrie wie am Spieß. Er brauchte sein Gläschen und eine frische Windel. Dem Geruch nach zu urteilen, hatte er auf die ganze Welt geschissen. Kaum zog Deichsler den Zündschlüssel aus dem Schloss, kam Zenzi aus dem Haus gelaufen. Entweder hatte sie seinen morgendlichen Abgang schon wieder vergessen, oder die Freude, dass die beiden zurück waren, überwog alles.

»Schön, dass wieder da seid's.« Sie riss Deichsler David förmlich aus den Händen. »Was hast du denn, mein Goliath? Tutz, tutz, tutz.«

»Eine volle Windel und Hunger hat er«, antwortete Deichsler. »Ich geh schon mal rein und mach Wasser fürs Gläschen warm.«

»Brauchst nicht«, sagte Zenzi zu Deichslers Erstaunen. »Ich hab schon einen frischen Brei für ihn gekocht. Nur Bio-G'müs aus dem Tagwerk-Laden, ohne Fleisch und mit einem Spruz Rapsöl.«

Respekt, Zenzi. Wenn alle Menschen in deinem Alter noch so bereitwillig lernen würden, dann sähe die Welt anders aus.

Wieder einmal stutzte Deichsler bei seinen Gedanken. *Als wären nur die Alten nicht lernfähig.*

Im Wohnzimmer lag eine dicke Decke mit roten Enten auf dem Boden. Darauf warteten bunte Würfel in unterschiedlichen Größen darauf, von David erkundet zu werden. Nachdem Zenzi ihn gewickelt hatte, setzte sie sich mit ihm an den Küchentisch, legte dem Kleinen das bereitgelegte Lätzchen um und sagte: »So, jetzt kriegst endlich was zum Essen. Hat dich dein Papa verhungern lassen, gell? Und für dich steht auch ein Gelbe-Rüben-Kartoffel-Gemüse auf dem Herd samt einem vegetarischen Schnitzel, wie immer das auch funktionieren soll, und Knödel mit brauner Soß – natürlich auch vegetarisch.«

Deichsler ging zu ihr hin und gab ihr einen Schmatz auf die Wange. »Du bist ein Schatz!« Sie roch nach Fett und Alter. Ein

Lächeln zog ihre Falten nach oben. Aber schon wurde sie durch den quäkenden David wieder in Beschlag genommen.

Genüsslich verschlang Deichsler das Essen. Wie lange hatte er schon kein Schnitzel mehr auf seinem Teller liegen gehabt. Zu Hause aß er täglich etwas Deftiges ohne Fleisch: Würstl, Leberkäs, Gyros. Alles aus Soja oder Seitan. Seine Mutter wäre nie auf die Idee gekommen, ihm so etwas zu kochen. Auf der anderen Seite wäre Zenzi wohl nie eingefallen, dass ihr Sohn den Maximilian missbraucht haben könnte. Deichsler rammte die Gabel in das Schnitzel und schnitt mit heftigen Bewegungen ein Stück ab.

David rülpste zufrieden und grinste durch die Kriegsbemalung aus Brei. Zenzi holte einen Waschlappen, wusch ihm das Gesicht und setzte sich mit ihm auf das Kanapee. Deichsler stellte seinen leeren Teller in die Spülmaschine und ließ sich auf der anderen Seite in die Polster fallen. Er überlegte, wie er Zenzi möglichst schonend auf Römers Vorwürfe abklopfen konnte. Immerhin war ihr Sohn erst ein paar Tage tot.

»Freddie.«

Er wusste, wenn sie ihn so ansprach, waren die darauf folgenden Sätze von großer Bedeutung.

»Morgen ist doch die Beerdigung vom Kurbi.«

Das hatte Deichsler total vergessen. Und dann auch noch die Zenzi so grob behandeln, wie er es heute Morgen getan hatte …

»Ich würd gern mitkommen. Aber die Wahrscheinlichkeit ist ziemlich groß, dass der Staack damit rechnet. Dass die sozusagen auf mich warten.«

»Das hab ich alles scho bedacht.«

»Hä?«

Sie hob David hoch und drückte ihn Deichsler in den Arm. Der Kleine biss gerade auf einem hölzernen Fisch herum und untermalte dies mit einer Mischung aus lustvollen Tönen und schwerfälligem Atmen.

»Weißt, Freddie, mir ist es einfach unglaublich wichtig, dass du mit dabei bist, wenn der Korbinian unter die Erden kommt. Außerdem ist es vielleicht wichtig für deine Ermittlungen. Wie schaut's denn da überhaupt aus?«

Sie ging aus dem Wohnzimmer und kam mit zwei Hundertern in der Hand zurück. »Reicht das?«

Deichsler nickte.

»Und jetzt erzähl, wie weit du schon bist mit deine Nachforschungen?«

»Leider sind es immer noch mehrere Spuren – und zwar aus unterschiedlichen Gründen. Da sind natürlich immer noch der Opp und sein Sohn, weil die scharf auf deinen Hof sind. Und sowohl der Pfarrer Mayer als auch der Kurbi waren deine Betreuer oder hätten es werden sollen und hätten somit Einfluss auf deine Entscheidung nehmen können, ob du den Hof verkaufst oder nicht. Außerdem heißt's, dass der Kurbi was mit dem Annamirl g'habt haben soll.«

»Aber mit der Gruhn doch auch?«

»Ja, deswegen ist sie ja ebenfalls verdächtig. Zu der würd auch das Bibelzitat passen, was an den Tatorten hing, weil sie doch an einem religiösen Wahn erkrankt ist und deswegen auch im Schloss war.«

»War?«

»Ja. Sie ist abg'hauen. Und dann wäre da noch der Erkan, einer von denen in ihren Bauwagen.«

»Der auch meinen Hof haben will?«

»Und Annamirl wohl auch.«

»Der Berni muss irgendwas falsch machen«, sagte Zenzi trocken.

Beide mussten lachen, worauf David Zenzi ansah und den Kopf zur Seite legt. Deichsler hob ihn hoch, stellte ihn auf seine Oberschenkel, hob ihn wieder hoch. Der kleine Mensch gluckste vergnügt.

Zenzi wurde wieder ernst. »Ich hab mir was überlegt.« Sie stand auf, nahm ein Kleiderbündel, das auf dem Küchenstuhl lag, und einen kleinen Karton, der darauf stand. »Du kommst morgen mit. Und das ist deine Verkleidung. Du bist mein neuer Freund.« Ein schelmisches Lachen huschte über ihr Gesicht.

»Und du bist eine Odrade.«

»Und wie g'wieft ich bin.«

Deichsler schlüpfte in den schwarzen Anzug. »So werden sie mich aber sofort erkennen.«

»Das war auch noch nicht alles.« Sie öffnete den Karton, in dem eine graue Perücke und ein Schnurrbart lagen.

»Wo hast du das denn her?«

»Hab ich in Kurbi seinem Zimmer g'funden.«

Für was musste sich Kurbi verkleiden? Als alter Mann?

Deichsler setzte sich die Perücke auf und klebte sich den Schnurrbart an. Die Verkleidung schien echt zu wirken. Denn als sich Deichsler über David beugte und ihn mit gebrechlich stotternder Stimme ansprach, begann der zu weinen. Erst Zenzi konnte ihn wieder beruhigen.

»Sag, hat dein Vater den David überhaupt schon mal g'sehn?«

»Hat er. In der Nacht, als der Kurbi ermordet worden ist. Da hat der David aber geschlafen.«

»Also hat der David deinen Vater nie g'sehn.«

Zenzi und Deichsler probten den ganzen Abend, wie Deichsler sich altersgemäß zu bewegen und verhalten hatte. Die Schultern nach vorn gebeugt, die Bewegungen verlangsamt, Tippelschritte. Deichsler stellte sich vor, die Hose voll zu haben, die Arschbacken zusammenkneifen zu müssen, so verlangsamten sich seine Schritte automatisch. Und noch etwas: Er musste tiefsten Dialekt sprechen. Denn der neue Freund von Zenzi war ein Giesinger Urgestein.

Dann war da nur noch eine Sache: Wohin mit David? Bei Zenzi fühlte er sich wohl, die kannte er mittlerweile. Aber die musste zur Beerdigung. Auch Annamirl würde hingehen, und nach seinem gestrigen Auftritt würde sie sicher nicht auf David aufpassen wollen.

»Wohin soll nur der David, wenn ich mit dir zur Beerdigung gehe?«

»Darüber habe ich auch scho nachdenkt.«

»Und zu welchem Ergebnis bist du g'kommen?«

»Deine Mama ist doch eigentlich eine ganz Liebe.«

»Stimmt.«

Deichslers schlechtes Gewissen meldete sich wieder. »Aber die lässt sich doch keine Beerdigung entgehen.«

»Und wenn sie krank ist?«

»Der Papa ist scho krank.«

»Vielleicht ist der ja scho wieder g'sund. Irgendwann musst du dich wieder bei ihnen melden.«

»Zenzi!« Sie wusste genau, warum er sich zierte.

Spaßeshalber schlug sie ihm auf den Oberarm. »Ich war selber lange g'nug Mutter. Und bin es immer noch.«

»Ich kann da nicht anrufen.«

»Dann musst du halt hinfahren.«

Deichsler überlegte. »Ich habe eine Idee. Ruf du doch bei der Mama an und sag ihr, dass du ihr eine Mail mit einem Bild schicken willst. Das ist absolut unauffällig.«

»Aber ich hab doch gar kein Mehl-Adressn.«

»Na und? Die Mama auch nicht. Die nutzt die vom Papa.«

Zenzi hob den Hörer ab und wählte die Nummer von Deichslers Eltern. »Ja, Fred, da ist die Zenzi, die Mutter vom Korbinian. Ja, danke. Die Beerdigung ist morgen. Krank bist? Oh, was feit dir denn? Dann kannst ja trotzdem kommen, oder? Bettruhe? Noch eine Woche. Dann lieber nicht. Gibst du mir mal bitte deine Frau?«

Uff, das war schon mal geschafft. Allerdings bedeutete das auch, dass sein Vater morgen zu Hause war. Also konnte seine Mutter nicht zu Hause auf David aufpassen. Blieb nur noch eine Möglichkeit: Entweder sie ging mit ihm spazieren, während Deichsler und Zenzi auf der Beerdigung waren, oder sie passte hier auf ihn auf.

»Griaß di, da ist die Zenzi. Danke … Ja, morgen. Wie geht's dir? Gut. Du, sag mir mal bitte deine Mehl-Adressn. Ja, dann schau nach.« Zenzi zwinkerte Deichsler zu. Sie notierte sich die Buchstabenfolge. »Ich schick dir gleich eine Mehl. Und die ist nur für dich. Verstanden? Deinen Mann geht die einen Scheißdreck an. Das ist wichtig! Das siehst du dann schon. Pfiade.« Zenzi legte auf. »Glaubst, sie kann deinen Vater von der Mehl fernhalten?«

»Der gebrochene Hax erhöht die Wahrscheinlichkeit ungemein. Hoffen wir mal, dass er nix mitbekommen hat.«

Deichsler setzte sich sofort an Kurbis Laptop und schrieb die Mail.

Servus Philomena,
weil ich den David morgen nicht zur Beerdigung vom Korbinian mitnehmen will, bräucht ich dich als Babysitter. Wenn du Zeit hast, dann ruf mich heute noch an und sag nur, dass dein Mann immer noch krank ist. Wir treffen uns dann morgen am Silbersee um 9:30 Uhr. Danke schon mal und liebe Grüße.
Zenzi.

Keine fünf Minuten später läutete das Telefon.

Natürlich war der Mama wichtiger, den David zu sehen, als auf die Beerdigung zu gehen, auch wenn sie sicher von einigen Leuten drauf angesprochen werden wird.

Nach dem kurzen Gespräch setzte sich die ungewöhnliche Kleinfamilie an den Küchentisch. »Wir machen's so«, sagte Deichsler. »Ich liefere dich um neun Uhr mit dem David am Silbersee ab und warte, bis die Mama wieder weg ist.«

»Sie hätt sich sicher g'freut, dich zu sehen.«

»Das ist zu riskant. Ich bin ja dann scho in meiner Verkleidung. Und je mehr Leute davon wissen, umso größer ist das Risiko, dass sie mich festnehmen.«

»Das stimmt allerdings.«

Deichsler entledigte sich des Anzugs. In dem würde er morgen noch genug schwitzen. Und er wollte David nicht noch mehr verschrecken. Für sein Wuggl waren die letzten Tage schon aufregend genug gewesen. In ein paar Tagen würde Monika zurück sein. Blieb nur die Frage, ob das gut oder schlecht war. Im Moment wollte er nur Kurbis und Pfarrer Mayers Mörder finden. Er spürte, dass die Beerdigung ihn weiterbringen würde. Auch wenn das Risiko groß war, von Staack erkannt zu werden.

24

David bäumte sich auf, warf den Kopf nach hinten, sein ganzer Körper stand unter Spannung. Er brüllte, dass sich Deichsler am liebsten die Ohren zugehalten hätte, schrie, wie der es zuvor noch nie erlebt hatte. Deichsler lief den Flur auf und ab, wiegte seinen Sohn hin und her, aber der stemmte sich nur noch mehr dagegen. Dann packte Deichsler den kleinen Menschen in das Tragesystem. Mit aller Kraft wehrte sich David gegen die Enge des Gurts, weshalb der Druck auf Deichsler noch stärker wurde. Also nahm er ihn wieder heraus und sang, was aber im Geschrei unterging.

Immerhin ein Gutes hatte das Theater. Deichsler würde seine Rolle müde umso überzeugender spielen: tattrig, fahrig, bleich. Die Situation war einfach zu wichtig, um zu versagen. Nach einer geschlagenen Stunde schlief David erschöpft auf Deichslers Brust ein.

Das Leben beginnt mit Schmerzen, wenn sich bei der Geburt die Schädeldecke zusammenschiebt. Dann geht es weiter mit den Zähnen, Krankheiten und Enttäuschungen, die einen vollständigen Menschen erschaffen. Man darf es nicht einfach so auslöschen, dachte Deichsler, bevor auch er endlich wieder einschlief.

Um halb acht standen alle auf. David bekam seinen Brei, Deichsler Tee und Brot, Zenzi genügte eine Tasse Kaffee.

»Zenzi, willst nicht auch ein Brot essen? Das wird heute sicher anstrengend für dich.«

»Nein, danke, Freddie. Ich krieg nix nunter.«

Vermutlich hätte Deichsler auch nichts essen können, wenn er seinen eigenen Sohn beerdigen müsste. Er streichelte David über die weiche Wange. Seine Kinder zu verlieren war wohl das Schlimmste, was einem passieren konnte. Aber was war mit seinem ersten Sohn? Hatte er den nicht schon verloren?

Deichsler machte seine Fünf Tibeter, ohne weiter über Paul nachzudenken. Dann zog er sich die Altmännersachen über, klebte den Bart an und drückte sich die Perücke aufs Haupt.

Um kurz vor neun brachen Zenzi und David mit einem Taxi auf. Deichsler wollte sich mit ihr am Friedhof treffen.

Der Parkplatz war voller Autos. Da fiel es nicht auf, dass Zenzi vor Deichsler ankam. Er wollte sich nicht unmittelbar ans Grab stellen. Dort könnte er die anderen Trauergäste nur schwer beobachten, und sie könnten ihn dafür umso besser sehen. Die Gefahr, enttarnt zu werden, wäre einfach zu groß.

Graue Wolken schoben sich über den Himmel. Es tröpfelte auf die Traube Schwarzgekleideter, die sich um das Grab geschart hatten und jetzt Regenschirme aufspannten. Deichsler zuckelte auf den Gottesacker, wie er es geübt hatte. Annamirl, die mit Opp und Berni rechts außen stand, musterte ihn, verkniff sich ein Lachen und schob mit der Fußspitze Kiesel hin und her. So ein Mist, sie hatte ihn erkannt. Na ja.

In der anderen Ecke sah er Erkan, den Räuber Hotzenplotz, natürlich neben Steffi. Sie blickte herüber, nach Deichslers Gefühl viel zu lange, dann aber wieder weg. Ein Dutzend Trachtler stand abseits. Irgendwie schienen sie nicht dazuzugehören. Und noch etwas anderes fiel Deichsler auf: Die Blicke der Opps gingen immer wieder zu den fremden Trachtlern. Und auch die Dorfener Trachtler, die ebenfalls rechts außen standen, schossen in unregelmäßigen Abständen Giftpfeile in Richtung der Fremden ab. Zenzi, die inzwischen auch angekommen war, starrte stoisch auf das Grab, in dem ihr Sohn lag: ermordet, warum auch immer. Die Zeitungsfotografen erhellten die Trauerveranstaltung mit ihren Blitzen, bevor der Pfarrer aus der Nachbargemeinde mit seiner Predigt begann. Im Gegensatz zu Pfarrer Mayer hatte er sich nicht gegen die schwarze Bande der Autobahnbefürworter gestellt.

Plötzlich hörte Deichsler die Stimme von Staack. Deichsler wurde heiß. Der Schweiß lief ihm den Rücken hinunter, obwohl es sich durch den Regen merklich abgekühlt hatte.

Hat er mich erkannt oder nicht?

Er hörte, wie Staack »Sohn« sagte. Der Rest des Satzes ging in der Predigt des Pfarrers unter.

Soll ich gleich abhauen, oder fällt das nur noch mehr auf?

Deichsler schloss die Hand fest um den Hacklstecker, der einst

Zenzis Mann gehört hatte, und atmete tief durch. Am liebsten hätte er die Hände in die Hosentaschen gesteckt, um die Regentropfen nicht zu spüren, die unablässig auf seine Hand tropften. Er versuchte, etwas aus den Gesichtern der Opps abzulesen. Aber die waren angemessen traurig. Obwohl sie durch den gigantischen Auftrag der Lappachbrücke für die nächsten Jahre genug Grund zur Freude hatten.

Schon wieder guckte Annamirl zu Deichsler herüber, blinzelte sogar ein wenig, flirtete ihn an.

Diese Matz. Und nebendran steht der Berni.

Er widerstand dem Impuls, sich aufzurichten, verharrte in buckliger Haltung. Obwohl Berni Opp vor allem auf die fremden Trachtler stierte, schien ihm das Flirten seiner Frau nicht entgangen zu sein. Ob er sich mittlerweile ein Alibi besorgt hatte? Annamirl schien nicht mehr sauer auf ihn zu sein. Staack wollte er lieber nicht mehr anrufen. Der Schwindel war vermutlich längst aufgeflogen.

Als sich sein Puls wieder normalisiert hatte, musterte er die fremden Trachtler. Was die wohl hier wollten? Stellten sie für die Dorfener eine Konkurrenz dar? Ein kleiner Mann mit Brille, Schnauzer und feinen Gesichtszügen sah zu Deichsler herüber.

Woher kenne ich den? Irgendwo habe ich ihn schon einmal gesehen.

Er kam nicht darauf und beschloss, ihn nach der Beerdigung einfach anzusprechen.

Weil Deichsler auch hier war, um Kurbi das letzte Geleit zu geben, egal, was der getan hatte oder nicht, konzentrierte er sich die letzten paar Minuten noch auf die Rede des Pfarrers.

»Was man liebt, das betoniert man doch nicht«, sagte der im selben Moment.

Ein Grummeln ging durch die Menschenmenge, denn jeder hier war schlau genug, um zwischen den Zeilen zu lesen.

»Diesen Satz von Gerhard Polt hat sich Korbinian Brandners Mutter an dieser Stelle gewünscht, da er ihrem Sohn sicher gefallen hätte. Genau wie Polt lag auch Korbinian Brandner das Isental am Herzen.«

Oder auch nicht. Auf welcher Seite Kurbi wirklich stand, ist noch nicht raus. Dafür trieb er sich zu viel mit Autobahnbefürwortern herum.

Die Trauerfeier war zu Ende, der Friedhof leerte sich langsam. Zenzi verzichtete aus nachvollziehbaren Gründen auf einen Leichenschmaus. Die einzige noch lebende Tante, mit der sie nicht verstritten war, musste auch gleich wieder zurück nach Hannover.

Bevor Deichsler zurück zum Auto ging, fing er am Parkplatz den Trachtler ab, der ihm so bekannt vorkam. Leider konnte er nicht allein mit ihm sprechen. Deichsler spürte, dass die Gruppe zusammenbleiben wollte.

»Griaß Gott. 'tschuldigung«, wandte er sich an den Mann mit dem Hut. »In mei'm Alter vergisst man ja oft, woher man sich kennt. I hab mir g'dacht, vielleicht können's meinem alten G'hirn ein bisserl auf die Sprünge helfen.«

Der Mann kratzte sich am Kopf. »Sepp Zwink heiß i. Aber woher wir uns kennen, weiß i jetzt auch ned. I bin der Chef von d'Schwuhplattler.«

»Vo wem?«, krähte Deichsler.

»Von d'Schwuhplattler.«

Plötzlich wusste Deichsler, woher er ihn kannte: vom Glockenbachfest. Das war die schwule Schuhplattlergruppe.

»Und was tut's ihr bei die Beerdigung vom Korbinian?«

Der Mann schnäuzte sich und sagte: »Weil er einer von uns war.«

»Schleicht's euch da, ihr warmen Brüder«, hörte Deichsler Opp von der Seite schimpfen.

Alle drehten sich in die Richtung, aus der die Stimme gekommen war. Hinter Manfred Opp hatten sich Berni, Römer und ein paar andere Trachtler aufgebaut.

Die wollen's wohl krachen lassen.

»Ihr habt's den Kurbi auf dem G'wissen«, polterte ein Schwuhplattler zurück.

»Und ihr zieht's unsere Traditionen in den Dreck, ihr Arschficker«, schrie Berni Opp wütend und wedelte mit seiner Faust.

»Jetzt reicht's aber«, rief ein zäh aussehender jüngerer Schwuhplattler, gab seine Jacke dem Nebenmann und ging mit wutverzerrtem Gesicht auf Berni zu. Sepp Zwink packte ihn am Arm, versuchte ihn zurückzuhalten. Aber schon preschte Berni nach vorn und schepperte dem Schwuhplattler eine, dass es ihn nach hinten stieß. Das war das Signal für die anderen. Deichsler sah nur noch fliegende Fäuste und Füße, Blut und Trachten. Bis er Blaulicht hörte und ein Streifenwagen auf den Parkplatz einbog.

Den kurzen Weg hätten's auch zu Fuß gehen können.

Der Gockel und sein älterer Kollege stiegen aus. Deichsler hatte sie fast schon vermisst.

»Ja, was ist denn da los?«, rief der Gockel über den Lärm hinweg und hörte sich an wie Deichslers Mama, wenn sie ihn wieder mal beim Lesen erwischte hatte, obwohl er eigentlich schon längst hätte schlafen sollen.

Blitzlicht flammte auf.

Berni rannte dieses Mal in die andere Richtung. »Ihr dreckerten Schmierfinken!«

Der alte Polizeibeamte stoppte ihn, bevor er dem Fotografen an die Gurgel gehen konnte. »Halt, dableiben, Berni Opp. Jetzt schau'n wir erst einmal, was da los war.«

»Aber Hans –«

»Ich bin im Dienst, da bin ich immer noch der Polizeiobermeister Renner für Sie, Herr Opp.«

Die Dorfener Trachtler grinsten.

»Ihr könnt's euch doch nicht auf dem Friedhof fotzen!«

»Die hab'n uns aber provistziert«, knurrte Berni empört.

»Provoziert«, flüsterte ihm sein Vater ins Ohr. Aber es war schon zu spät. Jetzt lachten auch die Schwuhplattler.

»Will irgendjemand Anzeige erstatten?«, fragte Polizeiobermeister Renner.

Alle Beteiligten schüttelten die Köpfe.

»Dann würde ich vorschlagen, ihr geht's ein Bier trinken, das ist g'sünder, als sich grün und blau zu schlagen. Und lasst's eure Autos beim Wirt stehen oder euch von eure Weiberleit abholen.«

»Das wird schwierig für die Spinoderer«, frotzelte Manfred Opp zur Freude der anderen Trachtler. So hatte er das letzte Wort und konnte gehen.

Die Dorfener Trachtler stiegen in ihre Autos und fuhren davon. Deichsler wollte aber noch etwas von den Schwuhplattlern wissen. »I bin ein guter Freund von Korbinians Mama. Und ihr habt's doch g'sagt, dass die Dorfener Trachtler den Kurbi auf dem G'wissen haben. Wie kommt's ihr denn da drauf? So was sagt man doch nicht einfach so.«

»Der Kurbi, der hat sich extrem verändert. Früher hat er ganz viel g'lacht. Aber in der letzten Zeit war er fast immer nachdenklich«, sagte Zwink.

Und der Zähe, der jetzt ein blaues Auge hatte, fügte hinzu: »Mit alle Mittel haben's versucht, dass er rückfällig wird.«

»Wie das?«, wollte Deichsler wissen.

»Schnaps haben's ihm in den Kaffee g'tan, in der Tankstelle haben's an Klaren g'stohlen und wollten's ihm unterjubeln.«

»Aber deswegen hat man doch noch keinen auf dem Gewissen.«

»Passt hat's ihnen ned, dass der bei uns war. Aber vor allem, dass er schwul war. Sie haben's ja grad selber g'hört, wie die darüber denken. Die haben einfach Angst vor sei'm Coming-out g'habt.«

»Ist das ang'standen?«, fragte Deichsler, noch bevor ihm bewusst wurde, dass es eher unwahrscheinlich war, dass ein Mann in seinem vorgetäuschten Alter wüsste, was damit gemeint war.

»Früher oder später scho«, schaltete sich der Zähe wieder ein.

Muss ich wohl heute Abend mal wieder im Vereinsheim auflaufen.

»Und weil die im Isental immer noch dermaßen hinterm Mond leben, glauben die glatt, Schwulsein heißt gleich pädophil sein.«

Jetzt konnte Deichsler wieder den alten Mann spielen. Auch wenn er dadurch riskierte, ebenfalls eine aufs Maul zu bekommen. »Ist das nicht so?«

»Wissen'S, Herr ... Wie heißen Sie überhaupt?«

Tarnnamen hatte er sich keinen überlegt. *Ich Dilettant.*

»Maly.« So hieß der Oberbürgermeister von Nürnberg.

»Also, Herr Maly. Heißt so ned auch der Bürgermeister von Nürnberg? Da sind wir nämlich scho' mal beim Christopher Street Day aufgetreten. Sind Sie mit dem verwandt?«

Deichsler sah auf Sepp Zwinks Uhr. Zenzi wartete mittlerweile schon eine Ewigkeit, und David auch. Hoffentlich hatte sie seiner Mama ein Gläschen oder Milch eingepackt, sonst dürfte sie jetzt schon ganz schön am Rotieren sein – und der David erst. *Ich hab's auch vergessen.*

»Ned verwandt und ned verschwägert.« Deichsler versuchte sich an einem Lächeln.

»Also: Wir stehen auf Männer. Sie können zwar jung und knackig sein –«

Die Umstehenden lachten. Deichsler wurde rot.

»… aber mit Kinder hab'n wir nix am Hut. Das verurteilen wir aufs Schärfste. Aber dem Kurbi hab'n sie das auch unterstellt. Und vielleicht hab'n sie ihn deswegn auch um'bracht.«

»Tät ja einiges darauf hindeuten«, unterstrich Deichsler die These und bereitete damit schon die nächste Frage vor. »Ist Ihnen in der letzten Zeit sonst noch was aufgefallen?«

Bedauerndes Schulterzucken war die Folge.

»Na ja. Dann. Wiederschaun«, verabschiedete sich Deichsler.

Am Auto angekommen, legte plötzlich jemand eine Hand auf seine Schulter. Deichsler ballte die Faust und machte sich bereit zuzuschlagen. Altersgemäß langsam drehte er sich um und sah in die Augen des Schwuhplattlers, der Kurbi verteidigt hatte.

»Ich hab Ihnen noch ned alles g'sagt. Wir plattln ja jeden zweiten Freitag im Monat. Sonst ist der Kurbi immer noch mit uns zusammeng'sessen. Aber in der letzten Zeit ist er danach immer gleich verschwunden. Weil ich wissen wollt, wo er hin ist, bin ich ihm einmal nachgestiegen.«

Deichsler sah den nackten Kurbi wieder vor sich: im Gebirge, am Bach, wie die Wassertropfen auf seiner braunen Haut geglänzt hatten.

»Er war scho ein fescher Kerl, stimmt's?«, versuchte Deichsler seine Vermutung durch sein Gegenüber bestätigen zu lassen.

»Ja, ich hab ihn sehr gern g'habt. Zu gern, fast nimmer zum Aushalten.« Dem Mann lief eine Träne über die Wange.

Deichsler legte ihm die Hand auf die Schulter und wurde sich bewusst, wie missverständlich die Geste sein konnte.

Sein Gegenüber schien den Gedanken erraten zu haben.

»Keine Angst, ich fall ned gleich über Sie her, nur weil Sie ein bisserl lieb zu mir sind.«

Beide mussten lachen.

»Auf alle Fälle habe ich beobachtet, wie er sich mit einem Kerl g'troffen hat. In ein Stundenhotel am Hauptbahnhof ist er mit ihm g'gangen. Das war ein schwerer Schlag für mich.«

»Und wer war der Mann?«

»Sie müssen mir aber versprechen, dass es unter uns bleibt, wer Ihnen das g'sagt hat.«

»Ich versprech's«, sagte Deichsler, obwohl er wusste, dass er das nicht konnte.

»Er hat sich mit ein'm Schwarzen g'troffen.«

»Vielleicht ist er auf Dunkelhäutige g'standen?«

»Nein, mit einem CSUler. Und auch noch mit einem, der für die Autobahn is, wo doch der Kurbi so dageg'n war.«

»Hab ich mir bis jetzt auch immer g'dacht«, entfuhr es Deichsler.

»Mit dem Arzberger. Zweiter Bürgermeister von St. Leonhard, sitzt aber auch im Landtag.«

»Hat der nicht zwei Kinder?«

»Viele von uns haben Kinder, weil sie sich nicht trauen, ihre wahren Bedürfnisse auszuleben. Der Arzberger ist ja sogar gegen das Ehegattensplitting für Schwule. Was meinen'S, was der mit einem Coming-out in seiner Partei für Prügel kassieren würd.«

»Das kannst dir denken.«

»Und noch was.«

Schön langsam musste Deichsler wirklich weiter, aber einen so wichtigen Informanten konnte er nicht einfach ziehen lassen.

»Da war noch einer.«

»Noch ein Liebhaber?«, stieß Deichsler mit viel zu vitaler Stimme aus. Der schwule Trachtler sah ihn überrascht an.

»Na, ein Beobachter. Einer, der den Kurbi verfolgt und sogar Fotos g'macht hat.«

»Und wissen'S von dem auch schon den Namen?«

»Nein, leider. Aber er sah aus wie ein Türke. Mit einer Mütze. Ein bisserl wie ein Schlumpf.«

Räuber Hotzenplotz. Der hat seine Finger auch überall mit drin.

»Ich muss jetzt. Die anderen warten scho.«

»Dank schee. Falls Ihnen noch was einfällt, rufen'S einfach die Zenzi an, die hat meine Nummer.«

»Vielleicht fällt mir ja irgendwann ein, wer Sie in Wirklichkeit sind«, sagte der Schwuhplattler und zwinkerte Deichsler zum Abschied zu.

25

Obwohl es Deichsler schwerfiel, ließ er Zenzi seinen Sohn allein bei der Oma abholen. Er fuhr schon einmal mit dem Taxi in sein derzeitiges Zuhause. Gerne hätte er seine Mutter gesehen, sie in den Arm genommen. Aber das wäre zu riskant gewesen. Vielleicht konnte er seine Tarnung künftig öfter gebrauchen, nachdem er sie bei Kurbis Beerdigung so erfolgreich erprobt hatte. Mal abgesehen von Annamirl und dem Schnitzer mit dem Schwuhplattler. Dafür ließ er seiner Mama ausrichten, dass es ihm gut gehe.

Deichsler war immer noch verwirrt.

Der Kurbi war also schwul ... Aber warum dann die angebliche Liaison mit der Gruhn? Und der Annamirl? Vielleicht war das ja nur ein Vorwand. Um sich die Weste reinzuwaschen. Aber warum hat die Annamirl dann gesagt: »Das ist alles nicht so einfach«, als ich sie auf den Missbrauch vom Maximilian angesprochen hab? Komisch. Na, immerhin, das mit der Annamirl ist ja immer noch nicht bewiesen. Spielt sich seine Affäre mit ihr am Ende nur in meinem Kopf ab? Was einiges über mich aussagt. Und in Bernis Kopf, was wiederum einiges über Berni aussagt.

Bei Deichsler kam es sicherlich daher, dass es zwischen Monika und ihm nicht sonderlich gut lief. Spätestens seit sie den Wunsch geäußert hatte, ihn heiraten zu wollen, aber eigentlich schon vorher. Der Zauber ihrer Liebe war in diesem Moment verpufft, denn er konnte sich seiner Zukünftigen sicher sein. Dazu kam, dass Monika, verständlicherweise, kurz nach Davids Geburt keinen Sex wollte. Allerdings hatte sich das auch nach dem Wochenbett nicht mehr geändert. Sein Kumpel Matze meinte, es liege am Stillen. Aber Monika hatte mittlerweile abgestillt. Und Deichsler fühlte sich schon seit Längerem wie ein Besamungsbulle, wenn sie miteinander schliefen. Manchmal schien es, als rattere es beim Sex immer noch in ihrem Kopf, welche Stellung die effizienteste war. An welcher Bewegung man noch sparen könnte. Wie sie ihn noch schneller zum Orgasmus bringen konnte, damit die Sache zügig vorbei war. Vielleicht liebten sie sich darum vor allem in der Missionarsstellung. Denn die Managerin in ihr schlief nie. Weswegen sie ihm auch ein Ultimatum gesetzt hatte: Nach ihrer Chinareise müsste er sich entscheiden. Heirat, ja oder nein. Das war vor einer Woche gewesen. Würde sie ihn im Knast auch noch heiraten? Vermutlich eher nicht. Wenn das ihren Kollegen zu Ohren kam, konnte sie ihre Karriere gegen den Herd eintauschen.

Vielleicht war Kurbi ja bisexuell? Den Erkan werde ich mir vorknöpfen, gleich heute. Nachdem ich bei den Trachtlern war. Und vorher muss ich unbedingt Matze anrufen. Die Fragen an ihn werden immer mehr. Sind Schwule wirklich so oft pädophil? Klingt irgendwie blödsinnig. Und sind Pädophile schwul? Oder ist das alles viel zu pauschal?

Während er hinter einem Baum auf das Taxi wartete, telefonierte er mit seinem besten Freund. »Hallo Matze.«

»Hallo Freddie. Wo bist du denn die ganze Zeit? Man erreicht dich nicht, du meldest dich nicht –«

»Ich kann dir leider nicht sagen, wo ich bin. Es geht um einen sehr heiklen Fall.«

»Steckst wohl wieder mal in der Klemme?«

Matze kannte er seit Jahren, und er kannte ihn gut.

»Ich hab nicht viel Zeit.«

»Wie geht's dem David? Ist er bei dir?«

»Dem geht's gut. Er dreht sich schon auf die linke Seite und schnalzt mit der Zunge.«

»Das habe ich noch nie gehört.«

»So ein Kind wie David gibt es auch nur einmal.«

Matze lachte. »Also, was gibt's?«

»Zum einen wollte ich von dir wissen, ob Pädophile oft schwul sind und umgekehrt.«

»Oje, Freddie. Schlägt deine oberbayerische Herkunft wieder mal durch? Da kommst du mit einem uralten Vorurteil um die Ecke, von dem ich dachte, es wäre schon längst ausgerottet.«

Deichsler war es unangenehm, die Frage überhaupt gestellt zu haben, aber vor Matze konnte er sich das erlauben.

»Also, pass auf. Schwule stehen auf Männer. Pädophile gibt's eigentlich gar nicht. Weil Pädo*philie* im exakten Wortsinn ›Kinderliebe‹ bedeutet. Natürlich hat es nichts mit Liebe zu tun, einem Kind sexualisierte Gewalt anzutun. In der Fachsprache wird deshalb eher von pädosexuellen oder pädokriminellen Tätern gesprochen. Sonst kann es auch so rüberkommen, als wären schon allein aufgrund der Wortverwandtheit ›pädophil‹ und ›homophil‹ ähnlich. Nur dass die einen auf Kinder, die anderen auf das gleiche Geschlecht stehen. Man muss da klar unterscheiden zwischen Gewalt auf der einen Seite und Liebe und Veranlagung auf der anderen. Pädokriminelle Täter sind nicht unbedingt schwul.«

Deichsler räusperte sich.

»Studien sagen, dass Pädokriminelle in der Regel massive Ohnmachtserfahrungen und verschiedene Formen von Gewalt erlebt haben«, ergänzte Matze.

»Und die geben sie weiter?«, schlussfolgerte Deichsler.

»Genau. Und in der Pubertät wird die Demütigung des Opfers dann mit der Sexualität gekoppelt. Es geht ihnen also überhaupt nicht um Sex, sondern um das Machtgefühl.«

»Und darum sagt man auch sexualisierte Gewalt.«

»Genau. Mit normalem Sex hat das nichts zu tun. Es ist ja nicht erfüllend, zumindest nicht für beide Seiten, wie es beim Sex sein sollte.«

»Ich dank dir sehr, Matze. Ich meld mich bald wieder.«

»Das hoffe ich. Wird Zeit, dass wir mal wieder auf ein Skakonzert gehen. Wenn du mich brauchst, ruf mich an, jederzeit.«

»Danke, mach's gut.«

Deichsler sah in das Isental. Auf die Höfe, Felder, Kirchtürme und Wälder. Wer vermutet in so einer Idylle schon so eine Sauerei?

In Warzling wartete er auf der Bank vor dem Haus auf das andere Taxi. »Ich nehm den David, Zenzi. Er braucht was zum Essen und eine Windel.«

»Ich mach schon. Iss du nur was und fahr dann wieder. Ich spür doch, dass du noch was vorhast heut.« David schnarchte leise, als ihn Zenzi in den Kindersitz legte. »Er hat die meiste Zeit g'schlafen. Ganz liebe Grüße von deiner Mama soll ich dir ausrichten. Und auch von deinem Vater.«

»Ach du lieber Himmel!« Deichsler schluckte schwer. Das konnte ja noch heiter werden. »Und wie geht's dir?«

»Aus einem traurigen Arsch kommt kein schneidiger Schoaß.« Sie versuchte zu lächeln, was ihr aber nicht gelang. Auch wenn seine und vor allem Davids Anwesenheit ihr Kraft zum Kämpfen zu geben schienen, war diese offenbar nicht mehr sonderlich groß. Darum wusste Deichsler nicht, ob er ihr erzählen sollte, was er heute erfahren hatte.

»Du hast dich ja ganz schön lange mit den Trachtlern unterhalten. Was wollten die denn von dir? Und warum ist der Berni auf sie los?«

»Das waren Trachtler aus München. Dem Berni hat denen ihr G'sicht nicht g'fallen.«

»Und warum waren die bei der Beerdigung vom Korbinian?«

»Weil der wohl ein paarmal bei ihnen g'plattlt hat.«

Deichsler ging nach oben, zog den Anzug aus, nahm den Bart ab und die Perücke vom Kopf. Er schlüpfte in eine Jeans und ein schwarzes Shirt von Kurbi, das wie üblich an ihm herumschlabberte. Dann belegte er sich in der Küche eine Scheibe Brot mit Käse, gab David einen Kuss, der nur kurz aufsah, während er weiter an der Flasche nuckelte, und fuhr zum Vereinsheim.

Alle Trachtler, die bei der Beerdigung gewesen waren, hatten den Tipp des Dorfbullen befolgt, auch wenn sie nicht in der Wirtschaft, sondern im Vereinsheim hockten. Bier gab es dort auch, und einige mussten jetzt nur noch umfallen, dann waren sie daheim.

Heute rauchten sie sogar im Vereinsheim, Deichsler konnte kaum bis zu den Tischen sehen. Gab es etwas zu feiern? Die Männer hatten sich nicht einmal die Mühe gemacht, die leeren Bierflaschen aufzuräumen, die Flaschen reihten sich am Nachbartisch aneinander. Berni und Manfred Opp, Römer, der Dorfsäufer Schorsch und noch zwei andere, die Deichsler nicht kannte, wurden ruhig, als er eintrat und sich ungefragt an den Tisch setzte.

»Hast wieder Durst?«, fragte Berni grinsend.

Also hast du Drecksau mir das letzte Mal wirklich was in mein Bier getan. Arschloch.

»Zumindest ess ich daheim, im Gegensatz zu deiner Frau.«

Berni bekam einen roten Kopf.

»Hast du überhaupt ein Daheim?«, schaltete sich sein Vater ein.

»Logisch. Das ist da, wo ich g'braucht werd.«

»Stimmt, du bist ja ein Geheimpolizist«, mischte sich der Huber Georg ein, dessen aufgeschwemmter Kopf immer rot war.

»Wir brauchen dich aber ned«, sagte Berni giftig.

»So wie ihr auch keine Schwulen braucht's?«

»I weiß jetzt ned, was du meinst«, gab sich Manfred Opp unwissend.

»Du weißt ganz genau, was ich mein. Warum hat sich dein Bua denn heut mit den Schwuhplattlern g'fotzt?«

Wütend schlug Berni auf den Tisch: »Weil Schuhplattln nix für warme Brüder is.«

Sein Vater stöhnte genervt auf. Entweder konnte er die cholerischen Ausbrüche seines Sohnes nicht mehr ertragen, oder Berni hatte damit schon zu viel verraten.

»Deswegen wolltet ihr auch, dass der Kurbi wieder sauft.«

»Schau«, sagte Manfred Opp. »Das is doch ganz einfach. Schwul sein und Schuhplattln passt einfach ned z'sammen. Schuhplattln is ja ein Werbetanz für einen Bubn, wenn er ein Dirndl gernhat. Is er verheiratet, dann hört er mit dem Plattln auf. Dann braucht er's ja nimmer.«

»Der Kurbi war aber noch ned verheiratet.«

»Kreuzkruzifix«, schrie Berni, »aber er war schwul.«

Römer nickte.

»Trotzdem hat die Annamirl ihm schöne Augen g'macht.«

»Einen Scheißdreck hat sie.«

Berni schlug mehrmals langsam mit seiner Faust auf den Tisch und biss sich auf die Lippen. Römer sah Deichsler drohend an.

»Gut, Deichsler«, sagte Manfred Opp und wischte sich mit der Hand über den Vollbart. Seine Maulwurfsaugen ließen nicht mehr von ihm ab. »Du weißt also, was passiert is. Wir wollten eigentlich ned schlecht über die Toten reden, aber unter dene Umständ.«

»Tot is tot«, sagte Deichsler. »Auch der Pfarrer Mayer soll sich an dem Buben vergangen haben.«

Manfred Opp nickte und schnaufte lautstark aus. »Das is unrecht. Stell dir mal vor, deinem Buam würde so was passieren.«

Deichsler wollte sich so etwas erst gar nicht vorstellen. »Dann?«

»Dann tätst du auch –«, platzte es aus Berni heraus.

»... dafür sorgen, dass er nimmer an andere Kinder rankommt«, beendete sein Vater den Satz.

»Ich verstehe, Berni, dass das für dich als Vater und für dich, Manfred, als Großvater eine ganz schwierige Situation is. Vor allem als Vater versteh i das.«

Beide sahen Deichsler erstaunt an.

»Aber was für Beweise gibt es eigentlich, dass es Kurbi und Pfarrer Mayer waren? Das waren doch zwei herzensgute Menschen.«

Opp sah Deichsler tief in die Augen. »I hab mich ein bisserl schlaugemacht.« Deichsler hatte das erste Mal das Gefühl, hinter Opps Schutzwall vorgedrungen zu sein. »Die Täter tun alles, damit sie in der Öffentlichkeit gut dastehen.«

Römer nickte und sagte: »Das stimmt, Freddie. Wir können's ja auch noch nicht glauben. Aber nur deswegen war der Kurbi Vorsitzender vom Trachtenverein und hat mit mir und dem Pfarrer die Kindertanzgruppen und die Theatergruppen g'leitet. Damit keiner auf den Gedanken kommt, dass er so was macht.«

»Und wenn sie mit den Kindern mal alleine waren«, fuhr Opp fort und sah Römer an, »dann haben'S die Chance ergriffen.«

Römer hob entschuldigend die Hände. »Ich hab beim Ausflug doch auch nicht auf alle die ganze Zeit aufpassen können. Und an so was denkt doch keiner! Vor allem bei dem Maximilian. 'tschuldigung, Berni. Aber genau das haben die beiden mit einberechnet. Keiner glaubt, dass man einen Buben mit Behinderung ... na ja.«

Deichsler fand Römers Gedanken nachvollziehbar. Genau dasselbe hatte er auch schon gedacht.

»Der Mayer is ja nicht der erste Pfaffe, der so was macht«, gab der Schorsch seinen Senf dazu.

Wer weiß, was sie mit dir alles gemacht haben.

»Und der größte Beweis is doch, dass der Kurbi eine Schwuchtel war«, stieß Berni wütend aus.

»Warum?«, fragte Deichsler.

»Warum?« Bernis Augen blitzten.

Deichsler wusste, was er wissen wollte. Er hatte keine Zeit und kein Interesse, den Trachtlern eine Aufklärungsstunde zu halten. Nur noch eine Sache war da. »Und Berni, wo warst du, wie der Kurbi an den Schwammerl genagelt worden ist? Wenn einer seinem eigenen Kind so was antut, dann kann man schon mal …«

»Weißt was, Mutter Deichsler? Kümmer du dich mal lieber um deinen eigenen Bub'n.«

Die Trachtler versuchten sich an einem Lachen.

Ihr spürt, dass es langsam eng wird für euch. Irgendwann ist es überhaupt nicht mehr lustig.

Deichsler verließ das Vereinsheim grußlos. Ihm war schlecht. Immerhin konnte er auf dem gemächlich dahintuckernden Bulldog in Ruhe nachdenken.

Dadurch, dass Kurbi schwul war, wurden die Karten neu gemischt. Hat Alexandra Gruhn das herausgefunden? Und Kurbi deswegen an den Schwammerl genagelt? Vor allem das Bibelzitat weist auf sie als Täterin. Mit einem religiösen Wahn und der Vorstellung, der Heilige Geist zu sein, könnte man sich schon berufen fühlen, einen Schwulen aus der Welt zu schaffen. Aber warum hatte sie dann nicht das passende Bibelzitat ausgewählt? Außerdem hätte sie einen Komplizen gebraucht, um den muskulösen Kurbi an den Schwammerl zu heben und gleichzeitig zu nageln. Mal abgesehen davon, dass sie ihn ja überwältigen musste. Wobei das Nagelschussgerät die Tat schon wieder einfacher gestaltet hat.

Deichsler war erstaunt, wie sachlich er über den grausamen Mord an einem Schulspezl und einem Pfarrer, den er aufgrund seiner Widerstandskraft bewundert hatte, sinnieren konnte. Oder hatte er schon akzeptiert, dass die beiden Maximilian missbraucht hatten?

Dann ist da noch der Räuber Hotzenplotz. Selbst wenn Moslems Analverkehr mit ihren zukünftigen Ehefrauen oder anderen Frauen vorziehen, um deren Jungfräulichkeit zu bewahren, ist Schwulsein für sie ein Verbrechen. Oder ist das auch ein Vorurteil wie bei Schwulen und Pädophilen? Vielleicht wissen das Internet oder Matze mehr dazu.

Der Abend legte sich mit seinem blauen Licht über das Isental. Deichsler freute sich auf David und auf Zenzi.

Die Vorfreude zerbröckelte wie seine Vergangenheit, als er ins Wohnzimmer trat. Windeln lagen wahllos verteilt auf dem Boden herum. Dazwischen Bodys von David, Strumpfhosen, Pullis und seine Spielsachen. In einem angefangenen Gelbe-Rüben-Gläschen steckte ein blauer Plastiklöffel, ein versautes Lätzchen lag daneben. Weder von David noch von Zenzi war irgendetwas zu sehen oder zu hören.

Deichsler wurde heiß. Auch die Übelkeit kehrte zurück.

Was zum Teufel ist hier passiert? David!

Er rannte in die Küche. Suchte in jedem Winkel nach David. Das Einzige, was er fand, war eine verschissene Windel.

Die Opps können es schon mal nicht sein. Außer, es hat jemand in ihrem Auftrag gehandelt.

Da hörte er ein Geräusch von oben. Also waren die Täter noch da! Deichsler zog das größte Küchenmesser aus der Schublade und das Pfefferspray aus der Hosentasche. Vorsichtig setzt er einen Fuß vor den anderen. Trotzdem knarzte es bei jedem seiner Schritte, die nur noch von seinem Atem übertönt wurden.

Er erreichte das Ende der Treppe. Jetzt war es totenstill. In Zenzis Schlafzimmer war niemand. Auch das Bad war leer. Bis auf ein Messer, das unter dem Spiegel auf der Ablage lag. Ein blutiges Messer. Vom Messer aus zog sich eine Blutspur über die weißen Fliesen. Deichsler spürte, wie sein Kreislauf zu kollabieren drohte. Er wollte sich hinlegen, die Augen schließen.

Ich darf keine Zeit verlieren. Vielleicht kann ich David und Zenzi noch retten!

Der Schweiß lief in seine Augen, brannte. Er sah nur noch verschwommen. Da ertönte ein Kratzen aus Kurbis Zimmer. Deichsler konnte jetzt nicht mehr warten und hechtete mit einigen wenigen Sätzen in Kurbis Zimmer, auch auf die Gefahr hin, erstochen zu werden. Aber es ging um das Leben seines Sohnes.

Etwas lief ihm ins Auge. Deichsler sprang in den Nebel. Versuchte, ihn mit der Faust wegzuwischen. Zenzi lag auf dem Bett, seltsam verbogen. David kauerte auf dem Boden, sein nackter Hintern streckte sich Deichsler entgegen. Eine fürchterliche

Vorahnung überwältigte Deichsler. Er musste würgen. Was, wenn die Täter selbst pädophil waren, sich die Vorurteile gegen Schwule und Pfarrer zunutze gemacht und darum die Schuld auf Kurbi und Pfarrer Mayer geschoben hatten? Er sah sich im Raum um. Lauschte. Auch aus den anderen Räumen war nichts zu hören. Langsam legte Deichsler Pfefferspray und Messer auf den Schreibtisch. Als wollte er nicht sehen, was er sehen musste. Da murmelte Zenzi: »Korbinian.«

Sie lebt!

Jetzt sah Deichsler wieder klarer. David wackelte fröhlich mit dem Popo hin und her und gluckste dazu. Tränen der Erleichterung vernebelten ihm erneut die Sicht. Er hob David hoch, sein »Wua, wua«, das sich für Deichsler manchmal wie ein »Papa« anhörte, wurde lauter. Deichsler spürte David in seinen Händen, drückte sein Gesicht gegen die weiche, füllige Wange seines Sohnes und wollte schreien vor Erleichterung und Glück. Plötzlich floss eine warme Flüssigkeit seinen Arm herunter. David hatte ihn angepinkelt. Deichsler musste lachen.

26

Deichsler ging zu Kurbis Bett und setzte sich mit David an den Bettrand. Zenzi lag immer noch regungslos da, ihr fahles Gesicht reagierte nicht, als er sie ansprach. Er fühlte ihren rasenden Puls, was bedeutete, dass der Blutdruck völlig abgesackt war. Da sah er das geköpfte Huhn, das neben Zenzis Bett lag und in seinem Todeskampf wohl die ganze blutige Sauerei in der Wohnung angerichtet hatte. Er rüttelte an Zenzis Schulter und zwickte sie, wie er es im Erste-Hilfe-Kurs gelernt hatte.

»Zenzi. Hallo Zenzi!« Da sie überhaupt nicht reagierte, holte er aus und gab ihr eine Watschn. Erst eine ganz leichte, dann noch eine, diesmal fester. David gefiel das gar nicht, und er begann zu weinen.

Eigentlich müsste ich jetzt einen Arzt rufen. Aber der würde die Bullen informieren. Und wenn die fragen, wer angerufen hat, haben sie mich. So ein Scheißdreck aber auch.

Deichsler setzte seinen heulenden Sohn auf den Boden und brachte Zenzi in die stabile Seitenlage. Hastig wickelte er David, zog ihm eine Strumpfhose und sich ein frisches Shirt über, ohne darauf zu achten, wie es aussah.

Eine Zwischenlösung wäre Römer.

Im Wohnzimmer fand Deichsler ein Telefonbuch, allerdings ohne Römers Nummer. Also rief Deichsler bei der Sozialstation an, die Zenzi pflegte. Die Schwester versprach, Römer zu informieren. »Hab ich mir fast gedacht, dass es irgendwann so weit kommen wird, nach dem, was Quentin über Frau Brandner berichtet hat«, waren ihre letzten Worte, bevor sie auflegte.

In der halben Stunde, bis Römer kam, wich Deichsler nicht von Zenzis Seite. Er hatte ihr einen Waschlappen auf die Stirn gelegt, fühlte immer wieder ihren Puls und sah auf die Uhr. Das Einzige, was Zenzi in dieser Zeit von sich gab, war: »Korbinian.« Ansonsten reagierte sie nicht, wenn Deichsler sie ansprach. Die Ereignisse der letzten Tage und dann noch die Beerdigung waren einfach zu viel für sie gewesen. Gut, dass er sie noch nicht nach einem eventuellen Missbrauch in Kurbis Kindheit gefragt hatte.

Da hörte er, wie sich der Schlüssel ins Schloss schob, den Römer für solche Fälle hatte. Ohne Deichsler zu begrüßen, ging er zur Zenzi, fühlte genau wie Deichsler den Puls, legte die Blutdruckmanschette um den Arm und schob das Stethoskop darunter.

»Der ist im Keller. Sie war die letzten Tage schon so verwirrt«, erklärte Römer.

»Ist mir aber nicht aufgefallen.«

»Und die Beerdigung.«

»Da hast du recht.«

Deichsler tat es gut, mit Römer einer Meinung zu sein. Die letzten Tage hatten ihn auch ganz schön mitgenommen. Des Mordes war er noch nie verdächtigt worden. Und noch dazu an einem Schulspezl und einem vertrauten Pfarrer.

Römer ging kommentarlos nach unten und kehrte mit der Tablettenschachtel in der Hand zurück. »Wie ich gesagt habe, sie war die letzten Tage einfach zu verwirrt. Sie hat ihre Lasix –«

»Ihre was?«

»Ihre Entwässerungstabletten auf einmal genommen, obwohl sie die über den Tag verteilt nehmen soll.«

»Und was bedeutet das?«

»Dass sie schlicht und ergreifend ausgetrocknet ist. Außerdem spült Furosemid das Kalium aus dem Körper, was zu Herzrhythmusstörung, Bradykardie und im schlimmsten Fall zu Herzversagen führen kann. Ich werde jetzt den Arzt rufen, damit der ihr eine Infusion legt. Vielleicht muss sie sogar ins Krankenhaus. Du verschwindest jetzt besser.«

Es war jetzt zehn Uhr am Abend und gerade dunkel geworden. Eigentlich hatte er David bei Zenzi lassen wollen, denn es stand ein Besuch in der Gratlervilla an, um sich bei Erkan umzusehen. Vielleicht trieb sich Räuber Hotzenplotz ja wieder bei Annamirl herum oder bei Steffi, und die anderen waren auch ausgeflogen. Deichsler spürte, wie es in seinem Bauch brodelte.

Es konnte aber auch passieren, dass Erkan und seine Bande genau dann zurückkehrten, wenn Deichsler seinen Bauwagen durchsuchte. Also würde er den Besuch bei Erkan verschieben. Oder? Nein. Er musste in diesem leidigen Fall vorankommen.

Zum Abschied streichelte er Zenzi über die Haare und sagte: »Bis später«, worauf sie wieder nicht reagierte. Irgendetwas an ihr erinnerte ihn an seine Mutter. Die Falten? Dann schnallte er sich das Tragesystem um und legte David hinein. In der Regel genoss es David, so nah an seiner Brust herumgetragen zu werden. Heute sah er ihn vorwurfsvoll an und begann zu weinen. Vielleicht spürte er Deichslers Aufregung oder die Müdigkeit, die sich von seinen Wadln über die Arme bis in den Kopf ausbreitete. Er müsste einfach einmal wieder eine Nacht durchschlafen, ausschlafen. Aber so ging es vielen alleinerziehenden Müttern. Wie viele alleinerziehende Väter gab es eigentlich?

Deichsler verließ das Haus und drehte sich noch einmal um. Er wäre jetzt lieber bei der kranken Zenzi geblieben. Erleichtert registrierte er, dass die Nacht die Hitze des Tages aufgesogen hatte. Trotzdem schwitzte er, als er sich den Berg hinaufschleppte. Dieses Mal wählte er nicht den Weg durch das Schafgehege. Über einen Zaun zu steigen ohne sich zu kastrieren war mit David im Tragesystem nahezu unmöglich. Seine Hoffnung, David würde sich beruhigen, wenn sie das Haus verlassen hatten, erfüllte sich leider nicht. Der kleine Mensch streckte die Hand heraus, kratzte Deichsler am Kinn und zog den Fingernagel über die Wange. Seine Fingernägel hätten schon längst mal wieder geschnitten werden müssen. Deichsler schob die kleine Hand zurück, um den nächsten Kratzer zu verhindern. Worauf David noch wütender wurde, die Hand wieder herausstreckte und zu schimpfen begann: »Awa, awa, awa!« Deichsler musste lachen, obwohl sich David jetzt auch noch mit den Armen gegen Deichslers Brust stemmte und den Kopf nach hinten streckte.

Hoffentlich schläft er, bis ich in der Gratlervilla angekommen bin.

Deichsler ging weiter, sah zu den Sternen, erinnerte sich an die Szene mit Kurbi im Bach. Was wohl passiert wäre, wenn er seinem Gefühl damals nachgegeben hätte? Wäre er dann heute auch schwul? David war noch lange keine Bestätigung, dass er nicht schwul war. Auf der anderen Seite fand er Frauen schon ziemlich anziehend, was Annamirls Gegenwart mehr als deutlich bewies.

Deichslers Herz pochte seinen Sohn an, sein Atem ging schneller. Für ihn war es zwar mittlerweile keine Anstrengung mehr, David wie ein Känguru vor dem Bauch herumzutragen, aber bergauf war dann doch eine gewisse Herausforderung. Vor allem wenn der kleine Wuggl sich wie jetzt alle paar Meter gegen ihn stemmte, herumzappelte und spitze Schreie ausstieß. Am Rastberg verschnaufte Deichsler für einen Augenblick, um wieder Luft zu bekommen, und blickte ins Isental. In der Nacht sah man die Kirchtürme nicht, die winzigen Lichttupfer erzählten lediglich von ihnen. Die Sterne leuchteten heller als sie, obwohl manche von ihnen schon tot waren.

Deichsler ging weiter. Immerhin schrie David jetzt nicht mehr, sondern lutschte am Sabberschutz, der um den Träger befestigt war. Deichsler musste vorsichtig sein. Nicht, dass ihn jemand aus dem Hof beobachtete, der über der Straße lag, oder ein Autofahrer ihn sah, vielleicht sogar einer der Gratler.

Da schoben sich zwei Lichtkegel viel zu schnell den Berg hinauf. Deichsler hetzte über die Straße und bog rechts ab in einen Weg, der in einen Hof führte. Ein wütender Hund schlug an. Deichsler ließ den Hof rechts liegen und durchquerte den riesigen Garten ohne Zaun, was er sehr sympathisch fand. Ganz im Gegensatz zu dem depperten Köter, der immer noch bellte.

»Geh, Bello, jetzt sei halt einmal still!«, schimpfte der Bauer mit dem Köter, der darauf noch mehr loslegte. Aber schon war Deichsler so weit entfernt von Hof, Hund und Herrchen, dass selbst der weitläufige Strahl der Taschenlampe ihn nicht mehr erreichte.

Das Tal, in dem die Bauwagen standen, lag nun zu seinen Füßen. Im Dunkeln konnte man vage erkennen, dass sie ein U formten, zum Bach hin offen. Der schlängelte sich von Bäumen umsäumt durch das Gelände. Wäre Deichsler weiter nach links, am Waldrand, entlanggegangen, würde er irgendwann bei Alexandra Gruhn in Vocking landen. Wo die wohl mittlerweile war? Vielleicht sollte er es doch noch einmal riskieren, Staack anzurufen?

Jetzt musste er sich erst einmal auf die Gratlervillen konzentrieren. Wie hatte Steffi sie genannt? Lebewagental.

Es sieht wirklich idyllisch aus. Aber ob ich dauerhaft auf so engem Raum in den Bauwagen leben könnte? Und man kann sich ja nicht mal duschen. Wahrscheinlich macht das Erkan bei Steffi und Annamirl. Gestunken hat er nämlich nicht.

Die Frage war, aus welcher Richtung man sich den Bauwagen nähern konnte. Und da gab es leider unzählige Möglichkeiten. Von Vocking, der entgegengesetzten Richtung und vom Rastberg, von wo Deichsler gekommen war. Dass sich jemand die Mühe machte, sich durch den tief eingegrabenen Bach zu kämpfen, war eher unwahrscheinlich. Es wäre interessant gewesen zu erfahren, wer alles da unten hauste. Von hier oben konnte Deichsler lediglich drei Bauwagen erkennen. Vielleicht wohnten einige aber noch in Zelten oder schliefen im Freien.

In den Bauwagen war es dunkel. Deichsler tastete sich weiter am Waldrand entlang, Wolken verdeckten Sterne und Mond. Immer wieder blieb er mit seinen Füßen in Löchern hängen, die vermutlich Hunde gegraben hatten. Oder war es der Wolf gewesen? Lebte er in diesem Waldstück? Gruben Wölfe überhaupt Löcher?

Deichsler schreckte von einem Fauchen zusammen, beruhigte sich aber gleich wieder: Zwei gamsige Katzen gaben sich ihrer natürlichen Bestimmung hin, ein Flugzeug zog brummend über den Himmel. Ansonsten war es still. Die Autos auf der Straße nach Isen konnte man von hier aus nicht hören.

Als er im Tal angekommen war, stahl er sich an den Bäumen am Bach vorbei, versuchte so gebückt wie möglich zu gehen. Was sich gar nicht so einfach gestaltete, weil David sich jedes Mal bewegte und Unmutsäußerungen von sich gab, wenn er sich nach unten beugte. Also versuchte Deichsler, in die Hocke zu gehen und sich so voranzukämpfen. Wenn ein Körperteil nicht trainiert war, dann waren es seine Oberschenkel. Schon allein, weil sein letzter Sex Monate zurücklag. Vor Davids Geburt hatte er das letzte Mal mit Monika geschlafen. Und selbst wenn es erst letzte Woche gewesen wäre – eine paradiesische Vorstellung –, wären seine Oberschenkel dadurch auch nicht trainierter gewesen, weil man sie in der Missionarsstellung wohl kaum brauchte.

Als er die Bauwagen erreicht hatte, schlief David endlich. Deichslers Oberschenkel brannten. Ein Wagen stand quer zum Bachlauf, zwei weitere schlossen im Neunzig-Grad-Winkel an.

Sehen eher aus wie Zirkuswagen, so lang wie die sind.

Soweit Deichsler das im Dunkeln erkennen konnte, waren sie bunt bemalt. Der kleinere Wagen, vor dem er jetzt stand, hatte die Fensterläden geschlossen. Deichsler streckte sich, versuchte durch die Fensterläden hindurch etwas zu erspähen. Drinnen war alles dunkel. Er drückte sich an das bunte Holz, sah noch einmal zum Himmel. Die Wolken waren nicht sonderlich dicht, schon in der nächsten Sekunde konnte der Mond wieder durchbrechen und auf ihn und David scheinen. Deichsler drückte sich um die Ecke, schob sich langsam vorwärts. Sein Sohn atmete gleichmäßig. Jetzt erreichte Deichsler den Innenplatz der Wagenansammlung. Auf einem Tisch aus grob gezimmertem Holz standen Tassen und Flaschen. An einem Wagen lehnten Räder, daneben gackerten zwei Hühner hinter einem Zaun. Neben einer Tonne gammelte Ramsch.

Warum sollte jemand, der selbst Hühner hält, ein Huhn an Zenzis Tür nageln? Vielleicht waren es doch Berni, sein Vater oder die Person, die sie beauftragt haben.

Die Fensterläden des größeren Zirkuswagens waren geöffnet. Aus seinem Dach stach ein blecherner Kamin in den Himmel. Da gerade der Mond durchkam, sah Deichsler etwas, das eine ausladende Küchenzeile sein könnte. Wahrscheinlich war das der Küchenwagen.

Clever. Doch nicht so chaotisch …

Also wohnten sie in den anderen Wagen. Deichsler schlich zu dem mit den geschlossenen Fensterläden. Sah sich um, hörte nur noch Davids Atem. Er umfasste die kalte Türklinke, drückte sie herunter, öffnete die quietschende Tür einen Spalt, biss sich auf die Lippe. Er lauschte gebannt. Es war nichts zu hören. Deichsler sah sich noch einmal um. Auch in den anderen Wagen und auf dem Platz war alles ruhig. Der Mond verschwand hinter den Wolken.

Deichsler befand sich in einem moralischen Zwiespalt. Auf der einen Seite war er für das Wohl seines Kindes verantwortlich.

Auf der anderen Seite steckte er mitten in der Ermittlungsarbeit, und sein Sohn mittendrin. Er hatte das Gefühl, kurz vor der Lösung zu stehen, konnte jetzt nicht einfach umdrehen. Dem komischen Gefühl zum Trotz tastete sich Deichsler vorsichtig die Holztreppen hinauf, schlich in den Wagen und schloss die Tür wieder hinter sich. Stickige Wärme empfing ihn. Obwohl sich seine Augen langsam an die Dunkelheit gewöhnten, sah er erst einmal nichts, weil die Fensterläden das wenige Licht von draußen vollständig abschirmten. Er nahm seinen Rucksack ab, holte die Stirnlampe heraus, setzte sie auf und schnallte die Tasche wieder auf den Rücken. David murrte kurz, atmete aber gleich wieder ruhig weiter.

Da vibrierte es auf Deichslers Bauch. Nicht jetzt! David hatte im Schlaf gekackt. Um ihn zu wickeln, war jetzt keine Zeit.

Komisch, dass der Wagen nicht einmal abgesperrt war. Die denken halt immer noch, dass der Mensch gut ist.

Langsam gewöhnten sich seine Augen an die Dunkelheit. Ein ungutes Gefühl hielt ihn davon ab, die Stirnlampe einzuschalten. Der Zirkuswagen gestaltete sich überraschend geräumig. Unter einem Hochbett verbarg sich eine Couch, Bücher reihten sich in einem Regal an der Wand, ein Laptop stand auf einem Schreibtisch.

Deichslers Blick huschte immer wieder zu den Fensterläden. Wenig Licht drang hindurch. Sein Shirt klebte auf Brust und Rücken. Er horchte.

Ist das mein oder Davids Atem?

Über ihm knackste es. Er zuckte zusammen, wandte sich dem Eingang zu. Da raschelte etwas, Bettwäsche, und Deichsler hörte eine männliche Stimme »Korbinian« sagen. David regte sich.

Verdammt, er ist aufgewacht.

Deichsler fing an, seinen Oberkörper lautlos vor und zurück zu wiegen, damit David wieder einschlief. Aber der glotzte nur verstört und drückte mit aller Kraft gegen Deichslers Hals. »Schhhh«, machte der, was aber nichts half. David gähnte lautstark, hustete, drückte mit den Händen gegen Deichslers Kinn.

Genau jetzt, wo ich es gar nicht brauchen kann.

Das Schnarchen über ihnen. Von draußen drang Licht herein.

»Erkan, alles klar bei dir?«, rief eine Männerstimme, die sich wenig vertrauenerweckend anhörte.

»Korbinian«, murmelte Erkan erneut von oben.

Davids Knopfaugen starrten seinen Papa an, warteten darauf, was jetzt passieren würde. Die Tür ging auf, Licht blendete Deichsler, er wurde in Richtung Schreibtisch gestoßen, seine Hände auf den Rücken gezogen.

»Pass doch auf, du Blödmann, ich hab ein Kind vor dem Bauch.«

David kreischte, strampelte wild. Der Rüpel drückte ihn gegen die Schreibtischkante. Ein Licht oberhalb des Bettes ging an, Deichsler war immer noch geblendet, David brüllte. Was Deichsler auf den Bildern an der Wand sah, lenkte ihn kurzzeitig ab. Kurbi und Erkan?

»Mach ihn los, Marco«, murmelte eine verschlafene Stimme von oben.

»Aber … Der ist in deinen Wagen eingebrochen! Wer weiß, was der vorhatte.«

»Das ist ein Schnüffler. Der schnüffelt wegen dem Mord am Kurbi. Er ist auf unserer Seite.« Erkan krabbelte verschlafen vom Bett herunter. »Außerdem hat er ein Kind dabei, falls du Tauber das noch nicht gehört hast.«

Deichsler tropfte der Schweiß herunter, David schrie immer noch. Erleichtert bemerkte er, wie sich der Griff um seine Hand auf dem Rücken löste. Er öffnete die Schnalle auf dem Rücken, schob die Träger von seinen Schultern und nahm David aus dem Tragegurt. Auch er war nass geschwitzt, beruhigte sich aber, als ihn Deichsler hin und her wog. Erkan berührte Deichsler sanft an der Schulter, die Deichsler instinktiv wegzog. »Lass uns nach draußen gehen. Da ist es kühler.«

Sie setzten sich an den Tisch. Deichsler rechnete damit, dass Erkan über sein Handy die Polizei informieren würde. Aber er setzte sich ihm gegenüber. Sah kurz auf David. Dann wieder auf Deichsler. »Dem Jugendamt wird das nicht gefallen, dass du dein Kind zu Einbrüchen mitnimmst.«

Er konnte Erkan nicht einmal widersprechen. Wenn die Polizei Deichsler festnahm und herausfand, dass er seinen Sohn in

Gefahr gebracht hatte, durfte er ihn wahrscheinlich nicht mehr sehen. Dagegen war die zu erwartende Standpauke von Monika Kinderkacke. Absolut harmlos, nahezu geruchsneutral. Aber die Zeiten waren vorbei. Davids Kacke roch schon länger deftiger, und so würde sich auch Monikas Anschiss gestalten. Würde Erkan versuchen, ihn zu erpressen?

Deichsler sah sich unauffällig um. Ein Aggregat begann zu rattern, Scheinwerfer erleuchteten den Platz inmitten der Zirkuswagen.

Und wenn ich jetzt einfach abhaue? Denen glaubt doch eh niemand was, und das Jugendamt gleich dreimal nicht.

Es war der grüne Irokese, der sich neben Erkan setzte. »Brauchst nicht einmal daran denken. Ich hole dich schneller ein, als du atmen kannst.«

»Stimmt«, bestätigte Erkan. »Marco ist fit, vom Wasserholen. Ich habe zwar ein Auto, aber das meiste karren wir von Hand her.«

»Respekt«, brachte Deichsler mit dünner Stimme hervor, was ihn umgehend ärgerte.

»Und, hast du gefunden, was du gesucht hast?«, fragte ihn Marco, der überhaupt nicht freundlich aussah. »Wenn's nach mir gegangen wäre, ich hätte dir den Arsch aufgerissen. Mit deinem Knirps wären wir schon klargekommen.«

»Ich gebe dir gleich einen Knirps«, sagte Deichsler wütend, nahm David fester in den Arm und holte einen frischen Body aus dem Rucksack. Der Irokese glotzte Deichsler immer noch an, auch als Erkan aufstand. Auf dem harten Tisch wollte Deichsler David nicht wickeln, hatte er sich doch gerade erst wieder beruhigt. Umziehen würde noch im Sitzen gehen, aber wickeln …

Erkan kam mit einer Flasche, Gläsern und einer Decke zurück. Zu Deichslers Erstaunen breitete er sie auf dem Tisch aus. »Dann wickelt es sich besser.«

Deichsler sah ihn erstaunt an.

»Ich bin schon lange mehrfacher Onkel, sogar Patenonkel. Weißt doch, wir Kanaken vögeln wie die Karnickel.«

»Was aber nicht immer Kinder zur Folge haben muss«, sagte Deichsler und legte David auf die Decke. Der beschwerte sich erst, begutachtete aber dann die Sterne.

»Stimmt genau«, sagte Erkan. Deichsler nahm ein Feuchttuch und bemerkte, wie der Irokese Erkan betrachtete.

Ihr seid hier wohl alle schwul.

Deichsler holte eine frische Windel aus dem Rucksack, klebte die alte zu, die Erkan nahm und in den Mülleimer warf.

Als Erkan zurück war, sagte Deichsler: »Was aber tödlich enden kann.«

»Ich denke, das ist jetzt kein gutes Thema«, schaltete sich der Irokese ein.

»Das ist nie ein gutes Thema, Marco«, widersprach Erkan und sagte zu Deichsler: »Jetzt weißt du es also. Immerhin musst du jetzt nicht mehr eifersüchtig sein, weder wegen Steffi noch wegen Annamirl. Als du mich bei der Steffi nackt gesehen hast, hat sie mir gerade Zenzis Schrotkugeln aus dem Arsch gepult.«

Deichsler spürte, wie er rot wurde. Auf dem Bild im Wohnwagen hatten Kurbi und Erkan richtig glücklich gewirkt, sich umarmt und einen Kuss gegeben.

»Was denkst du, wer es gewesen sein könnte?«

»Sicher bin ich mir nicht. Kurbi war da einer ganz heißen Sache auf der Spur. Ist ihnen wohl zu nahe gekommen. Leider hat er mir nie mehr davon erzählt.«

»Und warum nicht?«

»Wahrscheinlich wollte er mich nicht gefährden.«

»Aber wer könnte es dann gewesen sein?«

»Schwierig. Komischerweise hatte er in der letzten Zeit häufiger Kontakt mit einem anderen Mann.« Erkans Stimme wurde brüchig. »Ich weiß auch nicht, was er an ihm fand.«

»Und mit wem?«, fragte Deichsler, obwohl er es längst wusste.

»Mit dem zweiten Bürgermeister von St. Leonhard, Arzberger, der auch im Landtag sitzt.«

»Aber hat der nicht zwei Kinder?«

Erkan zuckte mit den Schultern. Marco lachte und sah auf David. »Was meinst du, wie viel Schwule Tarnkinder haben?«

»Und warum schlief Kurbi kurz vor seinem Tod mit Alexandra Gruhn?«

Erkan kratzte mit den Fingernägeln auf den groben Brettern des Tisches herum, sagte aber nichts.

»Weil er nicht akzeptieren wollte, dass er schwul war«, schaltete sich Marco wieder ein. »In dieser Gegend bist du ein Aussätziger, wenn du nicht wie alle andern bist. Was meinst du, warum Erkan hier wohnt?«

»Weil ihn sein Vater rausgeworfen hat?«

Erkan sagte überhaupt nichts mehr.

»Richtig. Und bei Kurbi kam noch diese ganze Katholikenscheiße dazu: Sünde, Schuld und der ganze Quark. Der hat sich gequält wie ein Hund.«

»Immerhin hat ihm Pater Mayer beigestanden«, schaltete sich Erkan wieder ein.

»Was den das Leben gekostet hat«, sagte Deichsler.

»Da bin ich mir nicht so sicher. Darf ich mal?« Erkan hob die Hände in Richtung David. Der fremdelte noch nicht und sah schon länger interessiert umher. Auch als Erkan ihn in den Armen hielt, blieb er ruhig, lächelte seinen Papa an. »Ich glaube, Pfarrer Mayer wusste auch mehr. Und als es nicht mehr ausgereicht hat, ihn mit Missbrauchsvorwürfen mundtot zu machen, sind sie bis zum Äußersten gegangen.«

»Also denkst du, die Trachtler waren es? Und Pfarrer Mayer ist unschuldig.«

Erkan und Marco nickten gleichzeitig.

»Eigentlich Berni oder sein Vater. Aber irgendwie traue ich es ihnen nicht zu. Wahrscheinlich haben sie jemanden beauftragt«, vermutete Erkan.

»Und wen?«

Erkan zuckte mit den Schultern. »Ich weiß es nicht.«

Vielleicht warst es ja du, dachte Deichsler und musterte Erkan, *weil du eifersüchtig warst.*

27

Am nächsten Morgen fühlte sich Deichsler, als wäre eine Autobahn auf ihm gebaut worden. Er war zwar gleich eingeschlafen, nachdem er aus dem Lebewagental zurückgekehrt war, aber David hatte unruhig geschlafen und die halbe Nacht über quengelnd auf Deichslers Arm verbracht.

Seine Oberschenkel schmerzten, und zwei blaue Flecken blinkten an der Stelle, wo Marco ihn gegen den Schreibtisch geknallt hatte.

Zenzi lag auf der Couch, mit einer Infusion im Arm, die langsam von der Flasche in den Schlauch tropfte. Weil sie so bleich war, tastete Deichsler erst einmal nach ihrem Puls. David legte er auf die Decke, Kurbis altes Trapez über ihn. Auch wenn er immer mal wieder maulte, sich zur Seite drehte und Deichsler beäugte, schien es ihm besser zu gehen. Er hatte den Ausflug der letzten Nacht also gut überstanden.

Deichsler bereitete ihm einen Milch-Getreide-Brei zu, sah immer wieder zu seinem Sohn und Zenzi, schmierte sich ein Honigbrot und brühte einen schwarzen Tee auf. Weil David sich dann doch noch gänzlich dem Holzlöwen und den anderen Figuren am Trapez widmete, fischte Deichsler die Süddeutsche aus dem Briefkasten und stürzte sich auf den Erdinger Teil. Sofort stach ihm ein Artikel über einen Streit im Dorfener Stadtrat ins Auge. Es ging um den Bau eines Golfplatzes in der Nähe von Dorfen. Eigentlich wäre alles reibungslos über die Bühne gegangen, wäre der Besitzer des Grundes, ein Dorfener Bauer, nicht plötzlich verstorben. Er vererbte den Grund an seinen Sohn, der sich nun weigerte, ihn den Golfern zu überlassen, weil er Biolandwirtschaft darauf betreiben wollte.

Bürgermeister Heinz Grundner (CSU) eröffnete die Diskussion mit einer rundum positiven Bewertung. Der Golfplatz sei nicht nur als Freizeitattraktion eine »durchaus passable Standortverbesserung für die Stadt Dorfen«, sondern auch »unter dem

Aspekt des Landschaftsschutzes« sinnvoll und wünschenswert, weil er der immer eintöniger werdenden Landschaft etwas entgegensetze.

Na, dem haben sie wirklich ins Hirn geschissen. Eintönige Landschaft. Vielleicht, wenn die Drecksautobahn kommt.

Auch Stadtratsmitglied Manfred Opp stimmte Bürgermeister Grundner zu. Nicht zuletzt in seiner Funktion als Golfer, der schon etliche Preise am berühmten Golfplatz in Eichenried einheimsen konnte.

Ach, du auch in Eichenried? Wie konnte mir das nur entgehen. Jetzt bin ich mir hundertprozentig sicher, dass dir dein Golfkollege Schimmelpfennig den Auftrag für die Lappachbrücke zugeschustert hat. Wie du ihn bestochen hast, werde ich schon noch herausfinden. Vielleicht mit einer Reise nach Fuerteventura? Werde ich doch glatt die Annamirl mal wieder auf der Arbeit besuchen müssen.

Als er den Kulturteil herausziehen wollte, fiel ihm ein zusammengefalteter weißer Zettel entgegen. Darauf stand in ausgeschnittenen Buchstaben: »Wer zu neugierig ist, wird genagelt.«

Jetzt wird's eng. Was aber auch heißt, dass ich auf der richtigen Spur bin.

Hatte Erkan den Zettel eingeworfen, um ihn auf eine falsche Fährte zu locken? Aber dann hätte er den Verdacht vermutlich stärker in Richtung Berni oder Opp gelenkt. Oder war er so intelligent, dass er wusste, dass Deichsler so dachte?

Zuallererst muss ich David schützen, dann Zenzi. Und nicht zuletzt mich. Denn ohne mich hat David keinen Papa mehr. Und ein Sohn ohne Papa ist völlig ausreichend. Wird mich Paul überhaupt als Vater jemals anerkennen?

Nachdenklich ging er im Wohnzimmer hin und her. Zenzi lag immer noch da und schlief. Deichsler streichelte ihr über die fettigen schwarzen Haare. Sie dämmerte mit geschlossenen Augen vor sich hin, die Infusion tropfte weiter.

Ich habe das Gefühl, mir läuft die Zeit davon. Wenn ich den Tätern noch näher komme, hänge ich demnächst selbst am Schwammerl. Viel-

leicht greift der Mörder auch Zenzi an, oder – was noch viel schlimmer wäre – David.

Anstatt zu Annamirl zu fahren, entschloss er sich, bei ihr anzurufen. Dass die Telefone möglicherweise von der Polizei abgehört wurden, kam ihm jetzt entgegen. Er wollte die Beamten auf die Spur des Mörders führen, zu seinem Schutz. Da sie ihn aber nicht festnehmen sollten, holte er eine Prepaid-Karte aus dem Geldbeutel, die er genau für solche Zwecke immer dabeihatte, und tauschte sie mit der Karte aus dem Handy seines Vaters. Eine Funkzellenauswertung würde zu lange dauern, und selbst dann würden sie seinen genauen Aufenthaltsort nicht so einfach herausfinden. Er ging auf den Hof und wählte Annamirls Nummer.

»Kennst mich jetzt auf einmal wieder?«, fuhr sie ihn an, als er seinen Namen genannt hatte. Also war sie doch stinkig.

»Ungewöhnliche Situationen erfordern ungewöhnliche Methoden.«

»Aus welchem Kalender hast denn das?«

»Aus dem Kalender für Tiefbauunternehmer.«

»Und in deinem Alter kann man den noch lesen? Oder nimmst du deinen Stock zu Hilfe?«

Deichsler sah nach oben. Vereinzelte Sonnenstrahlen kämpften sich durch die Wolken. »Den Kalender schon. Aber leider bin ich nicht so weitsichtig, dass ich aus dieser Entfernung auch einen Blick auf eure Reisekonten werfen kann.«

»Dann müssen wir uns halt mal wieder sehen.«

Deichslers Hände wurden feucht. »Jederzeit, aber erst einmal würde mir eine Info schon weiterhelfen.«

»Die da wäre?«

»Kannst du für mich rausfinden, ob dein Schwiegervater oder dein Mann auf Fuerteventura waren, und wenn ja, wie oft? Ich glaube nämlich, dass sie Leute aus Politik und Wirtschaft damit bestochen haben, um an den Auftrag für die Lappachbrücke zu kommen.«

»Und du willst jetzt, dass ich meinen Mann ans Messer liefere?«

»Nein, es geht darum, Kurbis und Pfarrer Mayers Mörder zu finden.«

Deichsler hörte eine Uhr am anderen Ende des Hörers ticken. Annamirl seufzte. Ein Gickerl krähte hinterm Haus. »Wenns'd meinst. Berni war einmal auf Fuerteventura, auf Geschäftsreise.«

Bingo.

»Dank schee, meine Holde.«

»Mehr aber nur persönlich, alter Knacker. Und das andere kläre ich für dich ab, muss aber unter uns bleiben.«

Beim nächsten Treffen will ich David nicht dabeihaben. Also erst, wenn Zenzi wieder fit ist.

Um die Beamten noch mehr in die richtige Richtung zu lenken, klingelte er gleich noch bei der Pfarrersköchin Esmeralda durch.

»Freut mich, dass du anrufst. Aber eigentlich habe ich schon erwartet, dich auf der Beerdigung vom Kurbi zu sehen.« Deichsler spürte Esmeraldas Enttäuschung. »Übermorgen wird der Pfarrer Mayer, Gott hab ihn selig, unter die Erde kommen. Da wirst du aber schon da sein, oder?«

»Ich kann's dir leider nicht versprechen. Ich hab aber das Gefühl, ich bin auf der richtigen Fährte.«

»Der feige Hund!« Ein Schluchzer verschluckte die restlichen Worte. »Du musst ihn finden.«

»Er weiß, dass ich ihm immer näher komme.«

»Pass bloß auf dich auf, Freddie.«

»Mach ich. Aber ich ruf eigentlich an, weil ich glaube, dass du mir weiterhelfen kannst. Ich weiß jetzt, dass der Kurbi schwul war.«

Wieder krähte der Gickerl.

»Dann ist es also raus.«

»Du hast es schon vorher gewusst?«, fragte Deichsler.

»Ja, er wollte es ja sogar öffentlich machen, sein Coming-out machen.«

»Wer hat da noch alles davon gewusst?«

»Die Trachtler. Ich weiß aber nicht, wer von denen.«

»Die werden sich gefreut haben.«

»Der Pfarrer Mayer hat dem Korbinian auch dringend davon abgeraten, sein Schwulsein rauszuposaunen. Aber er hat gesagt, er hält dieses Versteckspiel einfach nicht mehr aus.«

»Und er hat versucht, sich umzupolen, indem er mit Alexandra Gruhn geschlafen hat«, spann Deichsler den Faden weiter.

»Dem ist es ganz schlecht damit gegangen, dass er schwul war. Und noch was, Freddie.«

»Ja.«

»Mir ist heut das Telefon runtergefallen und auseinandergebrochen. Es ist was rausgefallen, das ausschaut wie eine Wanzen.«

»Interessant.« Deichsler dachte nach. »Dank schee, Esmeralda. Ich lass von mir hören.«

Deichsler ging wieder in die Stube. David lag auf der Decke, schrie mit zusammengedrückten Augen, hatte einen knallroten Kopf. Die Windel war voll, und Zeit für ein Gläschen war es auch.

Ich Rabenvater.

Nachdem der Sohnemann versorgt war, saß er auf dem Schoß von Deichsler und brabbelte fröhlich vor sich hin.

Vielleicht weiß Annamirl, wem Kurbi von seinem geplanten Coming-out erzählt hat. Das ist eine ganz wichtige Spur.

Deichsler nahm das Handy wieder zur Hand. »Ich bin's noch mal.«

»Ach, und ich dacht schon, ein alter buckliger Mann mit Hacklstecker, dem sein Gebiss wackelt und der sich in die Hos'n bieselt.« Annamirl lachte.

»Jetzt aber vorsichtig, Annamirl, sonst kommt der alte bucklige Mann vorbei und versohlt dir mit seinem Hacklstecker den Hintern.«

»Ich habe gar nicht gewusst, dass du auf so was stehst.«

»Apropos, auf so was stehen. Weißt du, wem von den Trachtlern der Kurbi erzählt hat, dass er sich outen will?«

»Nein, dass krieg ich aber raus, mein Holder.«

»Bis wann?«

»Du hast es aber eilig. Wann brauchst du's denn?«

Deichsler war sich nicht sicher, ob Annamirls Aussage so zweideutig gemeint war, wie sie bei ihm angekommen war. Wie sagte Matze immer so schön: »Nur der Hungernde spricht vom Brot.«

»Am besten sofort«, sagte Deichsler übermütig. Die Vorfreude kroch ihm in die Leisten.

Annamirl lachte lauthals ins Telefon. »Das hab ich mir fast gedacht.«

»Ich muss aber abwarten, bis es Zenzi wieder besser geht.«

»Was hat sie denn?«

»Zu viel Wassertabletten genommen. Wahrscheinlich müsste sie ins Krankenhaus, weil sie so viel Wasser und Kalium verloren hat. Aber sie weigert sich offensichtlich.«

»Komisch«, murmelte Annamirl nachdenklich. »Das ist das erste Mal, dass ich höre, dass sie so was macht.«

»Der Römer hat aber auch gesagt, dass sie in der letzten Zeit verwirrt war.« Deichsler sprach jetzt leiser, weil er nicht wusste, wie viel Zenzi mitbekam.

»Der Quentin? Bei dem wäre ich ein bisserl vorsichtig.«

»Warum? Der kümmert sich ganz lieb um die Zenzi, ist doch ihr Pfleger.«

»Weiß ich schon.«

David griff immer wieder nach dem Handy.

»Er hat mir von der Sache mit dem Maximilian erzählt«, sagte Deichsler mit gesenkter Stimme.

»Ach. Der war das?«

»Und er hat mir ein Alibi gegeben, das ich bis jetzt nicht gebraucht habe.«

»Dafür brauchst das aber jetzt«, unterbrach eine dunkle Stimme das Geplänkel.

»Was ist denn jetzt los?«, fragte Annamirl verstört.

Deichsler reagierte blitzschnell. Er warf das Telefon mit voller Wucht auf den Steinboden des Hofes.

Staack zückte die Waffe, brüllte: »Hände hoch!«, worauf David zu schreien begann.

»Lieber Herr Kommissar. Wenn ich meine Hände hochhebe, würde ich meinen Sohn fallen lassen. Die aktuellen Vorwürfe gegen mich reichen völlig aus. Eine Anzeige wegen Vernachlässigung meines Kindes kann ich da nicht auch noch brauchen.«

»Ich verstehe«, sagte Staack und überlegte. »Frau Reithmayer, kommen Sie mal her und nehmen Sie das Kind.«

Kollegin Reithmayer, rothaarig, in Lederjacke und grüner Hose, nahm David, der immer noch brüllte wie am Spieß.

Deichsler stand auf, Staack legte ihm Handschellen an. »Wenn ihr nicht gut zu David seid, dann –«

»Was dann?«, fragte Staack. »Kümmern Sie sich lieber mal um Ihren eigenen Scheiß.«

»Sie haben keine Kinder, oder?«

»Ich bin nicht hier, um mich mit Ihnen über mein Leben zu unterhalten, sondern um mit Ihnen über Ihre Taten zu sprechen.«

Der Gickerl krähte wie zum Abschied. Staack führte Deichsler zum Streifenwagen, setzte ihn hinein. Der hätte sich fast den Kopf angehauen. Deichsler sah gerade noch, wie Zenzi herauswankte und auf dem Hof zusammenbrach. Dann fuhr der Wagen an.

Am liebsten hätte er in Davids Schreien eingestimmt. Warum war er nur so dumm gewesen? Wenn Monika von der Sache Wind bekam, würde sie ihn in Stücke reißen. Jetzt half nur noch Ruhe bewahren. Ein Alibi hatte er ja.

»Herr Staack?«

Verwundert drehte sich der Kommissar nach hinten, sah aber dann gleich wieder auf die Straße.

»Wie sind Sie eigentlich darauf gekommen, dass ich mich auf dem Hof von Kreszentia Brandner befinde?«

»Durch einen anonymen Hinweis.«

Welche Sau mich da wohl verraten hat? Das bedeutet aber auch, dass ich schon länger auf der richtigen Fährte bin.

»Ihren Vater habe ich übrigens schon informiert.«

Von ihm konnte er keine Hilfe erwarten, das hatte er noch nie gekonnt, und jetzt konnte er es noch viel weniger. Er würde ihm nie verzeihen, dass er sein Handy und seinen Ausweis geklaut hatte. Vielleicht würden sie ihn schon allein deswegen in Haft behalten. Sich als falscher Polizist auszugeben war Amtsanmaßung.

Das kann ja heiter werden.

28

Seit Stunden saß Deichsler in der Zelle der Erdinger Polizeiinspektion.

Wenn die David nicht richtig versorgen, gibt's Ärger.

Auch wenn er nicht mit einer Vorzugsbehandlung gerechnet hatte, war er doch erstaunt, dass sie ihn so lange schmoren ließen. Als sich dann endlich die Tür öffnete und ihn ein Beamter abholte, atmete Deichsler erst einmal tief durch. Jede Sekunde mehr, die er hier verbrachte, half dem Täter, seine Spuren zu beseitigen. Auch wenn er und David dadurch in Sicherheit waren. Aber Zenzi?

Im Verhörraum saßen nicht nur Staack und Kollegin Reithmayer, sondern noch ein anderer Mann, den Deichsler nicht kannte. *Die haben wohl Angst, zu zweit nicht mit mir fertigzuwerden.*

»So sieht man sich wieder«, sagte Reithmayer, als würde sie sich wirklich freuen, Deichsler wiederzusehen. »Ihr Sohn ist in guten Händen.«

Das wäre dann wohl der gute Bulle. Oder müsste man sie Kuh nennen?

Der gute mütterliche Bulle streckte ihm die Hand hin, die wie ein schlaffer Fahrradschlauch in Deichslers Hand hing. Der ließ es sich nicht nehmen, fest zuzudrücken. Reithmayer versuchte keine Miene zu verziehen – und tat es doch.

»Das ist Ihr Anwalt, Herr Niedecken«, sagte Staack und nickte in Richtung des milchbärtigen Schlipsträgers, der den beiden Kommissaren gegenübersaß. Modell: gerade frisch von der Uni.

»Wie komme ich zu der Ehre?«

»Tut nichts zur Sache.« Staack wies mit der Hand neben den Anwalt. »Bitte setzen Sie sich.«

Hat Zenzi mir auf die Schnelle einen Rechtsverdreher besorgt? Das hieße aber auch, dass es ihr schon wieder besser geht. Und wenn nicht? Wer könnte ansonsten ein Interesse haben, mich rauszuboxen? Oder noch weiter reinzureiten … Vielleicht wird der Typ von Opp oder Berni bezahlt, um mich noch tiefer in die Scheiße zu drücken.

»Ich brauche keinen Anwalt.«

»Das sehe ich aber anders.« Staacks Nasenflügel, aus denen lange graue Nasenhaare wucherten, bebten. Wäre Deichsler ihm auf der Straße begegnet, hätte er ihn für einen Penner gehalten. Das graue Haar wucherte wie Stahlwolle auf seinem Kopf. Unter dem blauen Cordhemd schaute ein verblichenes Shirt in der gleichen Farbe heraus. »Sie werden verdächtigt, zwei Menschen brutal ermordet zu haben. Das gibt lebenslänglich. Und vielleicht winkt sogar noch eine Sicherungsverwahrung.«

»Ich habe aber ein Alibi.«

Die beiden Beamten und der Anwalt sahen Deichsler überrascht an.

»Das da wäre?«, fragte Staack.

»Babys zählen nicht als Zeugen«, versuchte Reithmayer sich an einem Witz.

»Ich sage Ihnen eins.« Deichsler stand auf und hob den Zeigefinger. »Wenn David irgendetwas geschieht, sind Sie der Nächste, der am Schwammerl hängt.«

Der junge Anwalt stand auf, legte Deichsler die Hand auf die Schulter. Der schüttelte sie ab und setzte sich wieder.

»Herr Deichsler, Sie müssen nichts sagen. Vor allem nichts, was gegen Sie verwendet werden kann.«

Ohne auf den Anwalt zu achten, sprach Staack weiter. »Haben Sie jetzt ein Alibi, oder wollen Sie uns erzählen, wie Sie Korbinian Brandner und Pfarrer Mayer ermordet haben?«

»Ich habe ein Alibi«, sagte Deichsler und dachte: *Ich muss mich ein bisschen zurückhalten, sonst rede ich mich hier noch um Kopf und Kragen.*

»Wer kann das bestätigen?«, fragte Reithmayer.

»Quentin Römer. Mit ihm war ich zum Tatzeitpunkt zusammen.«

»Und wo waren Sie?«

»Im alten Schulhaus in Ranoldsberg.«

Reithmayer sah Staack an, der nickte ihr zu. Sie verließ den Raum.

»Schönes Kriegerdenkmal haben die da«, sagte Staack, »mit einem riesigen Kreuz.«

Du mich auch.

»An ein Kreuz kann ich mich nicht erinnern. Nur an einen Wehrmachtssoldaten, den ich ein bisschen fehl am Platz fand.«

»Ich würde an Ihrer Stelle überhaupt nichts mehr sagen«, schaltete sich der Anwalt wieder ein.

»Ich frage mich nur, wie Sie in Ranoldsberg sein und zur gleichen Zeit den Wagen von Steffi Hinrichs hinter Lindum schrotten konnten.«

Deichsler sah seinen Anwalt an, ließ sich aber immer wieder von den vor Gel glänzenden Haaren ablenken.

Vielleicht mache ich doch eine Aussageverweigerung. Was, wenn Römer es sich plötzlich anders überlegt hat?

»Das ist kein Spiel, Deichsler.« Staack knetete seine Hände.

»Gut, dass Sie es noch mal erwähnen. Aber können Sie mir auch sagen, ob Sie schon herausgefunden haben, dass Korbinian Brandner schwul war? Und das sein Coming-out kurz bevorstand? Und wen das gestört haben könnte?«

Staack schluckte, der Kehlkopf über seinen Halsfalten hüpfte. Bevor er antworten konnte, schob sich Reithmayer durch die Tür.

»Wir haben Römer erreicht, er hat Ihre beiden Alibis bestätigt. Sie können gehen.«

Zum Glück hat Römer gleich geschaltet und mir auch noch ein Alibi für den Abend, an dem Pfarrer Mayer getötet wurde, verschafft.

»So schnell kann's gehen«, sagte Deichsler grinsend und ließ es sich nicht nehmen, dem zerknirschten Staack und dem erstaunten Anwalt die Hand zu schütteln. »Frohe Ostern wünsche ich allerseits. Herr Staack, noch was.«

»Ja?«

»Nasenhaartrimmer gibt's schon ab zehn Euro. Und jetzt will ich zu meinem Sohn.«

Als David seinen Papa sah, vibrierte sein ganzer Körper, und er wedelte mit den Armen.

»Hallo, mein Wuggl. Ja, der Papa freut sich auch, dich wiederzusehen.« Deichsler spürte, wie ihm die Tränen in den Augen standen. Er gab seinem Sohn einen dicken Kuss auf die Wange, woraufhin David glucksend zu lachen begann.

Als Deichsler aus dem Polizeipräsidium trat, hatte er das Gefühl, die Sonne würde nur für ihn scheinen. Jetzt musste er nur noch zu Zenzi – schnellstmöglich. Er machte sich große Sorgen um sie.

Der Bus nach Dorfen fuhr erst in einer Dreiviertelstunde. Deichsler überlegte, ob er trampen sollte. Aber bis zur Kreuzung nach Dorfen brauchte er ungefähr zwanzig Minuten. Also rief er bei Zenzi an. Glücklicherweise ging Römer ran, der versprach, den Kindersitz, der bei Zenzi rumstand, einzupacken und sie in Lengdorf an der Bushaltestelle abzuholen.

Warum meinte Annamirl, dass ich bei Römer vorsichtig sein solle? Er hat mir immerhin ein Alibi verschafft. Oder hat er das nur getan, um von sich abzulenken?

Deichsler nahm sich vor, ihm gegenüber in Zukunft vorsichtiger zu sein. Und Informationen über ihn einzuholen. Allerdings platzte Deichslers To-do-Liste langsam aus allen Nähten. Was wusste er eigentlich über ihn? Seine Eltern waren bei einem Autounfall gestorben, was die ganze Schule miterlebt und mitgenommen hatte. Seit seiner Kindheit war er im Trachtenverein aktiv, mittlerweile sogar Vorstand und Leiter der Kinder- und Jugendtanzgruppe. Darum wusste er wohl auch von den Übergriffen auf Maximilian. Bei der Jungen Union war er seit seiner Jugend, war wie die meisten bald der CSU beigetreten. Von einer Freundin wusste Deichsler nichts. Im Gegensatz zu ihm selbst, der seine Freundinnen des Öfteren gewechselt hatte, ähnelte Römer in dieser Hinsicht eher Kurbi. Keine Mädchen, noch nicht einmal alkoholgeschwängertes Rumschmusen auf der Party. Da war sogar Kurbi noch aktiver gewesen. War Römer am Ende auch schwul? Kurbi war ebenfalls beim Trachtenverein und in der CSU gewesen. Das hatte also nichts zu bedeuten. Oder hatte Römer ein Verhältnis mit Kurbi gehabt? Das wurde ja immer besser. Kurbi war mit einem Mann zusammen gewesen, hatte mit zweien ein Verhältnis gehabt und mit Alexandra Gruhn geschlafen. Von *oversexed* and *underfucked* konnte da keine Rede sein.

Vielleicht sollte ich auch schwul werden. Dann wär im Bett immerhin mehr los.

Aber es stand ja noch das Treffen mit Annamirl aus.

Römer wartete mit seinem aufgemotzten Amischlitten bereits in Lengdorf an der Bushaltestelle. Vielleicht wusste Annamirl mehr über ihn?

Wie es so seine Art war, begrüßte er Deichsler lediglich mit einem Kopfnicken. Cowboys sprachen eben nicht viel. Deichsler legte David in den Kindersitz, worauf dieser zu brüllen begann. »Die letzten Stunden waren ganz schön anstrengend für ihn«, versuchte er das Theater zu verteidigen.

Römer fuhr los und drehte die Anlage auf. Deichsler war hin und her gerissen. Er hatte Römer sehr viel zu verdanken. Durch sein Alibi war er dem Knast entkommen, konnte weiter nach Kurbis und Pfarrer Mayers Mördern suchen und vor allem bei seinem Sohn sein. Trotzdem war die Musik einfach zu laut für David. Die Bässe hoben ihn fast aus dem Sitz. Dass Römer so wenig Gefühl dafür hatte. Metallica brüllte ihn an: »Something's wrong, shut the light, heavy thoughts tonight and they aren't of snow white …«

Nach fünf Minuten rang sich Deichsler dann doch durch, etwas zu sagen. »Kannst du bitte ein bisschen leiser machen? Das ist zu laut für den David.«

»Logo«, antwortete Römer, ohne dass seine Mimik eine Reaktion preisgab, und drehte die Lautstärke runter. Trotzdem brüllte David weiter.

»Die Zenzi ist wirklich arg durch den Wind«, versuchte Römer Davids Gebrüll zu übertönen. »Und durch den Kaliumverlust ist es nicht gerade besser geworden. Die ist teilweise zeitlich und örtlich überhaupt nicht mehr orientiert. Fast noch schlimmer als kurz nach dem Schlaganfall.«

Bevor Deichsler nachhaken konnte, bogen sie schon in die Hofeinfahrt ein. Er baute den Kindersitz aus. David wurde ruhig, als er frische Luft atmete.

»Ich muss weiter«, sagte Römer und fuhr wieder los.

Als Deichsler durch Zenzis Wohnzimmerfenster schaute, musste er noch einmal genau hinsehen, um sicherzugehen, dass er wirklich sah, was er sah. Da hockte doch wirklich Erkan auf einem Stuhl neben Zenzi und hielt ihre Hand. Hatte sich Erkan ihr Vertrauen erschlichen und war er derjenige, der ihre Tabletten vertauscht hatte?

»Also, das erstaunt mich jetzt schon«, sagte Deichsler, als er ins Wohnzimmer trat. Erkan ließ Zenzis Hand los und sah ihn an. Den nun schlafenden David stellte Deichsler neben den Küchentisch.

Zenzi griff wieder nach Erkans Hand. »Ich hab dem Erkan unrecht getan. Er hat mir alles erzählt.«

»Was – alles?«

»Jetzt verstehe ich auch, warum der Korbinian keine Freundin g'habt hat.«

Deichsler schenkte sich ein Glas Wasser ein und schob sich einen Stuhl ans Kanapee. »Wie geht's dir damit?« Er kam sich mit seiner Frage vor wie sein Kumpel Matze, der Sozialpädagoge.

»Als Mama hätt ich schon gern Enkel g'habt.« Eine Träne rollte ihr über die Wange. Erkan reichte ihr ein Taschentuch. »Aber seit heut weiß ich wenigstens, was ihn so 'drückt hat. Jetzt bin ich mir sicher, dass der Opp dahintersteckt.«

»Warum?«

»Weil die, sofern es nicht um die Autobahn geht, schon immer Probleme damit g'habt haben, wenn Leut anders war'n. Egal ob das die Bunthaarigen im Dorfener Jugendzentrum waren oder die Türken.« Sie sah Erkan entschuldigend an. »Mir tut das wirklich leid, Erkan, dass ich euch gegenüber solche Vorurteile g'habt hab.«

Deichsler erinnerte sich daran, wie Römer die Bauwagen genannt hatte, in denen Erkan mit seinen Kollegen hauste: Gratlervilla.

»Ist schon gut, Zenzi. Jetzt passt's ja wieder. Eigentlich bin ich ja wegen dir gekommen, Freddie.«

»Willst mir den Hof machen?«, rutschte es Deichsler heraus. Er bereute es umgehend.

Erkan lachte. »Du siehst zwar nicht schlecht aus, aber mit dem Kurbi kannst du nicht mithalten.«

»Das stimmt«, schaltete sich Zenzi ein und lachte ebenfalls.

Erkan wurde sofort wieder ernst. »Als ich in München war, um den Kurbi zu beobachten, hab ich auch das Gefühl gehabt, dass mich jemand beobachtet.«

»Und hast du eine Ahnung, wer das gewesen sein könnte?«

»Ich habe nicht nur eine Ahnung, ich weiß es sogar. Ich habe ihn nämlich ausgetrickst und bin ihm zu seinem Büro gefolgt.«

»Noch ein CSUler?«

»Nein. Aber ich vermute, dass der für einen Schwarzen gearbeitet hat.«

»Und wie kommst du darauf?«

»Ich glaube, der Arzberger hat dem Kurbi misstraut.« Erkan sah zu Zenzi, die gespannt zuhörte. »Komm, lass uns ein bisschen an die frische Luft gehen, Deichsler.«

Sie setzten sich auf die Bank, die Sonnenstrahlen streichelten das Dach gegenüber.

Erkan kratzte mit dem Zeigefinger einen nicht vorhandenen Fleck vom Holztisch. »Ich glaube, Arzbergers Geilheit hat ihn daran gehindert, die Affäre zu beenden.«

»Vielleicht war er sogar verliebt in den Kurbi?«

»Kann sein.« Erkan schnaufte fest durch. »Aber er sitzt immerhin im Landtag und ist zweiter Bürgermeister von St. Leonhard. Wenn das rausgekommen wäre, dann gute Nacht.«

»Für seine Karriere, meinst du.«

»Ganz genau. Und falls du immer noch misstrauisch bist. Ich war an beiden Abenden bei der Steffi. Ich habe mir nämlich auch Sorgen um den Kurbi gemacht, und mit ihr konnte ich offen darüber sprechen.«

So eine Matz. Hat alles gewusst.

»Aber leider habe ich es nicht verhindern können.« Erkan schlug auf den Holztisch. »Ich war einfach zu langsam. Und es gab und gibt immer noch zu viele Ungereimtheiten.«

»Warum ist der Kurbi nach Fuerteventura? Und warum hat er ein Verhältnis mit einem, der seine Heimat zerstören will?«, fragte Deichsler.

»Und mit dem Opp hat er sich auch noch heimlich getroffen«, sagte Erkan leise.

»Wobei es da auch um seine Arbeit gegangen sein könnte«, warf Deichsler ein.

»Trotzdem sind es ein bisschen viele Zufälle. Findest du nicht?«

Deichsler nickte. »Sag einmal, weißt du mehr über Quentin Römer?«

»Ich fand den schon immer komisch. Deswegen habe ich auch nicht verstanden, warum der Kurbi genau dem erzählt hat, dass er sein Coming-out wagen will.

»Vielleicht war es ein Test«, murmelte Deichsler.

»Was?«

»Ach nix. Kannst du mir einen Gefallen tun und heute bei David und Zenzi bleiben?«

»Ich habe heute frei. Und wenn es hilft, Kurbis Mörder zu finden, mache ich einen ganzen Monat blau.«

»Du hast eine Arbeit?«, entfuhr es Deichsler.

Erkan lachte. »Natürlich, bei der Müllabfuhr, wie es sich für einen Türken, der in einer Gratlervilla wohnt, gehört.«

»Bei der Gewerkschaft arbeitet der Erkan«, schaltete sich Zenzi ein und klopfte ihm auf die Schulter. »Er ist einer von den Guten.«

Deichsler erklärte Erkan, wann David sein Fläschchen und sein Gläschen bekam und wann er gewickelt werden musste. Dann durchforstete er Zenzis Krankenakte. Daraus konnte er ersehen, wann Römer Dienst hatte. In der Regel kam er morgens, selten abends. Heute schien er freizuhaben. Um sicherzugehen, rief Deichsler in der Sozialstation an und erkundigte sich nach Römer. Er hatte Glück: Der hatte heute seinen freien Tag.

Bevor Deichsler sich auf den Weg machte, checkte er noch schnell seine Mails, was er seit Tagen vernachlässigt hatte. Denn er wartete ja immer noch auf eine Nachricht seines kiffenden V-Mannes im Schloss. Und die war bereits gestern eingegangen. Wie auch eine Mail von Monika, die Deichsler gar nicht erst öffnete.

Alexandra Gruhn hat von einem Besucher eine Bibel geschenkt bekommen, hat sie allen stolz erzählt. Darin ist eine Textstelle angestrichen. »Wer bei einem Vieh liegt, der muss des Todes sterben.« Wer der Besucher war, kann ich aber nicht sagen. Dem Pflegepersonal fiel niemand auf.

Römer. Mit deinem x-haxigen Gang wolltest du den Verdacht auf Berni lenken. Jetzt wird mir einiges klar. Dich schnapp ich mir! Aber inwiefern profitierst du von Kurbis und Pfarrer Mayers Tod? Oder bist du das Bindeglied zu Opp und der schwarzen Bande?

Deichsler rannte, ohne sich zu verabschieden, zu seinem Mietwagen und brauste nach Ranoldsberg. Zwei Kilometer vorher kam ihm Römers Schlitten entgegen. Deichsler wendete, hatte aber Probleme, an ihm dranzubleiben. Kurz hinter Lengdorf, auf der Straße nach Isen, zog Römer davon. Deichslers Wagen machte das nicht mit. Obwohl er das Gaspedal durchdrückte, verlor er ihn, weil er in den leichten Kurven immer wieder abbremsen musste. David brauchte ihn noch.

Die Fahrt hätte ich mir sparen können.

Trotzdem fuhr er weiter nach Isen. Und er hatte Glück. Römers Auto stand vor der Bäckerei Sattler. Nach wenigen Sekunden kam er mit einer Tüte Semmeln heraus, fuhr durch Isen und bog rechts nach Loipfing ab. Beim Autohaus Spielberger bretterte er so schnell den Berg hinunter, dass Deichsler ihn nicht mehr sah, als er um die Kurve bog. An der Urtlmühle mit ihren zwei Weihern und den Hühnern vorbei, fuhr Deichsler über die Brücke, unter der die Isen floss. Nun wusste Deichsler nicht, ob Römer links nach Loipfing oder rechts nach Westach abgebogen war. Noch während er überlegte, überholte ihn ein fetter Straßenkreuzer der Neuzeit.

Was für eine Karre.

Er erkannte Opp.

Na, da schau her.

Dem monströsen Wagen zu folgen gestaltete sich wesentlich einfacher als dem wendigen Auto von Römer. In Westach stellte Opp seinen Wagen ab und ging zu Fuß weiter. Auf die Gefahr hin, dadurch Ärger zu bekommen, parkte Deichsler seinen Wagen vor einem Haus, kurz bevor ein Feldweg zum Wald hinunterführte. Er stieg aus und wurde von einem großen Gartenzwerg begrüßt, der ihm den Effenberg entgegenstreckte. Dahinter saßen drei Affen auf einer Bank, hielten sich Ohren, Augen und Mund zu.

Um nicht von Opp gesehen zu werden, musste Deichsler

warten, bis der die zweihundert Meter Feldweg hinter dem Haus, die Talsenke hinunter bis zum Waldrand, zurückgelegt hatte. Dann sprintete Deichsler los. Auf halber Strecke duckte er sich kurz hinter einer verfallenen Scheune, was aber gar nicht nötig gewesen wäre, da Opp schon im Wald verschwunden war. Zwischen den Bäumen war es angenehm kühl. Der ausgewachsene Weg mit seinen tiefen Löchern hätte sogar Opps Geländefahrzeug Schwierigkeiten bereitet. Ein Flieger zog über die Baumwipfel, sein Kondensstreifen durchkreuzte die Hinterlassenschaften vergangener Flüge.

Wie schnell sich doch alles ändern kann.

Neben dem Weg wucherte Springkraut. Weil Deichsler so lange nach oben gesehen hatte, war er an einer kleinen Weggabelung vorbeigegangen. Geradeaus oder rechts? Da fiel ihm ein, wo er sich befand. Mit der Schule waren sie schon einmal hier gewesen. Das Müllner Bründl befand sich rechts von ihm im Wald. Der Legende nach floh ein berittener Soldat im 18. Jahrhundert nach einer Schlacht vor den Franzosen in den Wald. Er drohte auf dem sumpfigen Boden zu versinken, sein wild umhertretendes Pferd fand aber wie durch ein Wunder festen Boden unter den Hufen. Und genau dort sprudelte eine Quelle hervor. Seitdem galt die Quelle als heilend. Zum Dank war dem heiligen Leonhard, dem Patron der Tiere, eine Kapelle errichtet worden.

Schon von Weitem sah Deichsler, dass sich der Wald bald lichten würde. Sonnenstrahlen erhellten die Lichtung und die Kapelle. Geduckt schlich er von Baum zu Baum. Und da war er. Opp saß auf der Bank vor der Kapelle. Römer war nicht zu sehen. Vorsichtig näherte sich Deichsler dem Müllner Bründl. Spähte zur Quelle, die von einem offenen Unterstand geschützt wurde. Auf einem darauf angebrachten Schild stand: »Wer gesund sein will an Leib und Seel, der flieh zu diesem Brunnenquell«.

Deichsler zuckte zusammen, als Römer aus dem Unterstand herauskam und einen kräftigen Schluck aus einer Flasche mit klarem Inhalt nahm. In einem halben Tragl standen sechs weitere Flaschen, wahrscheinlich alle mit dem Wasser des Bründls gefüllt. Römer hielt Opp die Flasche hin. Der zeigte ihm einen

Vogel. Dann setzte sich Römer neben Opp auf die Bank. Um ein zufälliges Treffen handelte es sich hier nicht. Ganz im Gegenteil. Und weil sie was zu verbergen hatten, trafen sie sich heimlich.

Der Kreis schließt sich. Mir fehlen nur noch ein paar Zentimeter.

Da stob ein Eichelhäher hinter Deichsler auf, Äste knackten, und ein Hase hoppelte in Richtung Lichtung. Römer hielt seinen Zeigefinger vor den Mund und unterbrach damit Opps aufgebrachte Rede. Er stand auf. Langsam näherte sich Römer dem Waldrand, suchte den Wald mit seinem Blick ab. Gleich hatte er den Waldrand erreicht. Deichsler machte sich so klein wie möglich, kroch vorsichtig zurück, tastete sich von Baum zu Baum. Römer war nur noch wenige Meter vom Hasen entfernt. Und der stand viel zu nah an Deichsler dran.

Bitte, Hase, hoppel doch einfach noch ein paar Meter. Doch den Gefallen tat er Deichsler nicht.

29

Entsetzt stierte die Frau Deichsler an. Sie ließ die Einkaufstasche fallen, nahm ihr Kind auf den Arm und stürzte ins Haus. Er hörte, wie innen etwas auf den Boden krachte, sie den Schlüssel mehrmals herumdrehte. Deichsler sperrte sein Auto auf, schaltete den Scheinwerfer an und verließ den Parkplatz des Hauses. Im Rückspiegel sah er weder Römer noch Opp noch ein Auto der beiden. Dafür erblickte er einen verschwitzten Deichsler mit verklebten Haaren und ein mit Walderde verdrecktes Gesicht. Die arme Mutter musste sich gefühlt haben, als wäre sie in ein Kriegsgebiet geraten.

Was hätte Deichsler jetzt für einen Schluck aus der kühlen Quelle des Müllner Bründls gegeben. Er kurbelte das Autofenster herunter, der Wind erfrischte ihn ein wenig.

Warum füllt sich Römer literweise Quellwasser in Flaschen? Verkauft er es?

Natürlich war das nicht strafbar. Und trotzdem wäre es interessant zu wissen, warum er das tat. Dem Wasser wurde heilende Wirkung zugeschrieben. War Römer krank? Trank er das ganze Wasser selbst?

Deichsler versuchte sich zu erinnern, ob Römer im Vereinsheim Bier getrunken hatte. Er war sich nicht sicher. Aber er glaubte, dass Römer auch dort nur ein Glas Wasser vor sich stehen gehabt hatte. Eine weitere Sache, über die er Annamirl ausfragen musste.

Vielleicht trank Römer nur Wasser aus dem Müllner Bründl, was aber schon etwas seltsam war. Deichsler hatte mal von einer Frau aus Großbritannien gelesen, die bis zu fünfundzwanzig Liter Wasser am Tag trank und bis zu vierzigmal am Tag aufs Klo musste. Suchtkrankheiten traten bei Menschen in sozialen Berufen besonders häufig auf. Also wäre es nicht sonderlich verwunderlich, wenn es einen Krankenpfleger treffen würde.

Sicher war, dass Opp und Römer etwas zu verbergen hatten. Auch wenn ihm der Inhalt des Gesprächs aufgrund der Entfernung entgangen war. Deichsler spürte, dass es mit dem Mord an Kurbi zusammenhing. Vielleicht hatte Römer diese ominöse Mail mit dem Papageien geschrieben. Aber warum gab er Deichsler ein Alibi? Um sich selbst zu schützen? Genialer konnte ein Täter kaum vorgehen. Er suchte sich einen Verdächtigen, dem er ein Alibi gab, wodurch er dann selbst eines hatte.

Auch wenn er Berni dort treffen konnte, musste Deichsler jetzt zu Annamirl, und zwar so schnell wie möglich. Darum stoppte er auf dem Weg nach Dorfen auch nicht, um sich etwas zu trinken zu kaufen und etwas gegen Davids Zahnungsschmerzen aus der Apotheke zu holen.

Glücklicherweise arbeitete Annamirl noch und saß allein im Büro. »Du schaust aber guad aus heid, ha?«, begrüßte sie Deichsler.

Der reagierte nicht darauf, schnappte sich die Wasserflasche vom Tisch und trank, bis sie leer war. »Ich habe jetzt keine Zeit für so einen Schmarrn«, sagte er genervt, als er die leere Flasche wieder auf den Schreibtisch stellte.

»Schade, ich würde mir Zeit nehmen.«

»Langsam wird's wirklich eng, Annamirl. Was hast du über die Reisen herausgefunden?« Deichsler lief nervös im Büro auf und ab.

»Jetzt setz dich doch erst einmal. Du machst mich ganz wahnsinnig mit deiner Herumrennerei!«

Deichsler reagierte nicht.

»Es sind tatsächlich etliche Reisen nach Fuerteventura verbucht. Unter Strategietreffen.«

»Und was sind diese Strategietreffen?«

»Kann ich mir selber nix drunter vorstellen. Jetzt setz dich doch zumindest mal hin, Freddie, du machst mich ganz wuschig!«

»Du mich auch, Annamirl«, sagte Deichsler, beugte sich zu ihr runter und gab ihr einen Kuss auf die Wange.

Sie wurde rot. »Für so was hast jetzt doch wieder Zeit.«

»Die nehme ich mir einfach.« Dann wurde er wieder ernst. »Für wie viele Personen wurden jeweils Tickets gekauft?«

»Zweimal für drei und einmal für zwei.«

»Kannst du auch rausfinden, auf welchen Namen die ausgestellt wurden?«

»Habe ich bereits. Der Quentin Römer war immer dabei.«

»Hab ich's mir doch gedacht.«

»Und einmal der Arzberger.«

»Der zweite Bürgermeister von St. Leonhard«, ergänzte Deichsler, »der auch im Landtag sitzt.«

Annamirl nickte, stand auf und lehnte sich mit dem Prachthintern gegen die Schreibtischplatte.

»Und vielleicht auch noch Bruno Schimmelpfennig?«

»Woher weißt du denn das?«

»Weil ich ein Schnüffler bin.« Deichsler begann, an Annamirls Hals herumzuschnüffeln, was sie kichernd mit der Hand abwehrte. Sie roch nach Maracuja.

»Hat der Schimmelpfennig euren Wagen zwischenzeitlich bezahlt?«

»Ja, hat er.«

»Und für wie viel?«

»Zweihundert Euro.«

»*Zweihundert Euro* für so einen Angeberschlitten?« Deichsler biss sich auf die Zunge.

»Keine Sorge, Freddie. Ich mag diese Angeberkarren auch nicht. Aber der Berni sucht nun mal die Autos aus, und bis jetzt konnte ich ihn noch nicht dazu bewegen, ein anderes zu kaufen. Er sagt, er braucht das fürs Prestige.«

»Aso. Gut, dass ich kein Prestige hab.«

»Stimmt«, sagte sie trocken. »Aber noch etwas ist mir im Zusammenhang mit dem Schimmelpfennig aufgefallen.«

»Vielleicht, dass er zufälligerweise beim Bauunternehmen Piste der Leiter des Einkaufs ist?«

»Das wusste ich vorher auch schon. Nein, seine Tochter.«

»Ja, die ist mir auch schon aufgefallen«, sagte Deichsler so ernst wie möglich.

»Ehrlich?«

»Ganz ehrlich.« Deichsler konnte sich ein Grinsen nicht verkneifen. Er machte einen Schritt auf Annamirl zu.

»Du Kniabiesla.« Sie zwickte Deichsler in den Bauch.

»Ich weiß gar nicht, wen du meinst, du Beißzange. Auf meine Knie biesle ich aber schon lange nicht mehr.«

»Ich auch nicht, Herr Büffel.«

Deichsler trat noch einen Schritt vor und kitzelte Annamirl an der Hüfte, die versuchte, sich zur Wehr zu setzen. Als sie die Hand zu fassen bekam, musste Deichsler einfach aufhören. Er starrte sie an. Sie standen so nah beieinander. Annamirls Finger begannen, seine Hand zu streicheln. Deichsler legte sich hinein in diesen Genuss und schloss die Augen, legte seine Wange an ihre. Daraufhin schloss Annamirl ebenfalls die Augen, schnaufte schneller und führte seine Hand an ihren Bauch. Deichsler zog sie ruckartig zurück, worauf sich Annamirl erschrocken abwandte und ihn aus großen Augen ansah.

»So gerne ich auch würde, Annamirl. Wir müssen Kurbis Mörder finden. Und die finden wir, wenn wir wissen, warum er sterben musste.« Deichsler wandte sich von ihr ab und ging wieder im Zimmer spazieren. »Also, was ist dir noch aufgefallen?«

»Die Tochter vom Schimmelpfennig ist für ihr Praktikum bei uns bezahlt worden.«

»Und was ist daran so schlimm? Ich finde es gut, wenn auch Praktika entlohnt werden.«

»Ich auch. Nur das Problem ist: Sie hat bei uns nie ein Praktikum gemacht.«

Deichsler dachte nach. Langsam verbanden sich die verschiedenen Straßen zu einer Landkarte.

»Wusstest du, das Kurbi schwul war?«

»Ich habe es nie darauf ankommen lassen, aber gedacht habe ich es mir schon«, sagte sie verschmitzt.

Deichsler ignorierte ihre Anspielung. »Annamirl, noch etwas wäre wichtig zu wissen. War Berni auch mal in Fuerteventura?«

»Ja, war er.« Deichsler spürte, wie Annamirl nach Worten rang. »Danach war er wie ausgewechselt. Hat sich sogar krankschreiben lassen und tagelang nur im Bett gelegen, ohne zu sagen, was mit ihm los ist.«

»Und du weißt nicht, warum?«, fragte Deichsler.

»Nein, leider nicht. Aber irgendwas ganz Schlimmes muss da passiert sein.«

»Weißt du, wer sonst noch dabei war?«

»Er hat mir's nicht erzählt. Aber auf einem Foto habe ich den

Quentin gesehen und den Arzberger. Typisch Großkopferter halt.« Mit gespitzten Lippen fügte sie hinzu: »Der Herr hochgestellte Persönlichkeit.« Aber schon wurde sie wieder nachdenklich.

Deichsler war auch nicht nach Lachen zumute, und er spann den Faden weiter: »Klar ist, dass es mit der Lappachtalbrücke zusammenhängt. Und damit, dass der Opp den Auftrag bekommen hat.«

»Was dir alles klar is, Fred«, tönte eine dunkle Stimme im Hintergrund. Deichsler erschrak, als er Opps Stimme hörte. »Mir is allerdings noch ned ganz klar, ob du wirklich beim Quentin warst, wie der Kurbi und der Pfarrer ermordet worden sind.«

Deichsler wusste nicht, wie lange Opp schon in der Tür gestanden, was er alles gesehen und gehört hatte. »Ich pack's dann«, sagte Deichsler und hob die Hand zum Abschiedsgruß. »Servus.«

Als er durch die Tür gehen wollte, schob sich Opps muskulöser Arm dazwischen. »Obacht geb'n, länger leb'n.«

Euch fällt auch nichts Neues mehr ein.

»Haben der Kurbi und der Pfarrer Mayer nicht Obacht g'geben?«, fragte er.

»Wir alle wissen, dass du's mit der Wahrheit ned so genau nimmst, Fred. An deiner Stelle wär i ein bisserl vorsichtig.« Opp nahm den Arm herunter, und Deichsler schaute zu, dass er Land gewann.

Deichsler war froh, als er unter den wolkenbedeckten Himmel trat. Die Luft war dick und schwer, wahrscheinlich würde es bald gewittern. Eine Mücke stach ihn in den Hals.

Blutsauger!

Als Deichsler am Marienplatz aus der Apotheke trat, fielen ihm die ersten Tropfen auf den Kopf. Er schob die Röhrchen mit den homöopathischen Kügelchen für David in die Hosentasche.

Hoffentlich helfen die. Heute Nacht werden wir's sehen.

Patschnass kam er in Zenzis Wohnzimmer an, seine Hose tropfte Bilder auf den Boden. David saß auf ihrem Schoß und spielte wieder einmal mit dem Holzlöwen. Erkan stand am Herd und kochte.

»Hallo, mein kleiner Wuggl«, begrüßte Deichsler seinen Sohn, der ihm die Ärmchen entgegenstreckte und fröhlich gluckerte. »Na, geht's dir gut bei der Oma Zenzi und beim Onkel Erkan?«

»Alles okay«, sagte Erkan, ohne sich von den Kochtöpfen abzuwenden. »Nur ein bisschen quenglig war er kurz vor dem Einschlafen.«

»Ist aber scho ein Braver«, fügte Zenzi hinzu.

»Hoffentlich nicht nur«, sagte Deichsler.

»Bei dem Vater sicher nicht«, gab ihm Zenzi recht. »Hast was herausg'funden?

»So viel, dass ich gar nicht weiß, wo ich anfangen soll. Was gibt's denn?«

»Schnitzel.«

»Uäh.«

»Seitan«, fügte Erkan hinzu.

»Hm, lecker. Vielleicht kannst du mir eines in ein Brot packen? Ich muss noch mal weg.«

»Ich mach dir eine richtig schöne Schnitzelsemmel.«

Jetzt weiß ich, was Kurbi an dir fand.

»Du, Freddie.« Zenzi hob einen Zettel in die Höhe. »Da ist ein Brief für den Korbinian g'kommen, von der Landtagsfraktion der CSU. Vielleicht ist der für dich interessant.«

Deichsler nahm den Zettel und las.

Sehr geehrter Herr Brandner,
vielen Dank für Ihren Brief. Bei den Berechnungen zur A 94 sind alle Möglichkeiten objektiv in Betracht gezogen wurden. Auch die Trasse Dorfen-Haag wurde, genau wie die Isentaltrasse, durch ein objektives Gutachten geschätzt.
Wir hoffen, wir konnten Ihnen mit dieser Auskunft weiterhelfen.
Mit freundlichen Grüßen,
Ihre CSU-Landtagsfraktion

Deichsler sah Erkan fragend an: »Weißt du, was es damit auf sich hat?«

Erkan wusch sich die Hände. »Jetzt muss ich mich erst einmal hinsetzen. Ich habe wirklich gedacht, Kurbi würde gemeinsam mit den Autobahnbefürwortern ein falsches Spiel spielen, nur um den Hof höchstbietend zu verschachern.«

»Und jetzt glaubst du, dass es nicht so war.«

»Scheinbar hat er das der CSU geschrieben, was die Aktionsgemeinschaft immer bemängelt hat. Dass beim Ausbau der Trasse Haag falsche Berechnungen angesetzt wurden.«

»Inwiefern?«, fragte Deichsler.

»Die sind davon ausgegangen, dass man die komplette Autobahn noch einmal neu bauen müsste. Muss man aber nicht. Man muss die B 12 nur ausbauen. Was wesentlich günstiger käme. Und das hat Kurbi wohl angemerkt.«

Deichsler setzte sich auf die Eckbank. »Jetzt bleibe ich doch da zum Essen.«

Während Erkan Schnitzel, Soße, Knödel und Blaukraut auf den Tellern verteilte, dachte er nach. Auch Zenzi rollte mit ihrem Infusionsständer zu ihnen und setzte sich.

»Aber wie passt denn das alles zusammen?«, fragte sich Deichsler laut. »Auf der einen Seite mit den Autobahnbefürwortern in Urlaub fahren und ... mehr.« Erkan und Zenzi zuliebe sparte er sich weitere Ausführungen. »Und auf der anderen Seite kritische Briefe an die eigenen Parteioberen schreiben.«

»Der Kurbi war noch nie richtig aufgehoben bei den Schwarzen«, warf Erkan ein.

Zenzi nickte, ohne mit dem Kauen aufzuhören. »Das hab ich auch immer g'sagt. Wie heißt das Zeug?«

»Seitan, Zenzi. Weizeneiweiß.«

»Kaum zu glauben, dass das keine Füße g'habt hat, so gut, wie das schmeckt.«

»Wahrscheinlich schmeckt's gerade deswegen so gut«, sagte Deichsler. »Vielleicht war der Kurbi gar nicht in den Arzberger verliebt.«

»War er sicher nicht«, grummelte Erkan mit vollem Mund.

»Vielleicht wollte er ihn irgendwann outen und zeitgleich, wenn die Presse auf ihn schaut, die falsche Kalkulation thematisieren.«

»Das kann scho sein«, gab ihm Zenzi recht. »Der Korbinian war scho immer ein Fuchs.«

»Und auf Fuerteventura war er, um herauszufinden, was der Opp vorhat. So ein Schlawiner. Ich glaube nämlich mittlerweile, dass der Opp den Einkaufsleiter von Piste bestochen hat, damit er an den Auftrag für die Lappachbrücke kommt.«

Erkan zerlegte sein Seitanschnitzel. »Und wer ist bitte Piste?«

»Das Bauunternehmen, das die Ausschreibung für die Lappachbrücke gewonnen hat. Und die wiederum suchen sich Subunternehmer, die auch per Ausschreibung gesucht werden.«

»Und das geht mit fairen Dingen zu?«

»Ansichtssache. Der Vater meines besten Freundes Matze ist Architekt. Und der sagt, dass er es ganz in Ordnung fand, dass sich die Bauunternehmen früher abgesprochen haben. Aber heute ist das schwieriger, denen wird mehr auf die Finger geschaut.«

»Gibt's trotzdem noch Schlupflöcher?«

»Das muss ich erst mal recherchieren. Und ich glaube, ich weiß auch schon wie.«

Wieder einmal überließ Deichsler David der Obhut von Zenzi. Auch wenn sie das prima machte, hatte er mittlerweile doch ein schlechtes Gewissen. Außerdem fehlte ihm der Kleine, seine Nähe, sein Lachen, seine weichen Wangen. Aber Deichsler war sicher, kurz davor zu sein, den Mörder von Kurbi und Pfarrer Mayer zu finden. Jetzt war keine Zeit für Emotionen.

Deichsler stiefelte in Kurbis Zimmer, fuhr den Rechner hoch und gab das Schlagwort »transparency international« in die Suchmaschine ein. Gleich der erste Treffer führte ihn auf die Website der international tätigen Organisation. Er rief dort an, und die nette Dame am anderen Ende teilte ihm mit, dass Ehrenamtliche seine Fragen beantworten würden, er müsse ihr nur die Fragen per Mail zukommen lassen. Was er umgehend tat. Dann hieß es wahrscheinlich erst einmal warten. Hoffentlich nicht zu lange. Er hatte gesagt, dass es um Leben und Tod gehe. Wie abgelutscht diese Floskel doch mittlerweile war.

Monika hatte eine neue Mail geschrieben, wofür Deichsler jetzt überhaupt keinen Nerv hatte. Wahrscheinlich waren die Verhandlungen nicht nach ihren Wünschen verlaufen. Probleme sahen wirklich anders aus. Deichsler ging wieder ins Wohnzimmer und legte sich zu David auf den Boden. Der grinste ihn an und versuchte nach seiner Brille zu schnappen. Um ihm ein Erfolgserlebnis zu verschaffen, ließ er ihm die Brille für einen Moment. Dabei hatte er völlig ausgeblendet, wie wütend der Knirps sein würde, wenn er sie ihm wieder wegnahm. Und tatsächlich, Davids Kopf wurde rot, die Augen klein und der Mund riesengroß. Nach einer durchbrüllten Minute konnte Deichsler ihn ablenken, indem er mit seinen Schuhen auf den Boden klopfte.

Opp wird sich seinen Auftrag auch nicht so einfach nehmen lassen. Und wenn Römer mit drinhängt, ist er von Opp sicherlich gut dafür bezahlt worden.

Deichsler konnte sich bei keinem der beiden vorstellen, dass sie so eine brutale Tat begehen würden. Er nahm die Brille ab und wischte sich mit der Hand über das Gesicht. Er vergaß, dass die Brille dabei umherbaumelte und auf David wie ein Köder wirkte. Da sie genau über ihm hing, schnappte er sie sich und führte sie mit Kriegsgeschrei zum Mund.

Das ist es, ich muss einen Köder auswerfen! Ich werde Römer erzählen, dass es Beweise gibt, auf denen der Auftrag, Kurbi zu ermorden, festgehalten wurde. Und heute würde sie mir ein Kontaktmann übergeben.

Noch besser wäre, Zenzi würde ihm das morgen früh bei der Morgentoilette erzählen. Danach hatten Sie einen Termin bei Zenzis Hausarzt, zu dem Römer sie begleiten würde. Blieb nur noch zu hoffen, dass Römer anbiss. Vermutlich würde er vor allem in Kurbis Zimmer nach Beweisen suchen. Er besaß ja sogar einen Schlüssel zum Haus. Also würde Deichsler die Pläne ändern und Zenzi selbst zum Arzt bringen. In dieser Zeit würde Römer vermutlich Kurbis Zimmer durchstöbern. Und Deichsler konnte im alten Schulhaus in Ranoldsberg, wo Römer wohnte, nach was auch immer suchen. Ohne Gefahr zu laufen, von ihm entdeckt zu werden und im schlimmsten Fall wie Kurbi zu enden – falls Römer wirklich der Mörder war. Gut, Kurbi war ihnen auf die Schliche gekommen. Hatte herausgefunden, dass sie Schimmelpfennig bestochen hatten.

Deichsler beschloss, eine Kamera in Kurbis Zimmer zu installieren. Und eine im Wohnzimmer. Nur woher nehmen? Seine

Ausrüstung lag in Nürnberg. Vielleicht konnte ihm Erkan weiterhelfen. Deichsler ging ins Wohnzimmer und erzählte Zenzi und Erkan von seinem Plan.

»Gute Idee, Freddie«, stimmte sie ihm zu. »Ich habe schon länger das Gefühl, dass mein Zucker überhaupt nicht mehr in Ordnung kommt. Mit meinem Hirn ist es genau das Gleiche. Der will, dass ich deppert werde.«

Also hatte Römer dafür gesorgt, dass Zenzi zu viele Entwässerungstabletten genommen hatte. Wenn sie starb, würde der Hof verkauft werden. Aber welches Interesse hatte Römer an dem verkauften Hof? Wurde er von Opp dafür bezahlt?

Glücklicherweise überwachte Erkan das Lebewagental mit Kameras, da es immer wieder Angriffe von Neonazis und der Landjugend gegeben hatte. Auf Erkans Bändern hatte sich auch Deichsler verewigt. Nach einem kurzen Telefonat stand fest: Noch heute Abend konnte Deichsler die Kameras einbauen. Und David bei Erkan lassen.

30

Faul hingen die Wolken über dem Isental, als Deichsler nach einer ruhigen Nacht erwachte. Lediglich um drei hatte David ihn mit einem bohrenden Schrei aus dem Schlaf gerissen. Deichsler hatte ihm acht der kleinen weißen Kügelchen gegeben, ihn in den Arm genommen, und nach einer Weile war er wieder eingeschlafen. Jetzt lag der Wuggl auf dem Bett, grinste Deichsler an und blubberte fröhlich, wenn der seinen Kopf auf dem Bauch des kleinen Menschenkindes hin- und herrieb.

Währenddessen half Römer Zenzi in der Stube beim Waschen. Und sie erzählte ihm, dass es Beweise für einen Auftragsmord an Kurbi gab.

Nach dem Frühstück übergab er David samt Ausrüstung Erkan, der gerade gekommen war, und setzte Zenzi in Dorfen beim Arzt ab. Danach ging's direkt weiter zu Römer. Der Wehrmachtssoldat stand immer noch stramm auf dem Denkmal, der Silogeruch schien ihn zu konservieren. Da Deichsler keine Zeit zu verlieren und Römer laut seiner Chefin Dienst hatte, beschloss er, direkt vor dem alten Schulhaus zu parken. So konnte er herumstreunenden Nachbarn besser die Geschichte vom Blumengießen für einen Freund aufbinden.

Vor dem Schulhaus stand ansonsten kein Auto. Auch der Metzger schien um kurz vor acht noch damit beschäftigt zu sein, die ausgebluteten Körperteile der Tiere appetitlich anzurichten. Den Rucksack mit dem Einbruchswerkzeug hängte sich Deichsler über die Schulter.

Die Haustür des Gebäudes, in dem Römer wohnte, war nicht abgeschlossen. Das ermöglichte Deichsler zwar, umgehend nach innen zu gelangen, allerdings konnte es auch bedeuten, dass jemand zu Hause war. Im Gang roch es nach eingemachten Äpfeln, wie bei seiner Mutter in der Küche.

Römers Wohnungstür war verschlossen. Da sich Deichsler nicht zum ersten Mal unerlaubten Zutritt verschaffte, klackte das Schloss schon nach wenigen Handgriffen. Er packte sein Werkzeug wieder ein und öffnete die Tür. Ein undefinierbarer Gestank schlug ihm entgegen: fischig, faulig, modrig. Was Deichsler umso mehr erstaunte, da die Wohnung penibel sauber war. Die Wände blendeten, so weiß waren sie, Pflanzen oder Bilder suchte Deichsler vergeblich. Bis auf ein Foto von Römers Eltern im Wohnzimmer, in dem eine schwarze Ledercouch die Kälte der Wände stimmungsvoll unterstrich. Gegenüber der Couch litt der ausgemergelte Jesus am Kreuz. Der Querbalken des Kreuzes war gebogen, genau wie die Latten des Schwammerls. Darunter stand ein Fernseher mit DVD-Player. Nur ein gleichmäßiges Blubbern verschaffte dem Raum so etwas wie eine menschenfreundliche Atmosphäre. Deichsler wusste erst nicht, woher es kam. Dann hob er das schwarze Tuch im Eck an und sah es: ein Aquarium. Einen Meter breit, hell erleuchtet. Zerbrochene alte Vasen, überwachsen von wuchernden Pflanzen auf dem Boden. Vier große Fische, deren spitze Schwanzflossen Deichsler an einen Hai erinnerten, schoben sich zwischen kleinen durchsichtigen, silbrig glänzenden Fischlein hindurch. Die versuchten wiederum, sich von den Haien fernzuhalten. Aus gutem Grund. Es dauerte keine Sekunde, da hatte sich ein Hai den kleinsten der Fischlein geschnappt.

So schnell kann's gehen.

Deichsler deckte das Aquarium wieder ab. Er achtete peinlich genau darauf, dass alles so aussah wie zuvor.

Warum deckt Römer ein Aquarium ab?

Deichsler hielt sich schon viel zu lange im Wohnzimmer auf. Aber er wollte ein Gefühl für Römer bekommen. Und das war nicht unbedingt besser geworden.

Im Schlafzimmer verhinderte ein schwarzer Überwurf, dass sich Staub auf das Bettzeug legte. Auf dem Nachtkästchen lag eine Bibel, über dem Bett hing haargenau das gleiche Kreuz wie im Wohnzimmer. Unter der Matratze fand er, was er suchte: drei DVDs. Weil er sichergehen wollte, dass sich darauf befand, was er benötigte, schaltete er Fernseher und DVD-Player an. Aber schon nach wenigen Minuten drückte er wieder den roten Ausknopf. Das Bild erlosch, und die innere Leere wich der Übelkeit und dem Bild von David.

Dass du Kurbi und Pfarrer Mayer ermordet hast, kann ich zwar immer noch nicht beweisen. Aber dass du ein perverses Schwein bist, schon!

Da fiel ihm die DNS ein, welche die KTU am Nagelschussapparat gefunden hatte. Also huschte er ins Bad, wo er aufgrund der peniblen Ordnung erst nach längerem Suchen fündig wurde: Ein vereinzeltes Haar hatte sich im Abfluss verfangen. Er zog es heraus und steckte es in eine Plastiktüte.

Das Nachtkästchen zu durchsuchen sparte sich Deichsler, da er sich auch noch das Büro vornehmen musste. Er wollte hier nicht länger sein als nötig – und vor allem nicht, wenn Römer unter Umständen zurückkam. Deichsler erstaunte es, wie viel Römer arbeitete. Die Nachtdienste im Pflegeheim, der Dienst bei der Sozialstation. Klar, die Wohnung und der Wagen kosteten so einiges. Aber der Mitgliedsbeitrag in Trachtenverein und CSU hielten sich in Grenzen. Ansonsten schien Römer keinen kostspieligen Lebensstil zu pflegen. Oder war er auch Mitglied im Golfclub Eichenried?

Im Büro, wie erwartet, war alles an seinem Platz: Laptop, Drucker, Scanner und natürlich das obligatorische Kreuz an der Wand. Außerdem ein schmuckloser Wand- und ein Taschenkalender auf dem Tisch. Jetzt wurde es interessant.

Im Taschenkalender fand Deichsler etliche Kürzel: »F«, »O«, »K«, »S« und »A«. Alle waren vertreten. Von Opp über Arzberger bis hin zu Schimmelpfennig. Von dem »F« gingen Striche aus, die sich meist über eine Woche, einmal aber auch über zwei Wochen erstreckten. Deichsler würde noch einmal bei Annamirl nachfragen, wann genau die Reisen nach Fuerteventura gewesen waren. Er holte seinen Fotoapparat aus dem Rucksack und knipste den Übersichtsplan.

Das »K« erstaunte Deichsler. Stand es für Kurbi? War Kurbi doch an diesem Bestechungsskandal beteiligt gewesen? Wenn er einen Verdacht gehegt hatte, hatte er sich mit Römer treffen müssen, um mehr herauszubekommen. Und falls es sich bei Römer wirklich um den Mörder handelte, hätte er sich zumindest einmal mit ihm treffen müssen: am Abend, an dem Kurbi ermordet worden war. Aber just an diesem Tag stand kein »K« im Kalender.

Deichsler schaltete den Laptop an, der glücklicherweise nicht passwortgeschützt war. Deichsler öffnete den Browser. Die Startseite war ein Mailanbieter. Und siehe da, in den leeren Feldern, in denen die Log-in-Daten und das Passwort einzugeben waren, vervollständigten sich die Adresse und der Zugangsschlüssel von allein. Praktisch, dass Römer wohl zu faul war, die Daten jedes Mal aufs Neue in die Maske einzugeben. Ein Klick, und er befand sich im Posteingang.

Es waren keine neuen Mails eingegangen. Aber Deichsler hatte nun den Beweis, dass Römer derjenige war, der den Papagei kochen sollte, was immer das auch zu bedeuten hatte. Trotz des Zeitdrucks gab Deichsler in die Suchmaschine Fuerteventura, Spezialität und Papagei ein. Und schon der erste Treffer erklärte Deichsler die Mail: »Sehr zart und delikat ist der Vieja (Papageienfisch).« Der Papagei war also eine Metapher für den Fisch. Aber warum sollte der Fisch Appetit auf mehr machen?

In der Schublade schlummerten Kontoauszüge. Mit einigen interessanten Kontobewegungen.

Ich wusste gar nicht, dass du auch für Opp arbeitest. Was machst du bloß mit all dem Geld?

Der Kontostand brach jeweils vor und während der Fuerteventura-Reisen massiv ein.

Die Großkopferten durchzufüttern ist eben kostspielig.

In einem Schrank neben dem Schreibtisch fand Deichsler eine Kiste, die von ihm hätte sein können. Sie enthielt allerlei Schnüffler-Equipment: Kameras, Fotoapparate, Wanzen.

Mit denen hast du Pfarrer Mayer abgehört. Und Esmeralda hat sie gefunden. Dadurch wusstest du, dass er mir alles sagen wollte, was er wusste. Und das konnte dir gefährlich werden. So gefährlich, dass du ihn beseitigen musstest.

In einer abgeschlossenen Schublade, die nicht lange verschlossen blieb, fand Deichsler ein Tagebuch. Und was er darin las, war endlich der Beweis, der ihm bestätigte, was er von Matze zum Thema Sexualstraftäter erfahren hatte. Er fotografierte die beweiskräftigen Seiten und ordnete alles wieder so an, wie er es vorgefunden hatte. Dann verließ er zügig das Appartement und verschloss die Wohnungstür wieder mit seinem Dietrich. Er drehte sich um und zuckte zusammen. Eine Frau in blau-roter Kittelschürze stand hinter ihm. »Haben Sie mich erschreckt.«

»Was machen Sie denn da?«, schnarrte die Alte mit den grauen Barthaaren am Kinn.

»Blumen gießen.«

»Ach so«, antwortete sie skeptisch.

Deichsler drehte sich um. »Pfiagott.«

Wie man nur so lange Barthaare haben kann?

Ein kalter Wind jagte schwarze Wolken über den Himmel, als Deichsler aus dem alten Schulhaus trat. Hugo Brumm, der Zeitungsbote, von dem ihm der untreue Ehemann berichtet hatte. *Vielleicht liegt da der Hund begraben. Auch wenn Zenzi deswegen beim Doktor warten muss – ich muss da hin.*

Deichsler fuhr in Richtung Dorfen, hielt noch schnell an der Tankstelle in Buchbach, kaufte eine große Flasche Wasser, vier Flaschen Augustiner, eine Flasche alkoholfreies Bier und eine Handvoll Käsesemmeln. Dann fuhr er zu Hugo Brumm, an den Stadtrand von Dorfen, hinter dem Industriegebiet.

Er erwischte ihn, als er gerade aus dem Haus ging. Brumm war vielleicht dreißig Jahre alt, trotzdem trug er einen Knödelfriedhof vor sich her und hatte Haarausfall wie ein Fünfzigjähriger.

»Servus«, grüßte Deichsler kameradschaftlich.

»Servus«, kam es zögerlich. »Ich hab der Polizei doch scho alles g'sagt.«

»Ich bin nicht von der Schmier.«

Deichsler sah, wie die Anspannung von Brumms verlebtem Gesicht abfiel. Deichsler hielt ihm die Bierflaschen vor die Nase, sah, wie es in seinem Kopf ratterte. »Hast Zeit?«

Brumm nickte und deutete auf die Bank vor dem Haus. Sie setzten sich hin, und Deichsler öffnete zwei Flaschen mit den Zähnen.

»Das hab ich auch mal können«, sagte Brumm. Er öffnete seinen Mund und deutete auf eine fette Zahnlücke.

»Technik ist alles«, erwiderte Deichsler und stieß mit Brumm an.

Der zog die Flasche in einem Satz halb leer, stieß Deichsler in die Seite und grinste dreckig. »Ned nur beim Bieraufmachen. Auch beim Dosenöffnen.« Und schon war die Flasche leer.

Deichsler öffnete ihm die zweite und stieß wieder mit ihm an. »Prost!«

Jetzt habe ich dich, du durstiges Kamel, dachte Deichsler und sagte: »Die Schandi ist ja manchmal ein bisserl streng, was das Bier und das Autofahren angeht.« Brumm rülpste, und Deichsler fuhr fort. »Aber der Beckstein, der sieht das ganz anders. Eigentlich schade, dass der nimmer Ministerpräsident ist. Der Seehofer kann mit dem nicht mithalten.«

»Stimmt.« Brumm nahm gleich noch einen Schluck. »Da hat er auf alle Fälle recht, der Beckstein, dass man zwei Maß trinken und danach noch Autofahren kann.«

»Wie war das jetzt in der Nacht?«

Wieder nippte Brumm an seiner Flasche, seine Hände zitterten leicht. »Es muss aber unter uns bleiben. Versprochen?«

»Versprochen«, sagte Deichsler und stieß mit Brumm an. Dann drückte er den Knopf des Aufnahmegerätes, auch wenn er das niemals vor Gericht verwenden konnte.

»Irgend so ein Sauhund hat genau g'wusst wann und wie ich meine Tour fahr. Am Straßenrand hat er g'standen und hat g'sagt, er hat eine Panne.«

»Und wie hat er ausg'schaut?«

»Weiß ich nimmer.« Brumms Mundwinkel zuckte, und er trank. »Ist so schnell g'gangen. Bin erst wieder mit einem Brummschädel aufg'wacht.«

Daher der Name.

»Wo?«

»In der Kiesgrube hinterm Schwammerl. Ganz schönen Ärger hab ich g'kriegt, weil die Zeitungen zu spät ausg'liefert worden sind.«

»So ein Saugrippe«, schimpfte Deichsler.

»Das kannst laut sagen!«

»Kann ich mich mal in deinem Auto umschauen? Vielleicht finde ich noch was.«

Brumm zögerte, stand dann aber doch auf. Deichsler nahm den letzten Schluck von seinem alkoholfreien Bier und folgte ihm zu seiner Schrottkarre. Als er sich durch Zeitungen und Bierdosen gewühlt hatte, stieß er auf einen Haufen Erde. Den packte er in eine Plastiktüte, die er in der Apotheke erhalten hatte. Zum Dank überließ er Brumm die letzte Flasche Bier. Die Übelkeit war der Wut gewichen.

In Dorfen sammelte er Zenzi auf und erzählte ihr auf der Rückfahrt zum Hof, was er über Römer herausgefunden hatte. Sie schwieg die restliche Fahrt. Deichsler wusste nicht, ob aus Erleichterung darüber, dass sich ihr Sohn und Pfarrer Mayer ziemlich sicher nicht an Maximilian vergangen hatten, oder weil sie so geschockt war über das, was er stattdessen herausgefunden hatte. Obwohl er es kaum erwarten konnte, die Aufnahmen auszuwerten, ging er erst einmal in die Küche und machte Wasser für Davids Gläschen heiß.

Die Beweise werden vor Gericht nicht ausreichen. Und ich bin mir immer noch nicht sicher, ob Römer wirklich der Mörder ist. Erkan ist durch Steffis Alibi aus dem Rennen. Alexandra Gruhn hat keins, ist aber zu schwach … na ja, und zu verrückt.

Plötzlich ertönte Monikas wütende Stimme. Deichsler ließ den Becher mit heißem Wasser fallen und verbrühte sich die Hand. Da erst begriff er, dass sie vom Anrufbeantworter kam, den Zenzi gerade abhörte. »Wenn du David nicht sofort nach Hause bringst, zeige ich dich an wegen Kindesentführung!«

Deichsler hielt die Hand unter den Wasserhahn. »Das ist ja zum Schwulwerden. Ich ruf sie jetzt erst mal an.«

»Du brauchst mich gar nicht erst anzurufen!«, kreischte da wieder die Stimme von Monika.

Warum habe ich mir das bloß angetan? Warum habe ich damals nicht einfach Annamirl geheiratet und bin mit ihr weggezogen?

Zenzi legte ihm den Arm auf die Schulter. »Freddie, auch wenn ihr mir fehlen werdet, fahr. Glaub mir, das ist besser.«

Deichsler war kurz davor, den Fall zu lösen. Er konnte jetzt nicht einfach so abhauen! Da fiel ihm ein, dass Römer, nachdem seine Eltern gestorben waren, in Nürnberg eine Ausbildung zum Krankenpfleger gemacht hatte. In Dorfen wurde gemunkelt, er habe ein paar Monate bei Hippies gelebt. Was noch nichts heißen musste. Der Laden, das hatte er sich gemerkt, hieß Stadtindianerkommune. Also ab nach Nürnberg und das Unangenehme mit dem Nützlichen verbinden. Vielleicht fand er sogar jemanden, der gegen Römer aussagte. Immerhin hatte er so einen Grund, sich gleich wieder aus dem Staub zu machen und nicht bei Monika bleiben zu müssen. Auch wenn ihm David sicher fehlen wird.

Deichsler drückte Zenzi seinen Sohn und das Gläschen in die Hand und setzte sich an Kurbis Laptop. Wieder einmal sollte ihm die Suchmaschine weiterhelfen: »Stadtindianerkommune«.

Was für ein Rattenschwanz von einem Namen.

Der erste Treffer war ein Wikipedia-Artikel über einen Göttinger Mescalero, der sich auch Stadtindianer nannte und unter diesem Pseudonym einen Brief nach der Ermordung Bubacks durch die RAF verfasst hatte. Deichsler überflog den Beitrag, hielt ihn aber nicht für relevant. Der zweite Treffer handelte von Stadtindianern in den USA. Also auch unwichtig. Aber im dritten fand Deichsler genau, wonach er suchte. Er war aus dem Spiegel von 1980.

> *Zu den vielerorts auftretenden Pädo-Demonstranten gehören beispielsweise die Mitglieder einer sechs Köpfe zählenden »Indianerkommune«, die in einem Nürnberger Hinterhof haust und sich vom Aufmöbeln von aus dem Sperrmüll geborgenen Fahrrädern ernährt.*

Da Deichsler vermutete, die Gruppierung könnte sich bis in die neunziger Jahre hinein gehalten haben, suchte er weiter und stieß mit der Eingabe »Stadtindianer Nürnberg« auf eine Seite der »Jugendlichenselbsthilfe Nürnberg. Für totale Kinderrechte«.

Die Seite wirkte veraltet. Die meisten Einträge waren fast zehn Jahre alt. Die Macher setzten sich gegen die Schulpflicht für Ausreißer ein, aber auch für eine Selbstbestimmung über den eigenen Körper ab zwölf. Was wiederum Straffreiheit für sexualisierte Gewalt an Kindern unter dem Deckmantel der sexuellen Selbstbestimmung bedeuten könnte. Auch der Fahrradverkauf schien noch eine längere Zeit gelaufen zu sein, da die Polizei die Räume unter dem Verdacht des Fahrraddiebstahls im Jahr 2002 durchsucht hatte. Vielleicht wusste Matze mehr darüber?

Deichsler nahm seine Tasche und ging hinunter ins Wohnzimmer, wo sich seine Auftraggeberin mit David auf dem Schoß vergnügte. »Zenzi, wenn ich mit dem Mietauto nach Nürnberg fahre, wird das ganz schön teuer für dich.«

»Du kannst meins nehmen.«

Deichsler fuhr herum. Erkan war unbemerkt eingetreten.

»Wir fahren dann mit dem Mietwagen zu Pfarrer Mayers Beerdigung und geben ihn danach ab.«

»Die habe ich ja ganz vergessen.«

»Du kannst nicht überall sein«, beruhigte ihn Erkan. »Ich werde die Augen offen halten und dir alles berichten.«

Eine halbe Stunde später packte Deichsler seinen Sohn in Erkans Wagen. »Nimm dir die Zeit, die du brauchst«, sagte Erkan.

Deichsler drückte ihm die Tüte mit der Erde und dem Haar in die Hand. »Bring das meinem Vater, der soll es analysieren. Die Erde könnte vom Müllner Bründl sein, wo Römer seine Wasservorräte auffüllt. Und vielleicht ist die DNS an Opps Gasdrucknagler auch von Römer. Und meine Mutter soll ihn wegen des Besitzes von Kinderpornos anzeigen.«

»Ich werde es übergeben und ausrichten.«

»Und ich werde in Nürnberg versuchen, noch ein paar Infos über Römer einzuholen.«

»Ihr werdet mir fehlen«, sagte Zenzi und gab beiden ein Bussi auf die Wange.

»Du mir auch«, sagte Deichsler, obwohl er noch nicht wusste, wie sehr er damit recht behalten würde.

31

Deichsler konnte es kaum erwarten, in die quirlige Stadt mit ihren bunten Lichtern einzutauchen, die selbst am Tag noch strahlten. Am liebsten wäre er nach seiner Ankunft in Nürnberg ziellos umhergeschlendert. Aber erst einmal stand das Wiedersehen mit Monika bevor.

Stumm quoll ihr der Zorn aus allen Poren, als sie ihm mit kleinen Augen die Tür öffnete. Den Mittelscheitel, der ansonsten so akkurat gezogen war, konnte Deichsler heute kaum erkennen. Die vollen Lippen, an Arbeitstagen durch Lippenstift unterstrichen, pressten nur ein sprödes »Morgen« heraus. Lediglich an den Augenringen konnte man erkennen, dass es sich bei Monika um Deichslers Lebensgefährtin handelte. Durch das schlabbrige Shirt wirkte sie noch magerer, als sie ohnehin schon war. Wenn sie bis in den Mittag hinein schlief, war das kein gutes Zeichen. Ansonsten stand sie regelmäßig um sechs Uhr dreißig auf, um noch eine Runde zu joggen und sich dann zu duschen, bevor sie in die »Ärwerd« aufbrach, wie sie es als gebürtige Fränkin nannte. Deichsler glaubte, darin die protestantische Ethik wiederzuerkennen, für die selbst ein Himmelreich ohne Schufterei als unvorstellbar galt.

Was dem Katholiken seine Schuld, ist dem Protestanten seine Arbeit.

Auch er entschloss sich, ihr kommentarlos gegenüberzutreten und lediglich ihre Fragen, wann David zuletzt gewickelt und gefüttert worden war, zu beantworten. Momentan interessierte es ihn einfach nicht, ob die Chinesen Monika über den Tisch gezogen hatten. Er hatte einen Mord aufzuklären und verabschiedete sich von David, der sofort zu brüllen begann, als er ihn Monika reichte. Das Weinen seines Sohnes versetzte Deichsler einen Stich, und er schickte sich an zu gehen.

»Du schuldest mir noch eine Antwort«, schrie Monika, um den lärmenden David zu übertönen.

»Nicht jetzt«, sagte Deichsler und schloss die Tür hinter sich. Jetzt ging es um Wichtigeres als um eine Hochzeit. Es ging um

Leben und Tod. Auch wenn Steffi erst vor Kurzem sehr richtig bemerkt hatte, dass es darum immer ging.

Deichsler schwang sich aufs Fahrrad. Am Opernhaus vorbei radelte er über den Plärrer nach Gostenhof. Die Mischung aus Leichtigkeit und bunter Vielfalt, die wie die Sonne über dem Viertel lag, ließ ihn noch mehr aufatmen, die Schrecken der letzten zehn Tage vergessen. Auch hier würde er gern wohnen. Allerdings hatten, genau wie im Münchner Glockenbachviertel, die Leute mit Geld Gostenhof entdeckt und sorgten nun mit Lofts und Reihenhäusern dafür, dass sich viele Angestammte, die das Viertel einst geprägt hatten, die Mieten nicht mehr leisten konnten und wegziehen mussten.

Gerne hätte er sich mit Matze im Rosenaupark auf einen Kaffee getroffen und die Leichtigkeit des Sommertages genossen, zwischen auf der Wiese spielenden Kindern und in der Sonne liegenden Studenten und Faulenzern. Aber er musste heute wieder zurück ins Isental. Schlimm genug, dass er Pfarrer Mayers Beerdigung durch Monikas Rückkehr versäumt hatte. Außerdem ließ ihn das Gefühl nicht los, bei Römer etwas übersehen zu haben.

Auf der Fahrt hierher hatte Deichsler in Ingolstadt eine kurze Pause eingelegt, David gewickelt, ihm ein Gläschen und etwas zu trinken gegeben und mit Matze telefoniert. Matze hatte bestätigt, was er vermutet hatte: Das Gerücht, die Jugendlichenselbsthilfe sei immer noch von Pädosexuellen durchsetzt, hielt sich hartnäckig. Matze kannte sogar jemanden, der zur gleichen Zeit wie Römer bei den Indianern gelebt hatte, als einer der Jugendlichen. Er hieß Karsten, und Deichsler würde ihn jetzt gleich im Palais Schaumburg treffen.

Trotz der Hitze trug Karsten ein langärmliges Shirt und eine Latzhose, an deren Knöpfen er ständig herumnestelte. Deichsler bestellte sich einen Mate-Eistee und forderte Karsten auf, sich zu bestellen, was er wolle, er lade ihn ein. Der beschränkte sich allerdings auf ein Leitungswasser. Deichsler vermied es, dadurch Rückschlüsse auf Römer zu ziehen.

»Tolles Wetter heute«, versuchte Deichsler einen Einstieg.

»Ich kenne ihn«, sagte Karsten und sah Deichsler aus einem Paar Augen an, die wie tiefe Brunnen in seinem Gesicht lagen. »Ich weiß bis heute nicht, warum«, fuhr er mit monotoner Stimme fort. »Ich hatte sonst keine Freunde. Er war immer für mich da, selbst dann, als ich es nicht mehr wollte. Hat mich immer gegen die Großen verteidigt. Sie nannten ihn meinen großen Bruder. Aber welcher große Bruder tut denn so was? Er musste nur an mir vorübergehen, und schon erstarrte ich, wurde gehorsam, hatte ich doch Liebe, Zuwendung und Anerkennung gesucht.«

Was Deichsler in den nächsten zwanzig Minuten hörte, war ausreichend und überschritt ganz eindeutig seine persönliche Schmerzgrenze. Karsten nannte kein einziges Mal Römers Namen. Ob er jemals gegen ihn aussagen würde, bezweifelte Deichsler sehr. Und er brachte es auch nicht übers Herz, ihn dazu zu drängen, nach all dem, was er durchgemacht hatte. Er musste einen anderen Weg finden, um Römer dranzukriegen.

»Irgendwie bin ich doch auch dran schuld«, waren Karstens letzte Worte, bevor er sich von Deichsler verabschiedete.

Jetzt dröhnte Deichslers Schädel. Auf der Rückfahrt in die Südstadt hätte er den verfluchten Presslufthammer am liebsten auf den Mond geschossen, sich ins Bett gelegt und die Vorhänge zugezogen. Aber er musste heute wieder zurück ins Isental. Und davor noch mit Monika regeln, wann er wieder zurück sein musste. Schließlich war er in Elternzeit – nicht sie. Und er würde David vermissen, wahrscheinlich noch heute Abend.

Weder Monika noch David warteten in der Dreizimmerwohnung auf ihn. Weil er sich unbedingt noch von seinem Sohn verabschieden wollte, schlenderte er eine gute Stunde ruhelos durch die Südstadt, den Anna-Park und dann wieder zurück zur Wohnung. Weil David und Monika immer noch nicht zurück waren, beschloss er aufzubrechen.

Vermutlich ist sie aus Trotz zu ihrer Mutter gefahren. So bleibt mir immerhin die Antwort erspart, ob ich sie heiraten will oder nicht.

Es war zweiundzwanzig Uhr, als er in Erkans Auto stieg. Die Luft war immer noch stickig. Deichsler warf eine Kopfschmerztablette ein. Es wollte ihm einfach nicht in den Kopf gehen, dass er sich so lange von Römer hatte blenden lassen. Nach einer Stunde Fahrt fuhr er in Kinding auf die Raststätte und gönnte sich einen Kaffee. Vielleicht würde der Kopfschmerzen und Müdigkeit vertreiben.

Als er bezahlt hatte, gab ihm die hübsche Kassiererin das Wechselgeld. »Ein Glückscent.«

Deichsler bildete sich ein, dass sie seine Hand länger berührt hatte, als es nötig gewesen wäre. Er musste daran denken, wie er Annamirl das erste Mal seit Jahren im Wald begegnet war. Mit hochrotem Kopf, schwitzend, beim Joggen.

»Den kann ich im Moment gut gebrauchen. Ich werde wiederkommen und Ihnen berichten.«

Die Kassiererin schenkte ihm ein Lächeln und rief noch, als er schon in der Tür stand: »Ich werde auf Sie warten.«

Kurz vor München läutete das Handy. Er räusperte sich ein paar Mal und sagte dann mit der vorgegebenen Stimme seines Vaters: »Deichsler, grüß Gott!«

»Freddie, du kannst aufhören mit deinen Spielchen«, sagte seine Mutter mit strenger Stimme.

Deichsler überlegte, ob er auflegen oder sich eine Ausrede einfallen lassen sollte. Aber noch bevor er etwas sagen konnte, sprach seine Mutter weiter.

»Egal, wo du gerade bist: Versteck dich. Du darfst nicht zu uns kommen! Es ist etwas Schreckliches geschehen.«

Noch mehr Schrecken als in den letzten Tagen konnte sich Deichsler kaum vorstellen.

»Der Hof von der Zenzi ist ang'zündet worden. Die Feuerwehr hat bloß noch ihre verbrannte Leiche aus den Trümmern holen können.«

In seinem Kopf begann es zu pochen. Die Bestürzung verwandelte sich in Wut. Er hatte das Gefühl, jemand würde ihm die Rippen auseinanderreißen. Deichsler atmete tief durch, stach sich mit dem Fingernagel des Daumens in den Handballen der rechten Hand und versuchte damit, den seelischen Schmerz in physischen umzuwandeln.

Ich muss jetzt ruhig bleiben.

»Und was hat das mit mir zu tun?«

»Du bist der Hauptverdächtige.«

»Waaas? Warum denn das schon wieder?«

»Weil sie eine Kiste mit deinen Fingerabdrücken und Brandbeschleuniger im Haus gefunden haben.«

Römer, du Sau! Wenn ich dich in die Finger kriege!

»Du brauchst ein Alibi. Das wird dir aber kein Autofahrer auf der A 9 geben können.«

»Woher weißt du, wo ich bin?«

»Monika hat's mir erzählt.«

»Hast du ihr auch gesagt, dass ich die letzten Tage bei der Zenzi war? Und ihr die Nummer gegeben?«

Kurz schwieg seine Mutter. Dann sagte sie: »Ja. Außerdem haben die Kollegen vom Vati nur gelacht, wie ich den Quentin anzeigen wollt.«

»Warum?«

»›Sie wollen wohl nur Ihren Sohn schützen‹, haben sie gesagt. Der Opp war bei der Kripo und hat dich ang'zeigt.«

»Was?«

»Wegen dem Besitz von Kinderpornos.«

»Wann?«

»Kurz bevor ich da war.«

Deichsler schlug wieder auf das Lenkrad. »Dann hat ihm Römer gesagt, dass ich die Beweise hab. Alles war von langer Hand geplant. Ich Vollpfosten! Und der Opp will mich aus dem Weg räumen, weil er befürchtet, dass ich ihm auf die Schliche gekommen bin.« Deichsler seufzte. »Aber die Polizei hört doch sicher euer Telefon ab und weiß jetzt auch, wo ich bin.«

»Mach deine alte Mutter mal nicht dümmer, als sie ist: Ich rufe von meinem Handy aus an. Du weißt doch selber, dass alte Menschen tattrig, aber g'scheid sind.«

Und dann sprudelte es aus Deichsler heraus: »Römer ist mit Arzberger, dem Bürgermeister von St. Leonhard, und dem Einkaufsleiter der Baufirma Piste in Opps Auftrag nach Fuerteventura geflogen, mehrfach. Außerdem hat Opp den Einkaufsleiter mit einem teuren Wagen und einem nicht abgeleisteten, aber bezahlten Praktikum der Tochter bestochen. Deswegen hat er auch den Auftrag für die Isentalbrücke erhalten. Aber das Übelste ist …«

Deichsler schluckte, bevor er fortfuhr. »Römer, die Sau, hat sich an Maximilian, dem Sohn von Annamirl, vergangen, und es Kurbi und Pfarrer Mayer in die Schuhe geschoben. Pfarrer Mayer, der so was nie tun würde!«

Wieder hielt Deichsler inne und überlegte, ob er nach den Erfahrungen der letzten Tage mit solchen Aussagen nicht besser vorsichtig sein sollte. »Kurbi ist ihm auf die Schliche gekommen. Deswegen musste er sterben. Und Pfarrer Mayer auch.«

Deichsler hörte nicht mehr auf zu reden, bis er in Forstern von der A 94 fuhr, die der Anfang vom Ende des Isentals war. Dass Kurbi, um der Wahrheit auf die Spur zu kommen, sogar ein Verhältnis mit Arzberger eingegangen war, verschwieg er lieber.

»Hat Papa die Erde und das Haar schon analysieren lassen?«

»Die brauchen noch.«

Er drückte das Handy so fest ans Ohr, dass es wehtat. »Ich kann nicht noch länger warten!« Die Gedanken surrten durch seinen Kopf. »Ich muss noch einmal zu Römer. Ich brauche ein Geständnis. Mein Problem ist: Wenn ich sage, dass ich an den beiden Tatabenden nicht mit Römer zusammen war, dann habe ich kein Alibi. Wenn ich es nicht sage, hat er eins.«

»Wenn der Quentin so gefährlich ist, solltest du nicht alleine hin.«

»Aber so besteht die Gefahr, dass er sich an weiteren Kindern vergeht oder noch jemanden umbringt!« Sein Entschluss war gefallen. Römer musste zur Strecke gebracht werden. Und zwar umgehend. David war jetzt ja in Sicherheit. »Ich melde mich. Danke, Mama!«

Deichsler sehnte sich danach, seine Mutter wieder einmal in den Arm nehmen zu können, mit ihr zu tratschen, durchs Isental zu spazieren. Und vielleicht renkte es sich sogar mit seinem Vater wieder ein. Kinder brauchen ihren Vater. Und Söhne vielleicht noch mehr. Deichsler fühlte sich unglaublich leer.

Die Zenzi ist tot!

Wütend schlug er mit der Faust auf das Lenkrad.

Diese Sau.

Er wusste nicht, wie er reagieren würde, wenn ihm Römer das nächste Mal über den Weg lief. Sollte er diesem selbstherrlichen

Monster den Schädel einschlagen oder doch lieber den Schwanz ausreißen? Besser wäre wohl, ihm die Eier abzuschneiden. Allerdings konnte er ihn dann nicht mehr in den Knast bringen und seine eigene Unschuld beweisen. Also tief durchatmen und ruhig bleiben.

Deichsler drehte die Lautstärke voll auf, drückte auf das Gaspedal, schoss die A 94 entlang. Die Regentropfen schlugen hart gegen die Windschutzscheibe und wurden von den hektischen Scheibenwischern gleich wieder zerrissen.

32

Deichsler nahm die Landstraße nach Forstern, kurz nachdem er die A 94 verlassen hatte. Vor Loipfing, noch nicht einmal ein Dorf inmitten von Wäldern, bestehend aus verstreuten Höfen und Wohnhäusern, rannte ein Tier auf die Straße. Deichsler sah nur noch den Schatten und trat zu spät auf die Bremse. Das Knirschen wurde von der lauten Musik geschluckt. Er hielt an und stieg aus. An seinem Vorderreifen hingen Fell- und Fleischfetzen. Ein toter Fuchs lag unter dem Auto. Deichsler konnte nichts mehr für ihn tun.

Die Reisen nach Fuerteventura und die Zahlungen waren keine wirklichen Beweise, was die Morde anging. Genauso wenig wie das nicht erfolgte, aber honorierte Praktikum von Schimmelpfennigs Tochter und der fast geschenkte Porsche Cayenne. Aber die Erde und Brumms Aussage würden Römer in den Knast bringen. Allerdings sah er bei Brumm genauso schwarz wie bei Karsten, dass er zur Polizei gehen würde. Römers DNS an der Nagelschussmaschine wäre der einzige echte Beweis. Aber die konnte genauso gut von jemand anderem stammen. Darauf konnte er sich nicht verlassen. Und vor allem konnte er nicht darauf warten.

Nach Ranoldsberg fuhr er wieder über Hampersdorf, Großkatzbach und Grüntegernbach. Auf und ab, über Hügel, durch Wälder, an Höfen vorbei. So viel hatte sich in seiner Meinung verändert, seitdem er vor einer guten Woche aus Nürnberg angekommen war. Nun konnte er verstehen, warum sich die Menschen im Isental gegen die A 94 wehrten. Seine Eltern, seine Kindheit und Jugend hatten seine ursprüngliche Abneigung gegen das Isental und die Menschen, die hier wohnten, hervorgebracht. Und sein strenger Vater, der ihm nie verzeihen würde, dass er David nicht taufen und Steffi mit dem Kind hatte sitzen lassen. Seine Mutter, die Ratschkathl, die sich oft mehr darum kümmerte, was die anderen dachten, als um ihren eigenen Sohn. Auf der anderen Seite war er durch seine Eltern auch mit diesem Landstrich verbunden. Hier lebte seine Vergangenheit: die Spaziergänge durchs Isental mit seinem Vater, der ihm geduldig alles erklärte. Seine Mutter, die ihn die vom Schlamm verkrusteten Anziehsachen im Waschkeller ausziehen ließ und nicht einmal schimpfte, weil »Buam des halt so machen«. Ob sie mit einer Schwester wohl geschimpft hätte?

Wenn die Autobahn gebaut, das Isental zerstört würde, starb damit ein Teil von ihm, ein Teil seiner Kindheit und Jugend. Genau wie Kurbi, Pfarrer Mayer und Zenzi. In seiner Wut war Deichsler kurz versucht, das, was Römer den Kindern angetan hatte, mit dem zu vergleichen, was die CSU und ihre willfährigen Helfer dem Isental antaten. Sie verletzten es in seiner Integrität, drangen tief in den sensiblen Kreislauf ein, rissen unwiederbringliche Wunden auf. Beide waren wehrlos, schutzbedürftig. Vermutlich hätte ihm sein Freund Matze widersprochen: Das Isental verspürte im Gegensatz zu einem Kind keine Gefühle. Römer ging es um Geld und Macht. Das hatte er mit vielen Großkopferten und Politikern gemein. Und es ging ihm darum, nicht für seine Taten belangt zu werden. Da kamen ihm Opp und seine Pläne vermutlich gerade recht. Wie auch der tatverdächtige Deichsler. Nur der schwule Kurbi und der engagierte Pfarrer Mayer hatten so gar nicht in seinen Plan gepasst. Machtgeile Menschen dafür umso mehr. So konnte er sein Netz weben, um die Umwelt zu blenden und sich an den Kindern zu vergehen. Ob Opp davon wusste, dass Römer sich an seinem Enkel vergriffen hatte? Vermutlich nicht. Laut Annamirl war der Ältere sogar sein Liebling.

Über Ranoldsberg lag wieder diese drückende idyllische Stille. Der Wehrmachtssoldat sah in der Dunkelheit noch unheimlicher aus. Das Gespenst aus der Vergangenheit, das hier immer noch sein Unwesen zu treiben schien: Gewalt, Vergewaltigung und Erniedrigung wurden auch im Krieg eingesetzt, um den Gegner zu demoralisieren.

In Deichsler brodelte es, er spürte die Wut in seinen pulsierenden Adern. Wenn sein Plan nicht aufging, war er tot. Und Römer kam wieder einmal davon. Das Auto stellte er direkt vor dem alten Schulhaus ab. In Römers Wohnung im ersten Stock brannte Licht, die Fenster waren trotz der Hitze geschlossen. Deichsler klingelte Sturm. Der Öffner summte. Er rannte die Treppen nach oben. Römer wartete schon in der Tür. Er schien nicht sonderlich überrascht zu sein.

»Komm rein«, sagte er grußlos. Wie immer mit weit geöffnetem Hemd, das seine Brusthaare zur Schau stellte.

Deichsler fühlte Brechreiz in sich aufsteigen. Er setzte sich im Wohnzimmer auf die Couch. War fast versucht, beim Jesus über dem Fernseher um Hilfe zu bitten, unterließ es aber. Das Aquarium war heute nicht abgedeckt. Die Haie schwebten durch das Wasser, die kleinen Fische schwänzelten um sie herum. Mit einem Knopfdruck schaltete er das Aufnahmegerät in seiner Jacke ein. Römer setzte sich ihm gegenüber, legte den Arm auf das schwarze Leder der Couch. »Weißt du, warum ich Fische so gern mag?«

Deichsler zuckte mit den Schultern.

»Weil sie nicht ficken.«

Beide sahen zum Aquarium. Da schnappte ein Hai einen Guppy.

Römer lachte kurz auf. »Fast wie im richtigen Leb'n.«

»Weil die Kleinen gefressen werden?«

»Wenn sie's falsch anstellen, ja. Oder sie werden in den Arsch gefickt.« Wieder lachte Römer dieses hämische Lachen, das seine leicht gelblichen Zähne zum Vorschein brachte.

Deichsler hätte ihm am liebsten eine gebrettert, ihm seine Zähne dahin geschlagen, wo seine zynischen Worte herkamen. Stattdessen sagte er: »Wie du es bei Maximilian getan hast?«

»Oho! Der Herr Privatdetektiv ist ein Moralist. Kennt er den Philosophen Peter Singer?«

Deichsler schüttelte den Kopf.

»Der ist übrigens Vegetarier, genau wie du.«

Um sein Erstaunen zu verbergen, kratzte sich Deichsler an der Nase.

»Er lehrt Bioethik am Zentrum für menschliche Werte.« Er hob seine Stimme an, und Deichsler glaubte, etwas Feierliches herauszuhören. »An der amerikanische Elite-Uni Princeton. Für die Uni ist er der einflussreichste lebende Ethiker.«

Deichsler wusste nicht, worauf Römer hinauswollte.

»Er ist Utilitarist.« Römer stand auf, steckte eine Hand in die Hosentasche, untermalte mit der anderen seine Worte in der Luft. »Er beurteilt eine Handlung nach ihren Folgen. Führt sie zu mehr Glück als Leiden, befürwortet er sie. Das ist auch meine Prämisse.«

Deichsler umklammerte das Pfefferspray in seiner Hosentasche. *Was hast du außer Scheiße eigentlich noch im Kopf? Du bildest dir ein, beurteilen zu können, dass dein Glück größer ist als das Leiden von Maximilian, wenn du ihn missbrauchst?*

Das war noch kein Geständnis. Also musste er sich noch gedulden und bis zum Äußersten gehen, um den Fall aufzulösen. »Und damit rechtfertigst du den Missbrauch an Maximilian?«

Der Anflug eines Erstaunens huschte über Römers Gesicht, er wich Deichslers Blick kurz aus. Aber schon hatte er sich wieder unter Kontrolle. »Ich würd gern einen Ausflug mit dir machen.«

Deichsler ahnte, wohin es gehen würde. Und er ließ sich darauf ein, obwohl er wusste, dass er damit sein Leben aufs Spiel setzte. Aber um dieses Monster zur Strecke zu bringen, musste er es riskieren.

Römer fuhr nicht durch Dorfen, sondern von hinten zum Schwammerl. Er wollte wohl vermeiden, dass Zeugen ihn und sein Opfer zusammen im Auto sahen. Er sprach die ganze Fahrt über nicht, blockte Deichslers Fragen ab, war kurz versucht, das Radio anzuschalten, überlegte es sich aber dann doch anders. Auf Höhe der Kiesgrube hielt Römer und parkte das Auto in einem Feldweg. Von dort aus waren es noch ein paar hundert Meter zum Schwammerl. Deichsler beschloss, in die Offensive zu gehen.

»Hast du hier auch schon geparkt, als du Pfarrer Mayer ermordet hast?«

Römer grinste ihn an, stellte den Motor ab und stieg aus. Hätte Deichsler nicht so vorsichtig sein müssen, hätte er sich über sein müdes Gesicht gewischt. Das Tonbandgerät in seiner Tasche lief immer noch. Über den Acker ging es in Richtung Schwammerl. Der Himmel war sternenklar, der Matsch klebte zentimeterdick an den Schuhen. Jeder Schritt war mühseliger als der vorherige. Deichsler musste an Kurbi denken und wie er ihn gefunden hatte. Auf Höhe des Schwammerls sah Deichsler, wie sich der letzte Zug nach Mühldorf durch das Tal schob. Sofort besann er sich wieder, dass Römer ein Mörder war. Der Mais war noch höher als vor ein paar Tagen, als er das erste Mal seit Langem wieder hier gewesen war, die Pfarrkirche Maria wurde wieder angestrahlt. Was Esmeralda jetzt wohl tat? Über das Feld huschte ein schwarzer Schatten: der Wolf? Dahinter würde Deichsler wohl nie kommen. Doch die eine Sekunde Unaufmerksamkeit genügte seinem Widersacher.

Römer hatte sich zu ihm umgedreht. Holte aus, presste Deichsler ein Tuch auf den Mund. Die Nacht legte sich über seine Augen. Als er wieder erwachte, sah er Römer durch einen Nebel mit einem Nagelschussgerät in der Hand. Nein, mit einem Strick. Zu einer Schlinge gebunden. Deichsler versuchte Arme und Beine zu bewegen, vergeblich. Sie waren mit Kabelbindern gefesselt. Er spürte kühlen Wind an seinem Penis. Römer legte den kratzenden Strick um seinen Hals. Zog ihn zu. Schnürte Deichsler die Luft ab. Der röchelte nur noch. Er fasste sich an den Hals, wollte das Seil zerreißen, aber die Arme waren gefesselt. Panisch schnappte er nach Luft. Alles verschwamm vor seinen Augen.

Dunkelheit. Schwarz. Tod.

33

»Du wirst jetzt keinen mehr umbringen und anfassen schon gleich gar nicht«, hörte Deichsler seinen Vater dumpf wie durch eine Schaumstoffmatte wüten. Im Hintergrund wummerte sein Kopf.

Ja, so kenne ich dich.

Daneben stand Kriminalhauptkommissar Staack, dessen Körper für Deichsler nach und nach klarere Konturen annahm. »Im Bau haben sie Kinderschänder ganz besonders gern.«

Sie legten Römer Handschellen an, drückten seinen Kopf nach unten und setzten ihn in den Streifenwagen. Sein Gesicht war ausdruckslos wie immer.

Wie die Haie, wenn sie einen Guppy fressen, oder die Guppys, wenn sie gefressen werden.

Sein Vater kam zu Deichsler zurück, der auf einer Liege lag, eine Decke bis zum bläulich verfärbten Hals gezogen. Die grauen Haare hatten auf das Gesicht des Alten abgefärbt. »Das war knapp. Wie geht's dir, Freddie?«

Er konnte sich nicht erinnern, dass ihm sein Vater jemals zuvor diese Frage gestellt hatte. »Bassd scho.«

»Ganz der Franke«, lachte Staack. »Wir werden Sie auf dem Weg in die Klinik begleiten, damit Sie Ihre Ermittlungsergebnisse preisgeben können. Die Erde war übrigens vom Müllner Bründl, wie die KTU ausnahmsweise in Rekordzeit herausgefunden hat. Und Brumm hat sich trotz Restalkohol bereit erklärt, eine Aussage zu machen.«

»Gute Arbeit«, lobte Deichslers Vater.

Deichsler fragte sich, wer hier krank war: er oder sein Vater, der sogar noch eins draufsetzte. »Für einen Schnüffler gar nicht schlecht.«

Während der Fahrt ins Krankenhaus fasste er für seinen Vater und Staack die Ereignisse der letzten Tage noch einmal zusammen: Er erzählte vom Kurbi und der Zenzi, von Pfarrer Mayer, Steffi,

Annamirl und Maximilian, Berni und Manfred Opp, Arzberger, Schimmelpfennig und natürlich von Römer.

»Römer hat Kurbi abgepasst, als er an seinem letzten Arbeitstag aus der Tankstelle raus ist. Wann Kurbi arbeitet, wusste er von Opp. Vermutlich bot er ihm an, ihn nach Hause zu fahren. Dann hat er ihn betäubt, genau wie mich.«

»Aber wie hat er Kurbi in Brumms Auto geschafft?«, hakte Staack nach.

»Hinter Oberdorfen hat er eine Panne vorgetäuscht, weil er vorher Brumms Zeitungsroute ausgekundschaftet hatte.«

Sein Vater rieb sich die Nase. »Bei Brumm war weniger Chloroform nötig, weil der schon vorsediert war.«

»Respekt, Fred. Schon wieder ein Fremdwort: vorsediert.«

Deichslers Vater knuffte Staack in die Seite, der aber gleich wieder ernst wurde. »Allerdings verstehe ich nicht, warum er nicht ein passenderes Bibelzitat ausgewählt hat? Es gibt da nämlich auch eins, das zu Schwulen passen würde.«

»Aber nicht zu Pfarrern«, sagte Deichsler. »Außerdem konnte er so den Verdacht auf die Gruhn lenken.«

»Ich befürchte, Opp können wir überhaupt nichts nachweisen. Und ob wir ihn und Schimmelpfennig wegen Bestechung drankriegen, bezweifle ich. Dafür waren sie zu ausgefuchst«, mutmaßte Staack.

»Opps Anzeige gegen dich steht immer noch«, erklärte Deichsler senior. »Wegen dem Besitz kinderpornografischer Videos.«

Staack hob eine DVD hoch. »Die Anzeige wird leider auch noch durch das hier untermauert.«

»Die ist aus Römers Wohnung«, erklärte Deichsler.

»Was wir nicht beweisen können«, knurrte Staack. »Und die Fingerabdrücke auf der Kiste mit dem Brandbeschleuniger werden Sie auch nicht gerade entlasten.«

»Die habe ich beim Durchsuchen von Römers Wohnung hinterlassen«, seufzte Deichsler. »Aber für die Brandnacht habe ich ein Alibi. Es muss ein Video von der Raststätte Kinding geben. Auf der A 9. Auf dem Weg von Nürnberg ins Isental habe ich da getankt.«

Sein Vater runzelte die Stirn. »Zeugen?«

»Die hübsche Bedienung wird sich auf alle Fälle an mich erinnern.«

»Ganz der Papa«, frotzelte Staack.

»Der hätte allerdings in Römers Wohnung keine Fingerabdrücke hinterlassen«, fügte der hinzu.

Auch wenn er recht hatte, ließ Deichsler sich das nicht anmerken.

Staack wurde wieder ernst. »Wir müssen Sie leider festnehmen, falls der Arzt das zulässt. Ansonsten stehen Sie unter polizeilicher Beobachtung, bis sich die Sachlage verändert. Aber das kann ja bei Ihrem derzeitigen Wissensstand nicht schaden.«

Da läutete Staacks Handy. Der Kommissar murmelte mehrmals »Okay«. Das Telefonat dauerte keine fünf Minuten.

»Wie schnell sich die Dinge doch manchmal ändern.« Er sah Deichsler an, dessen Hals immer noch brannte.

Sein Vater brach das Schweigen. »Was ist denn jetzt?«

»Manfred Opp zieht seine Anzeige gegen Sie zurück.«

»Woher dieser plötzliche Sinneswandel wohl kommt?«, spottete Deichslers Vater. »Dem geht der Arsch auf Grundeis.«

»Außerdem hat er ausgesagt, Eltern im Trachtenverein hätten sich an ihn gewandt, weil Römer sich an ihren Kindern vergangen haben soll.«

Deichsler fasste sich an den Kopf. »Auf einmal sollen es also nicht mehr die üblichen Verdächtigen gewesen sein. Sogar die schwarzen Ignoranten sind lernfähig.«

»Bitte, Freddie!«

»Du hast ja recht, Papa. Leider. Was die A 94 angeht, trifft das leider nicht zu.«

»Das war noch nicht alles. Berni Opp hat ausgepackt.«

»Er vermutet, dass Römer in Fuerteventura bei Kinderprostituierten war.«

Deichsler wollte kotzen. »Er *vermutet*?«

»Ja, die Zeiten ändern sich«, sagte Staack.

»Sobald einem das Wasser bis zum Hals steht, wird man gesprächig«, ergänzte Deichslers Vater. Bei Kurbi, Pfarrer Mayer und Zenzi hatte er kein Problem damit, zuzusehen, wie sie ersoffen.

Sein Sohn biss sich auf die Lippe. »Schade nur, dass sich die Herrschaften jetzt ein Rettungsboot leisten können, mit dem sie auch die Sintflut überstehen würden.«

Im Erdinger Kreiskrankenhaus wurde bei Deichsler ein Schleudertrauma diagnostiziert, das vom Ruck des Seils um seinen Hals verursacht worden war, weswegen er zur Überwachung dableiben sollte. In der Nacht schreckte er schreiend hoch, weil er geträumt hatte, eine Würgeschlange würde ihm den Hals abdrücken. Aber da blieben ihm glücklicherweise nur ein roter Striemen und eine Halskrause, weswegen er schon am darauffolgenden Tag entlassen wurde.

Sein Vater und seine Mutter holten ihn vom Krankenhaus ab. »Wir haben gute Nachrichten für dich«, sagte sein Vater und grinste verschwörerisch. Er legte eine Pause ein, offensichtlich wollte er die Spannung erhöhen.

»Jetzt sag's ihm doch. Die letzten Tage waren anstrengend genug für ihn«, drängte seine Mutter.

»Also gut. Du hast super Arbeit geleistet.«

Deichsler beugte sich nach vorn und legte seinem Vater die Hand an die Stirn. »Hast du Fieber?«

Deichslers Mutter sah ihren Mann schmunzelnd an. Der ging aber überhaupt nicht auf die Anspielung seines Sohnes ein.

»Auf den Videobändern der Tankstelle hat man dich einwandfrei identifizieren können. Und auch die hübsche Kassiererin hat dich wiedererkannt.«

»Was zu erwarten war«, sagte Deichsler.

»Stimmt, bei der Mutter«, sagte sein Vater.

»Ich glaube langsam auch, dass der Vati krank ist«, frotzelte seine Mutter.

»Die DNS am Nagelschussgerät war vom Quentin«, fuhr Deichsler senior unbeirrt fort. »Und die Erde vom Müllner Bründl.«

»Na!«, rief Deichsler aus und schlug sich erfreut mit der Faust in die offene Hand. Ein stechender Schmerz fuhr ihm in den Hals.

»Freddie, ich hab extra einen Kaiserschmarrn für dich g'macht«, sagte seine Mutter, was ihn den Schmerz vergessen und das Wasser im Mund zusammenlaufen ließ.

Allerdings brachte dieser Tag nicht nur Gutes mit sich. Was nicht am Freitag, dem 13. lag.

34

Der Himmel weint auf die Schirme der zweihundert Menschen, die in Warzling auf der Wiese stehen. Die Dorfener Pfarrerin Martina Oefele duckt sich unter einem blauen Sonnenschirm, der sie gegen den Regen schützt, begrüßt die Menschen zur Andacht.

Nach einem Gebet tritt Erkan nach vorn, spricht mit bedächtiger Stimme: »Mit seinen grünen Hügeln, mit der Isen, die in unzähligen immer wieder überraschenden Windungen ihren Weg durchs Tal findet, mit den Auwäldern und den vielen Tieren, die hier ihre Heimat haben, ist das Isental eine wunderbare Landschaft, die uns ans Herz gewachsen ist. Doch jetzt erleben wir, wie Hecken abgeholzt, Bäume gefällt, Erdreich aufgewühlt, verschoben und versiegelt wird. Die Laster, Bagger und Walzen haben Einzug gehalten und verwandeln Äcker in Straßen und Hügel in Baugruben. Es tut weh zu sehen, wie die Natur unseres Isentals, die über Jahrzehnte, Jahrhunderte und Jahrtausende entstanden ist, so schnell verwundet wird.«

Mit gesenkten Schultern reiht er sich wieder ein in die Menge der Trauernden und singt mit den anderen die erste Strophe von »Eine Handvoll Erde«: »Mit der Erde kannst du spielen, spielen wie der Wind im Sand, und du baust in deinen Träumen dir ein buntes Träumeland. Mit der Erde kannst du bauen, bauen dir ein schönes Haus, doch du solltest nie vergessen: Einmal ziehst du wieder aus.«

Dann ergreift Steffi das Wort. Ihre Stimme zittert. »Viele Argumente wurden gesammelt, viele Gutachten erstellt, die gegen die Trasse der A 94 durchs Isental sprechen. Gut begründete Klagen wurden eingereicht vor Gericht, mit Zahlen und Fakten wurde versucht, Politikern und anderen Entscheidungsträgern aufzuzeigen, dass die Trasse der A 94 durchs Isental sowohl umwelt- als auch finanz- und verkehrspolitisch tatsächlich die deutlich schlechtere Alternative ist. Doch immer noch scheint das Motto ›Höher, schneller, weiter‹ Vorrang vor nachhaltiger Entwicklung zu haben. Ohnmächtig erleben wir, dass all die

Argumente gegen die Isental-Trasse anscheinend kein Gewicht haben.«

Als sie wieder in der Menge verschwindet, sucht Deichsler nach seinem Sohn Paul. Aber in Steffis Nähe ist kein junger Mann zu finden, der es sein könnte. Die zweite Strophe und eine weitere kurze Klage folgen, um dann der Pfarrerin wieder das Wort zu geben. »Lasst uns an unser Isental denken.«

Deichsler denkt an Kurbi, Zenzi, Pfarrer Mayer und seine beiden Söhne. Eine Minute lang ist es still. Der prasselnde Regen wird nur von einem Flugzeug übertönt, das am Himmel dröhnt, wie ein Vorbote der Autobahn. Ein gelbes Banner flattert im Wind. »Isental …«, steht darauf geschrieben. Seine Mama hält links von ihm die Hand ihres Mannes und wischt sich, wie so viele andere, die Tränen ab. Auch Steffis Vater hat glasige Augen. Annamirl steht etwas abseits der Menge, die Hände gefaltet, als die Pfarrerin an die Emmaus-Geschichte erinnert.

»Was hat sie mit uns und unserer Situation, dem Bau der A 94-Trasse durchs Isental zu tun? Leicht, denke ich, finden viele von uns sich in der Traurigkeit der Jünger zu Beginn der Geschichte wieder. Voll Hoffnung waren die Jünger, dass Jesus der Ungerechtigkeit im Land ein Ende macht. Dass er Macht hat und Kraft, die Situation im Land zu ändern. Doch ohnmächtig mussten sie zuschauen, wie er gefangen genommen, zu Unrecht verurteilt und gekreuzigt wurde. Vor zweitausend Jahren haben diese Menschen erlebt, was auch wir heute erleben.«

Deichsler dreht sich um und wandert durch das Gras Richtung Dorfen. Er hört nicht mehr, wie Steffis Vater mit dem Rauschebart Bertolt Brecht zitiert: »Wenn die Kämpfer gegen das Unrecht besiegt sind, hat das Unrecht doch nicht recht. Unsere Niederlagen nämlich beweisen nichts, als dass wir zu wenige sind, die gegen die Gemeinheit kämpfen. Und von den Zuschauern erwarten wir, dass sie wenigstens beschämt sind.« Aus dem Tal blickt die Kuratiekirche St. Nikolaus stumm zu ihm herauf.

Nur zweihundert Meter entfernt stoßen im gleichen Moment der Dorfener Bürgermeister Grundner, Umweltminister Huber und andere Politiker von CSU und SPD sowie ein Vertreter der Autobahndirektion Süd ihre Spaten in die Erde des Isentals; jeder verziert mit einer weiß-blauen und einer schwarz-rot-goldenen Schleife.

Deichsler geht. Zu Fuß. Zum Dorfener Bahnhof. Von dort aus fährt er mit dem Zug nach München. Und von dort aus weiter nach Nürnberg. Zu David. Den er vermisst.

Quellen

S. 105 Frei nach Josef Illmberger. In: Von Abbfe bis Zwiderwurzn. BLV. München 1989.

S. 145 http://www.welt.de/vermischtes/article2015668/Die-dunkle-Macht-des-Exorzismus-greift-um-sich.html, abgerufen am 23. Oktober 2013

S. 281 http://www.spiegel.de/spiegel/print/d-14316199.html, abgerufen am 23. Oktober 2013

S. 300 Skript zur Andacht anlässlich des Spatenstichs zu den bauvorbereitenden Maßnahmen der A 94-Trasse durchs Isental. Überlassen von Pfarrerin Martina Oefele am 6. Juni 2013.

Danksagung

Ich danke:
Julie, für ihre unendliche Geduld und ihre tollen Anmerkungen. Meinen Eltern, die immer an »Genagelt« geglaubt und mich mit Zeitungsartikeln und Informationen aus dem Isental versorgt haben. Transparency International Deutschland e. V. und einem alten Hasen im Baugewerbe, für die hilfreichen Auskünfte zum Thema Korruption. Sepp Stückl, für seine Geschichte und Fachkenntnis. Andreas Hartl für das Titelbild. Oliver Buslau, für die kollegialen Ratschläge. Frank Eberlins, Michael Leo und Katrin Vogel, für die medizinischen und pflegerischen Tipps. Ute Meindel und Bernd Moser von Pro Prävention e. V. Meiner Lektorin Lisa Bitzer, für ihren kritischen Blick, ihren Humor und die bereichernden Anmerkungen und Ergänzungen. Den Mitarbeiterinnen und Mitarbeitern des Emons-Verlags. Katrin Heim, für das spaßige Fotoshooting. Clarissa Assum und Pfarrerin Martina Oefele, für all ihre unzähligen Informationen. Allen Menschen, die jahrzehntelang für das Isental gekämpft und immer noch nicht aufgegeben haben. Denen, die hier nicht genannt werden wollen und die ich vergessen habe, die aber ebenfalls dazu beigetragen haben, dass dieses Buch entstehen konnte. Sei es durch Zeit, Gespräche, Geduld, Bier, Essen oder Zuwendung in irgendeiner anderen Form.

Ausdrücklich nicht bedanken möchte ich mich bei den Vernichtern des Isentals.